Mary Kruger

DIE TODESKLIPPEN

Ein Kriminalroman aus dem 19. Jahrhundert

Aus dem Amerikanischen von
Ursula Graf

Der ECON Taschenbuch Verlag ist ein Unternehmen
der ECON & List Verlagsgesellschaft
Deutsche Erstausgabe

First published by Kensington Books
Titel des amerikanischen Originals: DEATH ON THE CLIFF WALK
Aus dem Amerikanischen übersetzt von Ursula Graf
Umschlaggestaltung: Init GmbH, Bielefeld
Titelabbildung: The Complete Encyclopedia of Illustration (2), J. G. Heck
Lektorat: Edvardo Marx
Gesetzt aus der Bodoni
Satz: ECON Verlag
Druck und Bindearbeiten: Elsnerdruck, Berlin
Printed in Germany

ISBN 3-612-25141-4

Widmung

An die Kritiker aus Silver City*: Nancy Bulk, Kathy Shannon, Sharon Winn und Rona Zable. Schön, daß es Euch gibt. Ohne Eure Hilfe hätte ich es nicht geschafft.*

Für meine Mutter, Madelyn Sweeney Kruger, die immer an mich geglaubt hat. Ihr verdanke ich alles.

PROLOG

Newport, Rhode Island, 1895

Sie riß sich die weiße Haube vom Kopf und warf ihr langes Haar zurück. Ihr triumphierendes Lachen erfüllte die Nacht. Sie hatte es geschafft. Endlich wurde sie für die Stunden des Pläneschmiedens, die monatelange Ungewißheit belohnt. Zuerst käme es wohl zu einem Skandal, aber das erhöhte nur den Reiz der Sache. Sie hatte ihr Ziel erreicht. Jetzt würde sie ihr Leben so führen, wie *sie* es für richtig hielt. Nicht nach den Vorstellungen ihrer Mutter oder ihres Vaters; nein, sie würde das haben, was sie wollte, die Freiheit, sie selbst zu sein, und natürlich Geld genug, um sich diese Freiheit auch leisten zu können. Bald schon wäre sie Mrs. …; aber das behielt sie vorläufig noch für sich. Weder den Grillen, die in den wildwachsenden Rosen zu ihrer Linken zirpten, noch der dröhnenden Brandung zu ihrer Rechten würde sie ihr Geheimnis anvertrauen. Wer konnte wissen, wer in dieser herrlichen Sommernacht noch auf Newports berüchtigtem *Cliff Walk* unterwegs

war? Zweifellos Dienstmädchen und Diener, die wie sie von einem heimlichen Treffen nach Hause zurückkehrten. Aber dafür war der *Cliff Walk* ja schließlich da, oder? Das Dienstpersonal und manchmal auch ihre Arbeitgeber gelangten hier von einem *Cottage* zum anderen. Der Weg war stellenweise gefährlich; es gab einige dunkle, herrlich furchterregende Gänge, und weit unten schlug das Meer wuchtig auf die zerklüfteten Felsen, Spuren längst vergangener Gletscher. Aber sie fürchtete sich nicht, denn sie war diesen Weg schon oft zuvor gegangen.
Ein leises Geräusch ließ sie herumfahren. Zum ersten Mal beschlich sie ein unbehagliches Gefühl und überschattete ihren Triumph. Niemand war zu sehen. Vielleicht war es ja nur eine Möwe, die mit einer erbeuteten Krabbe zur Landung ansetzte, oder irgend etwas in dieser Art, aber kein Mensch. Nur Schatten. Es würde ihr nichts zustoßen, nicht in *dieser* Nacht. Erneut warf sie den Kopf zurück und lachte. Jeder würde sie in ihrem schwarzen Kleid und der gestärkten weißen Schürze für ein Dienstmädchen halten, aber er wußte es besser. Er wußte genau, daß sie ihn in den Ruin treiben könnte, wenn sie nur wollte. Aber sie wollte nicht, und heute abend hatte er, überraschend schnell, all ihren Forderungen zugestimmt. Ihre Eltern würden schockiert sein, aber was hatten sie für eine Wahl? Sie hatte endlich ihr Ziel erreicht.
Geisterhaft verschwand der Mond hinter den Wolken und trübte ihr für einen Augenblick die Sicht. Wieder hörte sie hinter sich einen Laut, so als stürzt ein Fels hinab, hinab in die tosende Brandung. Rasch drehte sie sich um, und ein Schrecken durchfuhr sie. »Wer ist da?« Wieder war niemand zu sehen. Oder doch? Sah dieser Schatten nicht wie eine Gestalt aus? Ach Unsinn! Sie zitterte am ganzen Körper, und ihre Anspannung wuchs, während sie weiterlief. Ihr Triumphgefühl war gewichen. Hätte sie doch nur eine Laterne mitgenommen. Es war schon spät, sie sollte längst zu Hause sein. Dort könnte sie ihrer Freude freien Lauf lassen, dort könnte sie ihren Triumph feiern.

Diesmal irrte sie sich nicht, gleichmäßige und bedächtige Schritte folgten ihr. Ein Schrei entfuhr ihr, und sie begann zu laufen, wobei die Unterröcke und das schwere Wollhemd sie behinderten. Die umherliegenden Steine kümmerten sie nicht mehr. Ihr einziger Gedanke war, nicht an den Rand der Klippe und des steilen Abgrunds zu kommen, nur noch sicher nach Hause zu gelangen, und da – wieder hörte sie Schritte, diesmal schneller und ganz dicht hinter ihr. Zu spät erinnerte sie sich an die Ereignisse des letzten Monats, zu spät rief sie sich das schaurige Schicksal der anderen jungen Dienstmädchen in Erinnerung, die allein und spät in der Nacht den *Cliff Walk* entlanggegangen waren. »Aber ich bin kein Dienstmädchen«, dachte sie und drehte sich um. Erleichtert atmete sie auf.
»Oh!« Sie faßte sich ans Herz.
»Hast du mich erschreckt! Für einen Moment dachte ich, du wärst ... Was machst du da? Nein, nicht ...«
Eine behandschuhte Hand hielt ihr den Mund zu, nahm ihr den Atem, drängte sie mit dem Rücken gegen die Felsen. Sie wehrte sich, trat um sich. Steine lösten sich. Jetzt griff die andere Hand nach ihrer Kehle; sie gab ein merkwürdiges Geräusch von sich, ein Gurgeln, ähnlich der Flut, die tief unten aus den verborgenen Höhlen ins Meer drängt. Ein letzter Laut, das Rascheln gestärkter Baumwolle, ein dumpfer Aufschlag, dann herrschte Stille.
Und tief unten donnerte die Brandung gegen die Felsen.

1. KAPITEL

Detective Matthew Devlin war müde. In der hellen Morgensonne blickte er auf die zusammengekrümmte Gestalt, die auf dem staubigen Weg lag, und er widerstand dem Drang, sich mit der Hand übers Gesicht zu fahren. Noch ein Opfer. Das vierte Dienstmädchen bereits, das in weniger als einem Monat erwürgt worden war, und keine Menschenseele kümmerte es. Außer ihm. Mit regungslosem Gesicht kniete er neben der Leiche, berührte sie aber nicht, denn er suchte nach Hinweisen. Die Leichenstarre hatte schon eingesetzt. Ein Zeichen dafür, daß sie schon seit einiger Zeit tot war, und die Blutergüsse an ihrer Kehle zeigten ihm deutlich, wie sie gestorben war. Hinter ihm skizzierte ein Polizeizeichner sorgfältig den Schauplatz des Verbrechens für den späteren Bericht. Auch andere Kollegen waren im Einsatz; einer verhörte das schluchzende Mädchen, das unglücklicherweise die Leiche gefunden hatte. Ein pensionierter Polizist, der den nahegelegenen Besitz bewachte, hielt die Reporter und Schaulustigen hinter einer eilig errichteten Absperrung aus Seilen zurück. Die schweigsame Untersuchung des Detectives und seine offensichtliche Wut wurden respektvoll beobachtet. Matt Devlin war der Newporter Polizei für sein irisches Temperament bestens bekannt.

»Das arme kleine Mädchen«, dachte er, während er die Hand des Opfers mit unbewegter Miene untersuchte. Matt verstand es, seine Gefühle zu verbergen; er mußte es tun. Einen Tatort zu untersuchen, war Teil seiner Arbeit. Seine Wut und sein Mitleid waren echt. Er fühlte ein überwältigendes Mitleid mit dem Opfer und eine rasende Wut auf ihren Mörder. Offensichtlich hatte sie mit ihm gekämpft, nach dem Zustand ihrer Fingernägel zu urteilen. Sie waren abgebrochen und eingerissen und wiesen eine leichte Blaufärbung auf, verursacht durch Erstickung. Im Gegensatz dazu bildeten die heil gebliebenen Nägel vollkommene Ovale, mit einem Glanz, wie er nur durch stundenlange, geduldige Pflege entstehen konnte. Matt stieß einen Laut der Überraschung aus, die erste Regung, die er an diesem Tag zeigte. Ein Dienstmädchen mit langen Fingernägeln? Er berührte die schmale, kalte Hand. Schlank, wohlgeformt, weich und blaß. Keine Hand, die an Arbeit gewöhnt war. Das war auf keinen Fall die Hand eines Dienstmädchens.

Dieser Gedanke ließ ihn erstarren; er blickte weg und beobachtete gedankenverloren die uniformierten Polizisten bei ihrer Arbeit. Nie wieder würde er einer von ihnen sein und eine blaue, bis zum Hals geknöpfte Wolluniform tragen, dachte er flüchtig, bevor er sich wieder auf seine Pflichten besann. Er strich sich mit einem Finger über seinen Schnurrbart und betrachtete die Leiche aufs neue. Die Tote sah würdelos aus, so wie sie dalag; die Schultern lehnten gegen die Felsen und der Kopf hing nach vorne. Die Röcke ihrer Uniform waren hochgeschoben, so daß die dicken, schwarzen Wollstrümpfe und die hochgeschnürten Schuhe zu sehen waren. Daneben lag das einzige Beweisstück, das diesen Mord eindeutig mit den anderen verband, die einzige Spur: eine einzelne rote Rose.

Man hatte eine neben jeder Leiche sorgfältig plaziert gefunden. Über ihre Bedeutung rätselte wohl jeder, doch Matt verspürte die leise Ahnung, sie zu kennen. Denn es war keine wildwachsende Rose, die von den Büschen am *Cliff Walk* stammte, sondern eine aufgeblühte und vollendete, blutrote Rose. Eine Treibhausrose, die sich die meisten Menschen nicht leisten konnten. Die Rose eines Reichen. »Ein wichtiger Hinweis«, dachte er, und im selben Moment jagte ihm die Erinnerung an die Fingernägel des Mädchens, das stumme Zeugnis ihres vergeblichen Kampfes um ihr Leben, einen Schauer über den Rücken. Er ahnte, daß dieser Fall eine drastische Wendung genommen hatte. Abrupt stand er auf. Man hatte alle Leichen auf dem *Cliff Walk* gefunden, keine aber an derselben Stelle. Hier fiel der *Cliff Walk* ein wenig ab und lag unterhalb des angrenzenden Besitzes. Die kleine Anhöhe versperrte diesem jedoch nicht die Sicht darauf.

Über eine weite samtige Rasenfläche hinweg konnte Devlin den *Cottage* sehen. *Cottage*? Na ja! Newport war schon seit vielen Jahren Ferienort für die Sommersaison; aber erst vor kurzem hatten die Reichen diese Stadt entdeckt und waren in Scharen eingefallen. Die Vanderbilts, die Astors, die Lorillards – diese und noch viele andere fanden es mondän, den Sommer hier zu verbringen. Die *Bellevue Avenue* und *Ocean Avenue* entlang, am *Orchre Point* und *Brenton Point* wurden prachtvolle Villen errichtet, die sich im verschwenderischen Gebrauch von Marmor, Vergoldungen und Antiquitäten gegenseitig übertrafen. Das war nicht Matts Vorstellung von einem *Cottage*.

Mit dem Ende des Stiftes blätterte er in seinem Notizbuch und blickte dann zu dem Haus. *Belle Mer* hieß dieses *Cottage*, sein Bau war die letzten zwei Jahre das Tagesgespräch in Newport gewesen. Es war das größte Haus, das die Stadt je gesehen hatte. Mit seinen wuchtigen und massiven Formen, einer Art amerikanische Variante eines italienischen Palazzos mit

Kolonnaden und Loggien mit Meerblick, wirkte es in dieser felsigen Ecke der Küste von New England fehl am Platze. Es war allgemein bekannt, daß *Belle Mer* mehr als 70 Räume besaß, seinen eigenen Stromgenerator und mehr Personal, als man zählen konnte. Da der Mord in der Nähe des Besitzes geschehen war, mußten alle, Dienstpersonal wie Besitzer, befragt werden. Nicht, daß er dort viel in Erfahrung bringen würde. Bisher waren die Arbeitgeber der ermordeten Mädchen nicht gerade hilfsbereit gewesen. Offensichtlich war es unter ihrer Würde, mit einem gewöhnlichen Polizisten zu sprechen.

Das Mädchen, das die Leiche gefunden hatte, schaute auf. Als er sich zu ihr hinunterbeugte, sah er, daß ihre Augen vom Weinen gerötet waren. Sie trug das schwarze Kleid und die gestärkte weiße Schürze eines Dienstmädchens, wie auch das Opfer.

»Ich bin Detective Devlin«, sagte er. »Ich höre, Sie haben die Leiche gefunden, Miss ...?«

»Machado«, antwortete das Mädchen, ihre Stimme hatte einen leicht portugiesischen Akzent. »Teresa Machado.«

Matt nickte. Ihr Name und ihre Anschrift waren bestimmt schon aufgenommen worden. »Sie kommen aus dieser Gegend?«

»Ja, Sir. Ich komme aus Middletown. Ich wünschte, ich wäre jetzt dort.«

Auf Matts Gesicht zeigte sich ein flüchtiges Lächeln. Bei Zeugen, insbesondere bei weiblichen, konnte es nicht schaden, etwas nachsichtiger zu sein. Sie waren dann meist zugänglicher und erzählten eher, was sie wußten. Matt war sich der Wirkung seiner unergründlichen Blicke durchaus bewußt und daher nicht abgeneigt, davon Gebrauch zu machen. »Ich mache Sie für den Mord nicht verantwortlich. Ich werde Sie nur kurz aufhalten, Miss Machado, und dann können Sie gehen.«

»Danke, Sir.« Dem Mädchen entfuhr ein ängstlicher Seufzer.

»Die Herrin wird mich wahrscheinlich nach diesem Vorfall hinauswerfen. Ich hätte schon längst zurück sein müssen.«
»Sie arbeiten auf ...?«
»*Seacliff*. Das habe ich diesem Mann bereits erzählt.«
Matt nickte. »Ja, ich weiß, und ich werde seinen Bericht auch lesen. Aber tun Sie mir doch den Gefallen, Miss Machado, und erzählen es mir noch einmal.« Er lächelte und war froh, daß sie sein Lächeln, wenn auch verlegen, erwiderte.
»Waren Sie auf einem Botengang?«
»Ja, ich bin ein Stubenmädchen. Mrs. Madison, sie ist die Haushälterin, hat mich zu *The Beeches* geschickt, um etwas zu besorgen. Natürlich habe ich den *Cliff Walk* genommen. Das tun wir immer.«
»Natürlich.« Matt nickte ermutigend. Der *Cliff Walk* war schon lange, bevor ihn sich die Reichen zu eigen gemacht hatten, von den Newporter Bürgern benutzt worden. So würde es auch wieder sein, wenn die Reichen schon lange nicht mehr da wären. »Haben Sie irgend etwas gehört? Irgendwelche Schreie?«
»Ja«, erwiderte sie. Das überraschte ihn, denn das Mädchen war tot gewesen, lange bevor Teresa Machado hier vorbeigekommen war. »Aber es war nur eine Möwe. Ich sah zuerst die Möwen, bevor ich sie entdeckte. Zuerst dachte ich, es sei ein Lumpenbündel.«
Sie verstummte und verbarg ihr Gesicht in den Händen. Matt lehnte sich zurück und wartete.
»Erst als ich näher kam, sah ich ...«
»Ganz ruhig.« Er legte seine Hand auf ihren Arm. Sie hielt die Augen fest geschlossen. Er glaubte, sein Mitgefühl würde nur noch alles verschlimmern, aber dann schien sie sich gefangen zu haben.
»Es war schrecklich. Die Möwen, sie schwirrten um sie herum. Ich habe sie weggejagt, und dann lief ich dort hinauf ...« – sie zeigte mit einer ruckartigen Bewegung ihres Daumens auf

Belle Mer –, »um Hilfe zu holen. Aber ich wußte, daß sie tot war, so wie ihre Augen hervorquollen.«

Sie schaute ihn an und schluckte ängstlich. »War das derselbe Mann? Wird er alle Dienstmädchen töten, bis keines mehr übrig ist? Warum halten Sie ihn nicht auf?«

»Das werden wir.« Matt erhob sich. Er zog ein grimmiges Gesicht und wünschte, er wäre so zuversichtlich, wie er klang. Vier tote Mädchen innerhalb von vier Wochen. Vor einem Monat waren die Reichen aus New York für die Sommersaison hierher gekommen. Es kam ihm eine Schlußfolgerung in den Sinn, die ihm ganz und gar nicht gefiel. Dem Polizeichef würde sie noch weniger gefallen.

»Noch eine letzte Frage, Miss Machado, dann können Sie gehen. Kannten Sie das Mädchen?«

»Das tote Mädchen? Ich habe sie noch nie zuvor in meinem Leben gesehen. Wenn sie ein Dienstmädchen ist, dann ist sie eine von denen aus New York.«

»Wenn?« fragte er scharf. »Sie glauben, sie ist keins?

Das Mädchen starrte ihn mit offenem Mund an. »Ich weiß nicht, Sir. Ich weiß nicht, warum ich das gerade gesagt habe. So wie sie angezogen ist, ist sie natürlich ein Dienstmädchen.«

Matt nickte und gab dem wachhabenden Polizisten ein Zeichen, daß Teresa Machado gehen könne. Irgend etwas an dem toten Mädchen schien also auch ihr verdächtig zu sein. Die Situation gefiel ihm überhaupt nicht.

»Sagen Sie mir Bescheid, wenn Dr. Chandler ankommt. Ich gehe jetzt inzwischen da hoch«, sagte er und zeigte mit dem Kopf auf *Belle Mer*. »Charlie, kommen Sie bitte mit mir.«

»Ich komme, Captain.« Der rothaarige und sommersprossige Charlie Sweeney, der jünger wirkte, als er war, gesellte sich zu Matt, als sie den engen Pfad hinter der Absperrung entlanggingen. Da, wo der *Cliff Walk* sich mit der Straße kreuzte, auf der alles voller Polizeikutschen und der von Pferden gezogenen Ambulanz stand, führte eine beein-

druckende Reihe von schmiedeeisernen Messingtoren nach *Belle Mer*.
»Brauchen Sie einen Anstandswauwau?«
Matt warf ihm einen Blick zu. »Sie sollen Notizen machen«, entgegnete er, als wäre dies nicht die gleiche Routinearbeit war, die sie in den letzten Wochen bis zur Perfektion betrieben hatten.
»Und nennen Sie mich nicht Captain. Das bin ich doch noch nicht.«
»Ja, Captain. Ich meine, Sir. Und Sie wollen jemanden mit einem Gesicht an Ihrer Seite, das den Leuten keinen Schrecken einjagt.«
»Manchmal verdienen es die Leute, erschreckt zu werden«, sagte Matt ruhig, als sie über den Rasen auf das Haus zugingen.
»Verderben Sie es sich nicht mit diesen Leuten, Captain. Sie wissen doch, was beim letzten Mal passiert ist, als Sie die Chefin des letzten Opfers befragt haben. Mrs. Belmont, erinnern Sie sich?«
Matt runzelte die Stirn. »Ich versuche nur, meine Arbeit zu machen.«
»Aha. Und die Belmonts haben sich beim Polizeichef beschwert; erst hat er Sie zur Schnecke gemacht, und dann habe ich es zu spüren bekommen. Also, auf noch eine von Ihren Strafpredigten kann ich gerne verzichten.«
Sie gingen eine Weile schweigend nebeneinander her.
»Was glauben Sie, wie lange der Polizeichef Ihnen den Fall noch überläßt, wenn Sie die Leute weiter so vor den Kopf stoßen?«
»Mir ist egal, was sie tun«, sagte Matt scharf. »Auch wenn sie Geld haben, müssen sie mit uns sprechen.«
»Tja, das ist Ihre Sache, Captain.«
Von neuem schwiegen sie.
»Wie hat Mr. –«, Matt warf einen Blick auf seine Notizen, »sein Geld verdient?«

»Olmstead? Gar nicht. Er ...«
»Olmstead?«
»Ja.« Charlie schaute ihn an. »Was ist mit ihm?«
»Nichts. Erzählen Sie weiter. Wie ist er zu Geld gekommen?«
»Nicht durch eigenen Verdienst, er gehört zu einer alten New Yorker Familie. Ihr erstes Vermögen haben sie durch Landbesitz erworben, alles andere durch den Handel mit China. Henry Olmstead verbringt die meiste Zeit im Lesezimmer. Er genehmigt sich gern einen Whisky! Ich habe gehört ... Jesus!«
»Was ist los?«
»Schauen Sie sich das an.« Charlie zeigte auf das Haus. Auf der Terrasse wurde ein Mann hochgeschleudert, er schlug einen Salto in der Luft und landete mit erhobenen Armen auf beiden Füßen. Ein anderer schlug ein Rad, während ein dritter vom Brett dem ersten Mann auf die Schultern sprang. Dann unterbrachen alle drei ihr Treiben und standen zusammen, während sie auf das Brett zeigten und sich besprachen. Hinter ihnen, auf dem Rasen, waren kleine leuchtendbunte Zelte in zwei geraden Reihen aufgestellt worden, zwischen denen Fahnen in den gleichen Farben aufgespannt waren. Arbeiter waren eifrig damit beschäftigt, Stangen mit Lampions und Schildern aufzurichten. Man war offensichtlich mitten in den Vorbereitungen für ein Fest. Matt und Charlie wechselten Blicke. »Ich dachte, ich hätte schon alles gesehen«, sagte Charlie. »Aber das hier könnte noch ganz interessant werden.«
»Oder völlig verrückt.« Matt musterte die Zelte mit zusammengekniffenen Augen, als sie an ihnen vorbeigingen. »Gott schütze mich vor den Reichen.«
»Sie arbeiten in Newport, Captain. Also werden Sie immer mal wieder mit ihnen zu tun haben.«
»Richtig, aber deshalb muß ich sie noch nicht mögen.«
Sie hatten nun das Haus erreicht. Er ging die Stufen zur Tür hinunter und klopfte an. »Vielleicht bekommen wir hier ja ein paar Antworten.«

»Sie glauben doch nicht etwa, daß es jemand von hier getan hat? Einer vom Personal?«
»Das bezweifle ich. Aber ich glaube, uns steht noch einiges bevor, Charlie.«
Charlie gab einen Überraschungslaut von sich, hielt aber inne, als die Tür von einer kleinen kräftigen Frau geöffnet wurde. »Ja bitte, worum geht es? – Oh, Sie sind es. Die Polizei.«
Matt nickte, als er eintrat, während er seine Melone vom Kopf nahm. Vor ihm befand sich eine kurze Diele, und dahinter lag eine riesige Küche. Er blieb stehen und musterte den Raum. Man wußte nie, was in einem Mordfall wichtig sein konnte, vor allem, wenn das Mädchen zu diesem Haushalt gehört hatte. Fünf riesige Eisenherde, deren Abzugsrohre nach oben zur Decke führten, nahmen beinahe die ganze Wand ein. In der Mitte des Raumes stand ein langer Tisch mit einem Kopfende aus Marmor. Darüber waren Kupfertöpfe an Gestellen befestigt, die von der verzinnten Decke hingen. Das Personal steckte mitten in der Arbeit – ein Mädchen arrangierte Blumen am Spülstein, eine andere Frau rollte Pastete auf dem Marmortisch aus, ein Mann in Hemdsärmeln und gestreifter Weste polierte das Silber – sie alle unterbrachen nun ihre Beschäftigung und starrten sie an.
»Wir hätten gerne die Besitzer des Hauses gesprochen. Und Sie sind ...?«
»Aggie Smith, die Haushälterin. Die Hausbesitzer sind Mr. und Mrs. Olmstead. Mr. Olmstead ist nicht im Hause, und die Lady steht um diese Uhrzeit nie auf.« Sie brannte vor Neugier. »Soll ich sie wecken und ihr sagen, was Sie wünschen?«
»Ich werde mich um sie kümmern, Mrs. Smith.« Der Mann, der bisher das Silber poliert hatte, trat auf sie zu und schlüpfte in seinen Gehrock. »Ich bin Hutton, der Butler. Geht es um die Leiche?«
Matt nickte. »Ja.«

»Dann wünschen Sie sicher mit Miss Cassidy zu sprechen. Sie ist im Italienischen Saal. Wenn Sie mir bitte folgen wollen.«
»Glauben Sie, daß es auch einen Französischen oder einen Englischen Saal gibt?« flüsterte Sweeney, und Matt gebot ihm mit einer Handbewegung zu schweigen. »Miss Cassidy ist die Nichte«, fügte er flüsternd hinzu.
»Ich weiß«, entgegnete Matt. Er lächelte ironisch. »Ich glaube, zum ersten Mal haben wir Aussicht auf etwas Glück.«
»Wie das, Captain?« fragte Charlie, als sie Hutton von der Küche aus über eine enge Treppenflucht aus Eisenstufen hinauf in den Hauptteil des Hauses folgten. Der Korridor war mit hochpoliertem Parkettfußboden ausgelegt, auf dem eine große Porzellanurne stand, die fast wie zufällig gegen die Wand lehnte. Zur Wand hin und darüber erhob sich massiv eine breite und freistehende Marmortreppe mit – man stelle sich vor – einem richtigen Springbrunnen, der unterhalb des geschwungenen Treppenaufgangs eingelassen worden war.
»Ich glaube – Jesus, schauen Sie mal hier!« Genau gegenüber befand sich ein riesiger Raum, der von der Halle durch eine Reihe von Säulen abgetrennt war. Die Decke befand sich gute zwei Stockwerke hoch über ihnen. Galerien führten auf halber Höhe an den Wänden entlang, die mit Blumengirlanden und obendrein mit Clownmasken behangen waren. Charlies Mund klappte auf. »Fünfzehn Generationen meiner irischen Ahnen könnten in diesem Raum leben. Und erst diese Vase! Glauben Sie, die ist aus echtem Gold?«
»Wir sind hier, um zu arbeiten, nicht, um zu gaffen«, fuhr Matt ihn an. »Passen Sie lieber auf.«
»Tut mir leid, Captain«, sagte Charlie, obwohl dies keineswegs reumütig klang.
»Miss Cassidy«, sagte Hutton, worauf am Ende des Raumes ein Mädchen in einem blauen Kleid mit langen Ärmeln, hoch über dem Marmorboden auf der obersten Stufe einer Trittleiter stehend, sich zu ihnen wandte. Sie wurde blaß, und die Maske,

die sie an Seidenbändern in den Händen hielt, entglitt ihr und zerbrach auf dem Marmorboden. »Miss Cassidy!«
»Miss, ist Ihnen auch nichts passiert?« stimmte das Mädchen mit ein, das die Leiter hielt.
»Matt.« Sie blieb regungslos. Für einen Augenblick herrschte angespanntes Schweigen. »Du bist in der Mordsache hier.«
»Miss Cassidy.« Matt begrüßte sie mit ausdrucksloser Miene, worauf ihn Charlie neugierig anschaute. Matt war sich schmerzlich bewußt, wo und wer er war. Vor fünf Jahren, die ihm wie eine Ewigkeit erschienen, war dieses Mädchen fast eine Schwester für ihn gewesen. Jetzt war sie eine von den *Cottager*s, und mehr als nur ihre Stellung trennte sie. Fünf Jahre und ein Treuebruch.
»Wir würden uns gern mit Ihnen unterhalten.«
Ihre wallenden Röcke zusammenraffend, stieg Brooke rasch von der Leiter. Den ganzen Morgen hatte sie schon damit gerechnet, seit sich die Nachricht von der Leiche, die auf dem *Cliff Walk* gefunden worden war, im ganzen Haus verbreitet und bei allen Bestürzung hervorgerufen hatte. Noch ein Mord. Lieber Himmel! Würde das denn nie aufhören?
»Ja, natürlich. Ich denke mir, daß du gerne mit jedem hier im Haus sprechen willst.«
Matt nickte zustimmend. »Richtig.«
Brooke nickte. Es war ihr ein Rätsel, wie sie es fertigbrachte, sich so zusammenzunehmen. »Hutton, würden Sie sich bitte darum kümmern?«
»Sie kennen *diese* – Gentlemen –, Miss?« fragte Hutton.
»Ja.« Oh ja. Wie seltsam, Matt nach all den Jahren ausgerechnet hier wiederzusehen. Er gehörte zu einer anderen Zeit und zu einem anderen Ort, als ihre Väter Kollegen bei der Newporter Polizei gewesen waren. Damals war sie keine von den *Cottager*s gewesen, sondern eine Kleinstädterin, die ein gewöhnliches Leben in Newports *Fifth Ward* geführt hatte. Seitdem war es komisch, jeden Sommer hierher zurückzukehren.

Einst war es ihr Zuhause gewesen, jetzt war sie eine Außenseiterin, und ihre alten Freunde fühlten sich nicht mehr wohl in ihrer Gegenwart. Matt offensichtlich eingeschlossen. Natürlich hatte sie gewußt, daß er ein Polizist geworden war. Das war die naheliegendste Berufswahl für den Sohn eines Polizisten.

»Hutton, bitte rufen Sie das Personal zusammen und erklären Sie ihnen, was los ist.«

»Was ist mit Mr. und Mrs. Olmstead, Miss?«

»Ich werde mit ihnen sprechen.«

»Sehr wohl, Miss.« Aufrecht, als ob er einen Besen verschluckt hätte, drehte sich der Butler um und ging gemessenen Schrittes aus dem Raum.

Brooke atmete auf und strich sich eine Haarsträhne aus der Stirn. »Bitte verzeih die Unordnung hier. Wir geben heute abend eine Gesellschaft und – aber das wird dich ja gar nicht interessieren.« Sie wandte sich an den Mann, der an Matts Seite stand, und schaute ihn mit unverhohlener Neugierde an. »Und Sie sind?«

»Sergeant Sweeney, Miss.« Er lächelte sie an. »Na, das ist ja vielleicht ein Haus.«

»Es ist nichts Besonderes, aber es ist ein Zuhause«, murmelte sie, wobei sie mit ihren Mundwinkel zuckte. »Bitte, meine Herren, setzen Sie sich doch.« Sie wies auf die Sessel, die auf dem Perserteppich in der Mitte des Zimmers standen.

»Miss?« sagte eine Stimme hinter ihr, und als sie sich umdrehte, erblickte sie Annie, das Mädchen, das, bevor die Polizei eingetroffen war, ihr beim Schmücken geholfen hatte. »Soll ich die Maske wegräumen?«

»Die Maske?« Brooke blickte auf die Porzellanscherben, die den Boden übersäten. »Ach du meine Güte. Tante Winifred wird Zustände bekommen. Ja, räum das weg, dann kannst du mit deinen anderen Aufgaben weitermachen.«

»Es tut mir leid«, wiederholte sie, während sie sich Matt zuwandte. »Wir sind heute alle völlig durcheinander. Bitte setzen Sie sich. Möchten Sie vielleicht etwas trinken?«

Matt betrachtete den vergoldeten, mit Satin überzogenen Sessel, auf den sie zeigte, und setzte sich dann vorsichtig, als befürchtete er, er würde sein Gewicht nicht aushalten. Charlie zeigte keine derartige Scheu, er machte es sich bequem und öffnete mit einer raschen Bewegung sein Notizbuch. »Nein, danke. Wir sind im Dienst.«

Brooke saß ihnen gegenüber. Das Gefühl von Unwirklichkeit verstärkte sich. In den alten Zeiten, den guten Zeiten, hatte ihr Vater manchmal die Fälle mit ihr besprochen. Jetzt war sie diejenige, die befragt wurde.

»Natürlich.«

»Nun gut.« Matt blickte auf sein Notizbuch und runzelte die Stirn. »Miss Cassidy–«

»Matt«, sein distanziertes Verhalten tat ihr weh, »wir kennen uns doch schon zu lange, um so förmlich zu sein.«

»Wie Sie wünschen, Miss – Brooke. Ist dir aufgefallen, ob jemand vom Personal vermißt wird?«

»Oh Gott!« rief Annie aus und ließ die Kehrschaufel geräuschvoll zu Boden fallen. Brooke sprang auf, mit der Hand faßte sie sich an den Hals. »Du glaubst, sie ist – eine von unseren Mädchen?«

»Wir haben die Leiche bisher noch nicht identifiziert.«

»Oh. Ist sie so wie die anderen umgekommen?«

»Sieht so aus.«

»Ach je! Hast du eine Ahnung, wer das getan hat?«

Matt seufzte, ein Geräusch, das alles bedeuten konnte.

»Wo warst du gestern nacht?«

»Ich war mit meiner Tante in Wakehurst. Wir haben uns ein Musical angesehen, und Onkel Henry war, so glaube ich, bei einer Versammlung des Casinovorstands.«

»Wir würden gern später mit ihnen sprechen. Wann bist du nach Hause gekommen?«

»Ziemlich früh. Gegen elf Uhr.«
Matt blickte von seinem Notizbuch auf. »Das nennst du früh?«
Brooke reckte trotzig ihr Kinn, als sie den Anflug von Kritik in seiner Stimme wahrnahm. »Ja, das ist es. Es war zu warm, um schlafen zu gehen, daher war ich noch eine Weile auf der Terrasse im zweiten Stock.«
»Hm.« Er machte sich Notizen. »Man hat von dort einen Blick auf den *Cliff Walk*, nicht wahr?«
»Ja.«
Bei dieser Antwort schaute er auf und blickte sie so durchdringend an, daß sie froh darüber war, daß sie nichts zu verbergen hatte. Er würde es bestimmt herausfinden, wenn dies nicht so wäre. »Hast du etwas gehört?«
»Nichts Ungewöhnliches, nein. Außerdem benutzen so viele Menschen den *Cliff Walk*.«
»Hm.« Matt blickte auf sein Notizbuch und formulierte die nächste Frage. »Hast du – was zum – !« Er brach ab und starrte nach draußen, wo ein Mann im Trikot durch die Luft flog, einen perfekten Salto schlug und dann aus seinem Blickfeld verschwand. »Was geht da draußen vor?«
»Wer? Oh.« Trotz der ernsten Lage mußte Brooke lächeln. »Das Fest meiner Tante.« Brooke machte eine wegwerfende Handbewegung. »Das ist ein Zirkus.«
Matt blickte unter seinen Augenbrauen hervor. »Offensichtlich.«
»Nein, ich meine das wörtlich. Es tut mir leid, ich sollte dir das näher erklären. Schau, meine Tante möchte, daß der heutige Abend etwas Besonderes wird. Denn schließlich ist das unsere Einweihungsparty. Bis letzte Woche hatten wir eine überdachte Gartenparty im Haus geplant, mit Rasen, Bäumen in Kübeln und einem Bach. Das Übliche eben.«
Matt und Charlie tauschten rasch einen Blick. »Durchaus.«
»Aber Tante Winifred fand das langweilig. Ich weiß auch nicht, woher sie die Idee mit dem Zirkus hat!« Brooke strich sich eine

Haarsträhne aus dem Gesicht, und Matts Blick blieb an ihrer Hand haften. Sie war so weiß und wirkte so weich wie die des Opfers. Matts Unbehagen wuchs. »Ich kann dir gar nicht sagen, was ich alles durchgemacht habe, um so kurzfristig Zelte für die Schaubudenstraße aufzutreiben und die Unterhaltungskünstler zu organisieren. Aber das interessiert dich ja bestimmt nicht.«

»Nur, wenn es zum Fall gehört.« Er schwieg. »Warum machst du diese Arbeit und nicht deine Tante?«

Brookes Haltung versteifte sich. »Ich fungiere als ihre persönliche Sekretärin.«

»Oh«. Eine Reihe von Dingen fiel ihm ein, die er ihr dazu hätte sagen können, aber er verwarf sie alle. Jetzt war nicht der richtige Augenblick, die Vergangenheit zur Sprache zu bringen.

»Ja, wo waren wir stehengeblieben. Du hast also gestern nacht nichts Verdächtiges gehört?«

»Nein, nichts.«

Matt wandte sich an Annie, die schon lange nicht mehr so tat, als ob sie saubermachte, sondern angeregt zuhörte. »Was ist mit Ihnen?«

»Mit mir, Sir?«

»Ja, mit Ihnen.«

Annie wich vor Schreck zurück an die Wand. »N-nichts, Sir.«

Brooke drehte sich zu ihr um. »Annie, weißt du irgend etwas darüber?«

Annie verschränkte nervös die Hände. »Oh Miss, ich habe nichts Unrechtes getan, das schwöre ich.«

»Das hat auch niemand behauptet. Warst du gestern nacht aus?«

»Nein. Ja.«

»Was stimmt denn jetzt?« fragte Matt kurzangebunden. Brooke warf ihm einen Blick zu. »Meine Tante hat eine Regelung für Dienstboten erlassen, die ohne Erlaubnis ausgehen. Insbesondere, wenn sie nicht allein sind.«

Ihre Stimme wurde sanft. »Du wirst deine Anstellung nicht verlieren, Annie. Mit wem warst du aus?«
Annie blickte zu Boden. »Mit Sam, Miss.«
»Sam?« fragte Matt.
»Sam Thompson. Er ist Diener auf *Beaulieu*. Wir gehen regelmäßig zusammen aus«, fügte sie trotzig hinzu.
»Auf dem *Cliff Walk*, Annie?«
»Ja, Sir.«
»Haben Sie irgend etwas gesehen?«
»Nein, Sir, und gehört auch nichts. Wir waren unten bei den *Forty Steps*.« Sie schaute rasch zu Brooke hinüber. »Da war so was wie eine Party.«
Matt nickte. Er wußte genau, daß die Dienstboten der *Cottage*s sich oft bei den *Forty Steps* trafen, der steilen Steintreppe, die vom *Cliff Walk* abwärts zu den tückischen Felsen und der donnernden Brandung führte. Als Polizist war er mehr als einmal wegen Ruhestörungen dorthin gerufen worden.
»Wann war das?«
»Um Mitternacht.«
»Hm.« Matt lehnte sich zurück und rieb sich das Kinn. »Der genaue Zeitpunkt des Todes ist uns noch nicht bekannt, aber ...«
»Der Mord muß danach passiert sein«, sagte Brooke. »Die Leiche wurde zwischen den *Forty Steps* und unserem Tor gefunden.«
»Hm?« Matt warf ihr einen Blick zu. »Ja, sieht so aus. Wem hätte gestern abend noch etwas auffallen können?«
»Ich weiß es nicht, Matt. Ich habe nichts weiter gehört. Aber andererseits will das Personal auch seine Anstellung behalten.«
»Alles, was es mir erzählt, wird vertraulich behandelt, außer es wird für die Untersuchung benötigt.« Er runzelte die Stirn. »Würde deine Tante das Personal wirklich dafür feuern, daß es ausgeht?«
»Nein. Sie würde mich damit beauftragen.«

»Eine reizende Dame! Nun ja.« Er stand auf. »Ich würde jetzt gern mit dem Personal reden.«
»Natürlich. Du wirst sie nicht lange aufhalten, oder?«
»Falls jemand etwas weiß, wird das nicht zu vermeiden sein.«
»Aber es haben alle soviel zu tun, mit der Gesellschaft ...« Sie unterbrach sich selbst. Durch ihr Leben als eine der *Cottagers* war sie manchmal so sehr mit gesellschaftlichen Dingen beschäftigt, daß sie vergaß, worauf es wirklich ankam. »Verzeih mir. Das ist natürlich viel wichtiger. Tante Winifred wird darüber nicht erfreut sein«, fügte sie leise hinzu.
»Detective.« Ein Polizist erschien an der Glastür, die zur Veranda führte. »Der Gerichtsmediziner ist da.«
»Ich komme gleich.« Matt schlug mit einer raschen Bewegung das Notizbuch zu. »Fällt dir noch irgend etwas ein, was du mir sagen könntest?«
»Nein.« Brooke schüttelte den Kopf. »Aber wenn ja, dann melde ich mich bei dir.«
»Sir?« sagte Annie mit zögernder Stimme, und Matt drehte sich um. »Wer ist sie?«
»Das wissen wir noch nicht. Wird hier jemand vom Personal vermißt?«
Brooke und Annie tauschten einen Blick. »Nicht daß ich wüßte, aber ich werde Mrs. Smith fragen, um sicherzugehen. Lieber Himmel.« Brooke ging mit ihnen bis zur Glastür, die auf die Terrasse führte, von wo man auf den Rasen blickte. Annie folgte ihnen. »Aber ich hoffe nicht.«
»Wie gut kennen Sie das Personal in den anderen Häusern, Annie?« fragte Charlie und meldete sich zum ersten Mal zu Wort, seitdem die Befragung begonnen hatte.
»Ziemlich gut, Sir.« Sie schluckte schwer. »Meinen Sie – glauben Sie, es könnte jemand sein, den ich kenne?«
»Würden es Ihnen etwas ausmachen, sich die Leiche einmal anzuschauen?« fragte Matt freundlich.
Sie schluckte wieder. »Nein. Ich denke nicht.«

»Matt, ist das notwendig?« widersprach Brooke.
»Wir müssen herausfinden, wer sie ist«, sagte Matt.
»Dann komme ich mit euch.«
Annie warf ihr einen dankbaren Blick zu. »Danke, Miss.«
»Das ist nicht nötig, Brooke.«
»Annie ist eine Freundin.« Brooke reckte entschlossen ihr Kinn. »Natürlich werde ich sie begleiten.«
»Eine Freundin?«
Brooke blieb beharrlich. »Jawohl. Eine Freundin.«
»Schön.« Matt wandte sich ab. »Es wird nicht lange dauern.«
»Gut, dann laßt uns jetzt gehen.« Brooke schritt voran, kerzengerade und mit hocherhobenem Kopf, Annie war direkt hinter ihr. Matt folgte ihnen und fragte sich, wann ihm wohl die Kontrolle über das Gespräch entglitten war.
»Ich bin stolz auf Sie, Captain«, murmelte Charlie, als sie den Rasen hinter den zwei Frauen überquerten. »Sie haben dieses Mal nicht die Beherrschung verloren. Vielleicht werden Sie ja letzten Endes doch Ihre Stelle behalten.«
»Ich sagte es Ihnen ja. Das war heute ein glücklicher Zufall.«
»Wie?«
»Miss Cassidy.«
»Woher kennen Sie sie, Captain? Sie ist durch und durch eine Dame.«
»Ach ja?«
»Dabei dachte ich immer, Sie hätten nichts mit den *Cottager*s zu tun.«
»Sie ist Michael Cassidys Tochter.«
Charlie verschlug es die Sprache. »Big Mike Cassidys Tochter?«
Brooke blickte sich zu ihnen um. »Habe ich da meinen Namen gehört?«
»Sie sind Big Mike Cassidys Tochter?«
Brookes Lächeln wirkte gezwungen. »Ja.«
»Jesus!« Charlie blickte zurück zum Haus. »Wie sind Sie denn hier gelandet?«

»Meine Tante und mein Onkel haben mich aufgenommen, nachdem meine Eltern gestorben waren.« Ihre Schritte wurden langsamer, als sie durch das riesige Tor auf den *Cliff Walk* gelangten.
»Liegt sie da?«
Matt schaute an ihr vorbei. Hinter der Absperrung aus Seilen lag ein Bündel, in eine Decke gehüllt, auf einer Bahre. Daneben schrieb der Gerichtsmediziner etwas in sein Notizbuch, sein altmodischer Prinz-Albert-Mantel war bis zum Hals zugeknöpft. Die Zahl der Neugierigen hatte sich vergrößert, während die Reporter eifrig ihre Geschichten kritzelten.
»Ja. Warten Sie bitte einen Augenblick hier! Dr. Chandler?«
Der Mann blickte auf, als Matt sich bei ihm meldete, und schob sich die Brillengläser in die Stirn. »Tut mit leid, daß ich Sie habe warten lassen. Gibt es etwas Neues?«
»Tod durch Strangulierung, aber das wissen Sie ja schon.« Die Stimme des Gerichtsmediziners wurde lauter, als er die Decke an einer Ecke anhob und auf die Bahre hinunterblickte. »Wann der Tod genau eintrat, ist schwer zu sagen, aber ich vermute, so gegen Mitternacht. Nach der Autopsie werde ich mehr wissen.« Erneut warf er einen Blick auf die Leiche, dann ließ er die Decke fallen. »Haben Sie schon eine Ahnung, wer sie ist?«
Matt blickte zurück zu Annie und Brooke, dann trat er näher an Dr. Chandler heran, seine Stimme wurde so leise, daß ihn die Umstehenden nicht verstehen konnten. Dr. Chandlers Gesichtsausdruck, der zuerst von beruflichem Interesse geprägt war, zeigte bei Matts Worten Überraschung, und sein Blick streifte die beiden Mädchen.
»Sie reden gerade über uns, Miss«, sagte Annie. »Glauben die etwa, daß es eine von uns getan hat?«
»Sei nicht albern!« erwiderte Brooke scharf, obwohl sie zu gern gewußt hätte, was da gerade gesprochen wurde. »Natürlich nicht.«

»Es tut mir schon leid, daß ich mich überhaupt dazu bereiterklärt habe. Glauben Sie, wenn ich zum Haus zurückgehe ...«
»Ich bin bei dir, Annie. Es wird dir nichts geschehen.«
»Ich habe noch nie zuvor einen toten Menschen gesehen. Zumindest noch keinen, der nicht aufgebahrt war.«
»Es wird alles gut, Annie.« Brooke trat von einem Fuß auf den anderen. Die neugierige Menge war unschlüssig, wem sie mehr Aufmerksamkeit schenken sollte, Brooke oder der Leiche. Die Reporter riefen ihr Fragen zu, die sie nicht beachtete. Auch sie wünschte sich in die sicheren Mauern von *Belle Mer* zurück.
»Nun ja, so könnte es sein«, ertönte Dr. Chandlers Stimme. Er steckte seine Brille in die Jackentasche, gab Matt die Hand, dann bückte er sich unter dem Seil hindurch, das der diensthabende Polizist für ihn hochhielt. »Ich melde mich bei Ihnen, sobald ich die Autopsie durchgeführt habe. Meine Damen.« Er nickte Brooke und Annie zu, als er an ihnen vorbeikam, und ging dann auf seine Kutsche zu, die ihn auf der Straße erwartete.
Nun waren sie an der Reihe. Brooke konnte es von Matts Gesicht ablesen.
»Annie. Wenn Sie hier entlangkommen wollen«, sagte er. Annie drehte sich zu ihr um, in ihrem Gesicht lag ein flehender Ausdruck. »O, Miss ...«
»Ich bin doch bei dir, Annie.«
»Du mußt nicht mitkommen, Brooke.« Matt trat ihr in den Weg. »Es ist kein besonders schöner Anblick.«
»Sie braucht mich.« Brooke ging rasch an ihm vorbei und holte Annie ein, die jetzt genau an der Bahre stand. »Ich bin hier, Annie.«
»O, Miss –«
»Wann immer Sie bereit sind«, sagte Charlie ruhig. Auch er stand an der Bahre, und Annie blickte von ihm zu Brooke. Dann hob sie den Kopf und nickte.
Charlie schlug die Decke vom Kopfende der Bahre zurück. »O

Gott!« schrie Annie, sie warf die Hände vors Gesicht und brach in lautes Schluchzen aus. »Das ist ja schrecklich.«
»Kennen Sie sie?« fragte Matt eindringlich.
»O Gott, o, ich wünschte, ich hätte niemals hingeschaut. O Gott.«
»Ich habe sie noch nie zuvor in meinem Leben gesehen. Oh, Miss Cassidy. Miss Cassidy?«
Brooke trat zurück, sie fühlte, wie ihr das Blut aus dem Gesicht wich. Geräusche nahm sie nur noch undeutlich wahr, als ob sie aus der Ferne zu ihr drängten. Es war schrecklich. Ihre zitternden Knie schienen sie nicht mehr zu tragen, sie sank in einiger Entfernung von der Bahre auf einen Felsen am Rand der Klippen. Es war kein Dienstmädchen, das hier getötet worden war. Auf keinen Fall. Lieber Gott, das war schlimmer, als sie es sich je hätte vorstellen können.
»Brooke?« Matt stand vor ihr, und sie schaute zu ihm auf. »Was ist los?«
»Ich kenne sie.«
»Was?« Er beugte sich zu ihr hinab.
»Ich kenne sie. Lieber Gott.« Sie schloß die Augen und versuchte zu vergessen, was sie gerade gesehen hatte, aber sie wußte, daß sie es nie vergessen würde.
»Es ist Rosalind Sinclair.«

2. KAPITEL

Die *Flying Bellissima Brothers* hatten ihre akrobatischen Kunststücke unter dem begeisterten Beifall aller Gäste vorgeführt. Nachtfalter und andere Insekten umschwirrten die hellen Lichter, die die Zirkuszelte erleuchteten, in denen die Gäste in Abendroben von *Worth* oder in maßgeschneiderten Smokings von *Brooks Brothers* umhergingen. Die Wahrsagerin, der Jongleur und die Glücksspiele wurden mit offenem Mund bestaunt, man kaute geräuschvoll Erdnüsse, nippte an rosafarbener Limonade und amüsierte sich blendend. Im Haus spielte ein Orchester, das man in der Galerie des Italienischen Saals aufgebaut hatte, und das Personal trug im Speisezimmer das Abendessen auf, das selbst die verwöhntesten Feinschmecker in Versuchung führen würde. Aber vergeblich.Nichts konnte die Gäste der Einweihungsparty auf *Belle Mer* in dieser warmen Sommernacht dazu bewegen, ins Haus zu gehen und die Attraktion eines Zirkus und die noch grausigere Attraktion einer echten Mordkulisse zurückzulassen. Brooke stand auf der Terrasse, einige Treppenstufen über dem Rasen, und blickte auf das Treiben; in ihrem Abendkleid aus blauer Ripsseide mit silberner Spitze war sie äußerlich ein Teil der Gesellschaft, doch innerlich war sie weit davon entfernt. In den letzten fünf Jahren hatte sie sich oft so gefühlt, aber heute war dieses Empfinden stärker als je zuvor. So sehr sie es auch versuchte, sie konnte an dem festlichen Treiben vor ihren Augen nicht teilhaben. Was sie heute früh gesehen und getan hatte, beschäftigte sie noch viel zu sehr.

»Brooke, wie konntest du nur?« hatte Tante Winifred geklagt und sie mit großen, blauen Augen vorwurfsvoll angeblickt. »Eine Leiche zu identifizieren gehört sich einfach nicht.«

»Es tut mir leid, Tante«, murmelte Brooke unwillkürlich und nippte an ihrem Tee, der kalt geworden war. Mehrere Stunden waren bereits vergangen, seitdem sie Rosalinds Leiche auf dem *Cliff Walk* gesehen hatte. Immer noch fühlte sie sich schwach, obwohl sie nun in Tante Winifreds oval geschnittenem Schlafzimmer geborgen war. Winifred, in weißer Bettjacke mit Rüschen, saß behaglich in ihrem gold-weiß glänzenden Bett mit einem emaillierten Chinoiserie-Tablett auf ihrem Schoß. Ihre Hunde, eine seltene Chihuahua-Rasse aus Mexiko, rekelten sich auf der rosa Satinsteppdecke. Aus unerfindlichen Gründen hatte Winifred sie nach englischen Dichtern benannt, aber Brooke erinnerten sie eher an schlechtgelaunte Ratten. In diesem Zimmer hatte sie sich noch nie richtig wohlgefühlt, denn es entsprach so ganz dem Geschmack ihrer Tante – der mit Rüschen versehene Frisiertisch und die satingepolsterten Sessel in viel zu vielen Rosatönen –, aber heute erschien es ihr wie ein sicherer Hafen. In schwierigen Zeiten brauchte sie einfach eine Familie.

»Ich weiß wirklich nicht, was du dir dabei gedacht hast. Grace!« Winifreds Stimme wurde schrill. »Der Tee ist kalt. Eine frische Kanne, wenn ich bitten darf. Wirklich«, wiederholte

sie, als ihr Hausmädchen Grace die Teekanne, den Stein des Anstoßes, entfernt hatte, »und gerade heute, wenn wir hier unsere erste Gesellschaft geben.«
»Ich versichere dir, das habe ich durchaus bedacht.«
»Sei jetzt bitte nicht so bissig, Brooke. Das schickt sich nicht. Nun, wir müssen darüber nachdenken, wie diese Situation zu retten ist.«
Brookes Tasse klirrte, als sie sie hart auf die Untertasse stellte.
»Wir werden die Gesellschaft heute abend doch wohl nicht geben!«
»Warum denn nicht? Was auf dem *Cliff Walk* passiert, geht uns nichts an. Wir werden sowieso schon unentwegt daran erinnert, daß er öffentliches Eigentum ist, nicht wahr? Warum also nicht, wir können ja noch nicht einmal unseren Teil einzäunen.«
Sie verzog das Gesicht. »Eine abscheuliche Sache. Wenn ich mir vorstelle, daß der Pöbel gerade jetzt dort draußen ist.«
»Ja, dort draußen sind Menschen. Tante, wir sollten die Gesellschaft absagen, wenn auch nur aus ganz gewöhnlichem Anstand–«
»Nein, das werden wir nicht. So kurzfristig kann das niemand ernsthaft von uns erwarten. Und das nach all der Arbeit, die ich damit hatte. Ich finde es äußerst unhöflich von diesem Polizisten – wie war noch sein Name?«
»Detective Devlin.«
»Devlin. Ja, natürlich ein Ire. Er war sehr unhöflich. Mir zu sagen, ich solle die Gesellschaft absagen. Als ob er das Recht dazu hätte!« Sie richtete sich mit gerötetem Gesicht auf. »Ein gewöhnlicher Polizist sagt mir, was ich zu tun habe!«
»Tante, dein Herz«, sagte Brooke, beunruhigt durch Winifreds Gesichtsfarbe. Brooke sah mit Erleichterung, daß Winifred sich wieder beruhigte und in die Kissen zurücksank. Sie nahm an, daß für ihre Tante von allen Unahnnehmlichkeiten des Tages die Tatsache am schlimmsten war, von einem Polizisten her-

unterbeordert worden zu sein, und dies zu allem Überfluß auch noch vor dem Frühstück.
»Bitte reg dich doch nicht so auf. Onkel Henry hat dir versprochen, daß die Gesellschaft stattfinden wird.«
»Ja.« Winifreds Stimme klang selbstgefällig. »Ich bin froh, daß er mit Senator Burdick befreundet ist. Er sollte doch in der Lage sein, Druck auf die Polizei auszuüben. Dieser Detective Devon ...«
»Devlin.«
»Wie auch immer. Er sollte seinen Platz in der Gesellschaft kennen. Ein viel zu aggressiver junger Mann.«
»Matt hat nur seine Arbeit gemacht, Tante.«
»Matt?« Winifred musterte sie. »Redest du diese Person bereits mit dem Vornamen an?«
»Ich kenne Matt seit Jahren, Tante. Wir waren befreundet.«
»Mit einem gewöhnlichen Polizisten?« Winifreds Stimme wurde um Oktaven schriller.
»Mein Vater war ein gewöhnlicher Polizist.«
»Bitte erinnere mich nicht daran. Oh, mein Herz.« Sie klopfte sich die Brust. »Ich habe heftiges Herzrasen. Grace! Meine Medizin, bitte. Sofort!«
»Nicht schon wieder«, murrte Brooke leise, stand jedoch auf und beugte sich über das Bett. Winifred hatte eine normale Gesichtsfarbe, und ihre Atmung war gleichmäßig. »Bitte beruhige dich!«
»Mich beruhigen!« Winifred blickte sie funkelnd über die vertraute braune Flasche von Mrs. Pinkhams Elixier hinweg an, die Grace ihr entgegenhielt. »Wenn ich erfahre, daß meine Nichte mit einem Polizisten verkehrt?«
»Das kann man wohl kaum so nennen.«
»Das will ich dir auch raten. Oh, gib schon her.« Winifred griff hastig nach der Flasche, nahm einen kräftigen Schluck und verzog über den Geschmack das Gesicht. »Du bist kurz davor, eine passable Partie mit Eliot Payson zu machen, und ich

möchte unter keinen Umständen, daß etwas dazwischenkommt. Brooke, du mußt mir versprechen, daß du Devlin nicht wiedersehen wirst.«

Die Erwähnung Eliots rief in Brooke ein Schuldgefühl hervor. Sie hatte heute kaum an ihn gedacht, und doch standen sie kurz davor, sich zu verloben. Tante Winifred hatte recht. Das war wichtig. »Ich werde ihn nicht wiedersehen, aber ...«

»Versprich es mir, Brooke.«

»Ich verspreche es dir, Tante.« Dieses Versprechen war leicht zu halten, da Matt ohnehin wenig Interesse an ihr gezeigt hatte. »Aber er wird sicherlich noch einmal mit uns reden müssen.«

»Kann er ja. Aber ich werde nicht zulassen, daß du den gleichen Weg einschlägst wie deine Mutter.« Winifred ergriff Brookes Hand und drückte sie. »Es ist schon schlimm genug, daß ich meine einzige Schwester verloren habe. Ich will nicht auch noch dich verlieren.«

Brooke erwiderte den Händedruck. »Du wirst mich nicht verlieren, Tante.«

»Das will ich auch nicht hoffen. Ich habe große Pläne mit dir, Brooke.«

»Ja, ich weiß.« Brooke entzog ihr die Hand. Sie war maßlos enttäuscht. Tante Winifred war ausschließlich um Brookes gesellschaftlichen Status besorgt. Wie hatte sie das nur vergessen können. Ihr vergangenes Leben in Newport strich sie am besten aus ihrem Gedächtnis. Und doch, in jenem Leben war sie solchen Situationen nie ausgesetzt gewesen ...

»Sie sehen aus, als ob Sie das hier gebrauchen könnten«, sagte eine Stimme neben ihr und riß sie aus ihren Gedanken. Vor ihr wurde weitergefeiert, aber es kam ihr alles so unwirklich vor nach alledem, was heute passiert war. Doch im Moment blieb ihr nichts anderes übrig, als eine gute Gastgeberin zu sein. Sie schaute auf und erkannte Miles Vandenberg, der ihr ein geschliffenes Kristallglas mit Champagner hinhielt. Brooke rang sich ein Lächeln ab, als sie das Glas entgegennahm.

»Vielen Dank, Mr. Vandenberg. Limonade wäre aber wahrscheinlich vernünftiger«, sagte sie und stellte den Champagner vorsichtig auf der breiten Granitbalustrade ab.

Miles stützte sich mit den Unterarmen auf die Balustrade; er war ein ziemlich junger Mann mittlerer Größe, dunkelhaarig und mit dunklen Augen; er trug einen Smoking, und eine rote Rose steckte an seinem Revers. Einige spotteten über den Smokingstil, aber Brooke gefiel er. Obwohl er fernab von der Modewelt lebte, gelang es Miles, auf dem laufenden zu bleiben.

»Sind Sie immer so vernünftig, Miss Cassidy?«

»Bei meiner Tante muß es ja jemand sein.« Sie nahm einen Schluck von ihrem Champagner. »Ah, das tut gut. Vielen Dank, Mr. Vandenberg.«

»Bitte, nennen Sie mich Miles. Ich denke, wir kennen uns lange genug, um auf Formalitäten zu verzichten. Sie sehen heute abend reizend aus, meine Liebe.«

Brooke starrte auf den *Cliff Walk*, bevor sie antwortete.

»Vielen Dank, Mr. – Miles.«

Miles wandte sich ihr stirnrunzelnd zu. »Sie klingen so abwesend? Langweile ich Sie?«

»Was? Oh nein, natürlich nicht.« Brooke lächelte kurz. »Ich habe an das tragische Ereignis von heute morgen gedacht. Den ganzen Tag konnte ich an nichts anderes mehr denken.«

»Das tragische Ereignis? Oh, Sie meinen Rosalind.« Miles leerte sein Glas. »Es erhöht die Spannung des Abends, nicht wahr?«

»Wie können Sie nur so etwas Schreckliches sagen.«

»Finden Sie? Werfen Sie doch mal einen Blick nach unten, meine Liebe.« Er wies auf den Rasen. »Die Leute sprechen über nichts anderes. Können Sie leugnen, daß es Ihre Gesellschaft zu einem Erfolg gemacht hat?«

Brooke schaute hinaus. »Es ist entsetzlich«, sagte sie zögernd. »Ja, aber wahr. Was glauben Sie, warum einige Leute hier sind? Aus Sensationslust natürlich. Freddie Jamison zum Beispiel. Er geht eigentlich nie zu solchen Festen.«

»Er kann von Glück reden, daß er nicht verhaftet worden ist, so wie er über die polizeiliche Absperrung gesprungen ist.«

»Stimmt. Aber es war auch klug von dem Polizisten, es nicht zu tun, schließlich mischt Freddies Vater in der Lokalpolitik mit. Und außerdem war es doch nur purer Übermut.«

»Der angeheiterten Art.«

Miles zuckte die Achseln. »Na und?«

Brooke warf ihm einen beunruhigten Blick zu. Eigentlich mochte sie Miles Vandenberg. Er sah gut aus, man kam rasch mit ihm ins Gespräch, und er hatte, wie sie, etwas von einem Außenseiter. Seine Frau war durch Krankheit an ihre Villa *The Point* gefesselt, so daß die Vandenbergs das ganze Jahr über in Newport lebten. Aber dies schien Miles nicht zu stören; er war von unbezahlbarem Nutzen, ein angenehmer Mann, der immer verfügbar war, um den Damen von Newport den Hof zu machen. Man konnte stets auf ihn zählen, wenn zum Abendessen eine Person fehlte oder wenn es darum ging, eine Dame der Gesellschaft, deren Ehemann sich auf seiner Yacht amüsierte oder noch bei der Arbeit in der *Wall Street* war, zum Konzert ins Casino oder zu einem Picknick am *Baileys Beach* zu begleiten. Er war immer äußerst gepflegt und ausgezeichnet gekleidet, der perfekte Gentleman. Ohne sich viele Gedanken darüber zu machen, hatte Brooke ihn immer gemocht. Heute abend jedoch störte sie seine Einstellung und die der Gäste. Ein Mädchen war gestorben, und die Leute schienen sich nur aus Sensationslust zu interessieren.

»Es ist schrecklich«, sagte sie unvermittelt.

»Was denn?«

Brooke blickte ihn überrascht an. »Na, die Morde natürlich.«

»Lassen Sie uns doch ehrlich sein, meine Liebe. Niemand hat

Rosalind wirklich gemocht. Niemand bedauert, daß sie tot ist.«
Brooke schnappte nach Luft. »Das ist doch furchtbar.«
»Aber wahr. Oder wollen Sie mir etwa sagen, daß Sie sie gemocht haben?«
»Ich – sie tat mir leid.«
»Nun, verstehen Sie, worauf ich hinaus will? Niemand trauert um sie. Außer vielleicht ihren Eltern.«
»Das ist schrecklich«, wiederholte Brooke und erschauerte, weil er recht hatte. Rosalind war nicht sehr beliebt gewesen, dafür hatte ihre scharfe Zunge gesorgt. Und doch sollte ihr Tod mehr als ein bloßer Skandal sein. »Sie war ein Mensch. Wie auch die anderen armen Mädchen.«
»Für die interessiert sich aber auch niemand. Schließlich waren sie ja nur Dienstmädchen.«
Brooke griff haltsuchend nach dem Rand der Balustrade. Es traf sicher zu, daß die »High Society« sich wenig Gedanken über die Toten machten, aber Brooke, die mehr Freunde unter den Dienstboten zählte als in der feinen Gesellschaft, hatten sie etwas bedeutet.
»Sie haben nicht verdient, was ihnen zugestoßen ist«, sagte sie und beherrschte sich nur mühsam.
»Oh, das bezweifle ich nicht. Ich bin einer von ihnen begegnet.«
Brooke schaute auf. »Sind Sie das? Wo?«
»Oh, es war reiner Zufall. Sie ist mit einem meiner Diener ausgegangen, ich vergesse immer seinen Namen. Jedenfalls war sie irgendwann einmal bei uns auf *At the Point*. Ein hübsches Mädchen. Was für eine Schande«, fügte er geistesabwesend hinzu.
»Das stimmt. Ein Diener, nicht wahr? Ich könnte mir vorstellen, daß er unter Verdacht steht.«
»Das denke ich mir auch. Ich frage mich, ob ich ihn weiter beschäftigen soll?« Für einen Augenblick starrte er hinaus auf

den Rasen, dann drehte er sich zu ihr um und lächelte. »Das ist eine langweilige Unterhaltung, Brooke. Könnten wir nicht das Thema wechseln?«

»Haben Sie mit der Polizei gesprochen?«

»Worüber? Daß ich das Mädchen auf meinem Landsitz gesehen habe? Nein, warum sollte ich?«

»Es könnte ihnen weiterhelfen.«

»Ich kann mir nicht vorstellen, wie.« Miles hob sein Glas und runzelte die Stirn, als er feststellte, daß es leer war. »Nein, ich habe nicht vor, es ihnen zu erzählen, Brooke. Ich werde über gar nichts mit ihnen sprechen.«

»Wie sollen sie die Verbrechen aufklären, wenn ihnen niemand dabei hilft?«

Miles stellte sein Glas ab und wandte sich ihr zu. »Das beunruhigt Sie«, sagte er langsam. »Ich frage mich, warum.«

»Brooke«, rief hinter ihnen eine Stimme, und abgelenkt drehte Brooke sich um.

»Oh, Eliot.«

»Warum versteckst du dich hier oben, Liebling? N' Abend, Vandenberg«, fügte Eliot Payson hinzu. Er beugte sich vor, um Brooke auf die Wange zu küssen.

Miles nickte. »Payson.«

»Die Leute fragen sich schon, wo du bist«, fuhr Eliot fort und stellte sich neben Brooke.

Brooke schaute zu ihm auf. Sein helles, braunes Haar war zerzaust, und sein Atem roch nach Brandy. Selbst wenn er zuviel getrunken hatte, war das weder an seinem Auftreten noch seiner Stimme spürbar. Das war es nie. Ihr ging es durch den Kopf, wie sie wirken mußte, flankiert von zwei gutgekleideten und attraktiven Männern, und sie fragte sich, was die Leute wohl denken würden, wenn sie wüßten, wie ihr wirklich zumute war.

»Amüsierst du dich?«

»Ich würde mich besser unterhalten, wenn du bei mir wärst.«

Er grinste Miles gekünstelt an. »Sie dürfen sie nicht so mit Beschlag belegen, Vandenberg.«
Miles erwiderte die aufgesetzten Höflichkeiten mit einem Nicken. »Das würde mir nicht im Traum einfallen, alter Knabe. Sie ist ganz die Ihre.«
»Also wirklich!« Verärgert über beide Männer, riß sich Brooke aus Eliots Umarmung. »Wolltest du etwas Bestimmtes, Eliot? Ich muß jetzt hineingehen und schauen, ob schon alles vorbereitet ist.«
»Äh, nein.« Eliots verständnisloser Blick ärgerte sie noch mehr. »Ich wollte dich bloß sehen, das ist alles. Ach ja, und deine Tante meinte, wir könnten jetzt vielleicht versuchen, alle ins Haus zu holen.«
»Eine gute Idee. Bitte geh und sage allen Bescheid«, fuhr sie ihn an, dann drehte sie sich auf dem Absatz um und stolzierte über die Terrasse zu den Glastüren, die ins Haus führten. Die beiden Männer starrten ihr verwundert nach.
Kaum im Haus angekommen, atmete Brooke auf und strich sich eine Haarsträhne aus dem Gesicht. Verflixt, ihre Haare lösten sich wieder, dachte sie geistesabwesend und schob die Strähne zurück an ihren Platz. Ihr plötzlicher Wutanfall war wie üblich schnell vorbei. Es war nicht fair, wegen dieser Sache wütend auf Eliot zu sein. Schließlich konnte er nichts dafür. Er war nun einmal so, und normalerweise akzeptierte sie das auch. Sie konnte weder ihn noch irgend jemanden der Gäste ändern, so sehr sie auch über deren Verhalten beschämt war. Sicherlich gab es jemanden, der aufrichtig um Rosalind trauerte; sicherlich gab es viele, die den Tod vier junger Frauen, ob Dienstmädchen oder nicht, für tragisch hielten. Sie hatte wegen der Ansicht eines Mannes überreagiert. Doch ihr Unbehagen blieb, als sie ins Speisezimmer ging, um dort die Vorbereitungen zu überprüfen. Ihre Welt war völlig durcheinandergeraten. Unter Huttons prüfendem Blick war Annie gerade dabei, das Silberbesteck vorschriftsmäßig auf

der riesigen Mahagonianrichte zurechtzulegen, als Brooke das Speisezimmer betrat.
»Oh, Miss! Kommen die Gäste schon so bald?« rief sie aus.
»Ahem.« Hutton räusperte sich. »So spricht man nicht mit Miss Cassidy, McKenna.«
»Es ist schon in Ordnung, Hutton.« Sie schenkte beiden ein rasches, gequältes Lächeln. Sie mochte Annie, und durch das, was sie am Morgen gemeinsam durchgemacht hatten, fühlte sie sich ihr heute abend noch verbundener.
»Ja, wir versuchen gerade, sie ins Haus zu holen. Der Zirkus scheint mir zu erfolgreich zu sein.«
»Dann sehe ich jetzt nach, ob alles andere bereit ist, Miss«, sagte Hutton und verließ den Raum.
»Puh!« Annie ließ eine schwere Silbergabel auf den Tisch fallen. »Ich hätte nicht gedacht, daß ich unter dem Blick vom alten Fischauge überhaupt etwas richtig machen würde.«
»Annie«, tadelte Brooke.
Annie grinste reuelos. »Tut mir leid, Miss. Ich habe nichts gegen Mr. Hutton, aber heute war einer von diesen Tagen.« Ihr Lächeln verschwand. »Geht es Ihnen gut, Miss?«
»Ja, warum nicht?«
»Ich kann an nichts anderes denken – na ja, Sie wissen schon.«
»Ja, ich weiß, Annie.« Die letzte Wut verflog. Warum eigentlich konnten nicht auch Eliot oder ihre Tante ihretwegen besorgt sein und sich fragen, wie sie mit dieser Sache fertig wurde, statt sie als ein Ärgernis abzutun? »Du wirst es vergessen.«
»Das hoffe ich, Miss.« Annie runzelte die Stirn, als sie den Griff eines Löffels an ihrer Schürze polierte und ihn dann hinlegte. »Miss?«
Brooke, schon auf dem Weg zurück zum Italienischen Saal, wandte sich um.
»Was?«
»Ich – oh, nichts.«

Brooke ging zurück in das Zimmer. Annie blickte beunruhigt und runzelte die Stirn.
»Was ist los, Annie?«
»Oh, es ist nichts, Miss. Sie werden mich bestimmt für albern halten.«
»Vielleicht werde ich das.« Brooke lächelte. »Aber erzähle es mir trotzdem. Ich sehe doch, daß dich etwas beschäftigt.«
Annie blickte sie kurz an und richtete dann ihre Aufmerksamkeit wieder auf das Silberbesteck. »Es ist nur – na ja, ich dachte, ich hätte jemanden gehört.«
Brooke runzelte die Stirn. »Jemanden? Ich verstehe dich nicht.«
»Nein, Miss. Aber ich habe heute abend eine Stimme gehört, die ich vorher schon einmal gehört habe.«
Brooke wartete. »So?« hakte sie nach.
»Ich glaube, daß ich sie bereits auf dem *Cliff Walk* gehört habe.«
»Auf dem *Cliff Walk*? Wann?«
Annie legte das Silber nieder und blickte sie direkt an.
»In einer der Mordnächte, Miss.«
Brooke hielt den Atem an. »Annie! Warst du etwa abgesehen von gestern abend auch an anderen Nächten dort draußen?«
»Ja, Miss.« Annie vermied es, sie anzuschauen. »Es war in der Nacht, als das dritte Mädchen getötet wurde.«
»Um Himmels willen. Warum hast du mir das nicht vorher gesagt?«
»Ich dachte, Sie schimpfen mit mir, Miss.«
»Du hättest es verdient«, sagte sie streng. »Aber was meinst du damit, daß du eine Stimme gehört hast? Das verstehe ich nicht.«
»Ich doch auch nicht.« Die Furchen auf Annies Stirn vertieften sich. »Damals habe ich noch nicht soviel darüber nachgedacht, verstehen Sie, und seither habe ich versucht, mir darüber klar zu werden. Aber woran ich mich erinnere, ist, daß

ich gerade wieder zurückgekommen war. Also, ich war gerade durch die Tore, aber ich wollte noch nicht reingehen. Daher blieb ich noch draußen am Rande des Rasens. Es war eine wundervolle Nacht. Warm und mit ganz vielen Sternen.«

»Ich erinnere mich.«

»Ich war gerade dort angekommen, als ich jemanden auf dem Weg vorbeigehen hörte. Nun, ich habe mir nichts dabei gedacht, weil ja viele Leute an den Klippen waren, aber er sprach mit sich selbst. Und er sagte: ›Das ist Nummer drei.‹ «

Brooke lief eine Gänsehaut über den Rücken. »Bist du sicher, daß er das sagte?«

»Ja, Miss, soweit ich mich erinnern kann. Aber ich war abgelenkt, wissen Sie.«

Brooke schaute sie mit hochgezogenen Augenbrauen an. »Warst du allein, Annie?«

»Nein, Miss.« Annie schaute Brooke nicht an. »Sam war bei mir.«

»Aha. Ich verstehe. Hat er die Stimme auch gehört?«

»Er sagt nein. Aber er war auch abgelenkt.«

Trotz der ernsten Situation konnte sich Brooke kaum ein Lächeln verkneifen. »Oh. Weißt du genau, daß du dir auch nichts einbildest, Annie?«

»Nein, Miss. Ich habe immer wieder und wieder darüber nachgedacht, und ich bin mir sicher, daß das seine Worte waren: ›Das ist Nummer drei.‹ Ich würde die Stimme wiedererkennen. Mir ist sie doch heute abend aufgefallen, oder?«

Brooke spürte, wie ihr ein weiterer Schauer über den Rücken lief. »Heute abend?« fragte sie scharf. »Wo?«

»Hier, Miss.« Annie schaute zu Brooke auf und dann rasch wieder weg. »Es ist einer der Gäste, Miss.«

3. KAPITEL

Das kann nicht sein!« rief Brooke aus.
»Alles, was ich weiß, ist, was ich gehört habe, Miss, und ich habe diese Stimme heute abend wieder gehört«, sagte Annie.
»Aber das heißt doch gar nichts.«
»Nein? Da läuft jemand über den *Cliff Walk* und sagt etwas von einer Dritten in der Nacht, in der das dritte Mädchen getötet wird? Bei diesem Gedanken bekomme ich eine ganz schöne Gänsehaut.«
Brooke erging es nicht anders. Aber der Gedanke, daß einer ihrer Gäste, jemand, den sie kannte, der Mörder sein sollte, war einfach lächerlich. »Der Mörder ist ein Wahnsinniger«, sagte sie und wiederholte damit, was alle anderen in den letzten Wochen gesagt hatten. »Nur der Himmel weiß, warum er mit Vorliebe Dienstmädchen tötet, aber ...«
»Miss Sinclair war kein Dienstmädchen, Miss.«
Annies Worte ließen Brooke jäh innehalten. Nein, Rosalind war kein Dienstmädchen gewesen. Aber warum hatte sie sich

dann wie eines gekleidet? Und hätte der Mörder möglicherweise wissen können, daß sie auf dem *Cliff Walk* sein würde? »Woher hatte sie die Dienstmädchenuniform, Annie?«

»Ich weiß es nicht, Miss.« Annie mied Brookes Blick. »Ich bin jetzt fertig hier, Miss. Kann ich jetzt in die Küche gehen?«

»Ich – ja. Nein, warte.« Es gab nur einen Ort, wo Rosalind die Uniform hätte hernehmen können. Ihr eigenes Zuhause. »Hat eines der Dienstmädchen auf *Claremont* ihr die Uniform gegeben?«

Annies Augenlider zuckten verdächtig. »Ich weiß nicht, Miss. Kann ich jetzt gehen?«

Brooke starrte sie einen Moment lang an. Annie blickte arglos, aber ihr Verhalten, die Art, wie sie die Arme über der Brust kreuzte, verrieten etwas ganz anderes. Annie wußte offensichtlich etwas. Aber es war genauso offenkundig, daß sie es nicht preisgeben würde.

»Du mußt der Polizei erzählen, was du gehört hast.«

»Ich? Nie im Leben. Ich meine, bitte, tut mir leid, Miss, nein.«

»Warum nicht?«

»Sie glauben wirklich, die werden mir glauben? Mir, einem Dienstmädchen, das einen Reichen beschuldigt?«

»Detective Devlin bestimmt.«

»Nein, Miss. Das würde niemand. Außerdem ist es besser, sich nicht mit der Polizei einzulassen.«

»Annie …«

»Ich muß gehen, Miss«, sagte Annie und lief förmlich aus dem Speisezimmer, während Brooke ihr enttäuscht nachschaute. Zwei Menschen, mit denen sie heute abend gesprochen hatte, wußten etwas, das den Ermittlungen hätte weiterhelfen können, und keiner von ihnen wollte mit der Polizei sprechen. Merkwürdigerweise verstand sie Annies Weigerung, ihre Überzeugung, daß ihr nicht geglaubt würde, und Miles, mit der Selbstsicherheit des Reichen, betrachtete die Untersuchung als unter seiner Würde. Er war nicht der einzige *Cottager*, der so dachte;

nach dem, was sie heute abend in den Unterhaltungen gehört hatte, bezweifelte sie, daß irgend jemand mit der Polizei zusammengearbeitet hatte. Vorher hatte das nicht viel ausgemacht, aber jetzt, nachdem sie gehört hatte, was Annie wußte ...

Schaudernd drehte sich Brooke um und ging, fast wie in Trance, in den Italienischen Saal, die Arme vor dem Körper verschränkt, ihre Haut reibend, als ob sie sich wärmen wollte. Die Leute strömten allmählich in die Halle, ihre Stimmen hallten von der hohen Decke wider, was sie aber kaum wahrnahm. Wenn Annie recht hatte, könnte der Mörder einer der *Cottager* sein. Es war schwer zu glauben, fast unmöglich, und doch ... Ihr Vater hatte nie versucht, ihr die wahre menschliche Natur zu verheimlichen, und sie war mit der Erkenntnis aufgewachsen, daß die Reichen, so wie alle anderen auch, zu Übeltaten fähig waren. Sie hatte den Beweis dafür selbst erlebt, aber nie war die Situation so ernst gewesen. Es wäre sinnlos, Annie zu zwingen, ihre Geschichte zu erzählen. Also mußte Brooke es tun, da sie als einzige davon wußte.

Unvermittelt hielt sie inne. »Brooke?« sagte eine Stimme, sie schaute auf und erblickte Eliot. »Geht es dir gut?«

»Was? Ja.« Natürlich mußte sie zur Polizei gehen. Das hätte ihr Vater von ihr erwartet. Würde er noch leben, und sie wäre ein Junge geworden, wäre sie wahrscheinlich jetzt selbst bei der Polizei und würde dafür sorgen, daß ihr Vater stolz auf sie wäre.

»Brooke«, wiederholte Eliot.

»Was?« Sie blinzelte und konnte ihn klar erkennen. »Ja, Eliot, was ist los?«

»Ich habe gefragt, ob es dir gut geht. Du bist so blaß.«

»Bin ich das?« Sie legte eine Hand an ihre Wange. »Es ist ziemlich kühl, nicht wahr?«

»Nein, finde ich nicht. Nun ja, macht nichts, solange es dir gut geht. Deine Tante wünscht, daß wir den Tanz eröffnen, sobald

alle im Haus sind.«
»Ja, natürlich.« Sie legte ihre Hand auf seinen Arm und ließ sich von ihm in den Saal führen. Heute abend mußte sie diese Farce von einem Ball mitmachen. Was sie jedoch morgen tat, stand auf einem anderen Blatt. Mit dem, was sie wußte, würde sie Matt aufsuchen, und es war ihr gleich, was ihre Tante oder sonstwer dazu sagen würden. Sie dachte vielmehr daran, daß ihr Vater bestimmt stolz auf sie gewesen wäre

Die Polizeistation von Newport befand sich auf einer ungepflasterten Straße in der Nähe des Hafenviertels, von der *City Hall* und dem Zollhaus aus gesehen, den Marktplatz hinunter gegenüber der alten *Trinity Church*. Obwohl sie nicht weit von der *Bellevue Avenue* und den Villen entfernt war, war dieser Bezirk der Stadt wie eine völlig andere Welt. Zwar lagen in der Nähe des Hafens, wo die Wettkämpfe für das berühmte *America's-Cup*-Rennen abgehalten wurden, die Anlegestellen für die großen Dampfer der *Fall River Line* mit ihren reichen Passagieren aus New York; aber andererseits befanden sich dort auch die Piers der Fischereiflotte; die Anlegestelle der Fähre aus Jamestown nach Conanicut, der Insel gegenüber der Bucht; und weiter unten die *Torpedo Station* und die Docks, die der Marine gehörten. Newports Lebensader war schon immer das Meer gewesen. Und das würde auch so bleiben.
Im Winter ging es in der Stadt für gewöhnlich ruhig zu, vom gelegentlichen Lärm aus den Schenken in der *Thames Street* abgesehen. Keiner von den Reichen verkehrte hier; das war das Newport der Kleinstädter, der Männer, die bei Wind und Wetter zum Fischen hinausfuhren, der Händler, die im Sommer Wucherpreise berechneten und dann im Herbst zusahen, wie die Geschäfte zurückgingen. Dieses Newport hatte die Invasion der Briten während der Revolution überlebt und tapfer mit der konkurrierenden Stadt Providence um die Ehre, Hauptstadt von Rhode Island zu sein, gekämpft. Diese Stadt

verfolgte ihre eigenen Interessen. Im Winter schlief Newport, fürchtete und erwartete sehnsüchtig zugleich die Rückkehr der Sommergäste.
Im Sommer jedoch, im Sommer war alles ganz anders. Auf den engen, staubigen Straßen, die hinunter zum Hafen führten, und den breiten, gepflasterten Avenuen in der Nähe der Villen herrschte reger Verkehr aller Couleur: Rollwagen, Landauer, Viktorias, sogar das seltene elektrisch betriebene Automobil, das von livrierten Kutschern mit würdevoller Verachtung gefahren wurde. Niemand wußte, wann sich die Spannung, die zwischen Sommergästen und den Kleinstädtern herrschte, entladen würde. Im großen und ganzen hielten sich die Gruppen voneinander fern, aber es kam immer wieder zu einem gelegentlichen Zusammenstoß zwischen den reichen jungen Männern von außerhalb und den Bewohnern der Stadt. Es gab auch Zeiten, in denen die ausgelasseneren oder exzentrischeren Sommergäste sich etwas Unerhörtes leisteten, wie zum Beispiel einmal, als ein Mann sein Pferd auf die Veranda des Lesezimmers im Club lenkte, der seriösen und exklusiven Bastion der Newporter Herren, die dort Ruhe vor ihren Frauen suchten. Unfälle wie auch Diebstahl waren an der Tagesordnung. Während dieser hektischen beiden Sommermonate hatte die Newporter Polizei oft große Mühe, ihren Pflichten nachzukommen. Diese bestanden oft darin, Sommergäste zu beschwichtigen, die das Geld und die Macht hatten, eine Sonderbehandlung zu verlangen. Das behagte niemandem bei der Polizei; keiner war erfreut, daß die zwei Welten wieder aneinandergeraten waren.
In seinem kleinen, unordentlichen Büro auf der Polizeistation lehnte sich Matt in seinem knarrenden Holzstuhl zurück und strich sich mit einem Finger über seinen Schnurrbart. Es war Sonntag morgen, ein Ruhetag für die meisten, aber auf der Polizeistation bedeutete das zumindest, daß diejenigen, die in der Nacht zuvor wegen ordnungswidrigen Verhaltens verhaftet

worden waren, freigelassen wurden.
»Na schön, Tom«, sagte Matt freundlich. »Dann wollen wir das alles noch einmal durchgehen.«
Tom Pierce, der Mann, der gegenüber von Matts Schreibtisch saß, zog die Schultern hoch und drehte die Mütze in seinen Händen.
»Ich weiß doch nichts«, murmelte er.
»Das glaube ich nicht. Sie wissen doch, wo Sie letzte Nacht waren, oder?«
»Sagte ich Ihnen doch schon. Ich war in meinem Zimmer.«
»Hm.« Pierce war nicht nur mit Maureen Quick, dem ersten Mordopfer, ausgegangen, sondern er war auch auf *Claremont* als Gärtner beschäftigt, was ihn zu einem der Hauptverdächtigen machte. Er könnte es auch getan haben, dachte Matt, während er ihn von oben bis unten musterte. Er war ein großer Mann, fast schwerfällig, mit breiten Schultern und kräftigen Händen, die ohne Schwierigkeiten eine kleine Frau erwürgen könnten. Matt konnte ihn sich gut als Täter vorstellen, abgesehen jedoch von zwei Dingen: die fast sanfte Art, wie seine langen Finger die Mütze festhielten, und der traurige Blick in seinen Augen, wann immer Maureen erwähnt wurde.
»Hat Sie irgend jemand gesehen?«
»Ich war allein. Das habe ich Ihnen doch auch schon gesagt.«
»Aber es hat Sie niemand in Ihr Zimmer gehen sehen, Tom«, Matts Stimme klang nachsichtig. »Wir haben uns umgehört. Niemand. Und nicht nur das, jemand hat um halb eins an Ihre Tür geklopft, und Sie haben nicht geantwortet.« Er hielt inne. »Wollen Sie uns nicht sagen, wo Sie wirklich waren?«
»In meinem Zimmer.«
»Sie lügen.« Matts Stimme wurde härter, worauf Pierce unruhig auf seinem Stuhl hin- und herrutschte. »Wissen Sie, was ich wirklich glaube? Sie waren auf dem *Cliff Walk*.«
»Nein.«
»Ich kann mir vorstellen, was mit Maureen passiert ist. Sie ha-

ben sich gestritten. Vielleicht hat sie Ihnen ja gesagt, daß sie sich mit jemand anderem treffen wollte, und Sie haben die Beherrschung verloren. Es wäre nicht das erste Mal, daß ein Mann eine Frau aus diesem Grund umbringt.«

Angesichts dieser Beschuldigung blickte Pierce wütend im Raum umher, als ob er nach einer Fluchtmöglichkeit suche.

»Ich hätte Maureen niemals weh getan. Da können Sie jeden fragen. Fragen Sie doch ihre Freunde.«

»Oh, das haben wir.« Matt grinste. »Und sie haben gesagt, daß Sie eifersüchtig wurden, wenn Sie Maureen mit jemand anderem flirten sahen; und Sie haben sie dann geschlagen.«

»Sie hat es verdient«, sagte Pierce störrisch.

»Hat sie das, jetzt auf einmal? Hat sie es auch verdient, erwürgt zu werden, Tom?« Matt beugte sich vor. »Was war das für ein Gefühl, als Sie ihr die Hände um den Hals legten und dann immer fester und fester zudrückten ...«

»Ich habe es nicht getan!« Pierce sprang auf. »Ich schwöre, ich habe es nicht getan.«

» ... um dann festzustellen, daß Sie zu weit gegangen sind«, fuhr Matt fort. »Muß schon ein schöner Schock gewesen sein, oder? Hat Sie das vielleicht etwas aus dem Gleichgewicht gebracht? Denn wann immer Sie jetzt auf den *Cliff Walk* gehen und ein Dienstmädchen sehen ...«

»Nein, nein.« Pierce schüttelte heftig den Kopf.

» ... denken Sie an Maureen und an das, was Sie getan haben. Ist es nicht so, Tom? Ist es so nicht vorletzte Nacht passiert?«

»Nein!« schrie Pierce. »Ich schwöre Ihnen, ich war nicht dort.«

»Wo waren Sie dann?« schaltete sich Charlie ruhig ein. Er war während des ganzen Verhörs im Zimmer gewesen, aber erst jetzt meldete er sich zu Wort, durch einen raschen Blick von Matt dazu aufgefordert.

»Ich war in meinem Zimmer. Ich schwöre es.«

»Kommen Sie schon, Tom. Wir wissen, daß es anders war«,

sagte Matt und erhob sich. Er war nicht so groß wie Pierce, aber Matts autoritäre Art ließ den anderen Mann unterlegen erscheinen.
»Wenn Sie in Ihrem Zimmer waren, warum haben Sie nicht reagiert, als jemand an die Tür geklopft hat?«
»Weil ich geweint habe!« schrie Pierce und fiel auf den Stuhl zurück. Er schlug die Hände vors Gesicht. »Ich habe geweint.«
»Geweint. Ach nein. Ein so harter Kerl wie Sie. Erwarten Sie wirklich, daß wir Ihnen das glauben?« Matts Stimme klang zornig, aber über Pierce' gebeugten Kopf warf er Charlie einen Blick zu, in dem sich Überraschung mit Resignation mischte. Dieses Geständnis klang wie die Wahrheit.
»Es war aber so.« Pierce schaute auf, sein Blick war trotzig und schüchtern zugleich. »Maureen zu verlieren – ja, das war ungefähr das Schlimmste, das mir je passiert ist. Glauben Sie, daß ich in dem Moment gewollt hätte, daß mich jemand so sieht? Oh ja, ich habe ihn gehört, es war Lawton, der Obergärtner. Ich weiß nicht, warum er mich so spät noch benötigte, aber er nannte mich einen faulen Hurensohn und ging dann wieder weg. Ich sage Ihnen«, Tom hob den Kopf und blickte Matt an, »wenn er mich ein anderes Mal so genannt hätte, wäre ich ihm nach. Aber in diesem Moment nicht.« Toms Gesicht war nicht ohne Würde.
»Maureen hat mir gefehlt.«
Matt ließ sich seine Enttäuschung nicht anmerken. Pierce hatte ihnen die Wahrheit gesagt. Nicht nur, weil Lawton ihn tatsächlich so genannt und es stolz wiederholt hatte, als Matt ihn befragte; sondern weil Pierce zugab, was er getan hatte. Ein Mann wie er würde nicht so leicht irgendwelche Schwächen zugeben. »Führen Sie ihn ab«, sagte er und fühlte sich müde. Heute würden sie sowieso nichts mehr erreichen.
Pierce Hände ballten sich zu Fäusten. »Ich lasse mich nicht verhaften.«
»Wir verhaften Sie doch nicht.« Matt starrte ihn an. »Aber

verlassen Sie bitte nicht die Stadt. Wir möchten bestimmt noch einmal mit Ihnen sprechen. Jetzt bringen Sie ihn bitte raus, Sergeant.«
»Ja, Sir. Kommen Sie.« Charlie nahm Pierce beim Arm, und die beiden Männer verließen den Raum.
Allein, lehnte sich Matt für einen Augenblick zurück, dann stand er auf, ging quer durch den Raum und studierte die Listen, die an der Wand hingen. Sorgfältig erstellt, waren darauf das Tun und der Verbleib eines jeden Verdächtigen in diesem Fall aufgeführt, so unwahrscheinlich das Verdachtsmoment auch bei einigen auf dieser Liste war. Matt nahm einen Stift, notierte etwas neben Pierce' Namen und wandte sich dann ab. Er hielt Pierce nicht für den Mörder. Er fragte sich, ob er das je getan hätte.
Neben den Listen waren Zeichnungen und Pressephotographien der vier Opfer befestigt. Die Hände in den Hosentaschen, prüfte Matt sie eingehend, wobei er den Fällen, die sich vor kurzem ereignet hatten, die meiste Aufmerksamkeit schenkte. Rosalind Sinclair, so wie sie zuerst gefunden worden war; die Spuren an ihrem Hals, die auf Strangulation hinwiesen, eine größere Aufnahme, die den ganzen Schauplatz des Verbrechens zeigte. Nicht, daß Matt je eines der Verbrechen vergessen könnte, das sicher nie, aber die Betrachtung der Zeichnungen würde vielleicht seinem Gedächtnis nachhelfen oder ihm einen Hinweis auf eine weitere Ermittlungsspur geben. Doch diesmal brachten ihn selbst die Photographien, die er sonst hilfreich fand, auf keine Spur, die er nicht schon verfolgt hätte.
Ein Geräusch an der Tür ließ ihn herumfahren. »Etwas gefunden?« fragte William Tripp, während er an seiner Pfeife zog und die Zeichnungen studierte.
»Einiges«, sagte Matt kurzangebunden. Im Gegensatz zu Tripps adretter Erscheinung in Tweedjacke und mit Pomade im Haar war Matt in Hemdsärmeln mit Hosenträgern und wirkte bereits etwas zerknautscht. Andererseits hatte Matt auch noch nie

erlebt, daß Tripp etwas tat, was harte Arbeit erfordert hätte.
»Wie ich sehe, wurde wohl wieder eine Rose neben der Leiche gefunden.« Tripp wies mit dem Pfeifenhals auf eine Zeichnung.
»Ich nehme an, daß die nahegelegenen Büsche nach abgebrochenen Rosen überprüft worden sind.«
Matt schnaubte verächtlich. Natürlich war alles in der Nähe des Tatorts sorgfältig überprüft worden. »Selbst wenn eine Rose gefehlt hätte, bräuchte das nichts zu bedeuten. Der *Cliff Walk* ist ein öffentlicher Weg.«
»Es würde uns verraten, ob der Mörder vorbereitet kam oder etwas in greifbarer Nähe abgepflückt hat.« Die Hände hinter dem Rücken, wippte Tripp auf seinen Zehen. »Dies könnte den Unterschied zwischen einem vorsätzlichen und einem spontanen Verbrechen bedeuten. Ein guter Detective achtet auf solche Dinge.«
»Ich weiß das.«
»Ach wirklich? Ich hätte Pierce nicht gehen lassen. Er ist unser Mann.«
»Wo ist der Beweis?«
»Sie müssen danach suchen. Merken Sie sich meine Worte, Devlin. Er hat es getan. Er hatte das Motiv, die Kraft, und er hat kein Alibi.«
»Wollen Sie etwas Bestimmtes?« fragte Matt und fiel ihm ins Wort. »Ich bin beschäftigt.«
»Ich dachte, ich biete meine Hilfe an.«
»Oh?« Matt setzte sich hinter seinen Schreibtisch. »Hat Sie der Polizeichef darum gebeten?«
»Nach dem gestrigen Vorfall könnten Ihnen meine Fachkenntnisse bestimmt von großem Nutzen sein. Zumal wenn man bedenkt, wie alle reagiert haben, als die Identität des Opfers geklärt war.« Er schüttelte den Kopf. »Schlechter Stil, einem von den Sommergästen die Leiche zu zeigen. Wo Sie doch genau wissen, daß wir versuchen, sie von solchen Dingen abzu-

schirmen.«
»Hat Polizeichef Read Sie aufgefordert, mir zu helfen?« wiederholte Matt.
»Nein, aber das wird er.« Tripp setzte sich auf den Rand von Matts Schreibtisch und ließ ein Bein baumeln. »Schließlich habe ich letztes Jahr eine Reihe von Einbrüchen aufgeklärt.«
Matt entfuhr ein wütendes Schnauben. Das war sein Fall gewesen, bis Tripp ihn übernommen hatte. Beide wußten ziemlich genau, wer den Fall wirklich gelöst hatte, auch wenn Tripp die Lorbeeren dafür geerntet hatte. Matt schaute ihn unverwandt an, und einen Augenblick später blickte Tripp weg.
»Ich habe viel zu tun«, wiederholte Matt.
»Denken Sie darüber nach, Devlin. Wir beide wissen, wie ungeschickt Sie mit den Sommergästen umgehen. Den Olmsteads zu befehlen, ihre Party abzusagen, und diese Fragen, die Sie Mr. Sinclair über seine Tochter gestellt haben. Sie haben das Mädchen wie ein gewöhnliches Straßenmädchen dargestellt. Nicht gerade sehr geschickt, Devlin.« Tripp schüttelte den Kopf, als er ein neues Streichholz anzündete und an seine Pfeife hielt.
»Ich habe gehört, daß der Polizeichef nicht besonders erfreut ist, wie Sie diese Angelegenheit behandeln.«
»Das ist mein Fall«, sagte Matt mühsam beherrscht. »Sie werden ihn mir nicht wegnehmen.«
»Das würde mir nie in den Sinn kommen. Aber haben Sie vergessen, daß wir zusammenarbeiten sollen? Sie sind nicht der einzige Mann bei der Polizei, Devlin.«
»Das habe ich nie behauptet.« Matt zog ein paar Unterlagen hervor. »Ich bin beschäftigt«, sagte er wieder.
Endlich stand Tripp auf. »Vergessen Sie es nicht, wenn Sie meine Hilfe brauchen, stehe ich Ihnen gerne zur Verfügung.«
»Noch mehr Berichte, Captain«, sagte Sweeney, der im selben Moment hereinschneite und einen Stapel Papiere auf Matts zerkratzten und bereits mit Papieren übersäten Schreibtisch

knallte.
»Morgen, Detective Tripp. Na, das ist vielleicht ein Fall. Damit machen Sie sich einen Namen, Captain.«
»Ph«, sagte Tripp und stolzierte hinaus. Charlie starrte ihm nach. »Was habe ich denn gesagt?«
»Nichts.« Zum ersten Mal an diesem Tag grinste Matt.
»Sie haben ihn lediglich daran erinnert, daß nicht er es ist, der in diesem Fall Publicity bekommt.«
»Oh.« Charlie erwiderte sein Grinsen, dann zog er sich einen Stuhl heran und setzte sich rittlings darauf. »Er versucht wohl wieder, den Fall zu übernehmen?«
»Wie üblich.« Matt schob ihm die Berichte zu. »Was gibt es denn Neues?«
»Nicht viel. Berichte über drei Villen. Sie sagen, niemand hat etwas gesehen.«
»Das überrascht mich nicht.«
Seit gestern nachmittag hatten immer jeweils zwei Polizisten die Villen aufgesucht und alle Anwesenden befragt. Charlie hatte diese Aktion geleitet.
»Was halten Sie von Pierce, Captain?«
Matt überflog den ersten Bericht. »Ich glaube, daß er die Wahrheit gesagt hat.«
»Ja, das denke ich auch. Das muß aber nicht heißen, daß er unschuldig ist.«
»Das weiß ich auch. Trotzdem glaube ich nicht – diese Berichte sind ja nur über das Dienstpersonal«, sagte er scharf. Er hob den Kopf und starrte Charlie an. »Die Sommergäste sollten doch auch befragt werden.«
»Da gab es Schwierigkeiten, Captain. Keiner von ihnen wollte mit einem gewöhnlichen Polizisten sprechen. Manche haben nach dem Polizeichef verlangt.«
»Das hat uns ja gerade noch gefehlt. Na schön, vielleicht sprechen sie ja mit mir.« Er warf die Berichte zurück auf den Stapel. »Die schaue ich mir später an. Was denken Sie, Charlie?«

»Über die *Cottager*? Ich glaube, die schotten sich ab, Captain. Das sah anders aus, als nur Dienstmädchen getötet wurden. Jetzt, wo es eine von ihnen ist, haben sie Angst. Etwas aus ihnen herauszukriegen wird ganz schön schwer werden.« Charlie brach ab. »Das wird Ihnen nicht gefallen, aber Tripp hat in einer Sache recht. Sie können nicht besonders gut mit den *Cottagern* umgehen. Selbst ich hätte Mr. Sinclair keine Fragen gestellt, als er hierherkam, um die Leiche zu identifizieren.«

Matt schaute ihn an und nickte dann widerwillig. »Schon gut, vielleicht war das ja wirklich nicht der richtige Zeitpunkt. Aber sie müssen mit uns zusammenarbeiten, wie alle anderen auch.«

»Ja, aber Captain, sie haben Geld und sie sind rücksichtslos. Wenn ihnen nicht gefällt, wie Sie vorgehen, werden sie den Polizeichef dazu bringen, Ihnen den Fall wegzunehmen.«

»Und mich durch wen ersetzen? Tripp? Daß ich nicht lache! Er hätte doch gar keine Anstellung, wenn er nicht mit einem der Ratsherren verwandt wäre.«

»Das könnte man doch auch von uns sagen, Captain. Wie dem auch sei, er versteht sich darauf, mit den *Cottagern* zu reden. Wenn Sie etwas von ihnen erfahren wollen, müssen Sie vorsichtig sein.«

»Das werde ich.« Er schob die Papiere zur Seite. »So, alles, was wir bis jetzt wissen, ist, daß Miss Sinclair umgebracht wurde und es keinen Zeugen für diese Tat gibt. Niemand weiß, warum sie auf dem *Cliff Walk* war, und keiner weiß, warum sie eine Dienstmädchenuniform getragen hat.« Er runzelte die Stirn. »An der Sache ist doch irgend etwas faul.«

»An der ganzen Sache ist etwas faul. Wann kommt der Autopsiebericht?«

»Chandler sprach davon, daß er vielleicht heute etwas für uns hat. Zumindest wissen wir, wie sie gestorben ist.« Er erhob sich, ging zu den Zeichnungen hinüber und studierte sie.

»Wir müssen herausfinden, was alle Opfer gemeinsam haben, abgesehen davon, daß sie Dienstmädchen waren oder so aussahen.«

Charlie stellte sich zu ihm. »Aber es scheint doch in allen Fällen derselbe Täter zu sein.«

Matt räusperte sich zustimmend. Es war wahrscheinlich, daß dieser letzte Mord von derselben Person begangen worden war. Selbst wenn die Rose nicht als persönliche Unterschrift hinterlassen worden wäre, war doch die Ähnlichkeit zwischen diesem und den anderen Fällen offensichtlich. Alle Mädchen wurden erwürgt, wahrscheinlich von einem Mann, möglicherweise von einem Linkshänder, nach der Größe der blauen Flecken zu urteilen, die an der Kehle aller Frauen festgestellt wurden. Sie waren alle auf dem *Cliff Walk* gefunden worden, alle waren sie Dienstmädchen gewesen, Angestellte der Sommergäste, und alle waren offenbar allein gewesen, als sie angegriffen wurden. Ansonsten hatten sie eigentlich wenig gemeinsam, weder die äußerliche Erscheinung noch ihre Nationalitäten, sie waren nicht einmal ähnlichen Dingen unmittelbar vor ihrem frühen Tod nachgegangen. Eine war von einem geheimen Stelldichein mit einem Liebhaber zurückgekehrt, der in einer anderen Villa arbeitete; eine andere hatte Freunde besucht; die dritte hatte nur einen kleinen Spaziergang gemacht.

»Wir wissen nicht, ob er sie ausgesucht hat, weil er sie kannte, oder ob es reiner Zufall war«, sagte Matt. »Sie haben sich alle gewehrt, aber das muß nicht heißen, daß er für sie ein Unbekannter war.«

»Der Täter hat auch kaum Spuren hinterlassen.« Charlie zeigte auf eine Stelle in der Zeichnung, die den gesamten Ort des Verbrechens zeigte. Schwach sichtbare Linien deuteten auf ein Handgemenge hin und auf mögliche Spuren eines Fußabdrucks. Ein Gipsabdruck hatte diese Vermutung bestätigt. Der Fußabdruck eines Mannes mit schweren Arbeitsschuhen,

die kaum getragen waren. Der Fußabdruck hätte von irgend jemand sein können, aber die Nähe zur Leiche war einfach verdächtig. Es war jedoch nicht der von Tom Pierce; er hatte größere Füße, als der hinterlassene Fußabdruck zeigte. »Das wäre eine Aufgabe, alle Männer zu verhören, die zwischen 170 oder 180 cm groß sind.«
»Fällt Ihnen irgend etwas an diesen Schuhen auf, Charlie?«
»Was?«
»Sie waren neu.«
»So? Er hat neue Schuhe gebraucht.«
»Oder er hat sie sich zu diesem Zweck gekauft.«
»Also befragen wir jetzt alle Linkshänder, die vor kurzem neue Arbeitsschuhe gekauft haben.«
»Er hätte sie auch in New York kaufen können.«
»Sie machen die Dinge wirklich gerne kompliziert, Captain.« Er zeigte auf einen anderen Teil der Zeichnung. »Was ist mit den Rosen?«
»Was soll mit ihnen sein?« sagte er sanft und fragte sich, ob Charlie dasselbe an ihnen aufgefallen war wie ihm. Tripp jedenfalls hatte offensichtlich nichts bemerkt.
»Ich habe gerade gedacht, daß wir die Blumenhändler überprüfen sollten ...«
»Oder alle mit einem Treibhaus.«
»Aber keiner hier aus der Gegend kann sich Treibhäuser leisten, außer den Blumenhändlern und den *Cottagern* und ...« Charlies Kopf wirbelte herum. »Jesus, Captain, glauben Sie, es ist jemand von den Sommergästen?«
»Das waren keine wildwachsenden Rosen, Charlie. Macht Sie das nicht stutzig?«
»Jesus. Das wird verdammt viel Wirbel geben. Sie könnten dabei Ihren Job verlieren, wenn Sie die falschen Leute verärgern.« Charlie pfiff leise durch die Zähne. »Haben Sie das schon dem Polizeichef gesagt?«
»Heute morgen.« Er lächelte bedrückt. »Er war nicht gerade

erfreut.«
»Kann ich mir wohl denken. Es ist schon schwer genug, mit den Sommergästen umzugehen. Wie werden sie erst reagieren, wenn sie herausfinden, daß Sie einen von ihnen des Mordes verdächtigen?«
Matt antwortete nicht gleich. Er konnte sich ihre Reaktion gut vorstellen. Es konnte ihn seine Stellung kosten. Aber dennoch. Schließlich waren vier Mädchen getötet worden.
»Ich habe kein gutes Gefühl dabei. Vier Morde in vier Wochen, und noch keiner davon ist aufgeklärt. Unser Mann muß ziemlich zufrieden mit sich sein. Ich glaube – ich hoffe –, daß er unvorsichtig wird.«
»Und wieder tötet?«
»Ich hoffe nicht. Nein, ich dachte jetzt eher daran, daß er sich mit den Taten brüstet oder sich einfach verplaudert und zeigt, daß er zuviel über die Verbrechen weiß. Gott helfe uns, falls er wieder töten sollte.«
»Detective.« Ein Polizist steckte seinen Kopf durch die Tür. »Hier ist eine Lady, die Sie sprechen möchte. Eine Miss Cassidy.«
Charlie und Matt tauschten erstaunte Blicke. »Was zum Teufel tut sie hier?« brummte Matt. »Okay, bringen Sie Miss Cassidy herein.«
Brooke holte tief Luft, als sie das kleine, schlauchförmige Büro betrat. Obwohl sie seit dem Tod ihrer Eltern nie wieder auf einer Polizeistation gewesen war, erschien ihr alles sehr vertraut; müde dreinschauende Detectives und Polizisten in ihren blauen Wolluniformen; laute Protestschreie aus Wut oder Verzweiflung; der Geruch nach schimmeligem Papier, bitterem Kaffee und menschlichem Elend. Mit Matt gestern in der geborgenen Atmosphäre von *Belle Mer* zu sprechen war eine Sache, aber ihn auf der Polizeistation aufzusuchen, eine andere. Matt erhob sich, als sie eintrat, und schlüpfte in sein Jackett.
»Miss Cassidy«, begrüßte er sie, ohne zu lächeln. »Was kann

ich für Sie tun?«
»Guten Morgen, Matt. Sergeant.« Sie schenkte beiden ein Lächeln, aber nur Charlie erwiderte es. »Hatten wir nicht auf Förmlichkeiten verzichtet?«
Es folgte ein langes Schweigen. »Gibt es etwas, was ich für dich tun kann, Brooke?« fragte Matt schließlich.
»Also.« Sie setzte sich, hielt sich kerzengerade, während ihre Hände mit dem Griff ihrer Handtasche spielten. Sie hatte sich vorgenommen, nach dem Besuch des Gottesdienstes in der *Trinity Church* hierherzukommen, und sich daher dementsprechend gekleidet. Da sie seriös wirken wollte, hatte sie das beigefarbene Leinenkostüm mit dem braunen Samtkragen und einem kleinen dazu passenden Toquehut ausgewählt. Und dennoch fühlte sie sich in dieser Männerwelt fehl am Platze.
»Ich habe letzte Nacht etwas erfahren, von dem ich glaube, daß du es wissen solltest. Eigentlich habe ich sogar mehrere Dinge erfahren.«
»Auf deiner Gesellschaft?« fragte er und zog die Stirn in Falten.
Brooke reckte ihr Kinn. »Ja. Es könnte etwas Wichtiges sein.«
»Etwas Wichtiges.« Matt lehnte sich in seinem Stuhl zurück und verschränkte die Hände hinter dem Kopf. »Und wann genau hast du es gehört? Beim Tanzen, während des Abendessens oder während der Zirkusveranstaltung?«
»Genau gesagt, während der Zirkusveranstaltung«, erwiderte sie und ließ sich durch seine gleichgültige Haltung und seinen Sarkasmus nicht reizen. »Eines der Mädchen hat etwas auf dem *Cliff Walk* gehört.«
»So?«
Sie umfaßte ihre kleine Lederhandtasche fester. Nein, sie würde die Beherrschung nicht verlieren. Nein, das würde sie nicht.
»Es war in einer der Mordnächte, in der dritten. Sie befand sich auf dem Rasen und hörte jemanden vorbeigehen, der sagte: ›Das war Nummer drei‹.«

»Jesus«, sagte Charlie. »Hat sie gesehen, wer das war?«
»Nein, aber ...«
»Das muß gar nichts bedeuten«, unterbrach Matt. »Es könnte auch drei Wellen oder drei Personen oder ...«
»Oder drei Morde bedeuten«, erwiderte Brooke, die schließlich die Geduld verlor. »Ich weiß wirklich nicht, warum du so wütend auf mich bist ...«
»Ich bin nicht wütend.«
» ... oder warum du dich so benimmst, jedenfalls glaube ich, daß dies von Bedeutung sein könnte. Was auch immer du über mich denkst, es sollte dich in deinen Ermittlungen nicht beeinflussen.«
Er schwang nach vorne, die Beine des Stuhls knallten auf den Boden.
»Halt mir keine Predigten«, sagte er mit sanfter Stimme, die schon so mancher als Vorboten drohender Gefahr kennengelernt hatte. Sie erwiderte seinen Blick mit hocherhobenem Kinn, entschlossen, nicht als erste wegzuschauen. »Ich erledige meine Arbeit auf meine Art.«
»Wirklich? Ohne daß dir deine persönlichen Gefühle dabei im Wege stehen?«
»Meine persönlichen Gefühle?« Er lächelte ironisch. »Gerade jetzt empfinde ich überhaupt nichts, so oder so.«
Abrupt erhob sich Brooke und zog ihre Handschuhe über. »Ich weiß wirklich nicht, warum ich mir überhaupt die Mühe gemacht habe. Wenn das die Art ist, wie du Leute befragst, ist es kein Wunder, daß du nichts erreichst.«
»Jesus, Captain«, sagte Charlie. »Genau davor habe ich Sie immer gewarnt.«
Matt warf ihm einen warnenden Blick zu. »Ich komme schon allein damit klar, Sergeant.«
»Ja?« Charlie schien unbeeindruckt. »Wenn uns Miss Cassidy etwas zu sagen hat, denke ich, sollten wir ihr zuhören.«
»Lassen Sie nur, Sergeant.« Brooke lächelte ihn an. »Er ist ein

dickköpfiger Ire, genau wie sein Vater.«
Matt sprang so rasch auf wie sie zuvor, und Charlie brach in schallendes Gelächter aus. »Da haben Sie recht, Miss. Ich..«
»Sergeant.« Matt sprach in dem gleichen ruhigen Ton, und Charlie verstummte. Einen Augenblick lang herrschte angespanntes Schweigen im Raum, dann fuhr sich Matt mit der Hand durchs Haar. »Na gut. Setz dich. Dann sag uns eben, was es ist.«
»Wie nett von dir.« Brooke sank anmutig auf den Stuhl, das Kinn noch immer vorgestreckt. Sie wußte, was los war, selbst wenn er es nie zugeben würde. Matt hatte ihr nie die Entscheidung verziehen, nach dem Tod ihrer Eltern vor fünf Jahren mit ihrer Tante und ihrem Onkel anstatt mit seiner Familie zu leben.
»Ich glaube, was auch immer Annie gehört hat, man sollte dem nachgehen. Gerade weil sie diese Stimme letzte Nacht auf *Belle Mer* wiedererkannt hat. Es war einer von unseren Gästen.«
Zu Brookes großer Genugtuung zuckte Matt bei dieser Äußerung zusammen. »Einer von euren ... wer?«
»Das weiß sie nicht. Doch sie glaubt, daß sie die Stimme wiedererkennen würde.«
»Jesus«, sagte Charlie und schaute Matt an.
»Wird sie mit uns sprechen?« fragte Matt.
»Das will sie nicht, aber ich kümmere mich darum, daß sie ihre Meinung ändert.«
»Handelt es sich um dieselbe Annie, mit der wir kürzlich gesprochen haben?«
»Ja.«
»Gut.« Matt notierte sich das. »Du erwähntest vorhin, da sei noch etwas?« fuhr er in kühlem, geschäftsmäßigem Ton fort.
»Ja. Einer der Gäste sagte, er hätte eines der ermordeten Mädchen in seinem Haus gesehen. Ich glaube, es war Kathleen Shannon. Sie ist mit einem seiner Diener ausgegangen.«
»Das muß bei Vandenberg gewesen sein, auf *At the Point*«, be-

merkte Charlie.
»Ich weiß.« Matt spielte mit einem Bleistift. »Hat er noch etwas gesagt? Wann das war, oder ob sie sich mit ihrem Freund gestritten hat?«
»Nein. Ich bezweifle sogar, daß es irgend etwas zu bedeuten hat. Die Sache ist nur, daß er mit der Polizei weder darüber noch über sonst etwas sprechen wird.«
»Und?«
»Auch Annie will nicht mit der Polizei darüber reden. Aber sie haben beide mit mir darüber gesprochen.«
Matt ließ den Bleistift fallen. »Und?« wiederholte er.
»Wenn sie nicht mir dir sprechen, wirst du jemanden brauchen, der für dich an Informationen kommt.« Sie holte tief Luft. »Ich könnte das tun.«
Beide Männer starrten sie überrascht an. »Wie bitte?« sagte Matt.
»Ich kenne das Personal in den meisten Häusern.« Sie umfaßte ihre Handtasche noch fester, genauso überrascht über ihre Äußerung wie die beiden Männer. Das war es mit Sicherheit nicht, was sie sich überlegt hatte, aber Matts Gleichgültigkeit hatte etwas in ihr wachgerufen. Sein Verhalten hatte sie zu sehr an die Zeiten erinnert, als sie ihrem Vater Vorschläge bezüglich seiner Fälle gegeben, er sie aber ignoriert hatte.
»Sie vertrauen mir. Sie reden mit mir.«
Matt strich sich über seinen Schnurrbart. »Damit wir uns richtig verstehen. Du bietest uns deine Hilfe an?«
»Ja.«
Er warf den Kopf zurück und fing an zu lachen. »Was halten Sie davon, Charlie? Eine Debütantin, die sich als Detektivin versucht?«
Brooke richtete sich verärgert auf. Sie war Big Mike Cassidys Tochter und nicht die eitle und flatterhafte Person der höheren Gesellschaft, für die Matt sie hielt. »Ich komme an die Menschen heran, du nicht. Ich kann ihnen Fragen stellen, du

nicht. Ich kann dir wirklich helfen, Matt.«
Matts Gelächter brach so abrupt ab, wie es begonnen hatte, und er durchbohrte sie mit seinem Blick. »Danke für das Angebot, Miss Cassidy, aber das kommt nicht in Frage.«
»Warum? Ich weiß, was ich tue. Ich habe den Geschichten meines Vaters oft genug zugehört. Ich weiß, wie Nachforschungen angestellt werden. So kann ich wenigstens etwas Nützliches tun, statt Einladungen zu schreiben und Teekränzchen zu organisieren.«
»Das ist keine Party, Miss Cassidy. Oder haben Sie vergessen, daß ein Mörder frei herumläuft? Wenn Sie sich langweilen, so rate ich Ihnen, suchen Sie sich eine andere Beschäftigung, anstatt sich als Opfer anzubieten.«
»Glaubst du, ich schlage das aus Langeweile vor?«
»Tun Sie das nicht?«
»Nein.« Sie war wie erstarrt. »Was ich zu sagen habe, ist also von keinerlei Nutzen.«
»Das habe ich nicht gesagt.« Er durchwühlte einige Unterlagen, bis er gefunden hatte, was er suchte. »Du könntest mir etwas von ihr erzählen, wie sie war, wo sie hinging.«
»Es gibt andere, die dir das erzählen könnten, Matt.« Sie beugte sich vor und versuchte zum letzten Mal, ihn zu überzeugen.
»Ihre Familie, andere Freunde, Paul Radley – du weißt doch, wer er ist?«
»Ja. Ihr Verlobter.«
»Ja. Sie können dir diese Art von Informationen geben. Ich kann andere Dinge herausfinden. Was beispielsweise die Diener wissen. Was die *Cottager* wissen, aber dir nicht sagen werden. Sie schotten sich ab, um Rosalinds Ruf zu schützen, aber mit mir werden sie reden. Ich bin eine von ihnen. Aber ich bin auch die Tochter eines Polizisten. Ich kann dir helfen, Matt.«
Matt blickte zur Decke, bevor er antwortete. »Nein«, sagte er und schaute sie schließlich an. »Es kommt nicht in Frage.«

»Aber ...«
»Sie haben es gerade selbst gesagt, Sie sind die Tochter eines Polizisten. Kein Polizist. Überlassen Sie das uns, Miss Cassidy.«
»Also wirst du keine Hilfe von mir annehmen?«
»Sie können uns keine Hilfe sein.«
»Oh.« Brooke erhob sich und stand nun kerzengerade vor ihm. »Dann bitte ich vielmals um Entschuldigung. Es tut mir leid, deine Zeit vergeudet zu haben«, sagte sie, dann drehte sie sich auf dem Absatz um und ging zur Tür hinaus.
Matt verharrte einen Augenblick, mit den Händen auf den Schreibtisch gestützt, bevor er sich wieder hinsetzte. Verdammt, Charlie und Tripp hatten recht. Er konnte mit den *Cottagern* nicht umgehen. Aber wie sollte er denn reagieren, wenn er mit solch einem lächerlichen Angebot konfrontiert wurde?
Charlie zog eine Zigarette aus der Schachtel, klopfte sie auf Matts Tisch und zündete sich dann ein Streichholz an. »Das war sehr interessant«, sagte er.
»Hm.« Matt wühlte in den Unterlagen auf dem Tisch. »Wer hat das Personal von *Belle Mer* befragt?«
»Edwards und Sullivan, und niemand, wirklich niemand hat erwähnt, jemanden zufällig auf dem *Cliff Walk* belauscht zu haben. Sie wußten das doch bereits. Wie es mir scheint, hat uns Miss Cassidy gerade etwas Wichtiges erzählt.«
»Vielleicht.« Wenn es auch nichts anderes als ein Beweis war, der seinen eigenen Verdacht über die Identität des Mörders bestätigte. Die Tatsache jedoch, daß Brooke es vor ihm erfahren hatte, machte ihn wütend. »Verdammt, geben Sie mir eine davon.« Matt griff nach der Packung und zündete sich eine Zigarette an.
»Was hätte ich denn tun sollen, Charlie? Ihr sagen, sie könnte uns helfen? Überlegen Sie doch mal, was der Polizeichef sagen würde, wenn wir eine Frau da mit hineinzögen. Noch dazu eine von den *Cottagern*.«
»Die Tochter eines Polizisten, Captain.«

»Das verschafft ihr nicht mehr Kenntnisse als jedem anderen Zivilisten. Außerdem würde sie sich schon in einer Woche langweilen.«
»Das sehe ich nicht so.« Charlie zog sich eine Zigarette aus der Packung. »Na, ist jetzt sowieso zu spät.«
»Verdammt.« Matt stand auf und fing an, im Büro auf und ab zu gehen. »Es kommt nicht in Frage, Charlie. Ich werde sie doch nicht auf diese Weise in Gefahr bringen.« Er knallte den Bericht auf den Tisch. »Ich möchte, daß Sie nach *Belle Mer* gehen und mehr darüber herausfinden.«
»Ja, Captain. Glauben Sie ...?«
»Ich hoffe, Sie wissen das zu schätzen.« Dr. Chandler unterbrach ihn, der mit einem Stapel Papiere in der Hand eintrat. Er hatte seinen Homburg abgenommen, und seine weißen dünnen Haarbüschel standen wie immer in alle Himmelsrichtungen ab.
»Werfen Sie da mal einen Blick drauf. Das ist eine ganz heiße Sache«, fügte er hinzu, legte die Unterlagen auf Matts Tisch und ließ sich auf den Stuhl fallen, den Brooke gerade freigemacht hatte.
»Ist das schon der Autopsiebericht?« fragte Matt überrascht und griff nach den Unterlagen.
»Der vorläufige. In Anbetracht des Opfers habe ich mich beeilt.«
»Hm.« Matt überflog die erste Seite. »Du lieber Himmel«, sagte er und blickte zu Dr. Chandler auf. »Ist das wahr?«
»Es besteht kein Zweifel.«
Charlie reckte den Kopf nach vorne. »Was?«
»Das ändert alles.« Matt ließ den Bericht sinken. »Rosalind Sinclair war schwanger.«

4. KAPITEL

Brooke stand in der Eingangshalle von *Belle Mer* und wartete darauf, daß ihre Tante von oben herunterkam. Sie wollten zu den Sinclairs und ihnen einen Kondolenzbesuch abstatten. Da sich Winifred wie gewöhnlich verspätete, war Brooke ihren Gedanken überlassen, die jedoch keine angenehmen Begleiter waren. Angesichts der drohenden Gefahr für das Personal fühlte sie sich zunehmend verantwortlich für ihre Angestellten, aber sie konnte nichts tun, um ihnen zu helfen. Oh, sie hatte es versucht, als sie heute morgen mit Matt auf der Polizeiwache gesprochen hatte, aber es hatte ihr wenig eingebracht. Es ärgerte sie noch immer, wie er ihre Sorgen abgetan hatte. Sie könnte ihm helfen, nicht nur, weil sie im Gegensatz zu ihm an die Menschen herankam, sondern auch, weil sie sie mit anderen Augen sah. Sie stand zwischen zwei Welten, dem Newporter Alltagsleben aus ihrer Kindheit und dem schillernden Leben der »High Society«. Normalerweise verursachte ihr das ein unangenehmes Gefühl. Sie paßte nicht mehr zu ihren alten Freunden, und ihre

Herkunft aus der Mittelschicht ließ sie zu keinem vollwertigen Mitglied der »High Society« werden. Doch jetzt verschaffte ihr diese Position einen klaren Vorteil. Sie durchschaute beide Gruppen und wußte, wie sie mit ihnen umzugehen hatte. Sie konnte ihm helfen, sie wußte, daß sie es konnte, und sie mußte es tun. Denn neben all den anderen Gefühlen war da noch das Bild von Rosalind, das sie stets vor Augen hatte: Rosalind, wie sie starr und reglos dalag.

Hutton, der Butler, öffnete die Eingangstür. Sie drehte sich um und lächelte dem Mann zu, der zur Tür hereinstolperte.

»Onkel Henry.«

»Hallo, Liebes.« Henry Olmstead schlang den Arm um ihre Taille und drückte ihr einen Kuß auf die Wange, wobei sein Atem nach Whisky roch. »Heute ist so ein schöner Tag. Warum bist du ganz in Schwarz gekleidet?«

»Tante Winifred und ich machen einen Kondolenzbesuch bei den Sinclairs.«

»Das ist eine schlimme Geschichte.« Er runzelte die Stirn und fing an, mit der roten Rose an seinem Revers zu spielen, eine typische Angewohnheit, wenn er besorgt war. »Brookie, versprichst du mir, nicht mehr allein auf den *Cliff Walk* hinauszugehen?«

Sie legte ihm die Hand auf den Arm. »Ja, Onkel. Ich passe schon auf. Und ich habe mich vergewissert, daß es das Personal auch tut.«

»Gut. Gut. Ich möchte nicht, daß dir irgend etwas passiert. Aber du wärst sicherlich vernünftiger als das Sinclair-Mädchen.« Er spielte wieder an der Rose. »Ich frage mich, mit wem sie sich wohl getroffen hat?«

Brooke blickte ihn erstaunt an. »Sich getroffen? Aber sie war doch verlobt, Onkel Henry.«

»Ja, Liebes, ich weiß. Ich frage mich nur, warum sie um diese Zeit auf dem *Cliff Walk* war.« Er zuckte die Achseln. »Geht uns aber im Grunde nichts an, solange die Polizei ihre Arbeit tut.«

»Du meinst, sofern sich niemand in unser gesellschaftliches Leben mischt.«
Henry zuckte zusammen. »Na ja, ich bin nicht stolz auf das, was ich getan habe, Liebes. Aber du kennst ja deine Tante. Man könnte es nicht mit ihr aushalten, wenn sie ihr heißgeliebtes Fest nicht bekommen hätte.«
»Nur gut, daß wir das Fest gegeben haben.«
Henry warf ihr einen überraschend scharfen Blick zu. »Glaubst du das wirklich, Brookie, mein Mädchen?«
»Nein, aber das wußtest du ja auch schon gestern.«
»Das ist wahr, das ist wahr.« Er schaute mit hängenden Schultern zur Seite, die Hände in den Taschen. »Detective Devlin scheint ein fähiger Mann zu sein.« Er schaute sie wieder an. »Der Name kommt mir bekannt vor.«
»Ja. Unsere Väter waren einst Kollegen.«
»Aha.« Er zwinkerte, und der eben noch niedergeschlagene Blick verschwand. »Erwähne ihn nur nicht deiner Tante gegenüber. Sie bekommt sonst einen hysterischen Anfall. Und da wir gerade von ihr sprechen.« Er blickte die Stufen hinauf, wo Winifred dem Mädchen in scharfem Ton Befehle gab. »Entschuldige mich, Brookie. Ich glaube, ich schaue mal nach meinen Rosen.«
»Natürlich, Onkel Henry.« Brooke lächelte, als sie ihn in Richtung Wintergarten davonschlendern sah. Wenn sie schon Tante Winifred anstrengend fand, konnte sie sich kaum vorstellen, wie der liebenswürdige und gebildete Onkel Henry, den eigentlich nur seine preisgekrönten Rosen und seine Bücher interessierten, mit ihr zurechtkam. Es wunderte sie daher nicht, daß er die meisten Vormittage in seinem Lesezimmer verbrachte und mehr trank, als gut für ihn war.
»Eine höchst abscheuliche Aufgabe«, rief Tante Winifred aus, als sie majestätisch die Stufen hinunter in die Halle schritt. Dem Stakkato ihrer Absätze folgte das scharrende Getrippel ihrer Hunde auf dem Marmorboden. »Bist du fertig, Brooke?«

»Ja, Tante.«

»Gut. Ich kann es nicht ausstehen, wenn man mich warten läßt. Nein, nein, meine Babys, ihr könnt nicht mitkommen«, rief sie den Hunden mit säuselnder Stimme zu, während sie sich umdrehte und ihre Handschuhe überstreifte. »Mommy wird bald wieder da sein. Brooke?« Ihre Stimme klang wieder normal. »Laß uns gehen.«

In der Auffahrt von *Claremont* drängten sich bereits viele Kutschen, als die Olmsteads in ihrer Viktoria eintrafen. Es war ein trauriger Anlaß, und trotzdem hatte das Geplauder, das die Villa erfüllte, etwas von einer hektischen, fast festlichen Atmosphäre. Vielleicht sähen die Dinge anders aus, wenn Rosalind beliebt gewesen wäre, überlegte Brooke, während sie sich mit ihrer Tante in die Schlange zum Empfangszimmer einreihte, fast so, als wäre es eines der üblichen gesellschaftlichen Ereignisse.

Aber das hätte nicht sein können. Rosalind war zwar hübsch gewesen und konnte auch charmant sein, wenn sie nur wollte. Aber ihre scharfe Zunge hatte ihr mehr Feinde als Freunde gemacht und alles andere als Sympathie eingebracht. In der ersten Zeit, als Brooke zu Onkel und Tante gezogen war, hatte auch sie den scharfen Stachel von Rosalinds Witz zu spüren bekommen, und Rosalind hatte sie lange Zeit nicht gemocht. Seitdem sie jedoch eines Tages Mrs. Sinclair kennengelernt hatte, verstand sie Rosalind viel besser. Mrs. Sinclair schien ihre Tochter nicht als Menschen, sondern als Mittel für das gesellschaftliche Vorwärtskommen zu betrachten. Brooke empfand Mitleid für Rosalind, was Rosalinds Abneigung ihr gegenüber nur noch verstärkte.

»Liebe Winifred.« Mrs. Sinclair schniefte, als sie Winifreds Hand drückte, und fuhr sich mit einem aus Spitzen getrimmten Taschentuch über die Augen, die rot und geschwollen aussahen, jetzt aber trocken waren und gefühllos blickten. Gefühle zu zeigen kommt ihr wohl gewöhnlich vor, dachte Brooke.

»Wie nett von Ihnen zu kommen. Doch nach Ihrem Fest gestern abend war das ja wohl das mindeste.«
»Ich bin sehr betrübt über Ihren Verlust, Linda«, sagte Winifred und ging nicht weiter auf die Anspielung ein. »So ein Unglück. Sie erinnern sich sicherlich an meine Nichte, Brooke Cassidy.«
Mrs. Sinclair schaute auf, und ihr Blick verhärtete sich. »Cassidy? Aber ja. Sie haben Rosalind identifiziert, nicht wahr?«
Brooke bewahrte Haltung. Normalerweise war Mrs. Sinclair eine anstrengende Frau, laut, aggressiv und hochmütig. Aber sie mußte ja gerade Schlimmes durchmachen, ermahnte sich Brooke.
»Ja, Ma'am. Der Verlust Ihrer Tochter tut mir sehr leid.«
»Danke«, antwortete Mrs. Sinclair mechanisch. »Sie sind mit Eliot Payson verlobt, nicht wahr?«
»Wir gehen miteinander aus, Ma'am«, erwiderte Brooke.
»Meine Rosalind hat ihn abgewiesen, als er ihr einen Heiratsantrag gemacht hat. Sie hätte jeden haben können, den sie nur wollte.«
»Natürlich«, murmelte Brooke, und Henrys Worte schossen ihr durch den Kopf. Wen hatte Rosalind getroffen, als sie in der Uniform eines Dienstmädchens ausgegangen war? »Wie tragisch, daß sie zu solch einem unglücklichen Zeitpunkt auf dem *Cliff Walk* war.«
In Mrs. Sinclairs Augen blitzte etwas auf, das sich Brooke nicht erklären konnte. »Es war nicht ihre Schuld«, sagte sie. »Und wenn Sie etwas anderes andeuten wollen, zeigt das nur, wie schlecht erzogen Sie sind ...«
»Linda.« Winifred drückte Mrs. Sinclairs Hand. »Beruhigen Sie sich doch. Wir verstehen Sie ja.«
Mrs. Sinclairs Augen füllten sich mit Tränen, und sie wandte den Kopf ab. »Es tut mir leid. Ich habe das nicht so gemeint. Aber ich kann das alles noch nicht fassen.«

»Das verstehe ich ja«, flüsterte Winifred. »Ich selbst habe ein Kind verloren. Sie haben unser aller Mitgefühl, Linda.«
Sie tupfte sich mit ihrem Taschentuch die Augen. »Danke. Ich danke Ihnen.«
»Sie sollten sich ausruhen.«
»Nein.« Mrs. Sinclair richtete sich zu voller Größe auf, wobei ihr Busen imposant hervorragte. »Rosalind hätte gewollt, daß ich mich zusammennehme.«
Winifred nickte, als ob sie dem zustimme. »Aber vergessen Sie bitte nicht, auf sich zu achten. Und rufen Sie mich an, wenn ich Ihnen irgendwie helfen kann.«
»Danke«, wiederholte sie, ihre Lippen zuckten bei dem Versuch zu lächeln.
»Wir gehen jetzt. Komm, Brooke.«
»Ja, Tante.« Brooke berührte flüchtig Mrs. Sinclairs Hand. »Es tut mir schrecklich leid für Sie, Mrs. Sinclair.«
»Ich weiß, meine Liebe.« Mrs. Sinclair hob ihren Kopf und gewann etwas von ihrer Gelassenheit zurück.
»Mrs. Mills«, sagte sie und blickte an Brooke und Winifred vorbei auf die Dame, die hinter ihnen stand. »Wie nett von Ihnen zu kommen.«
Winifred und Brooke tauschten Blicke, als sie sich vom Sofa zu einem breiten Tisch begaben, wo ein Mädchen gerade Tee servierte. »Woher wußtest du, was sie fühlt?« fragte Brooke, als sie weggingen und sich bemühten, ihre hauchdünnen Porzellanteller im Gleichgewicht zu halten.
»Erfahrung, Kind. Jeder Mensch verkraftet Leid anders. Obwohl ich zugeben muß: Ich war verärgert, als sie dich beleidigt hat. Als wäre sie selbst von so guter Herkunft.« Ihr Mund wurde schmal. »Neureich, und dabei haben sie noch nicht einmal soviel Geld! Wie ich höre, besitzen sie nur zwei Millionen!«
»Tante, bitte«, flüsterte Brooke. »Sie hat gerade einen schweren Verlust erlitten.«

Winfred warf einen Blick auf Mrs. Sinclair, und ihr Gesichtsausdruck wurde weicher. »Ja, da hast du recht. Es ist furchtbar, ein Kind zu verlieren. Sie hat mein Mitgefühl. Dem Himmel sei Dank, daß wir dich haben.«

»Danke, Tante.«

»Ja, wirklich. Ich wollte schon immer eine Tochter haben, die ich der Gesellschaft vorstellen kann.«

»Oh, natürlich, die Gesellschaft ist ja auch so wichtig.«

»Du sollst nicht immer so bissig sein«, sagte Winifred, aber sie lächelte dabei. »Manchmal erinnerst du mich so sehr an deine Mutter. Oh, schau mal, das ist Mrs. Goelet. Ich muß sie unbedingt sprechen.«

»Natürlich.« Brooke folgte ihrer Tante. Es war eigenartig, die Worte ihrer Tante hatten sie berührt, aber auch gleichzeitig nachdenklich gestimmt. Selbst wenn die Sinclairs wußten, warum Rosalind auf dem *Cliff Walk* gewesen war, würden sie bestimmt nicht darüber sprechen. Brooke vermutete jedoch, daß sie es nicht wußten. In Mrs. Sinclairs Augen hatte sie Wut und Bestürzung gesehen. Rosalinds Tod bedeutete offensichtlich nicht nur einen schmerzlichen Verlust, sondern auch eine öffentliche Bloßstellung der ganzen Familie. Und das allein schon war erschütternd.

»Meine liebe Brooke«, sagte Mrs. Stanford überschwenglich, als Brooke vom Teetisch wegging. »Sie haben ja eine schreckliche Tortur durchmachen müssen. Sie scheinen es aber mit Fassung zu tragen.«

»Guten Morgen, Mrs. Stanford. Emily.« Brooke nickte der Frau und ihrer Tochter zu. Sie mochte keine von beiden besonders. Mrs. Stanford, eine große Frau mit einer langen Nase und einer durchdringenden Stimme, betrachtete Brooke als eine arme Verwandte und behandelte sie deshalb für gewöhnlich mit herablassender Höflichkeit. Emily konnte über nichts anderes als Männer, Mode und Klatsch sprechen. Ihr schwarzes Kostüm, an den Rockaufschlägen und an den

Manschetten mit weißem Köperstoff eingefaßt, war zwar modisch, doch Emily selbst machte eher einen unscheinbaren Eindruck. Brooke betrachtete sie etwas genauer. Wenn Rosalind eine Freundin gehabt hatte, die ihren Verlust betrauern mußte, dann war das Emily.

Während sich Brooke die Worte ihrer Tante ins Gedächtnis rief, unterdrückte sie ihre Wut, die Mrs. Stanford normalerweise in ihr hervorrief. »Ja, natürlich geht es mir gut. Warum denn nicht?«

»Nun, meine Liebe«, Mrs. Stanford senkte ihre Stimme. »Wie ich hörte, haben Sie Rosalind gesehen.«

Ach, das war es also. Bereits gestern abend und heute morgen hatte Brooke das über sich ergehen lassen müssen; und wahrscheinlich würde das wohl noch eine Weile so weitergehen.

»Ja, das habe ich.«

»War es sehr schrecklich?« fragte Emily mit leiser Stimme.

»Natürlich war es das, Emily! Red doch keinen Unsinn«, tadelte Mrs. Stanford sie. »Das muß ja ein furchtbarer Anblick für Sie gewesen ein, Brooke, Liebes. Erzählen Sie mir davon.« Sie beugte sich weiter vor. »War sie wirklich wie ein Dienstmädchen angezogen?«

»Ja«, erwiderte Brooke kurz und blickte flüchtig über die Menge, als ob sie nach ihrer Tante Ausschau hielte. Die ganze Zeit über quälte sie die Frage, der sie schon seit gestern nachhing: Warum hatte sich Rosalind als Dienstmädchen verkleidet?

»Ich verstehe nicht, warum sie das getan hat«, sagte Emily, noch immer mit kaum hörbarer Stimme. »Gerade als alles so gut für sie lief.«

»Sie war ein dummes Mädchen«, verkündetet Mrs. Stanford. »Aus guter Familie, versteht sich, aber dumm.«

»Sie wäre schon ruhiger geworden«, sagte Emily und zeigte den ersten Funken Lebhaftigkeit an diesem Morgen. »Das wäre sie

bestimmt! Sie war so glücklich, alle ihre Pläne schienen wahr zu werden. Sie hat mir davon erzählt.«
»Wann war das?« fragte Brooke.
»Am Tag vor – vor, oh Himmel.« Emily hielt sich ein Taschentuch an ihre Augen. »Oh Himmel, es tut mir leid. Aber sie war so glücklich, sie sprach von ihrer Hochzeit, die schon bald stattfinden sollte.«
»Ich dachte, sie und Paul hätten das Datum für den Winter festgesetzt.«
»Ja, richtig, das hatten sie.« Mrs. Stanford musterte ihre Tochter mit einer Mischung aus Sympathie und Mißbilligung. »Nun ist es aber gut, Emily. Es gehört sich nicht, seine Gefühle in der Öffentlichkeit zu zeigen.«
»Es tut mir leid, Mama.«
»Ich weiß.« Geistesabwesend berührte sie Emilys Hand. »Aber mir drängt sich der Gedanke auf, daß sie sich das alles selbst zuzuschreiben hat.«
Brooke runzelte die Stirn. »Was meinen Sie damit?«
»Nun ja, das wäre doch alles nicht passiert, wenn sie sich standesgemäß angezogen hätte. Erzählen Sie doch mal.« Mrs. Stanford beugte sich vor. »Ist das wahr, daß sie vergewaltigt worden ist?«
Brooke wich zurück. »Oh, nein, auf keinen Fall!«
»Sie hat es herausgefordert, so ohne Begleitung auszugehen und dann auch noch wie ein Dienstmädchen gekleidet, das gehört sich einfach nicht.«
»Bitte entschuldigen Sie mich.« Brooke stellte ihre Tasse unüberhörbar auf dem Teetisch ab. Jetzt reichte es ihr wirklich. »Meine Tante braucht mich gerade«, sagte sie, zwang sich zu einem Lächeln und ging davon.
»Wie können sie es wagen?« dachte sie, ihre Hände zitterten vor Wut. Wie konnten Mrs. Stanford und die anderen es anzudeuten wagen, daß nicht nur Rosalind, sondern auch die anderen drei Mädchen ihr gewaltsames Ende selbst verschuldet

hatten? Da saßen sie sicher in ihrer kleinen, blasierten Welt; aber hatten sie denn nicht begriffen, daß das hier mehr als nur ein Thema für die Klatschspalte war? Vier Mädchen waren getötet worden, und es schien keine Menschenseele wirklich zu kümmern. Jemand mußte etwas dagegen tun. Sie mußte etwas in dieser Sache unternehmen.

»Miss?« sagte eine Stimme hinter ihr, und erstaunt blickte sie zu dem Diener auf, der sie angesprochen hatte.

»Benötigen Sie etwas?«

»Was? Oh, nein. Ich fürchte, ich habe gerade geträumt.«

»Das Empfangszimmer ist hier entlang, Miss.« Er zeigte hinter sie. »Dieser Weg hier führt in die Küche.«

Urplötzlich hatte Brooke ihre Entscheidung getroffen. Gleichgültig, was Matt gesagt hatte; gleichgültig, was ihre Tante denken würde, sie mußte die Wahrheit herausfinden. Hier in diesem Haus war jemand, der sie ihr sagen konnte. »Ja, ich weiß«, sagte sie und ging hocherhobenen Hauptes weiter.

Mrs. Dooley, *Claremonts* Haushälterin, schaute von ihrer Tasse Tee auf, als Brooke in die Küche kam, und sprang rasch auf.

»Miss Cassidy, was tun Sie denn hier?«

»Setzen sie sich, Mrs. Dooley.« Brooke lächelte, als sie sich einen Stuhl unter dem langen Kieferntisch hervorzog. Eigentlich sollte sie nichts außer den öffentlichen Räumen der Villen in Newport kennen, und auch nicht die Dienerschaft selbst. In Wahrheit sah das jedoch ganz anders aus. Schon mehrere Male hatte sie Personal aus dem einen oder anderen Haushalt »geborgt«, wenn sie eine Gesellschaft gaben, und im umgekehrten Falle hatte *Belle Mer* Personal entliehen, wenn es woanders benötigt wurde. Dadurch hatte sie viele von ihnen, wenn nicht sogar alle kennengelernt: Haushälterinnen, Butler und Köche der *Cottager*, Bekanntschaften, die ihr in der Vergangenheit gut zustatten gekommen waren. Davon abgesehen war Mrs. Dooley eine alte Freundin, eine Nachbarin aus

Brookes Kindertagen. Sie hoffte, daß ihr diese Bekanntschaft nun weiterhelfen würde.
Offensichtlich machte das Personal gerade eine Pause. Monsieur LeClerc, *Claremonts* französischer Küchenchef, saß mit einer Porzellantasse vor sich da, während weiter unten am Tisch mehrere Dienstmädchen in strikter Rangordnung saßen. Brooke tat so, als ob sie die erstaunten Blicke, die sie ihr und sich untereinander zuwarfen, nicht bemerkte.
»Eine furchtbare Sache, die da passiert ist.«
»Oh ja, ganz schrecklich. Hat Sie Mrs. Sinclair etwas holen geschickt?«
»Nein. Ja, ich hätte gern einen Tee.« Brooke lächelte das Mädchen an, das ihr eine Porzellantasse reichte. »Ich weiß, wie alle auf *Belle Mer* über das, was passiert ist, empfinden. Ich wollte mich nur vergewissern, daß es Ihnen allen gut geht.«
»Danke, Miss. Wir haben niemanden verloren, dem Herrn sei Dank, aber das wissen Sie ja. Wir haben gehört, daß Sie Ihre Mädchen nicht mehr allein ausgehen lassen.«
»Nein, nicht seitdem der erste Mord passiert ist. Aber ich habe gar nicht gewußt, daß auch Miss Sinclair den *Cliff Walk* regelmäßig benutzt hat.«
Mrs. Dooley blickte unbehaglich in die Runde. »Um Miss Sinclairs Gewohnheiten haben wir uns nicht gekümmert, Miss.«
»Nein, natürlich nicht. Es war auch nicht Ihre Aufgabe, auf sie aufzupassen.« Sie schwieg, und zum ersten Mal kamen ihr Zweifel über ihr Tun in den Sinn. Die Menschen am Tisch beobachteten sie mißtrauisch und machten ihr die Kluft zwischen Dienerschaft und Vorgesetzten nur zu deutlich. »Ich vermute aber doch, daß Sie ziemlich genau wußten, was sie getan hat.«
»Nun ja, es steht mir nicht zu, etwas dazu zu sagen. Jetzt aber los, Mädchen. Trinkt euren Tee aus und macht weiter, bevor sich Mrs. Sinclair fragt, wo ihr alle seid. Und glaubt ja nicht, sie weiß es nicht«, sagte Mrs. Dooley und wandte sich wieder

Brooke zu, als die Mädchen alle aus der Küche eilten. »Der entgeht nicht viel.«
»Und doch, ihre eigene Tochter ...«
»Nun, Miss, um was geht es denn?« Die riesige Küche war nun fast leer, bis auf Monsieur LeClerc, der in seinem Gemüsetopf rührte, und ein Küchenmädchen, das vorsichtig das hauchdünne Porzellan spülte. »Es waren mehr als genug Leute hier, die lauter Fragen gestellt haben, die Polizei und Mrs. Sinclair und wer nicht noch alles und jetzt auch Sie! Ich habe ihnen alles erzählt, was ich weiß.«
Brooke stützte ihre Ellbogen auf den Tisch, und während sie die andere Frau beobachtete, beschloß sie, es darauf ankommen zu lassen. »Ich habe gehört, daß eine Dienstmädchenuniform vermißt wird.«
Mrs. Dooley hielt die Luft an. »Wo haben Sie das gehört?«
»Gerüchte«, sagte sie aufs Geratewohl. »Stimmt das?«
Die Haushälterin blickte weg. »Es steht mir nicht zu, etwas dazu zu sagen. Nun, Miss, wenn Sie mich bitte entschuldigen wollen, ich habe eine ganze Menge zu tun..«
»Hat sie Rosalinds Zofe gehört?«
Mrs. Dooley blickte sie mit düsterem Gesichtsausdruck an. »Sie haben letzte Nacht Molly rausgeworfen, Miss Sinclairs Zofe.«
»Nein!« rief Brooke, obwohl sie eigentlich nicht wußte, warum sie so überrascht war. »Haben Sie das der Polizei erzählt?«
»Ja, sicher habe ich das. Ich habe ihnen auch gesagt, daß Molly nichts damit zu tun hatte, sie hatte nicht die leiseste Ahnung davon, was Miss Sinclair getan hat.«
»Dann wird wohl ihre Uniform nicht vermißt?«
»Wohl kaum, Miss. Sie ist klein und so rund wie ein Knödel, und Sie wissen, wie Miss Sinclair ausgesehen hat.«
»Ja, sie war gertenschlank.«
»Und eine Gerissene, wenn ich das so sagen darf. Hat immer das gekriegt, was sie wollte, mit welchen Mitteln auch immer.«
Mrs. Dooley warf einen Blick auf die anderen, die so taten,

als ob sie nicht zuhörten. Sie beugte sich vor und sagte leise: »Ich habe ihr erst letzte Woche noch gesagt, sie sollte vorsichtig sein.«
Auch Brooke beugte sich vor. »Warum?«
»Na, allein über den *Cliff Walk* zu gehen.«
»Und was hat sie gesagt?«
»Sie hat nur gelacht und mir gesagt, ich wäre albern und daß er ihr nichts tun würde.«
»Er?« fragte Brooke scharf. »Wen hat sie damit gemeint?«
»Das weiß ich nicht, Miss.« Mrs. Dooley sah verwirrt aus. »Ich dachte, sie meinte den, der alle diese schrecklichen Dinge tut. Sie hat sich in Sicherheit geglaubt, weil sie kein Dienstmädchen war.«
»Aber sie hat doch eine Uniform getragen.«
Mrs. Dooley preßte die Lippen fest zusammen und stand auf. »Entschuldigen Sie mich, Miss, ich habe heute eine Menge zu tun.«
»Mrs. Dooley, bitte!« Brooke stand auch auf und legte ihre Hand auf den Arm der anderen Frau. »Ich stelle die Fragen nicht aus Neugier. Auch ich habe Angst. Seitdem Rosalind getötet wurde, sieht alles anders aus. Sie wissen das genausogut wie ich.«
Mrs. Dooley blickte sie eine ganze Weile an. »Sie meinen, die höhere Gesellschaft will diese Sache auf der Stelle geklärt haben.«
»Ja. Und das heißt, daß sie vielleicht die falsche Person verhaften werden, jemanden, der es nicht getan hat. Ich weiß, daß Sie Ihre Leute beschützen wollen, Miss Dooley, aber wenn Sie irgend etwas wissen, müssen Sie es mir sagen.«
Mrs. Dooley blickte auf den Boden und seufzte. »Ich nehme an, Sie haben recht, Miss. In Ordnung. Eine unserer Dienstmädchenuniformen ist im Frühling in New York verlorengegangen.«
Brooke atmete hastig aus, ein Gefühl von Erleichterung und

Triumph machte sich breit. Sie hatte recht gehabt. Erst jetzt wurde ihr klar, wie groß ihre Angst gewesen war. »Wem gehört sie?«
»Das sage ich Ihnen nicht, Miss.« Mrs. Dooley preßte die Lippen zusammen. »Es war schon schlimm genug, als wir feststellen mußten, daß sie weg war. Ich möchte nicht, daß noch jemand entlassen wird.«
»Mrs. Dooley.« Brooke blickte sie enttäuscht an. »Einverstanden. Ich stelle Ihnen keine weiteren Fragen mehr. Aber sagen Sie der betreffenden Person, sie soll zu mir kommen. Heute abend«, fuhr sie fort, als Mrs. Dooley den Kopf schüttelte. »In die Küche von *Belle Mer*. Sagen Sie Molly bitte auch Bescheid. Es braucht niemand etwas davon zu wissen.«
Mrs. Dooley schaute sie lange an. »Warum kümmert Sie das alles, Miss Cassidy?«
Warum tat sie das? »Weil ich Angst habe, nicht nur um mich, sondern auch um die Mädchen auf *Belle Mer*. Wer auch immer dafür verantwortlich ist, muß aufgehalten werden.«
»Überlassen Sie das der Polizei, Miss. Dieser Detective Devlin scheint mir ganz gut allein damit fertigzuwerden.«
Detective Devlin hatte mit ein paar Überraschungen zu rechnen, dachte Brooke und erhob sich. »Sie waren mir eine große Hilfe, Mrs. Dooley. Ich danke Ihnen.«
»Miss Cassidy.« Mrs. Dooleys Worte hielten sie an der Tür zurück. »Ich hoffe, Sie wissen, was Sie da tun.«
»Natürlich weiß ich das«, erwiderte Brooke und ging weiter. Ihr Lächeln verschwand, als sie sich auf den Weg zu den öffentlichen Räumen des Hauses machte. Ihre Beteuerungen Mrs. Dooley gegenüber kamen ihr nun genauso leichtfertig und überheblich vor wie Rosalinds Vertrauen in ihre eigene Sicherheit. Vielleicht hatte Rosalind in ihrer anerzogenen Arroganz geglaubt, daß ihre gesellschaftliche Stellung sie davor beschützen würde. Vielleicht. Aber in diesem Augenblick der Einsicht überkam Brooke ein weiterer beunruhigender Ge-

danke. Hatte Annie recht mit der Stimme, die sie auf dem *Cliff Walk* gehört hatte? Hatte Rosalind ihren Mörder gekannt? Und wenn das der Fall war, kannte Brooke ihn dann auch?

Matt kauerte über den Zügeln seines Zweisitzers, als er die *Bellevue Avenue* hinunterfuhr. Es war bis jetzt ein anstrengender und enttäuschender Tag gewesen, und er war noch lange nicht zu Ende. Er hatte den ganzen Nachmittag über verschiedene *Cottager* befragt, die mit niemandem unter seinem Rang hatten sprechen wollen, und trotzdem hatten sie ihm wenig gesagt, als er sie über ihr Tun am Freitag abend befragte. Trotz ihres Unwillens waren jedoch ein paar Fakten zutage gekommen. Die meisten hatten Einladungen zu Dinnerpartys und Bällen vorzuweisen oder waren bei anderen gesellschaftlichen Anlässen zugegen gewesen und konnten dies auch nachweisen; ein paar der Männer, wie Miles Vandenberg, gaben verlegen zu, daß sie bei Blanche gewesen waren, dem halbseidenen Etablissement der Stadt; andere, daß sie sich bei einer Geliebten aufgehalten hatten. Wenig von dem, was er erfahren konnte, war von großem Nutzen.
Während Matt mit den *Cottagern* sprach, befragten andere Polizisten nochmals die Diener. Jetzt wußten sie mehr über Rosalind, aber es reichte noch nicht aus. Alle waren sich einig, daß sie hübsch, intelligent und geistreich gewesen war. Nur wenige hatten direkt ausgesprochen, daß sie auch wegen ihrer scharfen Zunge und ihres Benehmens bei ihren Mitmenschen unbeliebt gewesen war. Erst letzten Winter hatte sie die langjährige Verbindung zu Eliot Payson gelöst, um sich mit Paul Radley zu verloben. Dadurch hatte sie Radley seiner früheren Verlobten, Iris Gardner, weggenommen, was sie jedoch nicht zu stören schien. Eines war sicher: Rosalind hatte sich Feinde gemacht. Jetzt stellte sich nur die Frage, ob einer dieser Feinde genügend Grund sah, um sie zu töten, oder ob

ihr Tod, so wie es schien, eine Zufallstat war. Es wußte auch niemand, warum sie als Dienstmädchen verkleidet auf dem *Cliff Walk* gewesen war. Ihr Geheimnis würde wohl noch so lange verborgen bleiben, bis ihm die Sinclairs Rosalinds Tagebuch aushändigten.

Matt zog so abrupt an den Zügeln, daß der Zweisitzer zur Seite schwenkte und auf einem Rad in die Auffahrt bog, die zu einer großen Villa führte.

»Jesus, Captain.« Charlie klammerte sich an den Rand seines Sitzes. »Fahren Sie doch etwas langsamer.«

»Tut mir leid«, sagte Matt geistesabwesend. Die vor ihm liegende Vernehmung versprach so schwierig wie die anderen zu werden, aber möglicherweise brächte sie mehr ein. Matt würde gleich mit Paul Radley sprechen, Rosalinds ehemaligem Verlobten.

»Nicht schlecht«, bemerkte Charlie, als sie von dem Zweisitzer herunterkletterten und das massive Gebäude mit den Ecktürmen betrachteten. Es war eine der ältesten Villen auf der *Bellevue Avenue*, vor dem Bürgerkrieg erbaut, als Newport noch ein Ferienort für die Südstaatenfamilien gewesen war. Es trug den Namen *Hotel Soleil*, obwohl es im Schatten massiver Rotbuchen und hochgewachsener Ulmen stand. »Das würde mir auch schon gefallen.«

Matt brummte, warf die Zügel des Zweisitzers über den Kopf des Pferdes und stieg die Stufen zum Haus hinauf. »Und wie sind die Radleys zu Geld gekommen?«

Charlie blätterte in seinem Notizbuch. »Von allem ein bißchen. Eisenbahnlinien, Öl, ganz verschiedene Dinge. Radley Senior ist im Vorstand von einem Dutzend Firmen. Der Junior arbeitet in der *Wall Street*.«

Matt brummte abermals, und sein Gesicht war ausdruckslos. Er wußte über Paul Radleys Arbeit Bescheid. Er kam an den Wochenenden auf einem der luxuriösen Dampfer der *Fall River Line* nach Newport. Diese Woche hatte er Freitag nacht die *Priscilla* genommen, so daß er zum Zeitpunkt von Rosalinds Tod unterwegs gewesen war und sie daher unmöglich getötet haben konnte. Alibi hin, Alibi her; sollte sich herausstellen, daß er der Vater von Rosalinds Baby war, würde Matt ihn genauer unter die Lupe nehmen.

Die Eingangshalle war mit dunkler Eiche getäfelt und mit einer Tapete mit chinesischem Weidenmotiv dekoriert, ein Buntglasfenster warf glänzende Farben an die Wand. Die Decke über ihnen war mit einem Blumengirlandenmotiv bemalt. Der Butler führte sie einige Stufen hinauf und wies sie in einen kleinen, quadratischen Raum neben der Halle, eine Bibliothek, nach den Bücherregalen zu urteilen, die an den getäfelten Wänden standen. Die Bücher wurden jedoch offensichtlich nicht oft gelesen. Matt zog wahllos eins hervor, schlug es auf und stellte fest, daß die Seiten nicht geschnitten waren. Er hatte es gerade ins Regal zurückgestellt, als sich die Tür öffnete und ein junger Mann hereinstolziert kam. »Ich bin Paul Radley«, sagte er unvermittelt. »Sie sind Devlin?«

Matt drehte sich langsam um und blickte den jungen Mann abschätzend an. Ein *Collegeboy*, dachte er. Ein Harvard-Sprößling, nach dem Akzent zu schließen. Groß, blond und arrogant, mit der Überzeugung und dem Glauben, die Welt gehöre ihm. Diese Haltung brachte Matt in Rage, und nur mit größter Mühe verbarg er es. Er würde nichts erreichen, wenn er sich bei der Untersuchung von seinen persönlichen Gefühlen leiten ließe.

»Detective Devlin«, sagte er, seine Stimme klang unbeteiligt, und er streckte seine Hand aus. »Danke, daß Sie bereit sind, mit uns zu sprechen.«

»Habe ich denn eine andere Wahl?« Radley warf sich in einen ledernen Armsessel, seine Finger trommelten ungeduldig auf die Lehne. »Stellen Sie Ihre Fragen, und dann ist die Sache erledigt. Ich habe nicht den ganzen Tag Zeit.«

»In Ordnung.« Matt zog seine Hosenbeine hoch und setzte

sich langsam und bedächtig Radley gegenüber. Mr. Radley wollte also die Polizei loswerden. Interessant, wenn auch nicht gerade aufschlußreich. Es wollte keiner mit der Polizei über diesen Fall reden. »Mr. Radley, wie lange waren Sie ...?«
»Haben Sie ihn denn noch nicht gefaßt?« fragte Paul ungeduldig.
»Wen?«
»Diesen Wahnsinnigen, der dafür verantwortlich ist. Rosalind – mein Gott, ich habe geglaubt, selbst ihr Kleinstädter könntet das herausfinden.«
»Wir arbeiten daran.« Matt befeuchtete einen Finger und blätterte langsam eine Seite seines Notizbuches um, sich Charlies fragenden Blickes durchaus bewußt. Normalerweise führte er Verhöre rasch durch, ohne dem Verdächtigen viel Zeit zum Nachdenken zu lassen. Dieses Mal ging er jedoch anders vor. Sollte Radley ruhig glauben, er würde das Gespräch kontrollieren. Matt hatte ein oder zwei Fragen, die ihn wahrscheinlich so aus der Fassung brächten, daß er mit ihnen zusammenarbeiten würde.
»Wie lange waren Sie und Miss Sinclair verlobt?«
»Seit Weihnachten. Ist es das, was Sie von mir wissen wollten? Das hätte Ihnen auch jeder andere erzählen können.«
»Weihnachten.« Matt notierte sich das. »Hat sie sich oft als Dienstmädchen verkleidet?«
Paul winkte ab. »Ein Streich«, sagte er. »Was sonst. Jeder, der Rosalind kennt – Rosalind kannte, weiß, daß sie gerne Streiche spielte.«
»Nur daß dieser Streich sie getötet hat, Mr. Radley.«
»Also, ich meine ...«
»Hatte sie die Angewohnheit, so etwas häufiger zu tun?«
»Was wollen Sie damit andeuten?«
»Wenn Rosalind sich häufiger als Dienstmädchen verkleidet hat, wer sollte davon wissen, wenn nicht Sie?«
»Rosalind hat so etwas noch nie getan.«

»Sie sind sich da so sicher, Mr. Radley?«
»Natürlich bin ich das. Sie ist – war – meine Verlobte.« Er schluckte. »Niemand kannte sie besser als ich.«
»Ich verstehe.« Matt machte den Eindruck, als ob er in seinem Notizbuch blättere, aber in Wirklichkeit überschlugen sich seine Gedanken. Er fragte sich, wie er wohl auf seine nächste Frage reagieren würde. Es war an der Zeit, Radley auf den Boden der Tatsachen zurückzuholen. »Dann verraten Sie mir doch eines. Waren Sie der Vater ihres Kindes?«

5. KAPITEL

Ich – was? Hol Sie der Teufel!« Paul sprang auf und warf dabei seinen Stuhl zu Boden. Er nahm die klassische Boxerstellung ein. »Dafür sollte ich Ihnen eine verpassen!«

»Setzen Sie sich, Mr. Radley.« Matt war ruhig und unbeeindruckt. Und dieses Mal klang seine Stimme eiskalt. Radley wirkte leicht überrascht und setzte sich. »Rosalind Sinclair war im dritten Monat schwanger. Ich frage Sie noch einmal. Waren Sie der Vater des Kindes?«

»Ich kann's nicht fassen.« Paul starrte ihn an, dann sackte er in sich zusammen und schlug die Hände vors Gesicht. »Gott. Ich glaube einfach nicht, daß sie so etwas getan hat.«

Matt konnte nicht anders, er begann Mitleid für den Mann zu fühlen. »Waren Sie der Vater des Kindes, Sir?«

»Nein. Ich hätte Rosalind nie so entehrt. Aber ...«

»Aber jemand hat es getan. Es tut mir leid, Mr. Radley. Ich verstehe, daß Sie entsetzt sind, aber so sieht es nun einmal aus.«

»Dann muß es jemand anderen gegeben haben.« Paul klang fassungslos. »Sie hat sich mit einem anderen Mann getroffen.«
»Sind Sie sich da sicher?«
»Ich – ja. Sie hätte mich doch nicht ... um Gottes willen, ich wollte sie doch heiraten!«
Matts Sympathie wuchs. Das war ein Treuebruch, und er wußte nur zu gut, was das bedeutete. »Es tut mir leid«, sagte er aufrichtig. »Sweeney.« Matt behielt Radley im Auge. »Sorgen Sie dafür, daß der Butler Mr. Radley etwas zu trinken bringt.«
Charlie stand auf. »Ja, Sir.«
»Gott.« Paul ging mit unsicheren Schritten zum Fenster hinüber. »Erst die Nachricht ihres Todes, und jetzt das.«
»Setzen Sie sich, Mr. Radley«, sagte Matt freundlich. »Ich muß Ihnen noch einige Fragen stellen, und je eher, desto besser. Aber wenn Sie lieber damit warten wollen, kann ich auch ein anderes Mal wiederkommen.«
Charlie kam mit einem vollen Kristallglas amberfarbener Flüssigkeit herein und blickte Matt mit vor Überraschung hochgezogenen Augenbrauen an. »Hier! Trinken Sie das, Mr. Radley.«
»Danke schön.« Paul trank das Glas in einem Zug aus und stellte es unüberhörbar auf dem Nebentisch ab. Inzwischen war er nicht mehr so blaß und blickte weniger schockiert. »Sind diese Fragen notwendig, um ihren Mörder zu finden?«
»Ja.«
»Dann fragen Sie. Ich will, daß dieser Bastard gefaßt wird ...«
»Danke. Haben Sie eine Ahnung, mit wem sie sich getroffen haben könnte?«
»Nein. Sie gehörte nicht zu dieser Sorte Frau. Zumindest habe ich sie nicht dafür gehalten.« Mit ausdruckslosem Blick setzte er sich wieder und sank in sich zusammen. »Ich kann mich an Männer erinnern, mit denen sie geflirtet hat; wenn ich es mir

recht überlege, hat es keinen gegeben, mit dem sie nicht geflirtet hat ... wie konnte sie nur so etwas tun!«

»Kann es sein, daß sie sich mit jemandem vom Personal eingelassen hat?«

»Das bezweifle ich.« Paul richtete sich auf und hatte sich jetzt besser im Griff. »Man hat keine Affäre mit einem Angestellten. Dazu war Rosalind viel zu stolz.«

Matt nickte. Das war auch seine Meinung. »Sie begreifen doch, was Sie da sagen, oder? Wer somit möglicherweise der Täter ist?«

»Sie meinen, einer von uns«, sagte er tonlos.

»Ja, einer der *Cottager*.« Er hielt inne. »Diese Vorstellung scheint Sie nicht zu erschüttern.«

»Wenn Sie einige von den Dingen gesehen hätten, die diese sogenannten Gentlemen an der *Wall Street* so treiben – Gott!« Paul fuhr sich mit zittriger Hand über die Stirn. »Hinterhältige Taktiken, manchmal bis zum offenen Betrug ... Es gibt Momente, da halte ich manche von ihnen für fähig, einen Mord zu begehen.«

»Sind Sie ganz sicher, kommt Ihnen niemand in den Sinn, den sie getroffen haben könnte?«

»Nein. Bis auf ...«

»Bis auf?« hakte Matt nach, als Radley stockte.

»Nein, ich glaube nicht, daß er so etwas tun würde. Aber vielleicht sollten Sie ja mal mit Eliot Payson sprechen.«

Matt notierte sich den Namen, als hätte er ihn nie zuvor gehört. »Wer ist er?«

»Im letzten Herbst sind sie eine Zeitlang miteinander ausgegangen. Aber er hatte ernstere Absichten als sie; doch ich bezweifle, daß er es war. In letzter Zeit trifft er sich mit Miss Cassidy. Von *Belle Mer*.«

Matt schaute überrascht auf. »Oh?« Wer zum Teufel war Eliot Payson? »Wir werden sowieso mit ihm sprechen.«

»Gut. Mein Gott, dies alles ist so unfaßbar!«

»Wenn Sie schon nicht wissen, mit wem sie sich getroffen hat, fällt Ihnen dann vielleicht jemand ein, der uns mehr über Rosalind erzählen könnte?«

»Nein.« Er schaute auf, sein Blick war klar. »Ich habe Rosalind geliebt, aber ich habe nicht die Augen vor ihren Fehlern verschlossen. Sie konnte schwierig sein. Und sie hatte keine Freunde, nur Bekannte.«

»Erklären Sie mir das!«

»Ich kann es nicht. Zum Teil, weil die anderen auf sie eifersüchtig waren. Sie ist – war – sehr hübsch. Aber nun, sie konnte auch sehr schwierig sein. Sarkastisch. Sie hatte eine scharfe Zunge, und ich glaube, sie hat nicht begriffen, daß sie die Menschen dadurch abgeschreckt hat.«

»Ich verstehe. Die Männer auch?«

»Nein. Nicht die Männer, obwohl mir niemand einfällt, den sie in letzter Zeit bevorzugt hätte. Aber es gab ja wohl doch jemanden.« Er ballte die Fäuste. »Wenn ich herausfinde, wer es war, werde ich ...« Er brach ab, und die Wut in seinen Augen verschwand.

»Was werden Sie tun, Mr. Radley?« Matt wartete auf eine Antwort. »Ihn töten?«

»Natürlich nicht.« Radley lehnte sich in seinem Sessel zurück. »Mein Temperament ist mit mir durchgegangen. Sie können mich doch nicht für schuldig halten, bloß weil ich wütend geworden bin, oder?«

»Nein«, sagte Matt nach einem Moment. »Fällt Ihnen noch etwas ein, das wir wissen sollten?«

»Nein.« Er schaute auf, und es lag Bestürzung in seinem Blick. »Ich habe sie eigentlich gar nicht gekannt, nicht wahr?«

»Es tut mir leid.« Matt und Charlie standen auf, und Radley folgte ihnen, noch immer fassungslos. »Wenn Ihnen noch etwas einfällt, rufen Sie mich an.«

»Das werde ich. Fassen Sie den Bastard, Mr. Devlin.«

»Das werden wir. Oh, und Mr. Radley.« Matt drehte sich an

der Tür noch einmal um. »Ich wäre Ihnen dankbar, wenn dieses Gespräch unter uns bliebe.«

»Glauben Sie etwa, ich will mich zum völligen Narren machen?« brauste Radley auf und schlug die Tür hinter ihnen zu.

»Na ja.« Charlie spitzte den Mund zu einem lautlosen Pfeifen. »Da hat uns wohl gerade jemand vor die Tür gesetzt.«

»Ja.« Matt runzelte die Stirn, als er in den Zweisitzer kletterte.

»Halten Sie ihn für den Vater?«

»Ich weiß es nicht.« Er würde Radley jedoch weiter im Auge behalten. Er hatte ein aufbrausendes Temperament, das hatte Matt selbst erlebt, und ein überzeugendes Motiv. Wenn er erfahren hätte, daß Rosalind ihn mit einem anderen Mann betrog, wie würde er wohl reagiert haben? »Wenn er gerade gelogen hat, dann ist er ein verdammt guter Schauspieler. Aber finden Sie mehr über ihn heraus, Charlie. Ich frage mich ...«

»Er hat ein Alibi, Captain.«

»Ich weiß. Überprüfen Sie es.«

»Wenn Sie meinen. Hoffentlich behält er das Gespräch für sich, Captain.«

»Das wird er schon. Sein Ruf steht auf dem Spiel.« Matt lenkte die Kutsche in eine enge ungepflasterte Straße. Vor ihnen lag die Polizeiwache und das Hafenviertel, wo ein reges Treiben herrschte. »Verdammt, wenn wir bloß mehr über Rosalind herausfinden könnten ...«

»Vielleicht könnten Sie noch einmal Miss Cassidy fragen, Captain.«

»Ha.« Matt zog den Zweisitzer in eine freie Lücke vor der Polizeistation, so daß das Pferd den Kopf in die steinerne Wassertränke tauchen konnte. Nach diesem Vormittag würde Brooke ihm wahrscheinlich nicht einmal mehr sagen, wie spät es war. Und wer war eigentlich Eliot Payson? »Wir werden jemand anderen finden müssen«, sagte er, während er hineinging.

»Captain«, rief der diensthabende Sergeant, und Matt wandte sich um. »Miss Cassidy erwartet Sie in Ihrem Büro.«
Matt blieb einen Moment lang stehen, dann drehte er sich um und ging mit schnellen Schritten den Korridor hinunter. »Danke«, rief er zurück und betrat sein Büro. »Brooke. Was willst du hier?«
»Guten Tag, meine Herren.« Brooke lächelte sie freundlich an. Sie saß auf dem Stuhl vor seinem Tisch, einen Becher in der Hand, und offensichtlich war sie keineswegs verärgert über seine Frage. Heute trug sie Schwarz, ein Kleid aus einem glänzenden Stoff und einen lächerlichen Hut, auf dem mehrere Federn steckten. Ach richtig, der Kondolenzbesuch bei den Sinclairs, erinnerte sich Matt und zwang sich, zur Sache zu kommen. »Es geht eigentlich darum, was ich für dich tun kann, Matt.«
Matt schwieg, während er sich an seinen Tisch setzte und sie mißtrauisch anblickte. »Was hast du angestellt, Brooke?«
»Ach, nicht viel.« Im Unterschied zu ihrem reservierten Auftreten am Morgen saß sie jetzt mit geraden Schultern auf der Stuhlkante, das Kinn vorgeschoben. Sie sah aus wie das Selbstbewußtsein in Person. Und sie strahlte noch etwas aus. Triumph, entschied Matt nach einem Moment. »Ich habe heute den Sinclairs einen Kondolenzbesuch abgestattet.«
Matt zögerte. Da steckte doch sicherlich mehr dahinter. »Und?«
»Hast du schon herausgefunden, wie Rosalind an die Dienstmädchenuniform gekommen ist?«
»Wir arbeiten daran.«
»Oh, ich verstehe. Ihr arbeitet daran.«
Ihr Ton reizte ihn. »Wir könnten mehr zustande bringen, wenn wir nicht ständig gestört würden.«
»Oh? Wenn das so ist, bitte, dann gehe ich wohl besser.« Sie blieb an der Tür stehen. »Es interessiert dich also nicht ...«
»Was?« fragte Matt, als sie nicht weitersprach.
»Daß in *Claremont* eine Uniform vermißt wird. Das Mädchen,

dem sie gehört hat, wird heute abend auf *Belle Mer* sein.« Sie strahlte ihn an. »Ich dachte nur, das solltest du wissen«, sagte sie und ging hinaus. Matt schnellte hoch. »Verdammt, Brooke. Komm sofort zurück!«

Brooke erschien im Türrahmen und verbiß sich ein Lächeln. »Sagtest du etwas?«

»Was glaubst du eigentlich, was zum Teufel du da tust?« Er kam hinter seinem Tisch hervor und ging auf sie zu. »Ich habe dir doch gesagt, daß du dich nicht einmischen sollst.«

»Ich bin aber darin verwickelt.« Sie hob ihr Kinn. »Wenn mein Personal in Gefahr ist, wenn ein Mädchen, das ich kenne, getötet wird – dann bin ich in die Sache verwickelt, ob es mir gefällt oder nicht.«

Er starrte sie einen Moment lang an. »Verdammt, Brooke ...«

»Bitte hören Sie auf zu fluchen, Detective.«

»Verdammt – schon gut.« Er drehte sich um und zog eine zerknitterte Packung Zigaretten hervor. »Setz dich«, fügte er hinzu und zeigte auf den Stuhl gegenüber seinem Tisch.

»Sehr gerne.« Brooke setzte sich vorsichtig auf den Stuhl und betrachtete den bereits überquellenden Zinnaschenbecher. »Mußt du unbedingt rauchen?«

»Ja, das muß ich.« Matt zündete sich mit schnellen und geübten Bewegungen eine Zigarette an. »Nun, was hast du angestellt?«

»Eigentlich nicht viel.« Brooke setzte sich zurück und zwang sich, ruhig zu bleiben. Sie gestand sich ein, daß er zu Recht über sie verärgert war. Sie hatte sich in die Angelegenheiten der Polizei eingemischt. Aber auch jetzt noch konnte sie sich nicht vorstellen, in dieser Sache anders vorzugehen. »Ich entschloß mich, mit Mrs. Dooley, der Haushälterin von *Claremont*, zu sprechen«, begann sie und erzählte ihm alles, was sie erfahren hatte.

»Die Uniform wurde also in New York vermißt«, fragte Matt, als sie geendet hatte.

»Ja. Ist das wichtig?«
»Das könnte es sein.« Er stand auf und fragte unvermittelt: »Um wieviel Uhr heute abend?«
Brooke erhob sich ebenfalls. »So gegen neun Uhr in der Küche. Wenn du im Anrichteraum bleibst, wird dich niemand bemerken.«
»Gut.« Er hielt ihr die Bürotür auf. »Ich sehe dich dann heute abend.«
»Sehr schön«, sagte Brooke und ging schließlich, die Lippen zusammengepreßt vor Wut. Da hatte sie nun Informationen für ihn herausgefunden, und er hatte kein Wort des Dankes für sie übrig, nicht einmal ein Zeichen, daß sie ihm überhaupt behilflich gewesen wäre. Nicht, daß sie das überrascht hätte. Matt war schon immer eigensinnig gewesen. Nein, stur, verbesserte sie sich, als sie in die Kutsche der Olmsteads kletterte. Nach dem Tod ihrer Eltern hatte er ihre Entscheidung, bei Onkel und Tante zu leben, nicht akzeptiert; jetzt akzeptierte er nicht, daß sie ihm nützlich sein konnte. Warum hatte sie sich dann überhaupt die Mühe gemacht, überlegte sie, immer noch wütend, und schaute aus dem Fenster der Kutsche, ohne etwas wahrzunehmen. Weiß der Himmel, daß sie genug zu tun hatte, ohne auch noch Detektivin zu spielen. Eine Debütantin, die sich als Detektivin versuchte. Selbst Stunden später ärgerte sie sich noch. Na schön, dann würde sie halt tun, worum er sie gebeten hatte, nein, was er von ihr verlangt hatte, und die Aufklärung der Morde der Polizei überlassen. Und es sollte einige Zeit vergehen, bis sie Matt Devlin wieder helfen würde.

»Kommt herein. Bist du Molly?« fragte Brooke, als sie am selben Abend die Küchentür von *Belle Mer* aufhielt; zwei Mädchen, beide in schwarzen Sergekleidern und gestärkten weißen Dienstmädchenschürzen, kamen herein.
»Ja, Madam.« Molly, klein und dick, trat herein. Das andere

Mädchen folgte ihr zögernd. Ein Blick auf ihre große und schlanke Figur genügte, und Brooke wußte, wessen Uniform Rosalind getragen hatte.
»Ich freue mich, daß ihr gekommen seid.« Brooke lächelte aufmunternd. »Kommt, setzt euch. Ich hoffe, ihr seid nicht allein gekommen.«
»Mrs. Dooley hat uns einen Diener zur Begleitung mitgeschickt«, sagte das größere Mädchen, setzte sich und musterte Brooke kühl. Sie hatte den unverkennbaren Rhode-Island-Akzent, die breiten, flachen As und die nicht existierenden Rs. An sie heranzukommen würde wohl schwieriger sein als an Molly, die sich ängstlich in der Küche umschaute. Und doch, gerade sie könnte ihr sicherlich Wichtiges sagen. »Wir wollten nicht kommen.«
»Das verstehe ich. Ich verspreche euch, daß niemand von *Claremont* etwas darüber erfahren wird.« Was Matt, der im Anrichteraum zuhörte, mit dieser Information tun würde, war eine andere Sache.
»Molly, Mrs. Dooley sagte mir, daß du die Zofe von Miss Sinclair warst.«
»Ich habe nichts damit zu tun!« platzte es aus Molly heraus. »Miss Sinclair hat getan, was sie wollte, und ich konnte sie nicht daran hindern.«
»Niemand konnte sie von etwas abhalten«, sagte das andere Mädchen und blickte Brooke an.
»Es ist schon gut, Molly.« Brooke legte ihre Hand auf Mollys Arm. »Ich mache dir doch keinen Vorwurf. Und dir auch nicht. Wie ist dein Name?«
Das Mädchen starrte sie einen Moment lang trotzig an. »Rachel.«
»Rachel.« Brooke nickte. »Molly, es tut mir leid, daß du deswegen deine Stellung verloren hast. Hast du schon eine andere in Aussicht?«
»Was kümmert Sie das denn«, entfuhr es Rachel unwirsch.

Molly blickte zu Boden und schniefte. »Nein, Madam.«
»Dann schaue ich mal, was ich hier für dich tun kann.«
»Oh, Madam.« Molly hob den Kopf, ein Hoffnungsschimmer tauchte in ihren blassen und verängstigt blickenden Augen auf. »Meinen Sie das ernst?«
»Ja. Ich werde mit der Haushälterin sprechen und sehen, was sich machen läßt. Es war doch völlig ungerecht, was dir widerfahren ist.«
»Ja, stimmt, Madam, wo ich doch nichts getan habe.«
»Kannst du mir etwas dazu sagen?«
»Sie haben mich rausgeworfen, Madam.«
»Ja, ich weiß. Wie lange warst du Miss Sinclairs Zofe?«
»Ungefähr ein Jahr, Madam.«
»Und war es angenehm, für sie zu arbeiten?«
»Nein, Madam.« Molly blickte Rachel an, die zustimmend nickte.
»Es war furchtbar anstrengend, für sie zu arbeiten, vor allem in den letzten Monaten. Morgens fühlte sie sich immer elend, und wenn etwas nicht so war, wie sie es wollte, dann kriegte man es ab. Ihre scharfe Zunge habe ich oft zu spüren bekommen. Aber sie konnte auch zuckersüß sein, wenn sie etwas erreichen wollte. Zum Beispiel, daß ich allen sagen sollte, sie hätte Kopfschmerzen.«
»Hat sie das oft getan? Warum?« Als Molly nicht antwortete, beugte sich Brooke zu ihr hin. »War das immer so, wenn sie allein ausgehen wollte?«
»Oh, Madam, ich habe schon Mrs. Sinclair gesagt, daß ich nichts darüber weiß. Wenn sie herausfindet, daß ...«
»Ich verspreche dir, das wird sie nicht. Wie oft hat Miss Sinclair das getan?«
»Ungefähr einmal die Woche. Vielleicht auch öfter.«
»In New York auch? Oder nur hier?«
»In New York auch, Madam, aber nicht so häufig.«
»Und du hattest keine Ahnung, wo sie hingegangen ist?«

»Oh, nein, Madam, das hätte sie mir nicht erzählt. Aber ...«
»Ja?« hakte Brooke nach, als sie nicht fortfuhr.
»Ich habe mich gefragt, ob sie sich nicht mit jemandem getroffen hat. Einem Mann«, fügte Molly finster hinzu.
»Warum sagst du das, Molly?«
»Weiß nicht, Madam. Es lag etwas in ihrem Blick, manchmal sah sie aus wie eine Katze, die an der Sahne genascht hat. Aber, wie ich schon sagte, sie hat mir nie etwas erzählt.«
»Nein, bestimmt nicht. Und wann hast du bemerkt, daß deine Uniform fehlte, Rachel?« fragte Brooke beiläufig.
»Im März habe ich es zum ersten Mal bemerkt – wer hat gesagt, daß meine Uniform fehlt?« Rachel starrte sie an. »Ich trage sie doch gerade, oder?«
»Aber das ist doch eine neue, oder?« antwortete Brooke freundlich.
Rachel stand so rasch auf, daß ihr Stuhl nach hinten kippte. »Komm schon, Molly. Das müssen wir uns nicht anhören.«
»Rachel.« Das kleinere Mädchen rührte sich nicht von der Stelle. »Ich denke, wir sollten es ihr erzählen.«
»Molly, bist du verrückt? Sie ist eine von ihnen.«
»Wir können ihr vertrauen. Als Rachels Uniform verschwand, Madam, bekam sie eine Menge Ärger.« Molly schaute Brooke direkt in die Augen. »Und danach ist mir aufgefallen, daß Miss Rosalind häufiger Kopfschmerzen hatte. Wenn Sie verstehen, was ich meine.«
»Ja.« Brooke nickte. Kopfschmerzen vorzutäuschen war eine verbreitete Frauenausrede, um Dingen zu entgehen, die sie nicht machen wollten. Sie selbst hatte heute abend das gleiche getan, um hiersein zu können. »Hast du sie in der Uniform gesehen?«
»Nein, Madam. Aber es muß doch die Uniform gewesen sein, glauben Sie nicht? Ich meine, so wie sie gefunden worden ist und so.«
»Dafür nehme ich nicht die Schuld auf mich!« sagte Rachel.

»Darum hat dich auch niemand gebeten«, sagte Brooke.
Rachel starrte sie wieder an. »Glauben Sie, ich wüßte nicht, wie das bei euch geht?«
»Rachel ...«
»Es ist nicht meine Schuld, aber ich werde so oder so dafür geradestehen müssen.«
»Ich mache dich für nichts verantwortlich, Rachel«, sagte Brooke ruhig.
Rachel starrte sie wütend an. Ihre Augen leuchteten auf, sie schien ihr vertrauen zu wollen, aber dann drehte sie sich ruckartig zur Tür um. »Komm, Molly. Wir gehen.«
»Rachel!« Molly lief hinter ihr her, als sie erhobenen Hauptes hinausging, und blieb dann an der Tür stehen. »Oh, Madam, es tut mir leid, aber sie ist manchmal einfach so.«
»Ist schon in Ordnung, Molly.« Brooke hoffte, daß ihr Lächeln sie beruhigen würde. »Komm morgen vorbei. Ich sage dir dann Bescheid, ob wir eine Stelle für dich frei haben.«
Molly lächelte, ihr rundes Gesicht wirkte beinahe hübsch. »Oh, vielen Dank, Madam. Ich werde Ihnen immer dankbar sein. Rachel wird es auch sein, wenn ihre schlechte Laune verflogen ist.«
»Ich hoffe es. Gute Nacht, und seid vorsichtig.« Brooke blieb noch einen Augenblick stehen, als sie die Tür hinter den Mädchen geschlossen hatte, dann wandte sie sich ab. Ihr Lächeln verschwand. »Na ja. Wie es scheint, habe ich mir da eine Feindin gemacht.«
Matt schlenderte aus dem Anrichteraum und machte sich eifrig Notizen. »Stört dich das?«
»Natürlich, Matt. Niemandem gefällt es, unbeliebt zu sein.«
»Selbst bei Angestellten?«
»Ooh!« Brooke umklammerte mit beiden Händen die Rückenlehne des Stuhls und starrte an die Decke. »Warum denkst du eigentlich ständig nur das Schlechteste von mir?«
Matt blickte auf sein Notizbuch. »Tut mir leid. Aber du hast

dich verändert, Brooke.«
»Eigentlich nicht besonders.« Sie schaute ihn prüfend an. »Warum willst du nicht zugeben, daß ich dir helfen kann?«
Matts Blick verhärtete sich. »Das ist nicht deine Aufgabe. Danke hierfür.« Er schloß sein Notizbuch und schob es in seine Hosentasche. »Das hast uns weitergeholfen. Aber jetzt hörst du auf, Brooke. Ist das klar?«
Sie blickte ihn enttäuscht an. »Matt ...«
»Na, na. Was haben wir denn hier?« Henry Olmstead stand im Türrahmen und strahlte sie an. Wie erstarrt blickten sie ihn an. »Hast du Freunde zu Besuch, Brookie?«
»Onkel Henry.« Brooke rückte von Matt ab und schob sich eine Strähne aus dem Gesicht. »Ich dachte, du wärst mit Tante Winifred ausgegangen.«
Er zwinkerte ihr zu und lehnte sich gegen den Tisch. »Um ehrlich zu sein, Liebes, ich hatte auch keine Lust, zu dem Musical zu gehen. 'n Abend, Devlin.«
»Guten Abend, Sir.« Matt nickte ihm zu. »Ich mußte Miss Cassidy noch einige Fragen über das Personal stellen.«
»Aha.« Henry nickte. »Ich dachte, ihr zwei sprecht von alten Zeiten.«
»Es ist nicht, was du denkst, Onkel Henry«, widersprach Brooke.
»Detective Devlin und ich sind Bekannte.«
»Nun, Liebes, habe ich etwas anderes gesagt?« Er nahm einen Apfel aus der Holzschale, die auf dem Tisch stand, hielt ihn in seiner Rechten und begann, ihn zu schälen, wobei er ein silbernes Klingenmesser benutzte. Sie bemerkte beiläufig, daß er die Manschettenknöpfe nicht trug, die sie ihm letztes Jahr zu Weihnachten geschenkt hatte. »Wie ich hörte, waren Ihr und Brookes Vater Kollegen.«
»Ja, Sir«, sagte Matt höflich. »Vielleicht könnten Sie mir bei einer Sache behilflich sein, Sir.«
Henry zog eine Augenbraue hoch. »So?«

»Ja. Der Polizeichef hat mich nächste Woche zu einem Abendessen eingeladen. Abendgarderobe bin ich nicht gewöhnt, und ich habe mich nun gefragt, ob ich nicht auch wie Sie eine Rose am Revers tragen sollte?«
Henrys Gesicht leuchtete auf.
»Mögen Sie Rosen, Detective?«
Matt zuckte die Achseln. »Na ja, aber ich kenne mich wenig damit aus. Diese dort ist eine ...«
»Diese?« Er berührte die schmale, hellrote Knospe an seinem Revers. »*Rosa Gallica Aurelianensis. La Duchesse D'Orléans.* Die finden sie bei keinem Blumenhändler. Eine alte französische Rose. Nicht sehr elegant, aber mir gefällt sie.« Henry zog sie aus dem Revers und gab sie Matt.
»Hier. Nehmen Sie sie, mein Junge. Duftet angenehm, nicht wahr?«
»Ja.« Matt gab sie ihm zurück. »Ich dachte, es sei eine *American Beauty Rose.*«
»Nein, nein, die wäre zu groß als Ansteckblume. Kommen Sie mit mir, Devlin.« Er legte den Apfel auf den Tisch. »Gehen wir in den Wintergarten, und ich zeige Ihnen meine Rosen.«
»Wenn ich Ihnen damit nicht zur Last falle ...«
»Nein, nein, eher könnten Sie meinen, ich dränge mich Ihnen auf. Ich rede gern über meine Rosen, nicht wahr, Brookie?« Er zwinkerte ihr zu.
»Ja«, sagte Brooke und schaute von einem zum anderen. »Er wird gar nicht mehr aufhören, wenn Sie ihn lassen, Detective.«
»Kein Problem. Vielen Dank für Ihre Hilfe, Miss Cassidy.«
»Ich freue mich, daß ich Ihnen behilflich sein konnte, Detective«, sagte Brooke und beobachtete, wie die beiden Männer hinausgingen, traurig und froh zugleich, Matt weggehen zu sehen. Die unbeschwerte Freundschaft ihrer Jugend, die einst den Anschein hatte, als ob sich etwas Ernstes daraus entwickeln könnte, war vorbei, und er scheute sich

nicht, sie daran zu erinnern. Aber eines war trotzdem komisch. In all den Jahren, die sie ihn kannte, hatte sie noch nie mitbekommen, daß er sich für Rosen interessierte.
Im Wintergarten betätigte Henry den Lichtschalter an der Wand, und sofort wurde der Raum mit Licht durchflutet.
»Nett«, bemerkte Matt und schaute sich um. »Wir benutzen noch Kerosinlampen zu Hause.«
»Sehen Sie zu, daß Sie auch Elektrizität bekommen, mein Junge.« Henry ging voran in den Raum. »Das ist die Zukunft. Ich habe den Wintergarten nach meinen Anweisungen bauen lassen. In New York steht noch einer davon.« Mit einer weit ausholenden Handbewegung beschrieb er den Raum, der groß und halbrund angelegt war. Er war aus weiß gestrichenen, gußeisernen und riesigen Glasscheiben, die sich wechselseitig spiegelten. Der Duft der Rosen lag betäubend in der Luft; Dutzende, Hunderte von ihnen, in allen Duftnoten und Größen. Matt hatte nicht gewußt, daß es so viele Rosen auf der Welt gab.
»Mein kleines Hobby«, fuhr Henry fort und tat in wenigen Worten ab, was nach Matts Vermutung einige Polizistengehälter kosten würde, um es zu betreiben. »Manche glauben, daß sich ein Wintergarten auf der Südseite eines Hauses befinden müßte, aber ich ziehe die Nordseite vor. Da habe ich gleichbleibenden Lichteinfall.«
»Wie viele Arten von Rosen haben Sie schätzungsweise?« fragte Matt, der ruhig dastand und sich angestrengt bemühte, sich von dem Farbenreichtum nicht betäuben zu lassen.
»Weiß nicht, mein Junge. Ich habe vor langer Zeit den Überblick verloren. Nun, diese hier, das sind altmodische Rosen, die Portlandrosen.« Er führte Matt einen Gang hinunter, der mit Rosenkübeln gesäumt war. »Sehen Sie nur, wie weit sie im Vergleich zu den Teerosen geöffnet sind. Und doch von süßem Duft. Die Teerosen und hybride Teerosen stehen hier drüben.«
»Hm.« Matt nickte, als ob er den Unterschied verstehen würde.

»Ist die *American Beauty* eine Teerose?«
Henry lachte in sich hinein. »Die *American Beauty* gefällt Ihnen, Detective? Da kann ich Ihnen eigentlich auch keinen Vorwurf machen, sie ist schon etwas Besonderes. Meine gesamten Rosen sind Damen«, fügte er hinzu und führte Matt in die Mitte des Wintergartens, wo sich Rosenbüsche in Hülle und Fülle befanden. Von hier aus führten strahlenförmig Gänge, wie Speichen eines Rads, in die anderen Teile des Raums. In der Mitte der Büsche befand sich eine aufsehenerregende Blüte, riesig und blutrot. »Da haben Sie ihre *American Beauty*, Detective, doch ich halte sie eigentlich alle für Schönheiten.«
»Das ist wirklich erstaunlich«, sagte Matt Minuten später. »Ich habe gar nicht gewußt, daß Rosen so hoch wachsen.«
»Das ist eine Kunst, mein Junge. Man muß die jungen Knospen abschneiden, dann wachsen sie hoch.«
»Oh?« Matt blickte scharf. »Dann produziert der Busch mehr als eine Blüte?«
»Wenn ich es zuließe, würde er viele Blüten produzieren, aber der Schönheit müssen Opfer gebracht werden. Man nennt das Knospenbefreiung. Die Pflanze braucht dann ihre ganze Energie, um eine Blüte zu produzieren. Ich bin da so etwas wie ein Experte.« Er strahlte, als er Matt zu einem anderen Busch führte. »Dieser Pflanze gestatte ich es, ohne Knospenbefreiung zu wachsen. Und doch hat sie immer noch schöne Blüten.« Er zog sein perlmuttbesetztes Messer hervor und schnitt die Blüte aus dem Busch. »Hier haben Sie eine *American Beauty* ganz für sich, Detective.«
»Vielen Dank.« Matt nahm die Rose, wobei ihm der leichte Spott in der Stimme des Mannes durchaus auffiel. »Ich verstehe. Selbst diese ist als Ansteckblume zu lang.«
»So ist es. Nun ja. Das sind meine Rosen, Detective. Ich könnte die ganze Nacht über sie sprechen, aber ich nehme an, Sie haben noch andere Dinge zu tun.«
Sie drehten sich um und gingen den Gang hinunter, auf den

Hauptteil des Hauses zu. »Ja, ich habe tatsächlich noch einige Berichte durchzusehen, bevor ich nach Hause gehen kann.«
»Ah. Dann werde ich Sie nicht länger aufhalten. Noch eine Sache, Detective.«
Matt wandte sich um. Henrys gewöhnlich freundlicher, leicht verwirrter Gesichtsausdruck war einem scharfen Blick gewichen.
»Ja?«
»Ich möchte nicht, daß meine Nichte in diese Sache verwickelt wird. Ich weiß nicht, was Sie hier heute abend gemacht haben, und nein, ich will es auch gar nicht wissen. Aber ich wiederhole noch einmal: Ich möchte nicht, daß meine Nichte in diese Ermittlungen hineingezogen wird.«
Matt schwieg. »Das habe ich nicht vor, Sir.«
»Nein?« Henry blickte ihn eindringlich an, dann nickte er. »Gut. Halten Sie sich daran.« Er ging zur Tür hinüber und öffnete sie.
»Denn falls Sie es doch tun, werde ich etwas dagegen unternehmen müssen. Gute Nacht, Detective.«
»Gute Nacht«, entgegnete Matt und trat hinaus in die nach Meerluft riechende Dunkelheit, die Lippen überrascht zusammengepreßt. Er erkannte eine Drohung, wenn er sie hörte. Vermutlich war er gerade dem wirklichen Henry Olmstead begegnet, der nicht dem Bild entsprach, das Matt von ihm hatte.
Nachdenklich stieg er auf sein Fahrrad, das er bevorzugt benutzte, wenn er allein unterwegs war, und fuhr los, die mit Bäumen gesäumte Auffahrt hinunter, an den flackernden Gaslichtern rechts und links vorbei, durch die fast dreißig Fuß hohen Eisentore auf die Straße. Die Rose hatte er in sein Taschentuch gehüllt und in die Hosentasche gesteckt. Es war ein aufschlußreicher Abend gewesen. Schließlich hatte er erfahren, wie Rosalind an die Dienstmädchenuniform gekommen war, die sie getragen hatte; er wußte nun, daß sie ihre all-

abendlichen Ausflüge schon seit letztem Frühjahr geplant hatte, und dieses im fernen New York. Das konnte auch bedeuten, daß ihr Tod schon genauso lange geplant gewesen war. Was er daraus folgerte, war ihm gar nicht recht, obwohl damit seine Theorie von dem möglichen Täter bekräftigt wurde. Und dann die Rose. Sie war das beunruhigendste Indiz von allem. Obwohl es schon spät in der Nacht war, hielt er, noch immer tief in Gedanken versunken, vor der Polizeiwache, die trotz der späten Stunde noch hell erleuchtet war. Als er hineinging, wurde er das Gefühl nicht los, heute abend etwas Wichtiges auf *Belle Mer* gesehen zu haben. Es fiel ihm jedoch nicht ein, so sehr er auch versuchte, sich zu erinnern. Aber das würde es schon noch; zumal ihm das immer passierte, wenn er zu sehr mit einem Fall beschäftigt war. Er mußte nur auf sein Gedächtnis vertrauen.

Auf der Wache ging es in der Nacht nur wenig ruhiger als am Tag zu. Die, welche die Polizisten festgenommen hatten, waren meistens ziemlich betrunken, verhielten sich daher laut und aggressiv. Matt ging an einer Gruppe junger Männer in Smokings vorbei. Die Wange eines der Männer zierte ein blauer Fleck, und alle redeten durcheinander. Er trat über einen Mann hinweg, der sich entschlossen hatte, seinen Rausch auf dem Boden auszuschlafen, und ging zielstrebig auf sein Büro zu. Nachdem er die Tür hinter sich geschlossen hatte, war es relativ ruhig. Matt machte das Licht an und setzte sich. Sehen Sie zu, daß Sie sich Elektrizität zulegen. Das war wirklich leicht gesagt, wenn sich Leute ihren eigenen Generator leisten konnten, so wie die Olmsteads. Bis die Stadt all ihre Bewohner, auch die auf dem Lande, wo auch seine Eltern lebten, mit Elektrizität versorgen könnte, müßten sich die meisten mit einer Gas- oder Öllampe behelfen. Während er noch übelgelaunt über Henrys Ignoranz lächelte, machte er es sich bequem, um Rosalinds Tagebuch zu lesen, das er am späten Nachmittag von den Sinclairs bekommen hatte. Eine ganze

Weile später warf Matt das Tagebuch auf seinen Schreibtisch. Sein Haar war zerzaust, sein Jackett hatte er schon vor Stunden abgelegt. Gott, war er müde. Er lehnte sich zurück, stützte den Kopf mit den Händen ab und betrachtete den losen Gips an der Decke. Er hatte eine ganze Menge über Rosalind erfahren, die in ihrem Tagebuch erstaunlich offen über manche Dinge sprach, über andere hingegen zurückhaltender. Sie hatte ihr Leben nicht gemocht, sie hatte sich nach der Anerkennung ihrer Eltern gesehnt, und es war ihr ein Rätsel, daß die Leute sie nicht mochten. Sie war äußerst kritisch anderen gegenüber, was ihre wenigen Freundschaften erklären mochte. Am allerwichtigsten für ihn war, bestätigt gefunden zu haben, daß sie sich tatsächlich in Dienstmädchenkleidung rausgeschlichen hatte, um sich mit einem Mann zu treffen. Matt las zwischen den Zeilen und empfand fast Mitleid für sie. Ihr Liebhaber hatte ihr nicht nur Aufregung und verbotenen Nervenkitzel verschafft, sondern ihr auch Liebe versprochen. Rosalind war sich sicher gewesen, daß alle Schwierigkeiten beseitigt werden könnten. Schließlich hatte sie einen Plan, hatte sie geschrieben, den sie in der nächsten Nacht in die Tat umsetzen würde. Wie der Plan aussah, hatte sie jedoch nicht verraten. Auch hatte sie die Identität ihres Liebhabers nicht preisgegeben, weder Namen noch Anfangsbuchstaben, noch einen Kosenamen. Rosalind hatte ihr Geheimnis mit ins Grab genommen. Matt blätterte einige Seiten zurück und preßte seine Lippen aufeinander. Der letzte Eintrag war am Tage vor Rosalinds Tod datiert. »Armes, kleines Mädchen«, dachte er, wie damals, als er ihren Leichnam zum ersten Mal erblickt hatte. Alles, was sie gewollt hatte, war Liebe. Nun ja, daran konnte er nichts mehr ändern, aber er konnte und wollte alles tun, um den Mörder zu fassen. Das war ein Versprechen. Es war spät. Während er aufstand, reckte und streckte er sich und griff gerade nach seinem Mantel, als ihn die Erinnerung so deutlich überkam, daß er sich wieder auf seinen Stuhl fallen ließ. Er wußte nun wieder, was er in der Küche von *Belle Mer* gesehen hatte. Henry Olmstead hatte einen Apfel mit der linken Hand geschält. Er beugte sich nach vorne und öffnete die Schreibtischschublade, aus der er eine vertrocknete Rose herausnahm. Eine *American Beauty Rose*, die in Größe und Duft der Rose ähnelte, die ihm Henry gegeben hatte. Das beunruhigte ihn. Gestern morgen hatte er diese außergewöhnliche Rose zum ersten Mal gesehen. Sie hatte neben Rosalind Sinclairs Leiche gelegen.

Sie wußte etwas, das stand fest. Etwas, das niemand außer ihr in Newport wußte. Etwas, das vielleicht wichtig sein könnte. Sie war nicht besonders ehrlich, und unter anderen Umständen hätte sie es vielleicht noch nicht einmal bemerkt oder sich Gedanken darüber gemacht, daß er sie gebeten hatte, für ihn zu lügen. Er sagte, falls jemand – und er meinte die Polizei – Fragen stellen sollte, dann wäre er in jener Nacht, Freitag nacht, bei ihr gewesen. In dieser Nacht und in den anderen drei Nächten, in denen diese Mädchen getötet worden waren. Nicht daß sie glaubte, er hätte sie getötet. Nein, sie war nicht verrückt, und sie würde auch nie einen Mörder in ihr Bett lassen. Dabei wäre er doch sowieso nicht alle vier Nächte bei ihr gewesen. Sie hatte vor zwei Wochen ihre Periode, und da hätte sie ihm wohl kaum viel Spaß bereitet.
Dennoch fragte sie sich, warum sie für ihn lügen sollte. Natürlich hatte er sie gut bezahlt, besser sogar, als wenn er tatsächlich bei ihr gewesen wäre. Gewöhnlich hinterfragte sie solch ein Glück nicht, aber dieses Mal gab es ihr zu denken. Männer wie er konnten sich mehr leisten, wenn sie nur wollten, und vielleicht konnte sie ihn davon überzeugen, daß er wollte. Schließlich wurde sie auch nicht jünger. Früher oder später würde er weggehen, und sie war nicht so dumm zu glauben, noch einmal einen Mann wie ihn zu kriegen. Sie hatte die fünfundzwanzig schon hinter sich, und reiche Beschützer wa-

ren dünn gesät. Es war Zeit, an ihre Zukunft zu denken. Sie würde nicht auf der Straße enden, nein, sie nicht. Sie würde ihn fragen, überlegte sie sich, streckte ihre üppigen Schenkel auf dem ungemachten Bett aus und betrachtete ihre Füße. Heute nacht würde er kommen, da er Freitag ihre Verabredung versäumt hatte. Dann würde sie ihn fragen. Und er würde zahlen. Er mußte, wenn sie weiterhin schweigen sollte. Denn schließlich, dachte sie, während sie katzengleich lächelte, mußte ein Mädchen auf sich selbst aufpassen. Wer würde es sonst für sie tun?

6. KAPITEL

Aus« rief eine Stimme vom Tennisplatz, und das Paar, das auf hohen Hockern auf der höher gelegenen Veranda saß, blickte träge auf.

»Iris mogelt wieder«, bemerkte Eliot Payson. »Der Ball war doch drin.«

»Sie ist eine gute Spielerin«, sagte Brooke. Sie nippte an ihrer Limonade und versuchte, sich zu entspannen. An Rasentennis lag ihr nicht viel, aber dieser Ausflug mit Eliot zum Casino war genau das, was sie jetzt gebraucht hatte, zwei Tage nach dem Kondolenzbesuch bei den Sinclairs, zwei Tage nach dem Zusammentreffen in der Küche von *Belle Mer*. An einem späten Sommervormittag war das Casino genau der richtige Ort und war es schon immer gewesen, seitdem es erbaut worden war. Es war ein riesiges, mit Schindeln abgedecktes Gebäude, in dem sich außer den Tennisplätzen ein Theater, ein Tanzsaal und ein Restaurant befanden. Auf der *Horseshoe Veranda* spielte *Mullays String Orchester* leise Offenbachs *Die schöne Helene*, im Wechselspiel zum Aufschlag der Bälle und dem Stimmenge-

wirr der *Cottager*. Auf Brooke wirkte das alles völlig vertraut, es war nach dem Unglück eine Beruhigung und erinnerte sie gleichzeitig daran, daß das Leben weiterging. Sie würde keine Vermutungen mehr anstellen und nicht mehr an den Tod denken. Und vor allen Dingen würde sie einen bestimmten Polizeibeamten aus ihrem Gedächtnis streichen. Daß Matt nie gutheißen würde, wie sie gerade lebte, war nur zu deutlich.
»Sie spielt gut«, stimmte ihr Eliot zu. »Aber Vandenberg bringt sie auch ganz schön zum Laufen.«
Brooke warf einen flüchtigen Blick auf den Tennisplatz, wo Miles Vandenberg und Iris Gardner sich ein besonders hitziges Spiel lieferten. Wenngleich auch durch die langen Röcke und Unterröcke in ihrer Bewegung eingeschränkt, stand Iris mit offenem Haar, vornübergebeugt und in völlig konzentrierter Haltung da und wartete auf den nächsten Schlag. Miles dagegen schien die Bälle mühelos zu treffen, sie schossen über das Netz und erreichten immer ihr Ziel. Fast schien es, als ob Miles Iris hin und her jagte.
»Iris kann nicht anders. Sie muß immer gewinnen.«
»Keine Eigenschaft, die ich an einer Frau bewundere«, sagte Eliot.
Brooke schaute ihn an. »Ich weiß. Du bewunderst bloß das Vermögen einer Frau.«
Mit großen Augen schaute Eliot sie überrascht über den Rand seines Glases hinweg an. Gleich darauf nahm sein Gesicht jedoch wieder den üblichen leicht schläfrig wirkenden Gesichtsausdruck an, denn er blickte sie durch halbgeöffnete Augenlider an. Brooke ließ sich davon nicht täuschen, denn sie kannte ihn lange genug, um zu wissen, daß er sehr wachsam war.
»Wenn ich es nicht besser wüßte, würde ich sagen, du bist eifersüchtig«, sagte er sanft. Er trank den Rest seines Gin Tonic in einem Zug aus und bestellte sich gleich darauf einen neuen. »Solch eine Äußerung paßt gar nicht zu dir, Brooke.«
Brooke seufzte und blickte wieder auf den Platz. »Ich weiß.

Es tut mir leid. Ich bin nicht in besonders guter Laune, aber ich sollte es nicht an dir auslassen.«

»Was ist denn los?« Als sie nicht antwortete, fragte er nach: »Mir ist aufgefallen, daß du auf der Party deiner Tante gar nicht du selbst warst.«

Brooke entfuhr ein leises, bekümmertes Lachen. »An diesem Morgen hatte ich gerade Rosalinds Leiche identifiziert.«

»Oh.« Er nickte dem Kellner zu, der ein volles Glas vor ihm abstellte. »Nun ja, das war eine unangenehme Erfahrung, Brooke, aber es ist doch jetzt vorbei.«

»Es ist noch nicht vorbei, Eliot. Nicht, solange der Täter noch immer frei herumläuft.« Und nicht mit dem Bild, das ihr nicht aus dem Kopf ging: Rosalind, wie sie tot und regungslos auf dem *Cliff Walk* lag. Matt würde es verstehen.

Eliot zuckte die Achseln. »Es waren doch nur Dienstmädchen.«

»Es waren Menschen«, sagte Brooke mühsam beherrscht. »Kathleen Shannon, Maureen Quick, Mary Manning – das waren alles Menschen. Wie auch Rosalind. Und wenn du mir noch einmal erzählst, sie hätte nicht allein in Dienstmädchenuniform ausgehen sollen, stehe ich sofort auf und gehe.«

»Brooke, Brooke.« Er lehnte sich vor und lächelte sie an. »Warum regst du dich so darüber auf? Es geht dich doch nichts an. Laß das die Polizei erledigen«, sagte er und trank auch sein zweites Glas in einem Zug aus. Im selben Augenblick bestellte er sich das nächste. Es war schon sein drittes, wie sie bemerkte, und es war noch nicht einmal Mittag.

Brooke rutschte auf ihrem Stuhl hin und her. Trotz der Ruhe hier im Casino war sie innerlich alles andere als gelassen. Die Welt draußen und ihre Probleme gingen ihr einfach nicht aus dem Sinn, stellte sie niedergeschlagen fest. »Eliot, ich weiß nicht, ob ...«

»Brooke.« Eliot ergriff ihre Hände. »Das geht uns nichts an. Wir haben wichtigere Dinge zu besprechen.«

Brooke versuchte, ihre Hände wegzuziehen, da ihr die versteckten Blicke der anderen nicht entgingen, aber Eliot ließ sie nicht los. Sie mochte Eliot. Er war die perfekte Begleitung, immer verfügbar, immer höflich. Er konnte charmant sein, mit einem herrlichen Sinn für Ironie. Am meisten gefiel ihr jedoch, daß sie beide die gleiche spöttisch-distanzierte Haltung gegenüber der Gesellschaft hatten. Ob sie ihn heiraten würde, war eine andere Geschichte, obwohl alle damit zu rechnen schienen. Das hatte auch sie noch bis vor kurzem getan.

»Eliot, bitte. Die Leute starren uns an und werden über uns reden.«

»Laß sie doch.« Seine Stimme klang leise und angespannt, worauf sie ihn überrascht anschaute. Das war ein anderer Eliot, als sie ihn bisher kennengelernt hatte. »Brooke, in letzter Zeit hatten wir kaum Gelegenheit, miteinander zu sprechen.«

»Wir unterhalten uns doch jetzt.«

»Über uns, Brooke. Über unsere Zukunft. Du weißt, wie ich über ...«

»Entschuldigen Sie«, sagte jemand neben ihnen mit tonloser Stimme. Brooke schaute auf und erblickte Matt.

»Matt!« rief sie aus und sprang auf, ihre Gefühle wirbelten durcheinander. Erleichterung, daß er gerade jetzt störte, mischte sich mit Freude und der Verlegenheit, was Matt wohl von ihr denken müßte. »Was machst du hier?«

»Brooke?« Eliot glitt von einem der hohen Hocker herunter, er lehnte sich lässig gegen die niedrige Holzbalustrade der Veranda, die Hände in den Taschen seiner weißen Flanellhosen, während er Matt mit Muße betrachtete.

»Wer ist das?«

Brooke zuckte angesichts der Verachtung in Eliots Stimme zusammen. Matt wirkte völlig fehl am Platze hier, sein Plastikkragen und sein dunkler, karierter Leinenanzug, offensichtlich von der Stange, schnitten im Vergleich zu Eliots tadellos geschneidertem, schwarz-weiß gestreiftem Jackett schlecht ab. Aber er hatte etwas, das ihn auszeichnete, einen Anflug von Vitalität, von Entschlossenheit, etwas, das in scharfem Kontrast zu Eliots gekünstelter Trägheit stand.

»Hallo, Matt«, sagte sie und riß sich zusammen. »Ich hätte nicht gedacht, dich heute hier zu treffen.«

»Brooke.« Er nickte ihr zu. Es lag etwas in seinem Blick, das sie nicht deuten konnte, als er von ihr zu Eliot schaute. »Mr. Payson, nehme ich an?«

»Ja.« Brooke beeilte sich, die beiden einander vorzustellen. »Detective Devlin arbeitet bei der Newporter Polizei«, fügte sie hinzu.

»Oh?« Eliot grub die Hände noch tiefer in seine Taschen. Es lag eine so merkwürdige Freundlichkeit in seinem Blick, daß Brooke sofort mißtrauisch wurde. »Ich habe mich schon gefragt, wann die Polizei wohl an mich herantreten würde.«

Brooke blickte ihn scharf an. »Warum?«

»Sie befragen doch jeden, oder?« sagte er sanft. »Ich nehme doch an, daß Sie mich verhören wollen, Detective? Oder interessieren Sie sich für Tennis?«

Matt blickte hinaus auf den Platz, wo Miles und Iris gerade ihr Spiel beendeten. »Ich ziehe Baseball vor«, sagte er freundlich. »Aber richtig, Mr. Payson. Ich würde gerne mit Ihnen sprechen.«

»Dann fragen Sie!« Eliot setzte sich hin und lehnte sich bequem in seinem Stuhl zurück. »Ich habe den ganzen Vormittag Zeit.«

Matt blickte sein Gegenüber unverwandt an, und so sehr sie es auch versuchte, Brooke konnte nicht einmal andeutungsweise ahnen, was er wohl gerade dachte. »Gibt es irgendwo einen ruhigeren Ort, wo wir ...?«

»Du solltest ruhig versuchen, mit der anderen Hand zu spielen, Miles«, sagte eine weibliche Stimme. »Puh!« Iris ließ sich nicht gerade elegant auf den nächsten Stuhl neben Brooke fallen. »Ein heißes Match, nicht wahr? Aber ich finde, ein

gutes. Meine Rückhand ist nicht so stark, wie ich sie gern hätte, aber Miles ist ja auch ein teuflischer Gegenspieler.«
»Habe ich da meinen Namen gehört?« Miles lächelte, als er sich Iris gegenüber setzte und dem Kellner ein Zeichen gab. »Sie sehen hübsch aus, Brooke.«
»Danke.« Brooke bemerkte, daß Iris auf dem Stuhl hin- und herrutschte. Iris hatte ihre guten Seiten, aber man würde wohl nie von ihr behaupten, daß sie anmutig oder gelassen sei. Mehrere Strähnen hatten sich aus dem Haarknoten gelöst und klebten ihr im Gesicht, während ihr Strohhut, passend zu ihrem Tenniskleid mit blauen Blumen verziert, völlig schief saß. Brooke vermutete, daß Iris ihr Korsett nicht angezogen hatte, um sich freier bewegen zu können. Und obwohl Iris so unordentlich aussah, beneidete Brooke sie einen Moment lang. Ihr eigener Rock und ihre Jacke im Marinestil bedeckten Lagen an einengenden Unterröcken, und sie mußte sich zwingen, nicht den hohen Kragen ihres weißen Hemdblusenkleides etwas aufzumachen. Burschikos war das einzig passende Wort, um Iris zu beschreiben, obwohl Brooke wußte, daß sich unter ihrer rauhen Schale ein empfindsames und manchmal verwirrtes Herz befand. »Ihr habt beide gut gespielt.«
»Danke.« Miles hob das Glas, so als ob er anstoßen wolle. Im Gegensatz zu Iris machte er eigentlich nicht den Eindruck, als ob er gerade ein schwieriges Spiel bewältigt hatte. Seine gestreifte Flanelljacke hatte nicht eine Falte, und er saß ganz entspannt da. Irgendwie brachte er es fertig, wie üblich gelassen und weltmännisch auszusehen. »Prost! Haben wir gerade gestört? Ich glaube, wir kennen uns noch nicht«, er lächelte Matt freundlich an. »Sind Sie ein Bekannter von Payson?«
»Nein.« Matt schüttelte den Kopf. »Detective Devlin, von der Newporter Polizei.«
»Oh. Miles Vandenberg.« Matt streckte die Hand aus. »Ist Payson in Schwierigkeiten?«
»Sollte er das?«

Miles lächelte abermals. »Nein, nein, das war nur ein kleiner Scherz.«
»Detective Devlin ist wegen der Morde auf dem *Cliff Walk* hier«, warf Eliot mit einem kleinen, merkwürdigen Lächeln auf den Lippen ein.
»Gut.« Miles nahm wieder Platz. »Es wird ja auch Zeit, daß da etwas unternommen wird. Freut mich, daß Sie am Ball sind, Devlin.« Er wies auf einen Stuhl. »Setzen Sie sich doch dazu und erzählen Sie uns, was so im Gange ist?«
»Eigentlich möchte Detective Devlin mich befragen«, sagte Eliot.
»Sie?« Miles schaute ihn an. »Ah, ich verstehe. Der Streit, den Sie mit Rosalind hatten.«
»Miles!« rief Brooke entrüstet.
»Das besprechen wir wohl besser allein«, sagte Matt mit noch immer unbeteiligter Miene. »Mr. Payson, wenn wir dann irgendwo anders hingehen könnten.«
»Ich denke schon.« Eliot erhob sich gelangweilt. »Brooke, es tut mir leid, dich so zurückzulassen.«
»Mach dir keine Gedanken«, sagte Miles. »Ich bringe sie nach Hause.«
Einen Augenblick lang herrschte Schweigen. »Danke, alter Knabe«, sagte Eliot schließlich und ging davon. »Kommen Sie, Mr. Devlin. Zu dieser Tageszeit sollte sich schon ein leerer Raum finden lassen, wo wir in Ruhe reden können.«
Matt nickte. »Schön. Meine Damen, Mr. Vandenberg.« Er tippte an die Krempe seines Hutes und ging. Brooke glaubte, daß sein Blick flüchtig auf ihr ruhte, bevor er davonging, aber auch diesmal konnte sie den Blick in seinen Augen nicht deuten. Sie erschauerte. Es kam ihr so vor, als ob sich eine Wolke vor die Sonne geschoben hätte, dabei war der Tag so strahlend wie zuvor. Die Dunkelheit herrschte in ihr. Die Wirklichkeit war in ihren normalen, friedlichen Tag eingebrochen.
»Erinnern Sie mich daran, Miles, nie mit Ihnen zu streiten!«

sagte Iris in barschem Ton. Miles lächelte, während er sich zurücklehnte und einen Schluck aus seinem Glas nahm. »Warum, bloß weil ich den Streit erwähnt habe? Das weiß doch jeder, meine Liebe.«

»In unseren Kreisen, ja. Aber in Newport weiß niemand davon.«

Brooke tauchte aus ihren trüben und dunklen Gedanken auf. Sie stellte fest, daß die Sonne immer noch schien und daß das Leben um sie herum weiterging. Iris lehnte sich stirnrunzelnd vor, während Miles sich zurücksetzte, einen Arm lässig über der Rückenlehne des Stuhls, als ob ihn das Gespräch kaum berührte. Iris hatte recht. Er hatte keine Veranlassung, den Streit zwischen Eliot und Rosalind zu erwähnen, als sie die Verlobung mit ihm gelöst hatte. Wie gut kannte sie eigentlich Miles? Wie gut kannte sie überhaupt die Leute, die sie für Freunde hielt? »Ich denke, Miles hat recht«, sagte Brooke langsam. »Die Polizei hätte es sowieso herausgefunden.«

»Aber nicht durch uns«, widersprach Iris. »Und überhaupt, was hat das damit zu tun?«

Brooke blickte zur Seite. »Wahrscheinlich nichts.« Nichts, außer daß Matt Eliot verdächtigte. Der Gedanke ließ sie erschauern. Es war nicht so schlimm zu glauben, daß jemand, den sie kannte, schuldig sein konnte, aber es war eine andere Sache, den mutmaßlichen Täter mit einem Namen verbinden zu können. Aber Eliot war es sicherlich nicht.

»Ich habe gehört, daß die Polizei kürzlich mit Paul Radley gesprochen hat«, sagte Miles gedehnt.

»Paul war letzten Freitag in New York. Er kann damit nichts zu tun haben«, sagte Iris, wobei ihr Gesicht errötete.

»Nein? Er war doch mit Rosalind verlobt?« Eine unbehagliche Stille trat ein. Es stimmte, daß sie miteinander verlobt waren. Aber vordem war Paul Radley Iris' *Beau* gewesen.

»Er hat mir deswegen schon immer leid getan«, sagte Iris, und die gereizte Stimmung legte sich. Brooke mußte das andere Mädchen einfach bewundern. Als Rosalind Paul erobert hatte, hatte sie es auf die denkbar öffentlichste und beleidigendste Art und Weise getan. Ihre unerwartete Verlobung war letzten Winter auf einem Ball in Iris' Haus verkündet worden. Zwischen Iris und Paul war nichts abgesprochen gewesen, aber es hatte ein gewisses Einvernehmen zwischen ihnen gegeben, bis Rosalind dazwischengekommen war. Genau gesagt würde Brooke es Iris nicht verübeln, Rosalind zu hassen. Zufällig fiel ihr Blick auf Iris' Hände. Sie waren lang, breit und kräftig, stark genug für jedes Spiel, das sie angehen wollte. Stark genug, um ein zierliches Mädchen zu erwürgen? Brooke schaute rasch auf, um Iris' starrem Blick zu begegnen. Obwohl es warm war, erschauerte sie.

»Paul hat nichts damit zu tun«, verkündete Iris und schaute weg. Erleichtert ließ Brooke die Schultern sinken.

»Das könnte er nicht tun. Das muß irgend so ein Verrückter sein. Eine furchtbare Sache, die hier passiert ist«, fuhr sie fort. »Mir ist es egal, solange nur Dienstmädchen getötet werden. Ich gehe jedenfalls nicht mehr allein auf den *Cliff Walk* hinaus.« Sie zuckte die Achseln. »Schrecklich, aber so sieht es aus.«

Miles zuckte die Achseln. »Wer weiß schon, wozu jemand fähig ist?« fragte er. »Nicht, daß ich Paul irgend etwas unterstellen will, doch ...« – er begann teuflisch zu grinsen – » ... nun, da Rosalind weg ist ...«

»Paul Radley wollte ich nicht einmal mehr auf einem Silbertablett«, sagte Iris und stand auf. »Entschuldigt mich. Meine Mutter ist dort drüben. Ich werde mit ihr nach Hause gehen.«

Nachdem sie gegangen war, herrschte eine bedrückende Stille.

»Na ja«, sagte Miles in munterem Ton. »Da bin ich wohl gerade kurz abgefertigt worden.«

»Sie haben es verdient«, sagte Brooke hart. »Sie haben einige häßliche Dinge gesagt.«

»Stimmt.« Er nickte. »Aber Iris läßt sich so leicht ärgern. Natürlich hat Radley nichts damit zu tun.«
Brooke zuckte die Achseln und stellte ihr leeres Limonadenglas hin. Wer kannte schon den Mörder? Es konnte jeder sein, der genügend Kraft besaß. Ja, selbst Miles – aber jeder wußte von der Verletzung, die er in der Kindheit erlitten hatte, und von der Schwäche, die in seiner linken Hand zurückgeblieben war.
»Ich denke, ich sollte ...«
»Wann geben Sie und Payson ihre Verlobung bekannt?«
Brooke blickte ihn überrascht an. Er lächelte sie an, drehte sein Glas in den Händen, wobei die Wassertropfen kleine Kreise auf dem Tisch bildeten. »Das haben wir noch nicht entschieden. Ich muß gehen«, sagte sie und stand auf. Sie zog die Handschuhe an und überprüfte, ob ihr Strohhut richtig saß. »Tante Winifred erwartet mich zu Hause. Wir wollen noch einige Besuche machen.«
Miles stand auf und nahm ihren Arm. »Ich werde Sie nach Hause begleiten.«
»Das ist nicht nötig, Miles.«
»Es ist mir eine Ehre.« Er lächelte. »Was werden die Leute denken, wenn Sie allein nach Hause gehen?«
»Als ob mir das etwas ausmachen würde.« Während sie Bekannten zunickte, erlaubte sie Miles, sie durch das Casino und die breite Treppe mit seiner kunstvoll geschwungenen Balustrade hinabzubegleiten.
»Das sollte es aber«, sagte Miles, als sie aus dem überdachten Eingang, der sie durch eine gestreifte Markise vor der Sonne schützte, auf die *Bellevue Avenue* traten. Auf der Straße war wie gewöhnlich viel los, die Sommergäste hielten vor den exklusiven New Yorker oder Pariser Läden, die hier ihre Niederlassungen hatten, oder gingen hinauf auf die Veranda des Clubs. Die gewöhnlichen Leute gingen ihren Beschäftigungen nach. Man sah alle möglichen Equipagen, von

schönen Landauern über schwere Rollwagen bis zu langen, von Pferden gezogenen Wagen, die Ausflügler von außerhalb zu Rundfahrten in die Stadt brachten. »Achten Sie auf Ihren Ruf, Brooke. Schauen Sie mal, wen wir da haben«, fügte er hinzu und wies mit dem Kinn in die Richtung. Brooke warf einen Blick über die Straße, wo ein harmlos aussehender junger Mann in einem grauen Anzug sie beobachtete. Sie erkannte ihn sofort: Es war Robert Rowe, ein Spitzel des Skandalblättchens *Town Topic*. Die Tatsache, daß sie mit Miles zusammen gesehen worden war, würde sicherlich den Weg in die nächste Ausgabe finden. Gleichzeitig war es jedoch albern, sich darüber Gedanken zu machen. »Ich bin eine *Low*«, sagte Brooke, als ob dies alles entschuldige, und Miles lachte.

»Das hörte sich ganz nach Worten ihrer Tante an.«

Brooke lächelte. »Um Himmels willen! Aber kommt Ihnen das nicht alles ziemlich albern vor, Miles?« Mit der freien Hand wies sie auf all die Leute um sich herum. »Mein Leben lang habe ich hier gelebt, habe getan, was ich wollte, und es hat niemanden interessiert. Jetzt kann ich kaum einen Schritt tun, aus Angst, man könnte darüber reden.«

»Ihr Leben hat sich verändert, Brooke.«

»Ja, das hat es«, sagte sie bedauernd, als sie die mit Ulmen gesäumte Straße entlangschlenderten, sich immer weiter vom Casino entfernten, am alten *Ocean House Hotel* vorbei, wo der Verkehr ruhiger wurde. »Ich war die Tochter von Big Mike Cassidy. Manchmal vergesse ich das.«

Miles warf ihr einen erstaunten Blick zu. »Ach, das ist der Grund, warum Sie so sind, wie Sie sind.«

»Bitte?«

»Manchmal denke ich, Brooke, daß Sie die intelligenteste Frau in Newport sind.«

Sie blickte ihn verblüfft an. »Warum sagen Sie das?«

»Die Gesellschaft kann Sie nicht täuschen, oder?«

»Nein. Aber«, sagte sie nachdenklich, »ich nehme an, daß es Ihnen genauso ergeht.«
»Ich sehe es anders. Da ich das ganze Jahr über in Newport lebe, führe ich ein anderes Leben.«
»Wie geht es Ihrer Frau?«
»Wie immer.« Sie fühlte, wie sich sein Arm unter ihren Fingern anspannte. »Ich habe von einem Arzt in Deutschland gehört, der sie vielleicht behandeln könnte, aber sie will Newport nicht verlassen.«
»Es tut mir leid«, sagte Brooke einen Moment später. Miles klang bitter. Kein Wunder, dachte sie. Obwohl er aus einer alten New Yorker Familie stammte, war er durch seine kranke Frau an Newport und an seine Villa draußen *At the Point* gebunden. Das war nicht das Leben, wie es die anderen *Cottager* führten, die den Herbst in New York und den Frühling im Ausland verbrachten. Brooke vermutete manchmal, daß er den Verlust seiner Freiheit bedauerte. Miles zuckte die Achseln. »So sieht es nun einmal aus. Aber jetzt sagen Sie mir doch ...« Seine Stimme bekam einen forschen Klang.
» ...wann werden Payson und Sie sich verloben?«
Sie schaute ihn an. »Warum interessiert Sie das?«
»Ich bin neugierig, wie alle anderen auch. Natürlich möchten Sie nicht an jemanden gebunden sein, den die Polizei des Mordes verdächtigt.«
Brooke zog ihren Arm weg. »Ich bin nicht so leicht zu provozieren wie Iris«, sagte sie wütend. »Aber wenn Sie weiterhin so unangenehm sein wollen, Miles, werde ich allein nach Hause gehen.«
»Nein, nein. Verzeihen Sie mir.« Miles nahm wieder ihren Arm. »Aber Sie müssen doch zugeben, daß es seltsam war, daß die Polizei seinetwegen zum Casino gekommen ist.«
Warum war Matt zum Casino gekommen? fragte sich Brooke. Er hätte Eliot doch mit Sicherheit auch woanders, an einem

weniger öffentlichen Ort, treffen können. Oder war gerade dieses beabsichtigt? »Eliot hat sich nichts zuschulden kommen lassen. Zumindest ...«

»Was?« fragte er nach, als sie nicht sofort weitersprach.

»Nein. Er hat nichts getan. Da bin ich mir sicher.«

»Sind Sie das?« Er blickte auf sie hinunter. »Sie machen sich Sorgen, nicht wahr? Ich habe Sie gerade doch nur aufgezogen. Ich bezweifle, daß Payson in die Sache verwickelt ist.«

»Ja. Aber ...«, sagte sie und holte tief Luft, » ...was ist, wenn es jemand von uns ist?«

»Der *Cliff Walk Killer*? Was für eine lächerliche Idee.«

»Es könnte aber sein«, widersprach sie. Da. Jetzt hatte sie ihn laut ausgesprochen, den Verdacht, der sie schon das ganze Wochenende verfolgt hatte. »Die Morde haben erst nach unserer Ankunft im Sommer angefangen.«

»Vorher gab es nicht genug Opfer«, entgegnete Miles prompt. »Der Mann ist offensichtlich nur hinter Dienstmädchen her. Und so viele von ihnen gehen im Winter nicht auf den *Cliff Walk*.«

»Rosalind war kein Dienstmädchen.«

»Stimmt, aber sie war wie eins gekleidet. Ich frage mich, warum sie das getan hat.« Er schaute sie an, als sie in eine ruhige, schattige Seitenstraße einbogen, das blaue Wasser der Bucht glitzerte weit vor ihnen in der Sonne. »Hat Ihr Freund von der Polizei sich dazu geäußert?«

»Er nicht, nein. Aber ich habe mich gefragt – Miles, glauben Sie, daß sie sich mit jemandem getroffen hat?«

Miles schwieg eine Zeitlang. »Das ist vermutlich möglich«, sagte er schließlich. »Warum glauben Sie das?«

»Warum wäre sie sonst verkleidet ausgegangen, wenn sie nichts zu verbergen hätte?«

»Ich glaube, es war nur ein Spaß.« Miles sprach bedächtig und nachdenklich. »So etwas sieht ihr ähnlich.«

»Ja, das stimmt, aber ich glaube, daß sie jemanden getroffen hat, und es muß jemand gewesen sein, gegen den ihre Eltern Einwände hatten«, sagte sie. Es war befreiend, ihre Gedanken endlich laut auszusprechen, und gerade dem Menschen gegenüber, der sie ernst zu nehmen schien. »Paul war es nicht, offensichtlich nicht, da er nicht hier war. Auch nicht Eliot, das glaube ich nicht. Er war zu wütend auf sie.«

»Aber das gibt ihm doch ein Motiv.«

»Aber warum sollte er drei weitere Mädchen töten?«

»Das ist das Problem mit ihrer Theorie, Brooke. Wer aus unserem Kreis könnte sie getötet haben?«

Sie schauderte. »Ich weiß es nicht. Wenn Sie es so sehen, klingt es nach einem Verrückten.«

»Ja, ich weiß. Was sagt Ihr Freund von der Polizei dazu?« fragte er wieder.

»Sehr wenig, aber das erwarte ich auch nicht von ihm. Mein Vater hätte sicherlich auch keinen Fall mit Leuten besprochen, die zum Kreis der Verdächtigen gehören.«

»Also verdächtigt er uns.«

»Das muß er. Durch Rosalinds Tod sind wir darin verwickelt.«

»Und Sie ermitteln auf eigene Faust.«

»Nein«, sagte sie rasch, während sie sich gleichzeitig fragte, warum sie es leugnete, wenn sie genau das gerade getan hatte. »Aber ich bin ganz einfach neugierig.«

»Ja, natürlich.« Sie gingen durch die Tore von *Belle Mer*, die sorgfältig gepflegte Kieseinfahrt hinunter. »Es war schön, mit Ihnen zu plaudern, Brooke. Versprechen Sie, mir zu erzählen, was Sie herausfinden.«

Sie schaute zu ihm auf, als sie die Eingangstür erreichten. »Warum?«

»Das Leben wird langweilig. Und diese Sache fasziniert mich. Sie ist natürlich schrecklich, aber auch faszinierend. Und mit wem sonst würden Sie darüber reden?«

Brooke öffnete den Mund, um zu antworten. Ja, mit wem? Keiner ihrer Freunde nahm ihre Sorgen ernst, und Matt hatte ziemlich deutlich gemacht, daß er ihre Hilfe nicht wollte. Es war wohltuend, jemanden zu haben, der einem zuhörte. »Danke, Miles. Das werde ich tun. Vielleicht kommen wir ja auch selbst dem Mörder auf die Spur.«

»Ja, vielleicht.« Er hielt ihre Hand einen Moment länger, als sie es für nötig empfand. »Ich freue mich darauf«, sagte er, drehte sich um und schritt die Auffahrt hinunter. Seltsamerweise fühlte sie sich erschöpft und unbehaglich. Nun, da sie ihre Ängste jemandem mitgeteilt hatte, fragte sie sich, ob sie einen Fehler gemacht hatte. Weder ihr Vater noch Matt, so vermutete sie, hätten das gebilligt. Aber was hatte sie eigentlich gesagt? Nichts, was andere Leute nicht auch für sich selbst herausfinden könnten. Sie kam zu dem Schluß, daß sie sich unnötig Sorgen machte, und ging hinein. Das unangenehme Gefühl schob sie einfach beiseite.

»Miss Cassidy«, sagte Hutton in dringlichem Flüsterton, als Brooke die Eingangshalle betrat. »Gott sei Dank, daß Sie endlich da sind.«

Brooke, die gerade ihre Handschuhe auszog, schaute auf. »Was ist los, Hutton? Um Himmels willen.« Sie griff nach dem Rand des marmorbedeckten Tisches. »Nicht noch ein ...«

»Du meine Güte, nein!« rief Hutton aus, sein schmales Gesicht war vor lauter Schreck leichenblaß. »Nein, kein weiterer Mord. Aber es wird zu einem kommen, wenn Mrs. Olmstead das herausfindet.«

In einer Mischung aus Erstaunen, Sorge und Belustigung runzelte Brooke die Stirn. Daß Hutton so formlos von seinen Arbeitgebern sprach, bewies, daß er tatsächlich einen Schock erlitten hatte.

»Das wollen wir ja nicht«, sagte sie lebhaft. »Nun gut, Hutton. Wo liegt das Problem?«

»Hier hinein, Miss.« Hutton öffnete die Tür neben der Eingangshalle, die zur Bibliothek führte. Normalerweise war dieser Raum zum Empfang männlicher Gäste vorgesehen, während das Speisezimmer auf der anderen Seite der Halle von den Damen genutzt wurde. Brooke warf Hutton einen fragenden Blick zu, als sie hinter ihm herging, aber dann verschlug es ihr den Atem. In einem Armsessel ausgestreckt, den Kopf zurückgeworfen, lag ihr Onkel Henry, blutüberströmt und so reglos, als ob er bereits tot wäre.

7. KAPITEL

Onkel Henry!« Brooke stürzte in den Raum und fiel neben dem Sessel auf die Knie. Aus der Nähe sah ihr Onkel noch viel schlimmer aus, doch zu ihrer Erleichterung atmete er. Ein Auge hatte sich blau verfärbt und war geschwollen, einige Kratzer durchzogen seine Wangen, und er hatte Nasenbluten. Seine einst makellose Hemdbrust war voller Blut, und sein Smoking war an einer Schulter zerrissen. Er trug dieselbe Kleidung wie am Abend zuvor, stellte Brooke fest, als er mit ihr und Tante Winifred zum Abendessen auf *Seaside*, dem Landsitz von Octavius Low, Winifreds Bruder, gegangen war. »Lieber Himmel, was ist dir zugestoßen?«

»Hallo, Brookie«, Henry hob eine Hand, um ihr Haar zu berühren, ließ sie dann aber fallen, als ob selbst das ihn zuviel Kraft koste.

»Du solltest nicht hier sein, Liebes. Du solltest mich nicht so sehen.«

Brooke schaute zu Hutton auf. »Was ist passiert?« verlangte sie zu wissen.

»Ich weiß es nicht, Miss. Vor einer halben Stunde ist er in die-

sem Zustand hier angekommen.«
»Vor einer halben Stunde – Onkel Henry, warst du die ganze Nacht aus?«
Henry zuckte hilflos mit den Schultern. »Vermutlich war ich das, Liebes.«
»Oh, Onkel Henry.« Sie ging in die Hocke. »Und das nach dem, was in New York passiert ist! Tante Winifred wird außer sich sein.«
Vorsichtig berührte Henry seine Nase und zuckte zusammen. »Ich hatte gehofft, Liebes ...«
»Was?« fragte sie mißbilligend. »Daß ich sie ablenken würde?«
»Wenn du das tun würdest.«
»Das wäre das beste, Miss«, warf Hutton ein.
»Da bin ich mir nicht so sicher«, murmelte Brooke.
»Deine Tante hat durch mich schon genug gelitten, Liebes. Sie muß von dieser Sache doch nichts erfahren.«
Brooke schaute von ihm zu Hutton. Beide Männer blickten sie hoffnungsvoll an. »Das sollte ich eigentlich nicht tun«, sagte sie. »Ich sollte den Dingen ihren Lauf lassen und dich dafür bezahlen lassen.«
Henry zuckte abermals zusammen. »Bitte, Liebes, ich habe bereits dafür bezahlt. Ich bin einer Auseinandersetzung mit ihr nicht gewachsen.«
»Was ist passiert, Onkel?«
»Ich weiß es nicht, Brooke, und das ist die Wahrheit.« Er lächelte verlegen. »Ich habe wirklich nur ein kleines bißchen zuviel getrunken, wenn du es genau wissen willst.«
»Das überrascht mich nicht. Nun gut.« Brooke erhob sich. »Dieses eine Mal helfe ich dir noch, Onkel, aber dann nicht mehr. Damit muß jetzt einfach Schluß sein.«
»Ich weiß.« Er griff sich mit der Hand an den Kopf. »Glaub mir, Brookie, so wie ich mich jetzt fühle, das möchte ich nicht noch einmal erleben.«
»Ich hoffe es. Sorgen Sie dafür, daß er in sein Zimmer kommt?«

fragte sie Hutton.
»Ja, Miss, und ich veranlasse, daß sich sein Kammerdiener um ihn kümmert.«
»Gut. Wir werden meiner Tante sagen, daß Mr. Olmstead heute den ganzen Tag unterwegs ist.«
»Das habe ich bereits, Miss.« Er blickte verdrießlich. »Sie war nicht sehr erfreut darüber.«
»Das wundert mich nicht. Ich werde jetzt zu ihr gehen. Ist sie in ihrem Zimmer?«
»Ja, Miss.«
»Brookie.« Henry griff nach ihrer Hand. »Danke, Liebes.«
»Ja, schon gut, aber bitte tu es nicht noch einmal, Onkel Henry«, sagte sie und ging hinaus, um ihre Tante abzulenken, während das Personal Henry in Sicherheit brachte. Das unbehagliche Gefühl, das sie nach ihrer Ankunft in *Belle Mer* überfallen hatte, war stärker geworden, so als ob etwas Verhängnisvolles über ihr schwebe. Nach außen hin bot *Belle Mer* eine beeindruckende, mächtige Front. Im Innern sah es jedoch anders aus. Was würde wohl noch alles in diesem Sommer passieren? fragte sich Brooke, während sie die Stufen hinaufging.

Eliot Payson führte Matt den Gang hinunter, der von der Veranda zum Casino führte, und öffnete auf gut Glück eine Tür. »Schön, dieser Raum ist leer. Hier wird uns niemand stören.« Matt ging gemächlich hinein, er registrierte jedes Detail, obwohl sich auf seinem Gesicht keine Regung zeigte. Der Raum, den Payson ausgesucht hatte, war offensichtlich für Privatgespräche unter Männern eingerichtet worden. Auf einem orientalischen Teppich, der den Glanz des Fußbodens zur Geltung brachte, waren paarweise grüne Ledersessel angeordnet, mit Aschenbechern und Spucknäpfen aus hochpoliertem Messing, die strategisch günstig im Raum verteilt waren. Obwohl die bodenlangen, burgunderfarbenen Vorhänge aufgezogen waren und die Sonne hineinließen, wirkte alles angenehm dunkel und diskret – und sehr teuer. So hatte Matt sich schon immer einen Herrenclub vorgestellt. Einen Vorteil hatte dieser Fall, dachte Matt, als er sich irgendeinen Sessel aussuchte. Er lernte mit Sicherheit die andere Seite des Lebens kennen. Aus seiner Hosentasche zog er das zerknitterte Päckchen Richmond-Zigaretten und klopfte eine auf den Beistelltisch aus Mahagoni. »Möchten Sie eine?« fragte er und hielt Eliot das Päckchen hin.

»Nein, danke.« Eliots Lippen schürzten sich angewidert, als er in seine eigene Tasche griff und ein silbernes Zigarrenetui hervorzog, auf dem seine Initialen, mit Weinstöcken und Blättern verziert, eingraviert waren. Daraus entnahm er eine gute kubanische Zigarre.

»Ich habe meine eigenen.« Er hielt ihm das Etui hin.

Matt schüttelte den Kopf. »Kommen Sie häufiger hierher?«

»Ja.« Eliot lehnte sich entspannt zurück und legte ein Bein lässig über das andere. »Das tun alle.«

»Selbst wenn Sie andere Einladungen haben?«

Eliot starrte ihn durch eine Rauchwolke hindurch an. Es war ein abschätzender Blick, der seine übertriebene Freundlichkeit Lügen strafte.

»Natürlich wird man eingeladen«, sagte er und unterstrich dies mit einer trägen Geste. Der Rauch wirbelte daraufhin umher.

»Ja, wird man das?«

»Ja.« Seine Augen verengten sich. »Warum fragen Sie das?«

»Es war nicht so einfach, Sie aufzuspüren, Mr. Payson.«

»Ich wußte gar nicht, daß Sie mich gesucht haben.«

»Oh doch.« Matt holte sein Notizbuch hervor und blätterte die Seiten langsam und sorgfältig um. »In dieser Saison wohnen Sie auf *Waysinde*, bei den Dyers.«

»Aber natürlich. Wo sollte ich mich sonst aufhalten?«

»Bei den Lelands vielleicht, wie letztes Jahr? Oder bei den Kernochans, wie vor zwei Jahren?«

»Das ist doch langweilig.« Eliot winkte wieder ab. »Zu oft bei denselben Leuten zu wohnen. Man möchte sich ja auch nicht aufdrängen.«
»Vor allen Dingen, wenn man kein eigenes Vermögen besitzt.« Eliot betrachtete die Spitze seiner Zigarre. »Wenn Sie kein Polizist wären, würde ich glauben, Sie machten sich gerade über mich lustig.«
»Das müßten Sie.« Matt machte dies zu einer Aussage, nicht zu einer Frage. »Sie haben also keine feste Adresse, Mr. Payson?«
»Nein, in Newport nicht. Das ist ja wohl kaum ein Verbrechen«, fügte er rasch hinzu. »Sie werden viele andere finden, die hier auch nur zu Gast sind.«
»Und den Rest des Jahres?« fragte Matt, obwohl er die Antwort schon kannte.
»Ich habe eine Junggesellenbude in New York.«
»Und scheinbar keine Mittel, sie zu unterhalten.«
Eliot blies wieder eine Rauchwolke in die Luft. Er blickte völlig unbeteiligt, bis auf die Tatsache, daß sich seine Augen verengten. »Wenn Sie das alles schon wußten, warum mußten Sie mich dann noch treffen?«
»Sie waren mit Rosalind Sinclair verlobt.«
»Das trifft es nicht ganz. Bevor es dazu kommen konnte, haben wir eingesehen, daß es mit uns nicht gutgehen würde.«
»Nachdem ihr Vater die Sache mit Ihnen und dem Leland-Mädchen herausgefunden hat.«
Eliots Augen weiteten sich, aber das war auch schon seine einzige Reaktion. »Sie waren fleißig, nicht wahr«, stellte er fest und drückte seine Zigarre in dem Kristallaschenbecher aus. Matt bemerkte, daß sie noch nicht einmal halb aufgeraucht war. »Aber das war ja schon längst vorbei. Rosalind wußte von der armen Miss Leland und ihrer unglücklichen Zuneigung zu mir.« Er seufzte. »Armes Mädchen, ich habe ihr so schonend wie möglich den Laufpaß gegeben.«

»Hat Rosalind davon gewußt, daß ihr Vater Ihnen Geld angeboten hatte, damit Sie sie in Ruhe lassen?«
»Das habe ich nicht angenommen«, sagte Eliot kurz angebunden. »So ein übler Mensch bin ich nun auch wieder nicht. Auf jeden Fall war es Rosalind, die unsere Verlobung gelöst hat, nicht ich.« Seine Augen verengten sich. »Wie haben Sie das alles herausgefunden?«
»Ich habe mich erkundigt.« Matt blätterte schnell in seinem Notizbuch um und blickte hinunter, um belustigt seinen Triumph zu verbergen. In den letzten beiden Tagen waren die Telegraphenlinien zwischen New York und Newport heißgelaufen, denn er hatte Informationen über die wenigen Verdächtigen angefordert. Bisher hatte er jedoch noch nicht gewußt, daß Sinclair versucht hatte, Payson abzufinden. Seitdem es das Gerücht über Paysons Verbindung zu dem Leland-Mädchen gegeben hatte, schien das eine naheliegende Vermutung zu sein, aber eben nur eine Vermutung. Bis Payson selbst es gerade eben bestätigt hatte.
»Sie sind in Cleveland, Ohio, geboren«, zählte er auf und schaute nur gelegentlich auf sein Notizbuch. »Nicht gerade der gesellschaftliche Mittelpunkt der Welt. Nachdem Sie die High School verlassen hatten, entschlossen Sie sich, ein Vermögen zu machen, erst in Philadelphia, dann in New York. An der Börse hat es geklappt, aber dann haben Sie die Aktien verkauft, bevor es zum Börsenkrach 1893 kam. Und wie es der Zufall wollte, ohne Verluste zu machen.« Er schaute auf. »Ich frage mich, woher Sie von dem drohenden Börsenkrach wußten.«
Eliot erwiderte Matts starren Blick völlig ungerührt, als ob er von den Gerüchten, die über ihn wegen Insidertips kursierten, nichts wisse.
»Puh. Aber zu dem Zeitpunkt haben Sie die Gesellschaft entdeckt und die Gesellschaft Sie. Sie sind ein bekannter Mann, Mr. Payson.« Matt schlug das Notizbuch zu. »Die Schneider

bezahlen Sie, damit Sie ihre Kleidung tragen, Delmonico hat immer einen Tisch für Sie reserviert, solange Sie ihm weiterhin Kundschaft bringen. Sie kennen die richtigen Leute, und Sie werden zu den richtigen Partys eingeladen. So ist es doch, oder?«

Eliot griff nach seiner Zigarre, blickte auf die Spitze, als ob er erst jetzt begreife, was er getan hatte, und ließ sie zurück in den Aschenbecher fallen. »Ja und?« Er zuckte die Achseln. »Das ist doch kein Verbrechen.«

»Wo waren Sie am letzten Samstag morgen zwischen Mitternacht und sechs Uhr früh?« fragte Matt mit der gleichen harmlosen Stimme, mit der er Eliots Vergangenheit vorgetragen hatte.

»Ich war ...« begann Eliot und brach dann ab. Langsam zog er eine weitere Zigarre aus seiner Tasche und knipste das Ende mit der Silberschere ab, die an seiner Kettenuhr befestigt war. Er zündete die Zigarre mit den gleichen gemächlichen Bewegungen an. Matt ließ ihn das in Ruhe tun, obwohl er wußte, daß Eliots Gedanken sich hinsichtlich der Konsequenzen, die die Beantwortung dieser Frage wohl nach sich ziehen würde, überschlugen. Eliot Payson war nicht der, der er in der Öffentlichkeit zu sein schien. Aber wer war das schon in diesem Fall, fragte sich Matt.

»Das war die Nacht, in der Rosalind getötet wurde«, sagte Eliot schließlich. Matt antwortete nicht, und Eliot blickte ihn scharf an. »So. Ich werde also verdächtigt?«

Wieder zog Matt das Schweigen in die Länge. Dehnte man es lange genug hinaus, würde die befragte Person schon reden. Er hatte vor langer Zeit gelernt, daß dies unvermeidlich war.

»Stehe ich unter Verdacht?« fragte Eliot fordernd, seine Stimme wurde lauter. »Ich habe es verdammt noch mal nicht getan!«

»Ich habe nicht behauptet, daß Sie es getan haben, Mr. Payson«, sagte Matt, und Eliots Mund schnappte zu. »Wo waren Sie?«

»Freitag nacht.« Eliot lehnte sich zurück, er gewann etwas von seiner Selbstsicherheit zurück, obwohl er immer noch blaß war. »Bei den McCormacks hat eine Party stattgefunden. Eine furchtbar langweilige Angelegenheit. Es sind Parvenüs. Ausgerechnet aus Dorchester. Sie versuchen, sich ihren Weg in die Gesellschaft zu erkaufen. Ich glaube, ich bin nicht länger als bis kurz nach zwei geblieben.«
»Wie lange bleiben Sie denn auf einer guten Party?« murmelte Matt.
»Verzeihung?«
»Nichts. Und danach, Mr. Payson?«
»Danach bin ich ins Bett gegangen. Der Butler der Dyers kann meine Rückkehr bezeugen.«
Matt seufzte und schrieb Eliots Worte nieder. Es bestand kein Zweifel, daß der Butler Eliots Geschichte bestätigen würde. Was jedoch nicht unbedingt hieß, daß Eliot danach im Haus geblieben war.
»Warum haben Sie und Rosalind sich gestritten?«
Eliot zog gelassen und sehr beherrscht an seiner Zigarre. »Wer behauptet das?«
Matt drückte seine Zigarette mit der gleichen Gelassenheit aus, wie Eliot es zuvor getan hatte. »Es ist allgemein bekannt. Sie und Rosalind hatten letzten Winter einen Streit. So, wie ich es gehört habe, hat sie die Verlobung gelöst, und Sie waren nicht damit einverstanden. Da kann ich Ihnen keinen Vorwurf machen.« Matt betrachtete das Ende seiner neuen Zigarette, die er aus der Packung genommen hatte. »Muß hart gewesen sein, all das Geld aus den Händen gleiten zu sehen.«
»Sie glauben wohl, Sie wissen alles, oder?« sagte Eliot mit verächtlicher Stimme. »Zur Ihrer Information, es hat mir viel an Rosalind gelegen.«
»Um so mehr Grund hatten Sie, auf sie wütend zu sein.«
»Oh ja, ich war wütend auf sie«, gab er zu und dann, als er

begriff, was er gerade gesagt hatte, schaute er weg.
»Warum?« fragte Matt nachdrücklich. »Weil Sie das Geld brauchten. Weil Sie sie mochten. Weil sie Sie ausgelacht hat und ...«
»Sie hat sich mit jemand anderem getroffen, verdammt!« Eliot warf die Zigarre in den Aschenbecher, stand auf und ging zum Fenster. »Sie hat sich mit jemand anderem getroffen.«
Matt dehnte das Schweigen aus. Doch diesmal funktionierte der Trick nicht. »Mit wem?« fragte er schließlich.
»Radley. Wer sonst?«
»Ach.« Interessant. Paul Radley hatte Eliot als möglichen Verdächtigen genannt, und Eliot gab den schwarzen Peter an Radley zurück. »Warum glauben Sie das?«
»Das ist doch offensichtlich, oder? Kurze Zeit später haben sie sich doch verlobt. Ich schlage vor«, sagte er, während er sich umdrehte, »Sie fragen ihn, wo er letzten Freitag war.«
Matt nahm sein Notizbuch auf. »Am 6. Juli haben Sie behauptet, daß Sie auf einer Party auf *By-The-Sea* waren. Am 13. Juli waren Sie wieder auf einer Party, hier im Casino. Und am 19. Juli gibt es überhaupt keine Angaben über ihren Aufenthalt.«
Eliot starrte ihn an. »Und?«
»Diese Tagen sagen Ihnen nichts?«
»Sollten Sie?«
»Neben Rosalind sind drei andere Frauen tot aufgefunden worden, Mr. Payson. Vielleicht waren es nur Dienstmädchen, aber das macht das, was ihnen zugestoßen ist, in keiner Weise besser.«
»Mein Gott.« Eliot starrte ihn an. »Sie halten mich für den *Cliff-Walk-Mörder*.« Matt schwieg. Kurze Zeit später entfuhr Eliot ein ungläubiges Lachen. »Das ist unglaublich. Das selbst Sie auf so einen Gedanken kommen. Ich bin nicht der Mörder, Devlin. Ich bin es nicht.«
»Können Sie nachweisen, wo Sie sich an diesen Tagen aufgehalten haben?«

»Ich habe keine Ahnung. Ich kann natürlich in meinen Terminkalender schauen, und mein Kammerdiener kann wahrscheinlich bezeugen, wo ich war. Schauen Sie, Devlin.« Er beugte sich vor. »Wenn ich schuldig wäre, glauben Sie nicht, daß ich mich abgesichert hätte? Halten Sie mich doch nicht für so einfältig.«
Matt zuckte die Achseln. »Vielleicht rechnen Sie aber auch damit, gerade deshalb für unschuldig gehalten zu werden, weil Sie kein Alibi haben.«
»Ich glaube es nicht!« sagte Eliot und starrte ihn an. »Jetzt bin ich schuldig, bloß weil ich unschuldig aussehe.«
»Das habe ich nicht gesagt, Mr. Payson.«
»Es hat sich aber so angehört.« Eliot erhob sich. »Sind wir jetzt fertig? Ich habe eine Verabredung zum Mittagessen, die ich nicht versäumen möchte.«
Matt betrachtete Eliot minutenlang und hatte die Genugtuung, ein Zucken in seinem Gesicht zu entdecken. Der ruhige Mr. Payson war also doch nicht so gelassen. »In Ordnung. Sie können gehen. Aber Mr. Payson«, sagte er, als Eliot sich abwandte. »Verlassen Sie bitte nicht die Stadt.«
»Newport im Sommer verlassen? Natürlich nicht, alter Knabe«, sagte Eliot und schlenderte hinaus. Er machte keinen Moment den Eindruck, als ob ihm diese Begegnung zugesetzt hätte.
Matt machte sich rasch ein paar Notizen über das Verhör und verließ dann weit weniger unbeschwert den Raum. Payson war ein möglicher Verdächtiger. Er könnte Rosalind getötet haben. Er war wütend genug auf sie gewesen. Wie das jedoch mit dem Tod der anderen Mädchen zusammenpassen sollte, das wußte Matt nicht. Aus Wut zu töten, war eine Sache, aber aus Kaltblütigkeit eine andere. Es kam ihm in den Sinn, daß hinter all den Morden ein kaltblütiger Täter stand. Aber in diesem Fall war niemand so, wie es auf den ersten Blick zu sein schien. Eliot Payson mußte damit rechnen, weiterhin unter Beobachtung zu stehen.

Matt schaute hinaus, als er an der Veranda vorbeikam, und warf einen flüchtigen Blick über die Tische. Die meisten waren leer. Es war fast Mittag, und die Leute waren zum Essen gegangen, Brooke war bestimmt auch unter ihnen. Auch gut, sagte er sich und ging davon, wobei er ein merkwürdiges Gefühl der Enttäuschung verspürte. Es stimmte, daß sie die Leute kannte, die in diesen Fall verwickelt waren. Es stimmte auch, daß sie Dinge fragen konnte, die er nicht fragen konnte. Aber er konnte sie nicht in Ermittlungen hineinziehen. Das beste war, sich völlig von ihr fernzuhalten, dachte er und machte sich auf den Weg zur Wache.

»Captain«, rief Charlie, als Matt die Polizeistation betrat. »Diese Telegramme sind gerade gekommen.«

Matt nahm einen Stapel gelber Blätter entgegen, die Charlie ihm überreichte, ohne seinen Weg ins Büro zu unterbrechen. »Aus New York?«

»Ja.« Charlie grinste. »Die kompletten Hintergrundinformationen, nach denen Sie gefragt haben. Ich habe ihnen gesagt, daß sie auch Erkundigungen über das Personal einholen sollen.«

Matt blieb stehen. »Sag jetzt nicht, daß auch dort Dienstmädchen getötet worden sind.«

»Nein. Aber es gibt da eine andere Sache. Einer unserer Verdächtigen ist vor einigen Jahren in Schwierigkeiten geraten. Eines seiner Dienstmädchen ist schwanger geworden und hat scheinbar Ärger gemacht.« Sein Grinsen wurde immer breiter. »Sie hat ihm eine Vaterschaftsklage angehängt. Sie hat nicht gewonnen, aber einen riesigen Skandal verursacht.«

Matt pfiff leise durch die Zähne. »Gute Arbeit, Charlie. Wer war es?«

»Nun ja, das ist der Haken, Captain.« Charlies Grinsen verschwand. »Wir haben bereits Beweise gegen ihn, aber Sie werden nicht sehr glücklich darüber sein.«

Matt wurde still. »Wer?« fragte er wieder, aber er wußte es bereits. »Sagen Sie mir nicht ...«
»Doch.« Charlie nickte. »Es war Henry Olmstead.«

»Miss«, rief Annie, als sie über den Rasen auf sie zukam. »Dieser Mann von der Polizei ist wieder da.«
Brooke, einen Pinsel zwischen den Zähnen, schaute von ihrer Staffelei auf. »Wer von ihnen?«
»Der in Sie verliebt ist.« Annie ging ein paar Schritte zurück und warf einen Blick auf die Leinwand. »Hübsch. Es gefällt mir, Miss Cassidy.«
»Was meinst du damit, der in mich verliebt ist?«
»Was? Oh. Detective Devlin. Ich dachte, Sie wüßten das.«
»Er ist *nicht* in mich verliebt, Annie.« Verärgert warf Brooke den Pinsel auf die Ablage der Staffelei. »Der Himmel weiß, daß das wohl das letzte ist, was er ist.«
»Ich weiß nicht. Mir kommt es aber so vor, so wie er Sie beim letzten Besuch angesehen hat ...«
»Was will er, Annie?«
»Er möchte Sie sehen. Eigentlich, Miss«, sie zerknautschte ihre Schürze, »hat er nach Mr. Olmstead gefragt. Hutton hat mich nach draußen zu Ihnen geschickt, um Ihnen das zu sagen.«
»Hutton hat ihm gesagt, daß Mr. Olmstead nicht zu Hause ist, oder?«
»Ja, Miss, aber jetzt fragt er nach Ihnen.« Sie wartete. »Soll ich ihm sagen, daß Sie da sind?«
Brooke schaute auf die Leinwand. »Ja- nein. Sag ihm, daß er hier nach draußen kommen soll«, sagte sie und wandte sich wieder ihrer Arbeit zu. Momentan hatte sie genau den richtigen Lichteinfall hinter dem Hortensienbusch, genau wie sie ihn brauchte. Wenn sie noch einige Tage länger wartete, würden die Blumen verblüht sein, und sie hätte die Gelegenheit verpaßt, sie zu malen. Davon abgesehen war Matt in den letzten Tagen nicht besonders auf ihre Hilfe aus gewesen. Warum

sollte sie jetzt auf seine Bitten eingehen? Und doch wünschte sie, nicht den mit Farbe bespritzten Kittel über Rock und Bluse zu tragen, und daß ihr Haar gepflegter wäre. Sie wünschte, sie wüßte, wo ihr Onkel letzte Nacht gewesen war. Matt anzulügen würde schwierig werden.

»Brooke«, rief Matt, als er den Rasen überquerte, und sie wandte sich um. Genau wie Annie blieb er ein paar Schritte vorher stehen und starrte auf die Leinwand. »Ich wußte gar nicht, daß du malst.«

»Ich habe damit angefangen, nachdem ich zu meinem Onkel und meiner Tante gezogen bin.« Sie griff nach einem mit Terpentin getränkten Lappen und reinigte den Pinsel. »Kann ich etwas für dich tun?«

»Hm. Es gefällt mir.« Er ging zur Seite und betrachtete das Gemälde. »Es erinnert mich an ein Gemälde, das ich einmal in Boston gesehen habe. Von einem französischen Künstler, wie war noch sein Name? Monet.«

»Danke«, sagte sie, überrascht von seinem Wissen und dem Kompliment. »Ich kann ihm nicht das Wasser reichen, aber ich male gerne. Da habe ich etwas zu tun.« Sie konzentrierte sich darauf, Farbe an die richtige Stelle aufzutragen. »Warum bist du hier, Matt?«

»Ich wollte deinen Onkel sprechen.« Die Hände in den Taschen, stellte er sich genau hinter die Leinwand, so daß sie seinem Blick nicht ausweichen konnte. »Man hat mir gesagt, er ist nicht da.«

»Ja.« Brooke blickte stirnrunzelnd auf die Leinwand und vermied es, ihn anzusehen. »Ich weiß nicht, wo er ist.«

»Ich verstehe. Irgendeine Idee?«

»Hast du es schon im Lesezimmer versucht? Da war er wohl heute morgen.«

»Ja, da war ich schon, erfolglos, dort ist er den ganzen Tag nicht gewesen.« Er musterte sie aufmerksam, so daß sie Mühe hatte, sich zu konzentrieren. »Warum habe ich das Gefühl, daß du mir etwas verschweigst?«

Daraufhin schaute sie ihn an. »Du hast meine Hilfe zurückgewiesen, oder hast du das etwa vergessen?«
»Vielleicht habe ich mich geirrt.«
»Was?«
»Ich kann dich da nicht mit hineinziehen, Brooke.« Er kam näher auf die Leinwand zu. »Du bist keine Polizistin, eine von den *Cottagern* und eine Frau. Unter diesen Umständen kann ich dich nicht in die Ermittlungen verwickeln.«
»Was willst du dann?«
»Hat dir Eliot irgend etwas von heute morgen erzählt?«
Brooke legte den Pinsel hin und gab es schließlich auf, so zu tun, als ob sie malte. »Matt, du glaubst doch nicht im Ernst, daß er irgend etwas mit den Morden zu tun hat?«
»Ich weiß es nicht.« Seine Augen blickten melancholisch. »Wie nah stand er Rosalind?«
Brooke öffnete den Mund, um zu antworten, dann schloß sie ihn wieder. »Das kann ich dir nicht sagen.«
»Du beschützt ihn«, sagte er tonlos.
»Er ist mein Freund.«
»Das bin ich auch.«
»Das warst du«, entgegnete sie. »Vor langer Zeit.«
»Und wessen Schuld war das, Brooke?« Er schaute sie herausfordernd an. »Meine Familie hätte dich nach dem Tod deiner Eltern aufgenommen, und das weißt du auch. Und nach all dem, was zwischen uns war ...«
»Was war zwischen uns?« fragte sie herausfordernd, die Hände in die Hüften gestützt. »Ich erinnere mich nicht, daß du je mit mir darüber gesprochen hast.«
»Wie konnte ich denn, mit all dem hier?« Er wies auf *Belle Mer* und damit auf alles, wofür es stand. »Von heute auf morgen warst du eine von den *Cottagern.* Wie hätte ich da mit dir sprechen können?«
»Dann ist es also meine Schuld? Wenn du mir nur irgendein Zeichen gegeben hättest ...«

»Du bist gegangen, verdammt noch mal.«
»Ich habe eine Familie gebraucht«, sagte sie ruhig. »Hast Du irgendeine Vorstellung, wie es für mich war, beide Eltern auf einmal zu verlieren? Nicht nur das, ich verlor mein Zuhause und all meine Freunde. Als ich erst einmal eine von den *Cottagern* war, haben sie sich mit mir nicht mehr wohlgefühlt. Ich brauchte etwas, Matt. Ich brauchte eine Familie.«
»Und – bist du glücklich?«
»Glücklich genug.« Geschäftig brachte sie ihren Farbkasten in Ordnung. »Ich habe Verwandte in New York und neue Freunde. Ich bin zufrieden.«
»Wieviel weißt du über diese neuen Freunde, Brooke?«
»Genug, um zu wissen, daß keiner von ihnen eines Mordes fähig ist«, sagte sie und ignorierte, daß sie erst heute morgen Miles gegenüber diese Vermutung ausgesprochen hatte.
»Woher weißt du das? Niemand weiß wirklich, wozu ein anderer fähig ist. Rosalind Sinclair scheint einige Leute verärgert zu haben.«
Brooke schloß ihren Farbkasten. »Nehmen wir einmal an, ganz hypothetisch, daß jemand, den ich kenne, Rosalind getötet hat. Warum sollte er jedoch drei weitere Frauen töten?«
»Vielleicht hat er das ja nicht. Vielleicht hat er ja nur die Tatsache ausgenutzt, daß jemand Dienstmädchen getötet hat, um so den Eindruck zu vermitteln, daß dieselbe Person Rosalind ermordet hat. Das glaube ich jedoch nicht. Ich denke, daß es sich um eine Person handelt.«
»Warum ...?«
»Ich glaube, daß ein und dieselbe Person alle vier Frauen getötet hat. Ich denke, er wußte, daß Rosalind sich als Dienstmädchen verkleiden würde – du selbst hast das herausgefunden –, und er hat aus dieser Tatsache seinen Vorteil gezogen. Er mußte sie loswerden, aus irgendeinem Grund, und ihre Verkleidung als Dienstmädchen gab ihm die Möglichkeit dazu.«
»Aber die anderen ...«

»Sie wurden umgebracht, damit es den Anschein hatte, als ob Rosalind mit einem Dienstmädchen verwechselt und nur aus Versehen ausgesucht worden ist. Die Ermordung der Dienstmädchen war eigentlich unwichtig. Rosalind war das primäre Ziel.«
Sie blickte ihn entsetzt an. »Aber das hieße doch, er ist ein Verrückter!«
»Oder ein sehr kaltblütiger Mensch.« Er blickte sie ernst an. »Verstehst du jetzt, warum ich nicht möchte, daß du in diese Sache verwickelt wirst? Wenn es jemand ist, den du kennst, und du anfängst, Fragen zu stellen, könntest du dich in Gefahr bringen.«
»Aber – du lieber Himmel.« Sie tastete sich zu der niedrigen Steinmauer vor, die den Garten umgab, und setzte sich, während sie, ohne etwas wahrzunehmen, nach vorne starrte. Wenn Eliot oder ihr Onkel in diese Sache verwickelt wären, hätte sie allzu gute Gründe, sich aus den Ermittlungen herauszuhalten. »Das ist ja furchtbar, Matt.«
»Ja, das ist es.« Er stand vor ihr. »Bist du in Ordnung?«
»Ich – ja. Ich bin nur fassunglos. Wer hätte das für möglich gehalten?« Sie blickte zum Haus hinauf, alles wirkte verschwommen. Ihre kleine, sichere Welt schien auf einmal bedrohlich, sie war nicht länger mehr ein sicherer Hafen. Wenn ihr Onkel darin verwickelt wäre ... »Ich muß gehen. Meine Tante rechnet damit, das ich das Abendessen arrangiere – wir haben Gäste – und mein Onkel ...«
»Ja? Dein Onkel?« sagte er, als sie nicht weitersprach.
»N-nichts. Ich sollte ihn vor den Gästen warnen, wenn er nach Hause kommt, das heißt, er spielt nicht gern den Gastgeber und ...«
»Detective!« rief Charlie quer über den Rasen und rannte auf sie zu. Sein Anblick ließ Brooke erstarren. »Warum ist er hier?«
»Ich weiß es nicht.« Matt hob die Hand und signalisierte

Charlie, dort zu bleiben, während er Brooke nicht aus den Augen ließ. »Brooke, gibt es etwas, das du mir sagen willst?«

»Detective«, wiederholte Charlie. »Ich muß Sie sprechen.«

»Nicht jetzt, Sergeant.«

»Doch, Sir. Es muß jetzt sein.«

Matt blickte schließlich zur Seite, und Brooke atmete erleichtert auf. Noch eine Minute länger und sie wäre mit all ihren Sorgen über ihren Onkel herausgeplatzt. »Was ist los?« fragte er kurz angebunden.

»Ich muß Ihnen etwas sagen, Captain. Es ist wichtig.«

Matt schaute zurück zu Brooke. Ihr Gesicht war blaß, aber sie hatte sich jetzt wieder gefaßt. Zum Teufel mit der Störung, dachte er. Er hatte das Gefühl, daß sie kurz davor gewesen war, ihm etwas Wichtiges zu erzählen. »Verdammt, Charlie«, sagte er, aber er ging zu ihm hinüber. Schweigend hörte er zu, was Charlie ihm mit leiser Stimme zu berichten hatte. Angesichts der Neuigkeiten erstarrte er, und sein Blick verfinsterte sich.

»Verdammt. Schon gut, Charlie. Ich bin gleich wieder da. Brooke.« Er ging zu ihr zurück. »Ich muß gehen. Vergiß nicht, was ich dir gesagt habe.«

Brooke stand mit gefalteten Händen vor ihm. »Ich werde keine Nachforschungen anstellen, Detective.«

»Gut.« Er entfernte sich ein paar Schritte, blieb stehen und ging dann weiter. Was auch immer Brooke ihm fast gesagt hätte, mußte warten. Davon abgesehen bezweifelte er, daß sie es ihm jetzt sagen würde, es sei denn, er fragte sie danach. Und er hatte jetzt auch keine Zeit dazu, nicht mit den Neuigkeiten, die ihm Charlie gebracht hatte. Eine weitere Leiche war gefunden worden. Der *Cliff Walk Killer* hatte wieder zugeschlagen.

8. KAPITEL

Wir wissen noch nicht, wer sie ist, Captain«, sagte Charlie, als sie die Treppe hinaufstiegen, die von der *Bell and Anchor Bar* in der *Thames Street* zu den obengelegenen Räumen führte. Hier sah die Welt ganz anders aus als in den Villen auf der *Bellevue Avenue*, man blickte auf die staubige, ungepflasterte Geschäftsstraße, die am Hafen entlangführte und die der Mittelpunkt des Geschäftsviertels war. Läden, Lagerhäuser und Büros reihten sich aneinander, nicht zu vergessen die Bars, die die Arbeiter frequentierten; hier sprachen die Menschen lauter, und es roch überall nach Fisch.
»Aber eine Sache steht schon fest, sie ist kein Dienstmädchen.«
»Sie trug also keine Uniform?« sagte Matt.
»Nein, und sie trug auch sonst nicht viel. Aber das werden Sie ja gleich sehen.«
Charlie öffnete eine Tür neben dem Treppenabsatz, und Matt ging hinein. Rasch nahm er den Raum in allen Einzelheiten wahr. Das Opfer trug eindeutig keine Dienstmädchenuniform; sie war gar nicht bekleidet. Mit dem Ge-

sicht nach unten war sie quer über dem ungemachten Bett ausgestreckt, halb darauf- und halb danebenliegend, und ein Arm baumelte schlaff herunter. Ihr Gesicht lag von Matt abgewandt; dichtes, rotes, lockiges Haar fiel ihr über das Gesicht und verbarg ihre Züge. Dennoch hatte Matt den Eindruck, daß sie jung war. Mehr als einmal war auf sie eingestochen worden, und dann hatte man sie kläglich und unwürdig sterben lassen.

Dr. Chandler war bereits da. Er kauerte am Bett und untersuchte die Hand des Opfers. »Und?« fragte Matt.

»Den genauen Zeitpunkt des Todes kann ich Ihnen noch nicht sagen«, sagte Dr. Chandler kurzangebunden. »Es sieht so aus, als ob sie hier getötet worden wäre, aber ich kann Ihnen das erst mit Sicherheit sagen, wenn wir sie umgedreht haben. Schauen Sie sich das mal an.« Er zeigte auf ihre Hand, und Matt kauerte sich neben ihn, wobei er darauf achtete, nicht in das Blut zu treten, das sich in einer Pfütze auf dem Boden gebildet hatte. Sie hatte eine kleine Hand, sanft und weich, mit polierten und gefeilten Fingernägeln, die zu perfekten Ovalen geformt waren. »So hatten auch Rosalinds Nägel ausgesehen«, dachte er, und der Anblick erweckte das gleiche Mitleid in ihm.

»Sie hat mit ihrem Mörder gekämpft. Sehen Sie diesen Nagel? Er ist fast ganz abgerissen.«

»Dann müßte sie ihren Mörder zerkratzt haben.«

»Das ist durchaus möglich. Wenn Sie einen Verdächtigen finden, untersuchen Sie seine Haut nach Spuren. Sehen Sie sich auch das einmal an.«

Matt schaute sich die Hand näher an. Am Ringfinger zeigte sich ein weißer Streifen. »Hat ganz den Anschein, als ob sie dort einen Ring getragen hat.«

»Das habe ich auch gerade gedacht.«

»Hm.« Matt stand auf und schaute sich prüfend um. Bisher hatte er nichts entdeckt, daß seinem ersten Eindruck widersprach. Es handelte sich hier um eine Prostituierte, die von ihrem letzten Kunden getötet worden war. Durch den fehlenden Ring kam zu dem Verbrechen noch Diebstahl hinzu. Dieser Mordfall unterschied sich völlig von den anderen, mit denen er bisher zu tun hatte; und dennoch machte er ihm zu schaffen. Fünf Morde in fünf Wochen. Es spielte keine Rolle, daß dieser Mord das bisherige Muster durchbrach. Das Timing war zufällig, und Zufälle mochte er nicht.

»Captain«, rief Charlie aus der anderen Ecke des Zimmers, wo er und ein Polizist gerade dabei waren, die Kleidung der Frau zu durchsuchen, die in einem Haufen unordentlich auf dem Stuhl lag. »Kommen Sie mal her und schauen Sie sich das an.«

»Gibt es Hinweise auf ihre Person?« fragte Matt.

»Keine, Captain. Ihre Handtasche fehlt, und ihre Taschen sind leer. Aber sehen Sie sich das hier an.« Charlie hielt ein Hemd hoch. »Das ist eine gute Qualität für diese Gegend.«

»Hm.« Matt untersuchte das Hemd. Es war aus weißem Batist, mit weicher, zarter Seide verziert, eingeschlagen und gesäumt und von Hand aufgenäht. Nicht gerade das, was eine Prostituierte für gewöhnlich trug. Die restliche Kleidung, das gelbfarbene Sergehemd, die aus Hahnentrittmuster maßgeschneiderte Männerjacke und die seidene Unterwäsche, war von ähnlicher Qualität. »Haben Sie die Sachen so vorgefunden?« fragte er den Polizisten, der er als erster am Tatort gewesen war, nachdem man die Entdeckung der Leiche gemeldet hatte. Er nahm Haltung an, als er angesprochen wurde.

»Nein, Sir. Zumindest nicht alles. Das Hemd und die Jacke hingen dort hinten im Kleiderschrank.« Er zeigte mit dem Daumen auf den Eichenwandschrank in der Ecke.

»Als ich hereinkam, warf die Wirtin gerade die Sachen auf den Stuhl. Ich habe sie davon abgehalten und sie aufgefordert zu gehen.« Er verzog das Gesicht. »Aber sie blieb hartnäckig und nahm sich weiterhin das, von dem sie glaubte, das es ihr

zustehe. Wer auch immer dieses Zimmer gemietet hat, er hat es nicht bezahlt.«
»Die Sachen hingen also alle im Schrank?«
»So behauptete es die Wirtin.« Er warf einen Blick auf die Leiche und wurde blaß, worauf seine Sommersprossen um so deutlicher hervortraten. »Kann ich jetzt gehen, Sir? Ich muß meine Runde beenden.«
Matt nickte. Es waren genügend andere Polizisten da, um die Gegend abzuriegeln, so daß dieser Mann nicht weiter gebraucht wurde. »Gehen Sie nur. Gute Arbeit, Officer«, fügte er hinzu, und der Polizist verabschiedete sich salutierend. »Ich glaube nicht, daß ich ihn vorher schon einmal gesehen habe. Wer ist er?«
»Pat Harrington. Er ist neu, aber er macht seine Arbeit gut.« Auch Charlie warf einen Blick auf die Leiche. »Soweit ich weiß, ist dies sein erster Mordfall, aber er ist ganz gut damit fertiggeworden.«
»Hat er überhaupt schon mit der Wirtin gesprochen?«
»Nur, um sie von dem Zimmer fernzuhalten. Das wird Ihre Aufgabe sein, Captain.«
»Aha.« Die Hände in den Taschen, drehte sich Matt um und musterte den Raum. Er war klein, leer, unpersönlich, mit einem Bettgestell aus Eisen und einem einfachen Waschtisch aus Eiche in der Ecke. Das, zusammen mit dem Kleiderschrank und einem einfachen Stuhl, waren die einzigen Möbelstücke im Zimmer. Für die einzigen Farbtupfer sorgten ein schäbiger Teppich, der jetzt völlig verschmutzt war, eine ausgeblichene, rote Tapete und eine mit Blumen bemalte, milchige Glaskugel als Aufsatz für eine Wandleuchte. Es war kein schöner Ort, um zu sterben.
»Ich nehme an, die Wirtin hat die Leiche gefunden?«
»Ja.«
»Gut. Ich werde später mit ihr sprechen.«
»Wir können die Leiche jetzt umdrehen«, sagte Dr. Chandler,

und Matt trat an seine Seite. »Die Totenstarre hat schon vor längerer Zeit eingesetzt«, sagte der Doktor und keuchte ein bißchen, als er den unbeweglichen und steifen Körper auf den Rücken drehte. »Man kann mit Gewißheit sagen, daß sie hier getötet wurde. Sehen Sie die Blässe? Es muß schätzungsweise vor zwölf bis vierundzwanzig Stunden passiert sein.«

Matt nickte. »Sie ist einmal hübsch gewesen«, dachte er nüchtern und betrachtete die Leiche als eine Sache, nicht als eine Person, die einst lebendig gewesen war, geatmet und gelebt hatte. Es war einfacher so. Einfacher, die Dinge zur Kenntnis zu nehmen, auf die Dr. Chandler hingewiesen hatte: ihre Blässe, die fahle Haut der Leiche und die Ansammlung von Blut in der einen Gesichtshälfte, die bewies, das sie in dieser Stellung gestorben war. Einfacher, die zahlreichen Einstiche zu zählen. »Wissen Sie, welche Waffe der Täter benutzt hat?«

»Nein, noch nicht. Eine lange Klinge, nach der Größe der Wunden zu urteilen. Und sie muß ziemlich scharf gewesen sein. Sehen Sie?« Er wies auf eine Einstichstelle. »Die Ränder sind sauber. Ich kann Ihnen jedoch mehr nach der Autopsie sagen.«

Matt nickte und ging. Er hatte alles Nötige gesehen.

»Oh, übrigens.« Er blieb stehen und wandte sich dem Arzt noch einmal zu. »Würde man auch Blutspuren beim Täter finden?«

»Müßte man eigentlich. So, wie sie zugerichtet wurde, war das nicht zu vermeiden.« Er stülpte sich den Hut über den Kopf.

»Suchen Sie nach einem blutbefleckten Mann mit Kratzern im Gesicht und Sie haben den Schuldigen. Sind Sie fertig mit der Leiche?«

»Ja, ich überlasse Sie Ihnen. Kommen Sie mit mir, Charlie«, sagte er und steuerte auf die Tür zu. »Erzählen Sie mir etwas über die Wirtin.«

»Sie kennen Sie, Captain«, sagte Charlie, als sie die Treppe hinunterpolterten. »Julia Perry. Sie selbst haben Sie schon ein-, zweimal verhaftet.«

Matt blieb stehen. »Ich erinnere mich, aber nicht wegen Prostitution.«
»Nein. Damals, während des Alkoholverbots, haben Sie ihren Ehemann und sie vor Gericht gebracht, weil im Hinterzimmer illegal Alkohol ausgeschenkt wurde.«
»Ja, jetzt erinnere ich mich.« Matt nickte. »Und wenn ich mich nicht irre, stand sie auch wegen Führung eines Bordells unter Anklage.«
»Sie behauptet zwar, sie wisse nicht, was ihre Mieter in den Räumen so treiben, aber nun, das stimmt ja auch. Wir haben hin und wieder eine Razzia gemacht, immer wenn wir Druck von den Bürgern bekommen haben, die Gegend zu säubern.«
»Klingt ja fast so, als ob sie sich nicht geändert hätte.« Sie stießen die Tür auf und traten aus dem Treppenhaus hinaus auf die Straße. Nebenan befand sich die *Bell and Anchor Bar*, die wegen des Vorfalls jetzt geschlossen war. Der Polizist, der an der Tür Wache stand, salutierte, als Matt hineinging.
»Nun, Julie«, sagte Matt. Er blieb stehen und schaute sich um. Der Geruch von abgestandenem Bier und altem Staub kitzelte in seiner Nase. »Sie machen wieder die gleichen Dummheiten, wie ich sehe.«
»Wer sind Sie?« Die Frau hinter der Theke betrachtete ihn genauer. »Devlin, nicht wahr? Ich erinnere mich an Sie.«
»Dachte ich mir. Ich muß Ihnen ein paar Fragen stellen.«
Julie blieb hinter der Theke stehen, ihr Gesicht blickte mürrisch. »Ich habe nichts getan.«
»Nein? Ich könnte Sie auf der Stelle festnehmen, da Sie ein Bordell führen. Und eigentlich ist das alles Grund genug, um Ihnen Ihre Lizenz zum Verkauf von Alkohol zu entziehen, nicht wahr, Charlie?«
»Ja. Das ist ein guter Grund.«
»Oh, verdammt.« Sie kam hinter der Theke hervor, ein kleine Frau, die zur Fettleibigkeit neigte und eine schmierige Schürze trug. »Setzen Sie sich. Ich spreche mit Ihnen. Aber Sie müssen

wissen, daß ich nichts damit zu tun habe, was dort oben passiert ist. Ich führe ein anständiges Haus.«
»Da bin ich mir sicher«, sagte Matt ohne eine Spur von Ironie in der Stimme. »Wer war sie?«
»Weiß nicht. Wirklich nicht, das schwöre ich«, sagte sie, als Matt sie anschaute. »Nannte sich Nellie. Das ist alles, was ich weiß.«
»Dann war sie nicht eine von Ihren Stammgästen?«
Sie zuckte die Achseln. »Einmal im Monat, vielleicht.«
Matt schaute auf, Stift und Notizbuch griffbereit zur Hand. »Auch im Winter?«
»Nein, nicht im Winter. Sie erzählte mir letzte Nacht, daß sie wahrscheinlich nicht wiederkommen würde.«
»Warum?«
»Nun, das weiß ich nicht. Sie machte ein großes Geheimnis daraus. Aber sie sagte, sie hätte für den Rest ihres Lebens ausgesorgt. Und sie bekäme das, was sie schon längst verdient habe.« Ihr Gesicht verzerrte sich zum Anflug eines Lächelns. »Das hat sie dann wohl auch gekriegt.«
»Aha.« Was sie schon längst verdient habe. Das klang nach Geld. Matt strich sich mit dem Finger über den Schnurrbart. Was hätte ihr der Kunde wohl neben den üblichen Leistungen bezahlt?
»Wer war ihr Kunde, Julie?«
»Also, das weiß ich wirklich nicht. Ich habe ihn nie zu Gesicht bekommen.«
Matt setzte sich zurück und warf einen Arm lässig über die Rückenlehne des Stuhls. »Das ist eine faustdicke Lüge, Julie«, sagte er. »Lügen Sie mich nicht an. Erwarten Sie wirklich von mir, daß ich Ihnen glaube, Sie hätten nicht wenigstens einen Blick auf ihn geworfen?«
»Sie kam immer, wenn viel zu tun war«, wandte Julie ein. »Ich konnte doch die Bar nicht verlassen, oder? Aber ich erinnere mich an eine Situation.«

»Was denn?«
»Muß wohl schon eine Weile zurückliegen.« Julie verzog angestrengt das Gesicht. Wie die Tote, war auch sie einmal auf oberflächliche Weise hübsch gewesen. Nun war ihr Gesicht jedoch hart geworden, voller Falten und von den Härten des Lebens gezeichnet. Sie hatte schmale Augen, die verschlagen und ohne Wärme blickten.
»Sie hat mir gesagt, er sei ein Gentleman.«
Matt und Charlie wurden hellhörig. »Was hat sie noch gesagt, Julie?«
»Nicht viel. Sie sagte, er käme hier gerne hin und wieder hin, um das Gefühl zu kriegen, gefährlich zu leben.«
»Und Sie haben ihn nie gesehen.«
»Nun ... einmal könnte er es gewesen sein. Ich mußte nachts nach draußen, um einem meiner Kunden eine Kutsche zu besorgen. Er war nicht in der Verfassung, zu Fuß nach Hause zu gehen. Da habe ich ihn gesehen.«
Matt beugte sich vor. »Wie sah er aus?«
»Na ja, es war dunkel, das verstehen Sie schon. Und ich habe ihn bloß eine Minute gesehen, als er reingangen ist. Aber Nellie hatte recht, er war ein Gentleman. Es fiel mir auf, weil man seine Sorte hier normalerweise nicht sieht. Er war ganz in Schwarz gekleidet und trug einen Frack. Und er hatte einen Zylinder auf.«
»War er groß? Klein? Dunkelhaarig?«
Sie überlegte einen Moment. »Mittelgroß, würde ich sagen. So wie er aussah.« Sie zuckte die Achseln. »Er ging die Stufen rauf. Ich habe ihm nachgeguckt, aber ich konnte ihn nicht deutlich sehen. Vielleicht war er auch gar nicht Nellies Kunde. Vielleicht hat er sich auch mit einem der anderen Mädchen getroffen.«
Matt überhörte diese Äußerung. Julia arbeitete mit ihm zusammen, also würde er sie nicht wegen Prostitution belangen. Dieses Mal nicht.
»Könnten Sie mir sagen, wie er hier hergekommen ist?«

»Nein.« Sie schürzte die Lippen. »Aber wenn ich's mir überlege, dann ich hatte den Eindruck, er kam in der Kutsche, in die ich meinen Gast gepackt habe. Weiß nicht, warum mir das in den Sinn kam. Und ich erinnere mich an noch etwas. Nellie kam einmal mit einer Rose im Haar herunter. Sie sagte, sie sei von ihm.«
Matts Kopf schnellte hoch. »Was für eine Rose?«
»Weiß nich. Rot, glaub' ich. Die duftete gut, das weiß ich noch.«
Ein Gentleman mit einer Rose. Matt konnte sich nur mit Mühe auf seine Notizen konzentrieren, um sich seine Reaktion auf diese Neuigkeit nicht anmerken zu lassen. »In Ordnung.« Er erhob sich. »Das ist soweit alles. Halten Sie sich von Schwierigkeiten fern, Julie.«
»Ich bin nicht die, die Ärger macht!« Die Hände zu Fäusten geballt und in die Hüften gestemmt, starrte sie beide wütend an. »Und wer macht jetzt dort oben sauber? Das würd' mich ja mal interessieren.«
Matt zuckte die Schultern. »Das werden Sie wohl tun müssen«, sagte er und ging nach draußen. Ihr Wutschrei folgte ihnen hinaus auf die Straße.
»Wow!« sagte Charlie. »Ist das ein zänkisches Weib. Soll ich mal nachprüfen, ob da gegen irgend etwas verstoßen wird, Captain?«
»Dieses Mal nicht.« Er starrte auf die Tür, durch die es nach oben ging, als sie daran vorbeikamen. »Wir müssen den Kutscher ausfindig machen, der Nellies Gentleman hierhin gebracht hat. Setzen Sie jemanden darauf an.«
»Mach' ich. Wie finden wir heraus, wer Nellie ist?«
»Wir hören uns um. Wenn wir dadurch nichts erreichen, hoffen wir eben, daß sie als vermißt gemeldet wird. Wenn sie aus Newport ist, könnte auch ihre Familie hier leben.« Er stieg in den Zweisitzer. »Was mich jedoch viel mehr interessiert, ist, wer ihr nobler Freund war.«
»Wenn er tatsächlich einer war. Ein merkwürdiger Ort, um sich zu treffen, meinen Sie nicht auch?«

»Hm. Finden Sie heraus, wo Henry Olmstead und Eliot Payson letzte Nacht waren. Und auch Paul Radley.«
Charlie pfiff durch die Zähne. »Sie glauben also, es hat mit den *Cliff-Walk*-Morden zu tun?«
»Sie nicht? Für mich klingt das, als ob Nellie jemanden erpreßt hat. Und ein Gentleman mit einer roten Rose ist ein bißchen zuviel Zufall für meinen Geschmack.«
»Das wird dem Polizeichef gar nicht gefallen.«
Matt parkte den Zweisitzer vor der Polizeiwache und sprang herunter. »Es wird ihm noch viel weniger gefallen, wenn noch jemand getötet wird. Machen Sie sich an die Arbeit, Charlie.«
»Sofort, Captain«, sagte Charlie, und sie gingen hinein. Charlie, um der Ausführung von Matts Anweisungen nachzukommen, Matt, um mit dem Polizeichef zu sprechen. Er hatte ein ungutes Gefühl dabei, und er befürchtete, daß noch kein Ende der Morde abzusehen war.

Die Nachricht, daß eine Prostituierte in einer Hafenkneipe tot aufgefunden worden war, erregte in New York kein Aufsehen; denn weder die New York Times noch Joseph Pulitzers reißerisches Blatt *World* würden eine Story darüber schreiben. Im ruhigen, friedlichen Newport jedoch machte diese Nachricht Furore. In einer Stadt, die sich etwas auf ihre niedrige Mordrate einbildete, war selbst die Ermordung einer Prostituierten zuviel. Die Zeitungsherausgeber machten keinen Hehl aus ihrer Wut. Zusammen mit besorgten Bürgergruppen und dem Polizeichef hielt der Bürgermeister Versammlungen ab. Es mußte schleunigst etwas getan werden, um den Bürgern der Stadt wieder ein Gefühl der Sicherheit zu geben. Matt saß an seinem Schreibtisch und rieb sich die Augen. Sein Schreibtisch war mit Berichten übersät: über die mögliche Mordwaffe, die man noch nicht gefunden hatte; über blutbefleckte Kleidungsstücke, einen grobgewebten Mantel und Kordsamthosen, die man in einer Allee, mehrere Blocks vom Tatort entfernt, entdeckt hatte; über Verhöre mit Kutschern; Berichte über als vermißt geltende Frauen und über die Bemühungen, die Familie der Toten und dadurch ihre Identität zu ermitteln. Das alles mußte durchgearbeitet werden, aber die Worte verschwammen vor seinen müden Augen. Gott, diese Ermittlungen schienen seit Ewigkeiten zu laufen. Er konnte sich kaum noch daran erinnern, wie sein Zimmer in Mrs. O'Malleys Pension aussah. Es war schon so lange her, daß er dort übernachtet hatte, und manchmal fühlte er sich imstande, für eine warme Mahlzeit Amok zu laufen. Die letzten Nächte hatte er auf einem Feldbett im hinteren Schlafraum der Wache zugebracht, um wenigstens etwas Schlaf zu bekommen; die Mahlzeiten bestanden aus Butterbroten, die er so hastig aß, daß er hinterher kaum noch wußte, was er gegessen hatte. Und doch, solange der oder die Mörder noch auf freiem Fuß waren, würde er nicht zur Ruhe kommen. Er mußte den Fall lösen, und zwar bald.

»Mr. Devlin.« Ein großer, grobknochiger Mann stand in der Tür. »Man hat mir gesagt, Sie sind der Mann, mit dem ich sprechen soll.«

Matt stand auf. »Ja? Und wer sind Sie?«

»William Farrell.« Er streckte eine große Hand aus, die mit Schwielen übersät war. »Aus Providence. Ich glaube, es ist meine Tochter, die Sie gestern gefunden haben.«

»Ach, wirklich? Warum glauben Sie das, Sir?«

Mr. Farrell schüttelte den Kopf. »Der Name und die Beschreibung. Unsere Ellen, sie hat so rote Haare wie ihre Mutter. Wir haben eine Zeitlang nichts von ihr gehört, aber wir wissen, sie ist in Newport. Wenigstens war sie dort, als wir das letzte Mal von ihr gehört haben.«

»Wann war das?«

»Vor einigen Monaten.« Er schluckte schwer. »Gibt es ... muß ich sie sehen?«

»Wir brauchen jemand, der sie identifiziert.« Matt schlüpfte

in seine Jacke. »Ich fürchte, sie liegt im Leichenschauhaus beim Krankenhaus. Ich warne Sie, es ist kein schöner Anblick.«
Mr. Farrell erhob sich. »Wenn Sie es aushalten können, wird es schon irgendwie gehen.«
»Na, dann ist gut. Kommen Sie mit mir.«
Eine Weile später saßen die beiden Männer wieder in Matts Büro. Matt hielt eine Tasse starken, bitteren Kaffee in der Hand, Mr. Farrell umklammerte mit zitternden Händen ein Glas Whisky. Sein Gesicht war aschfahl, und seine große Gestalt wirkte eingefallen. Aber es mußte ja auch sehr schmerzlich sein, die eigene Tochter im Leichenschauhaus wiederzusehen, dachte Matt nicht ohne Mitleid.
»Ich weiß nicht, was wir falsch gemacht haben«, sagte Mr. Farrell plötzlich. »Wir haben doch versucht, sie richtig zu erziehen. Wir haben nicht mit Schlägen gespart, nein, Sir, so wie manch andere. Unsere Nellie hat jeden Tag die Bibel gelesen und ist sonntags in die Kirche gegangen. Wir haben es richtig bei ihr gemacht.« Verzweiflung lag in seinem Blick. »Sie war schon immer besonders widerspenstig gewesen, aber ab einem gewissen Alter konnte man nicht mehr vernünftig mit ihr reden; aber sie so enden zu sehen.« Er nahm einen tiefen Schluck Whisky. »Manche werden bestimmt sagen, daß sie es verdient hat, aber das sehe ich anders. Nein, Sir. Nicht meine Nellie. Gleichgültig, was sie getan hat, aber das hat sie nicht verdient.«
Matt nickte. Niemand verdiente, was Nellie Farrell in dem kahlen Raum über der *Bell and Anchor Bar* zugestoßen war.
»Wissen Sie, mit wem sie sich getroffen hat, Sir?«
»Nein.« Er schüttelte den Kopf. »Das hat uns Nellie nie erzählt. Sie wußte, daß wir das nicht billigen würden. Aber sie hat es ihrer Schwester gesagt.« In seiner Stimme lag ein Anflug von Bitterkeit und Wut. »Sie sagte, sie hätte sich einen Echten geangelt. Das waren genau ihre Worte. Einen fürs Leben. Einen richtigen, echten Gentleman, hat sie gesagt.«

Matt hielt den Füller schreibbereit über dem Notizbuch. »Wann war das?«
»Lassen Sie mich nachdenken. Ich weiß es nicht genau – letzten Oktober? Oder war es November? Ja. Im November.«
Matt blickte überrascht auf. »November? Wissen Sie das genau?«
»Ja. Ich weiß noch, wie ich gedacht habe, daß wir dieses Thanksgiving nicht viel haben, wofür wir dankbar sein müssen, da unsere jüngste Tochter in Sünde lebt.«
November. Matt starrte ausdruckslos auf sein Notizbuch, in dem nun die wenigen Daten über Nellie Farrells Leben standen. Sie hatte ihr Zuhause mit sechzehn Jahren verlassen, sie war eine Gelegenheitsprostituierte, die schließlich an jemand Wohlhabenden geraten war. Aber im November? Das paßte einfach nicht zusammen. Die *Cottager* waren um die Zeit schon längst nach New York zurückgekehrt.
»Sie hat Ihnen gegenüber nicht angedeutet, wer es war?«
»Nein. Sie wollte es Josie erzählen, ihrer Schwester, aber Josie ist eine gottesfürchtige Frau und wollte nichts davon wissen.« Mr. Farrell stand auf und setzte sich den Hut auf den Kopf. »Ich muß jetzt nach Hause gehen und es meiner Frau erzählen. Es wird ihr mächtig zusetzen, obwohl Nellie schon seit Jahren nicht mehr unsere Tochter war. Unsere Nellie.« Seine Augen glänzten plötzlich, und er schaute zur Seite, wobei er den Mund zusammenpreßte. »Sie sind sehr nett gewesen, Mr. Devlin. Ich werde Sie in meine Gebete mit einschließen, bei all dem Bösen, das Sie jeden Tag zu sehen bekommen.«
»Danke, Sir«, sagte Matt ernst und begleitete den Mann bis zur Tür. Das Böse war kein zu starkes Wort für die Vorfälle in Newport, und gerade jetzt fühlte er sich machtlos, es aufzuhalten. Aber jemand mußte es tun. Und es schien ganz so, als ob er der einzige war, der es tun konnte.
»Charlie«, rief er. Er stand auf und zog sich die Jacke über. Charlie erschien in der Tür. »Ja, Captain?«

»Besorgen Sie uns einen Zweisitzer. Wir müssen herausfinden, wo Nellie Farrell gewohnt hat.«

Matt stand in dem überladenen Empfangszimmer eines kleinen gotischen *Revival Cottage*s, das versteckt in einer ruhigen Seitenstraße lag. Er registrierte alles, was er sah, und machte sich Notizen. Er berührte jedoch keinen der Gegenstände. Nellie Farrells Haus wirkte in der Nachbarschaft dieser sauberen Häuser im Kolonialstil fehl am Platze. Es war nicht gerade das, was er erwartet hatte. Das Empfangszimmer hätte man eher im Haus einer anständigen Familie der Mittelklasse vermutet. Auf dem Klavier, das mit einem Seidenschal bedeckt war, standen unordentlich verstreut unzählige in Silberrahmen gefaßte Photographien. Die burgunderfarbenen Möbel waren mit Pferdehaar gepolstert, und die Etagere in der Ecke des Zimmers war mit Antiquitäten und Souvenirs vollgestopft. An den Fenstern hingen Samtvorhänge, dahinter Spitzengardinen. Es war makellos sauber, kein Staubfussel war zu sehen, und obwohl der Raum vollgestopft war, hatte jedes Teil seinen Platz. Nellie war offensichtlich eine penible Hausfrau gewesen.

Andere Polizisten waren im Haus und durchsuchten die Küche, das Wohnzimmer und die Schlafräume im oberen Stockwerk. Wenn es Hinweise auf Nellies Liebhaber gab, dann würden sie sie finden, aber Matt bezweifelte, das es sie gab. Ein rascher Blick ins Schlafzimmer hatte ihm gezeigt, daß jemand anderes schon vor ihnen da gewesen war. Die Spuren waren unmerklich, doch fielen sie in Nellies pingeliger Ordnung auf. Eine Tischschublade war nicht ganz geschlossen, ein Kleid war vom Bügel im Kleiderschrank gerutscht und lag zerknautscht auf dem Boden, ihre Unterwäsche lag wahllos durcheinander in ihrer Kommode. Irgend jemand hatte große Anstrengungen unternommen, um den Verdacht von sich abzulenken.

»Sie hat dieses Haus letztes Jahr im August gekauft«, sagte Charlie, der diese Information von seinem Notizbuch ablas. Er blinzelte in die Abendsonne, deren Strahlen in das Zimmer drangen. Eine Nachfrage beim Grundbuchamt hatte ergeben, daß Nellie Besitzerin dieses Hauses war, und den Namen des Maklers aufgezeigt, der ihr beim Kauf geholfen hatte. »Tausend Dollar bar auf die Hand. Unsere Nellie mußte zu keiner Bank, zu keiner Anleihe. Der Makler konnte sich so genau erinnern, weil es so ungewöhnlich war.«
Matt nickte und erinnerte sich an die Worte des Maklers an jenem Nachmittag. Aber diese Information reichte noch nicht. Nicht annähernd. »Und wie kommt ein Mädchen wie Nellie an soviel Geld?«
»Von einem Mann, Captain«, sagte Charlie, obwohl Matts Frage rhetorisch gemeint war. »Woher sonst? Das Dumme ist nur, sie hat niemandem erzählt, von wem.«
»Nein, aber überlegen Sie einmal: seit August. Das heißt, sie hat ihn wahrscheinlich schon seit einer Weile getroffen.« Die Hände in den Taschen, drehte er sich um. »Und mit Sicherheit vor November, als sie ihrer Schwester von ihm erzählt hat.«
»Sie glauben wirklich, es ist jemand von den Sommergästen, Captain?«
»Ja. Sie nicht?«
»Ja«, sagte Charlie nach kurzer Überlegung. »Eliot Payson war gestern abend in einem Musical, aber er hat die Vorstellung vorzeitig verlassen. Er sagte, er wäre noch auf einem Ball auf *Beechwood* gewesen, aber es kann sich keiner erinnnern, ihn gesehen zu haben.«
»Was ist mit Radley?«
»Er war zu Hause, in seinem Zimmer, und hat gelesen, aber auch ihn hat den größten Teil der Nacht niemand gesehen. Er hätte sich rausschleichen können.«
»Und Mr. Olmstead?«
»Er behauptet ebenfalls, zu Hause gewesen zu sein. Zumin-

dest hat das der Butler so ausgesagt. Mr. Olmstead ist offensichtlich krank.« Er runzelte die Stirn. »Aber da stimmt etwas nicht, Captain. Ich hatte den Eindruck, daß der Butler nervös war.«

»Entschuldigen Sie mich, Detective.« Ein Polizist betrat das Zimmer.

Matt drehte sich um. »Ja?«

»Wir sind oben fertig, Sir.«

Matt ging auf ihn zu. »Haben Sie irgend etwas gefunden?«

»Nicht viel, Sir. Kein Tagebuch, kein Adreßbuch. Wir haben ein Fotoalbum gefunden, in dem einige Aufnahmen fehlen. Es sieht ganz so aus, als ob sie herausgerissen wurden. Ach ja, und das hier.«

Matt nahm die Fetzen Papier entgegen, die ihm der Polizist reichte. »Kontrollabschnitte für den New Yorker Dampfer.«

»Ja, Sir. Es scheint, als ob sie einige Male nach New York gefahren ist.«

»Hm.« Letzten Oktober, Dezember und April, um genau zu sein. Eine weitere Tatsache, die seine Theorie stützte. »Noch etwas?«

»Nur das, Sir. Ich habe es unter dem Bett gefunden. Scheint daruntergerollt zu sein.«

»Aha.« Matt nahm dem Polizisten den Gegenstand ab. »Na, so was.«

»Was ist das?« fragte Charlie und kam zu ihm herüber.

»Ein Manschettenknopf.« Er hielt ihn hoch, so daß Charlie ihn erkennen konnte. Es war ein schwerer Manschettenknopf aus Gold und Onyx, der wohl einem Mann gehörte. Die Buchstaben H und O waren darauf eingraviert.

»Jesus. Der sieht ja ganz so aus wie ...«

»Ja.« Wie der von Henry Olmstead. »Ich glaube, wir müssen Mr. Olmstead einige Fragen stellen.«

»Jesus«, wiederholte Charlie. »Das kann ja heiter werden, wenn das der Polizeichef hört.«

»Ich weiß.« Der Polizeichef wäre bestimmt nicht der einzige, der über solch eine Befragung entsetzt wäre, dachte Matt grimmig und schaute sich noch einmal im Zimmer um. Er hegte die sinnlose Hoffnung, noch einen Beweis finden zu können, der jemand anderen belasten würde. Sein Blick blieb an der Etagere haften. Schäferinnen aus Dresdener Porzellan standen dichtgedrängt neben weiteren Photographien und einem Porzellanteller, der mit der Freiheitsstatue bemalt war. Und oben auf dem Regal – Matt blickte genauer hin. Oben auf dem Regal stand eine Vase, in der sich eine rote Rose befand, die den Kopf hängen ließ.
»Detective«, rief eine Stimme von der Diele her.
»Noch eine Minute.« Er durchquerte den Raum. Es war eine silberne Vase, auf der ein unverwechselbares Schnörkelmuster aus Rebstöcken und Weintrauben eingraviert war. Das Muster erinnerte ihn an etwas, das er vor kurzem gesehen hatte. Die Rose war, wie er vermutet hatte, eine *American Beauty*. Diese Übereinstimmung mußte nichts bedeuten, aber er befürchtete, daß sie das doch tat.
»Detective«, hörte er es wieder rufen, und dieses Mal wandte Matt sich um.
»Was ist denn los?« fragte er den Polizisten, der mit einem Stück Papier in der Hand in den Raum kam.
»Das sollten Sie sich anschauen, Sir.« Er überreichte ihm das Papier. »Ich habe mit den Kutschern gesprochen.«
Matt schaute auf. »Sie haben den Mann gefunden, der einen Fahrgast zu der *Bell and Anchor Bar* gebracht hat?«
»Nein, Sir. Es geht um etwas anderes. Einer der Kutscher hat einen Mann nach Hause gebracht.«
»Heute morgen«, murmelte Matt. Er überflog den Bericht und holte dann tief Luft. »Verdammt.«
»Was ist denn jetzt los, Captain?« fragte Charlie.
»Der Mann hatte ein blaues Auge, Kratzer im Gesicht und trug ein blutverschmiertes Hemd.«

»Das könnte unser Mann sein.«
»Als der Kutscher ihn fragte, was denn passiert sei, antwortete der Mann, er hätte einen Streit gehabt. Er hat weiter ausgesagt, daß der Mann ein Gentleman war, wahrscheinlich einer von den Sommergästen.«
»Jesus, Captain. Wer ist es?«
»Das steht hier nicht.« Matt schaute auf und zog ein düsteres Gesicht. »Aber der Kutscher brachte ihn nach *Belle Mer*.«

Polizeichef Read bekam einen Wutanfall, als Matt am nächsten Tag mit ihm sprach. Aber nachdem er Matt angehört hatte und ihm die bisher gefundenen Beweise vorgelegt wurden, räumte er ein, daß möglicherweise genügend Gründe vorlagen, um eine Verhaftung vorzunehmen. »Aber Sie sollten Ihrer Sache sicher sein, Detective«, gab er zu bedenken, als Matt aufstand, um das Büro zu verlassen. »Es steht Ihr Kopf auf dem Spiel, nicht meiner.«
Matt erwiderte seinen Blick, aber zeigte keine Regung. Daß der Polizeichef nicht hinter ihm stehen würde, sollte sich die Verhaftung als unbegründet erweisen, war enttäuschend, aber überraschte ihn nicht. Der Polizeichef hatte seine Stellung politischen Beziehungen zu verdanken. Wenn er diese Leute vor den Kopf stieß, würde er seine Stellung verlieren. »Ich bin mir meiner Sache sicher, Sir«, sagte Matt und ging hinaus. Oh ja, die Fakten waren unbestreitbar, daher war er sich seiner Sache gewiß. Er wünschte sich nur, es wäre nicht so. Als Matt, mit Charlie an seiner Seite, den Zweisitzer in die Auffahrt von *Belle Mer* lenkte, ging er den Fall in Gedanken noch einmal durch und ordnete die Beweise, die man seit der Entdeckung von Nellies Leiche gesammelt hatte. Henry Olmstead war gestern morgen mit zerkraztem und blutigem Gesicht nach Hause zurückgekehrt; sie wußten, daß Nellie ihrem Mörder wahrscheinlich Kratzwunden zugefügt hatte. Olmstead war letzten Winter ohne seine Frau einige Male in Newport gewesen und

hatte den Bau der Villa überwacht. Diskrete Nachforschungen in der *Muenchinger-King-Villa* hatten ergeben, daß er während seines Aufenthaltes gekommen und gegangen war, wie es ihm beliebte, ohne daß dem Beachtung geschenkt worden war. Er hätte mühelos Zeit mit einer Geliebten verbringen können. Hinzu kam, daß Nellie versucht hatte, jemanden zu erpressen, und es gab noch viele andere Dinge, die Henry mit den *Cliff-Walk*-Morden in Zusammenhang brachten. Rote Rosen, seine Linkshändigkeit, seine offensichtliche Vorliebe für Dienstmädchen, dies alles weckte Matts Verdacht gegen Henry. Außerdem hatte Olmstead kein überzeugendes Alibi für die Zeit, als die Morde passiert waren. Am meisten belastete ihn jedoch der Manschettenknopf, der unter Nellies Bett gefunden worden war. Seine Beweise waren stichhaltig, dachte Matt. Er war kurz davor, eine Verhaftung vorzunehmen, die fünf Morde aufklären würde. Aber er war keineswegs glücklich darüber.

Der Butler, der ihnen die Tür öffnete, teilte ihnen mit, daß Mr. Olmstead nicht zu sprechen sei. Er war schon im Begriff die Tür wieder zu schließen, als Matt rasch dazwischentrat, bevor sie völlig zuging. »Dann möchten wir Miss Cassidy sprechen. Ist Sie da?«

Hutton blickte zurück ins Haus und trat dann einen Schritt zurück. »Hier entlang«, murmelte er und führte sie durch den Italienischen Saal zur Veranda. »Miss Cassidy, hier ist jemand, der Sie sprechen möchte.«

Brooke schaute auf. Sie hatte in einem weißen Korbstuhl auf der Veranda gesessen, *Harper's Weekly* lag ungelesen auf ihrem Schoß, da sie über den Rasen hinweg auf das Meer geschaut hatte.

»Matt.« Sie stand auf, wobei das Magazin zu Boden fiel. »Und Sergeant Sweeney. Kann ich Ihnen behilflich sein?«

»Brooke.« Matt nickte. »Ich muß mit deinem Onkel sprechen.«

Sie zögerte. »Es tut mir leid. Er ist ...«

»Indisponiert. Ich weiß. Nichtsdestotrotz muß ich ihn sprechen. Bringst du mich zu ihm, oder muß ich ihn allein suchen gehen?«
Sie runzelte die Stirn. »Bist du offiziell hier, Matt?«
»Ja.«
»Oh.« Sie griff sich an die Kehle, und die Ängste, die in den letzten Tagen unterschwellig stets da waren, befielen sie und drohten, sie zu ersticken. »Gut. Ich hole ihn«, sagte sie und ging ins Haus.
Einige Augenblicke später kam sie zurück, Henry und Winifred folgten ihr. Henry sah schon besser aus; die Schwellung seiner Nase war zurückgegangen, aber sein Auge schillerte noch in allen Farben, und die langen Kratzer auf seinen Wangen waren deutlich sichtbar. »Guten Tag, meine Herren«, sagte er kurzangebunden. »Was soll das hier?«
»Sie haben eine häßliche Wunde an Ihrem Auge, Sir«, sagte Matt.
»Ja.« Henry setzte sich und betrachtete ihn unverwandt. »Was wünschen Sie?«
»Wo waren Sie vorgestern nacht?«
»Er war mit mir zusammen«, rief Winifred. »Wir haben bei meinem Bruder zu Abend gegessen. Wirklich, Henry, ich begreife nicht, warum du dir von diesen Männern so zusetzen läßt.«
»Brooke.« Matt wandte sich um. »Stimmt das?«
Die plötzliche Frage traf sie unvorbereitet. »J-ja.«
»Dann sagen Sie mir, Sir«, Matt wandte sich wieder an Henry, »warum sind Sie gestern morgen in einer Kutsche nach Hause gekommen?«
»Was?« rief Winifred aus. »Das hat er nicht getan.«
»Wo waren Sie in dieser Nacht, Sir?«
Henry hielt seinem Blick stand. »Das geht Sie nichts an, Sir.«
»Oh, Henry. Hast du dich wieder in einen Skandal verwickeln lassen?« klagte Winifred.

»Beruhige dich, Tante!« Brooke ergriff ihren Arm. »Ich bin sicher, das sind nur Routinefragen.«
»Sie wollen uns also nicht sagen, wo Sie waren, Sir?« sagte Matt.
»Nein.« Henrys Stimme klang schneidend. »Das werde ich nicht.«
»Dann sage ich es Ihnen.« Er öffnete sein Notizbuch. »Sie waren in einer Kneipe in der *Thames Street*, wo Sie eine Frau namens Nellie Farrell getroffen haben.« Er schaute auf. »Kommt Ihnen der Name bekannt vor?«
»Ich habe noch nie von ihr gehört.«
»Nein? Sie ist tot, Mr. Olmstead. Ermordet.«
»Henry!« jammerte Winifred wieder.
»Ich versichere Ihnen, Devlin, ich habe damit nichts zu tun.«
»Nein? Kommt Ihnen das bekannt vor?« Matt hielt den Manschettenknopf hoch, und Henry musterte ihn argwöhnisch.
»Sieht aus wie einer von meinen«, sagte er kurze Zeit später.
»Er ist in Nellie Farrells Haus gefunden worden.« Hinter seinem Rücken hörte Matt Brookes entsetztes Stöhnen, aber er ließ nicht locker. »Wie ist er dort hingekommen, Mr. Olmstead? Und wo waren Sie gestern morgen?«
Henry starrte ihn einen Moment lang an, und dann sackte er in sich zusammen. »Ich weiß es nicht, Detective. Bei meinem Leben, ich weiß nicht, wo ich vorgestern nacht war oder was ich getan habe.«
»Matt, er könnte niemandem etwas zuleide tun«, sagte Brooke.
»Es tut mir leid.« Matts Stimme klang schroff. »Mr. Olmstead, ich verhafte Sie wegen des Mordes an Nellie Farrell.«
»Nein!« schrie Brooke, und Winifred wurde ohnmächtig.

9. KAPITEL

Brooke, meine Liebe, ich habe mich sofort auf den Weg gemacht, als ich es erfahren habe.« Eliot lief quer über den Marmorboden in den Italienischen Saal und nahm Brookes Hände. »Ist das wirklich wahr?«

»Daß mein Onkel jemanden getötet hat? Nein.« Sie entzog ihm ihre Hände und ging weg. Draußen blickte man von der Veranda über den Rasen auf den Horizont hinaus, es dämmerte bereits, und der Sonnenuntergang tauchte das Meer in leuchtend rote Farben.

»Aber er ist doch verhaftet worden ...«

»Ja.« Sie wirbelte herum, und ihre Augen sprühten Feuer. »Oh ja, er ist verhaftet worden, und wenn ich bloß fünf Minuten mit Matt Devlin allein sein könnte ...«

»Moment mal.« Eliot hob abwehrend eine Hand und trat einen Schritt zurück. »Ich stehe auf deiner Seite, Brooke.«

Sie blickte ihn einen Moment lang an und wandte sich dann ab. »Es tut mir leid, Eliot. Natürlich weiß ich das. Aber das ganze Haus ist zur Zeit in Aufruhr.«

»Das kann ich mir vorstellen.«
»Und Onkel Henry im Gefängnis – und sie lassen mich nicht zu ihm. Kannst du dir das vorstellen?«
»Das ist auch besser so«, sagte er bestimmt und legte einen Arm um ihre Schultern. »Komm und setz dich hin. Ein Gefängnis ist nun mal kein geeigneter Ort für eine Dame.«
Brooke schüttelte seinen Arm ab, aber sie setzte sich hin. »Ich bin praktisch auf der Polizeiwache großgeworden. Ich sollte dort sein.«
»Es wäre aber deinem Onkel gar nicht recht, daß du ihn dort siehst, Brooke«, sagte er sanft.
Sie blickte zu ihm hoch und ließ die Schultern hängen. »Du hast recht. Das wäre ihm nicht recht. Und außerdem werde ich hier gebraucht.« Sie schaute zur Seite, als der wohltönende Klang der Türglocke die Halle erfüllte. »Tante Winifred ist natürlich ziemlich niedergeschlagen und ruft mich wegen jeder Kleinigkeit. Und wir scheinen eine Menge Besucher zu haben. Sie machen sich bestimmt alle große Sorgen über das Wohlergehen meines Onkels«, fügte sie bitter hinzu.
»Ich bin überzeugt davon, daß sie das tun. Deinetwegen machen sie sich auch Gedanken. Ich weiß, daß ich es tue.«
»Es tut mir leid«, sagte sie nach einigen Momenten und wandte den Blick ab. »Ich habe dich nicht damit gemeint. Natürlich machst du dir Sorgen. Aber es macht mich einfach wütend, Eliot.« Mit den Fäusten schlug sie sich leicht auf die Knie. »Für sie ist es nur eine weitere Sensation, während mein Onkel ...«
»Brooke.« Er legte eine Hand auf ihre Hände. »Laß mich dir in dieser Sache helfen. Laß mich dir das abnehmen.«
Es war verlockend. Sehr verlockend, ihre Probleme auf seine Schultern zu laden. Sollte Eliot sich doch mit Matt und all dem auseinandersetzen, was Matt gegen ihren Onkel vorgebracht hatte. Ihren Ärger über die Ungerechtigkeit, die ihrem Onkel

Henry widerfahren war, würde das jedoch nicht besänftigen. Davon abgesehen konnte sie sich nicht so recht vorstellen, daß Eliot Matt in dieser Sache die Stirn bot. In jeglichem Wettstreit zwischen ihnen, körperlicher oder anderer Art, ginge wohl eher Matt als Sieger hervor. »Vielleicht könntest du mit den Anwälten sprechen«, sagte sie langsam. »Ich habe den Eindruck, daß sie meine Ratschläge ignorieren.«

»Natürlich.« Eliot streichelte ihre Hand. »Du bist nur eine Frau.«

»Eliot!«

»Beruhige dich. So sehen sie dich nun einmal. Sie werden wahrscheinlich eher auf einen Mann hören.«

»Das stimmt«, gab sie mißmutig zu. Matt hätte ihr zugehört, dachte sie, oder zumindest früher einmal. Aber Matt war nun ihr Feind. Es wäre albern, etwas anderes zu glauben.

»Was soll ich ihnen sagen?«

»Daß er es nicht getan hat, natürlich.«

Eliot schwieg. »Brooke, besteht die Möglichkeit, daß er es getan hat?«

»Nein!« Sie sprang auf. »Ich kenne meinen Onkel, Eliot. Er hat seine Fehler, aber das könnte er nicht getan haben. Niemals.«

»Beruhige dich, Brooke«, wiederholte er und ergriff ihr Handgelenk. Sie entzog ihm ihre Hand. »Ich mußte diese Frage stellen. Es geht doch nur darum, daß sie einen Weg finden müssen, um ihn zu entlasten.«

»Sie müssen herausfinden, wo er war, und das tun sie nicht«, platzte es aus ihr heraus. »Ich habe ihnen bereits gesagt, bei wem sie sich über seinen tatsächlichen Verbleib erkundigen müssen, und sie haben mich bloß belächelt.«

»Wen sollten sie fragen?«

»Das Personal.«

Eliot schaute sie mißtrauisch an. »Die Diener? Also wirklich, Brooke ...«

»Sie wissen alles«, beharrte sie. »Ich wette darauf, daß es jemanden in dieser Stadt gibt, der genau weiß, wo mein Onkel in jener Nacht war, und es auch beweisen kann.«
»Und in den anderen Nächte?« sagte Eliot ruhig.
»Welchen anderen Nächten?«
»In der Nacht, beispielsweise, in der Rosalind getötet wurde.« Brooke starrte ihn einen Moment lang an, dann verbarg sie das Gesicht in den Händen. Da war sie wieder, die gleiche Angst, die sie schon seit Tagen versucht hatte zu verdrängen. Stand Henry auch wegen der *Cliff-Walk*-Morde unter Anklage? »Ich weiß es nicht«, sagte sie und sprach das für sie Unvorstellbare aus. So, wie die Dinge lagen, war es sehr wahrscheinlich, daß er auch dieser Verbrechen beschuldigt würde. Das konnte sie nicht zulassen. Auf gar keinen Fall. Sie hob den Kopf und faßte einen Entschluß. Dies war anders als die wenigen Nachforschungen, die sie vorher angestellt hatte. Jetzt war die Lage wirklich ernst. Das Leben ihres Onkels war in Gefahr. Wenn niemand anders die Diener befragen wollte, würde sie es tun. Sie mußte es tun.

»Ist es wahr, daß der Mörder zweiundzwanzigmal auf sie eingestochen hat?« schrie ein Reporter.
»Was ist mit Olmstead?« rief ein anderer über den Lärm der Reporter hinweg, die sich in der Nähe des Empfangsschalters der Newporter Polizeiwache drängten. »Klebte an seiner Kleidung Blut?«
»Wie hat Olmstead sie kennengelernt?«
»Wie lange hatten sie schon ein Verhältnis?«
»Kommt er auch als Verdächtiger für die *Cliff-Walk*-Morde in Frage?«
»Meine Herren.« Polizeichef Read hob die Hand, und es wurde still im Raum. Es war seine Idee gewesen, die Presse hereinzulassen. Seit der Verhaftung von Olmstead hatten die Reporter immer wieder lautstark Informationen gefordert. Die Nach-

richt, daß Olmstead des Mordes an einer Gelegenheitsprostituierten verdächtigt wurde, war sensationell, und jede Zeitung, die man sich nur vorstellen konnte, hatte sich eingefunden, vom Lokalblatt *Mercury* bis zum *Providence Journal* und dem *New Bedford Standard*, und auch das Skandalblatt *Town Topics*. Morgen würde wahrscheinlich die New Yorker Presse zahlreich anwesend sein. »Einer nach dem anderen, bitte.«
»Wie hat er das Opfer kennengelernt?«
»Aufgrund welcher Hinweise haben Sie ihn verhaftet?«
»Welche Beweise liegen gegen ihn vor?«
»Kommt er auch als Verdächtiger für die *Cliff-Walk*-Morde in Frage?«
Polizeichef Read ging auf jede Frage sicher und gelassen ein, bei der letzten jedoch zögerte er. Matt, der sich bis dahin im Hintergrund gehalten hatte, trat vor, die Hände hinter dem Rücken verschränkt, als der Polizeichef ihn mit einem Blick dazu aufforderte. »Im Augenblick nicht, nein.«
»Aber Sie schließen es nicht aus?« beharrte ein Reporter.
»Das können wir jetzt noch nicht beantworten«, warf der Polizeichef ein. »Noch weitere Fragen?«
»Detective«, zischte ein Polizist an Matts Seite, als es im Raum wieder unruhiger wurde. »Da ist jemand in Ihrem Büro, der Sie sprechen möchte.«
Matt ließ die Reporter nicht aus den Augen. Wie Haie hatten sie Blut gerochen, und sie würden nicht eher ruhen, bis sie es hatten. »Ich kann hier jetzt nicht weg. Wer ist es?«
»Miss Cassidy, Sir.«
Matt starrte den Polizisten überrascht an. Dann schaute er zurück auf die Reporter. Der Polizeichef hatte sich gerade vorgebeugt, die Hände auf den Tisch gestützt, und beantwortete die Fragen präzise und forsch. Er würde alleine klarkommen. Aber kein anderer könnte mit Brooke fertig werden. Mit zusammengepreßten Lippen schlüpfte er durch eine Seitentür in den ruhigeren Flur.

»Brooke«, sagte er, als er sein Büro betrat. Sie stand in der Mitte des Zimmers. Ihre Hände umklammerten ihre Handtasche. »Du solltest nicht hier sein. Es wimmelt hier nur so von Reportern.«

»Er hat es nicht getan.« Sie blickte ihn unverwandt an. »Du weißt, daß er es nicht getan hat.«

Matt holte tief Luft und fuhr sich mit der Hand durchs Haar. »Brooke, es gibt Beweise ...«

»Das ist mir gleich!« Sie stützte ihre Hände auf seinen Schreibtisch und lehnte sich vor. »Die Beweise interessieren mich nicht. Mein Onkel könnte keinen Mord begehen.«

»Setz dich, Brooke«, sagte er mit müder, aber fester Stimme, und er war überrascht, als sie seiner Aufforderung nachkam. »Du weißt selbst, daß dein Onkel unter mysteriösen Umständen an jenem Morgen nach Hause kam. Du warst dort.«

»Mysteriös, ja. Ich bin die erste, die zugibt, daß mein Onkel kein untadeliges Leben geführt hat, wie du wahrscheinlich weißt, aber er könnte keinen Mord begehen. Er brächte das einfach nicht fertig.«

Matt schaute zur Seite. »Es tut mir leid, Brooke.«

»Es tut dir leid. Das ich nicht lache!« Es wurde still im Zimmer. »Kommt er auch als Verdächtiger für die *Cliff-Walk*-Morde in Frage?«

Er schaute sie daraufhin wieder an. Sie betrachtete ihn mit dem gleichen unverwandten Blick, und trotz der Umstände stieg widerwillig Bewunderung für sie in ihm hoch. Sie war Big Mike Cassidys Tochter, o ja. Wäre sie ein Mann, würde sie einen guten Polizisten abgeben. »Wir müssen das in Betracht ziehen, Brooke«, sagte er schließlich. »Es gibt Beweise.«

»Ich verstehe.« Die Lippen zusammengepreßt, erhob sie sich. »Darf ich ihn sehen?«

»Brooke, ich glaube nicht, daß das ratsam ist.«

»Darf ich ihn sehen?«

»Verdammt. In Ordnung. Aber nur für ein paar Minuten.«

»Und nur weil der Polizeichef gerade anderweitig beschäftigt ist?« erkundigte sie sich mit übertriebener Freundlichkeit und zog ihren Ellbogen von seiner Hand weg, mit der er sie führen wollte.

»Ich kenne den Weg, Detective.«

»Das weiß ich«, sagte er mit zusammengebissenen Zähnen. »Ich muß mit dem diensthabenden Polizisten sprechen.«

»Danke«, sagte Brooke und rauschte vor ihm in den Flur hinaus.

Die Zellen befanden sich im hinteren Teil der Polizeiwache. Brookes Vater hatte sie selten diese Seite seiner Arbeit sehen lassen und es vorgezogen, sie ihr zu ersparen. Onkel Henrys Anwälte hatten ihr erklärt, daß er nur vorübergehend hierbleiben würde. Morgen gäbe es eine vorläufige Anhörung im Bezirksgericht, in der für Henry wahrscheinlich eine Kaution gestellt würde. Falls nicht, würde er im Gefängnis in der *Marlboro Street* untergebracht, um dort die Gerichtsverhandlung abzuwarten. Brooke war entschlossen, es nicht dazu kommen zu lassen. Der unangenehme Geruch von Desinfektionsmitteln und vielen Menschen auf zu engem Raum drang in ihre Nase, als sie den schmalen Gang, mit Matt an ihrer Seite, hinunterlief. Vorhin wollte sie nichts mit ihm zu tun haben, jetzt aber war sie froh über seine Anwesenheit. Sie bemerkte die Blicke, die ihr die Gefangenen aus ihren Zellen von beiden Seiten des Ganges zuwarfen, obwohl sie die gemurmelten Bemerkungen und Buhrufe strikt ignorierte. Die Erleichterung, an der Zelle ihres Onkels angekommen zu sein, währte nur kurz. Vor ihr lag eine neue Bewährungsprobe.

»Mr. Olmstead«, sagte Matt durch das kleine, vergitterte Fenster in der Zellentür.

»Matt, könnte ich nicht hineingehen?« flüsterte Brooke.

»Ich fürchte, nein. Sir, Sie haben Besuch.«

»Ich habe Sie gehört, junger Mann.« Henry betrachtete sie miß-

billigend durch das Gitter. »Warum haben Sie sie hier hereingelassen, Devlin?«
»Ich habe darauf bestanden. Oh, Onkel Henry ...«
»Brookie.« Ein kurzes Lächeln, das jedoch nicht seinen Blick erreichte, erschien auf Henrys Lippen, bevor er sich abrupt von ihr abwandte. »Devlin, bringen Sie sie hier heraus.«
»Onkel Henry«, rief sie und beugte sich nach vorne, nahe an das Gitterfenster. »Du mußt uns sagen, wo du in jener Nacht warst.«
Henry blieb regungslos in der Mitte der Zelle stehen. Das grelle Licht der Gaslampe auf der Wand ließ seine Gesichtszüge hart erscheinen. »Ich habe es dir bereits gesagt, Brooke. Ich kann mich nicht erinnern.«
»Aber irgend etwas mußt du doch wissen. Matt.« Sie wandte sich um. »Kannst du uns nicht für einen Moment allein lassen?«
Er schüttelte den Kopf. »Ich befürchte nein.«
»Was werde ich deiner Meinung nach anstellen?« Sie blickte ihn an. »Ihm zur Flucht verhelfen?«
»Nein.« Er betrachtete sie einen Moment lang. »Einverstanden. Ich gehe bis zum Ende des Gangs. Aber nur für einige Minuten.«
»Danke. Onkel Henry.« Ihr Flüstern war eindringlich, als sie sich wieder zur Zellentür drehte. »Bitte. Du mußt mit mir reden.«
Henry drehte ihr noch immer den Rücken zu. »Geh nach Hause, Brooke. Ich möchte nicht, daß du in diese Geschichte verwickelt wirst.«
»Ich bin doch bereits darin verwickelt. Siehst du das denn nicht? Ich bin deine einzige Chance, hier herauszukommen.«
Jetzt drehte er sich um. »Ich habe es nicht getan, Brooke.«
»Das weiß ich doch. Aber wußtest du schon, daß sie vorhaben, dich wegen des Mordes an Rosalind Sinclair anzuklagen?«
Er war schockiert. »Ich habe es nicht getan«, wiederholte er und kam schließlich zu ihr hinüber.

»Natürlich hast du es nicht getan. Aber sie wissen von dem Dienstmädchen, das dich in New York verklagt hat. Onkel, hör mir zu. Ich weiß, wie die Polizei arbeitet. Sie müssen diesen Fall aufklären. Wenn du in ihre Theorie paßt, dann suchen sie erst gar nicht weiter.«
Er öffnete seinen Mund und schloß ihn sofort wieder. »Ich kann dir nichts sagen, Brooke.«
»Es gibt jemanden, nicht wahr?« drängte sie. »Du hast dich mit jemandem getroffen.«
»Ich kann es dir nicht sagen.« Er lächelte traurig. »Ich habe mein Wort gegeben.«
»Dein Wort!« Ihr Mund klappte vor Erstaunen zu. »Onkel, dein Wort könnte dich ins Gefängnis bringen.«
»Ich weiß. Aber ich kann es nicht tun, Brooke, ich kann es nicht.«
»Dann werde ich es allein herausfinden müssen.«
»Brooke«, sagte Matt neben ihr.
»Brooke, unternimm nichts«, begann Henry.
»Ich liebe dich, Onkel Henry«, sagte sie. »Wir werden dich hier schon herausholen.«
»Brooke«, wiederholte Matt und berührte ihre Schulter. »Es ist Zeit.«
»Oh, ja, Detective, es ist Zeit.« Sie fuhr herum, das Kinn vorgestreckt, und stolzierte den Gang hinunter. Es war höchste Zeit, etwas zu unternehmen. Wenn kein anderer es tun würde, müßte sie es selbst tun.

Auf *Belle Mer* war schon Ruhe eingekehrt, als Brooke aus der Victoria stieg. Nur in der Eingangshalle brannte noch Licht. Als Brooke das Haus betrat, teilte ihr Hutton mit, daß Mrs. Olmstead zu Bett gegangen und mit Hilfe eines Schlaftrunks, den ihr der Arzt verschrieben hatte, bereits eingeschlafen war. Brooke nickte, sie zog ihre Handschuhe aus und legte ihren Hut ab. Neben all dem, was passiert war, mußte sie sich jetzt obendrein noch um den Haushalt kümmern. »Danke«, sagte sie. »Ich gehe auch auf mein Zimmer. Oh, und Hutton –« Sie wandte sich um.

»Ja, Miss?«

»Bitte schicken Sie Annie zu mir.«

»Natürlich, Miss.«

In ihrem Zimmer wartete Brooke geduldig, während eine Bedienstete ihr das Kleid aufhakte und das Korsett lockerte, dann schlüpfte sie in einen mit Rüschen verzierten Schlafrock aus Baumwolle. Ein kühle, feuchte Brise wehte durch das Fenster hinein. Sie schaute hinaus und sah, wie ein Viertelmond über dem Meer aufstieg. Eine wunderschöne Nacht. Wenn nur die Ereignisse des Tages nicht so schrecklich gewesen wären.

»Miss?« sagte Annie und klopfte an die Tür. »Sie wollen mich sprechen?«

Brooke wandte sich um. »Ja, Annie, komm herein.« Sie entließ das andere Mädchen mit einem Nicken, dann wies sie Annie an, sich zu setzen. Annie setzte sich auf den Rand des Stuhls und schien sich offensichtlich nicht wohl zu fühlen, während Brooke in dem blauen Samtohrensessel ihr gegenüber Platz nahm. »Du weißt über alles Bescheid, was in diesem Haus vor sich geht, oder?«

»Ja, so ziemlich. Stimmt etwas nicht, Miss? Ich meine, abgesehen von der Sache hier?«

»Nein. Du bist nicht in Schwierigkeiten, wenn du das meinst, Annie.« Sie beugte sich vor, die Ellbogen auf die Knie gestützt und die Hände ineinander verschränkt. »Ich muß wissen, mit wem sich mein Onkel getroffen hat.«

»Was? Also, ich weiß wirklich nicht, wovon Sie sprechen, Miss.«

»Ich denke doch.« Brookes Stimme war sanft. »Wir beide wissen, daß mein Onkel eine Geliebte hat. Er hatte schon immer eine. Außerdem wissen wir beide, daß es wahrscheinlich ein Dienstmädchen ist, weil er dafür eine Vorliebe hat.«

Annie wand sich. »Ich weiß ganz bestimmt nichts, Miss.«
»Bist du dir sicher?« Brooke lehnte sich zurück und schaute sie schweigend an. Ihr war diese Taktik bei Matt aufgefallen, als er ins Casino gekommen war. Eliot hatte als erster gesprochen, nur um das Schweigen zu beenden.
»Ja, Miss, warum sollte ich?« sagte Annie nach einem Moment. »Ich habe noch einiges zu tun, Miss. Kann ich nicht gehen?«
Brooke beugte sich wieder vor. »Wer ist es, Annie? Du mußt es mir sagen«, fuhr sie fort, als Annie Anstalten machte zu reden, aber dann den Mund wieder schloß. »Die Zeit ist vorbei, um jemanden zu schützen. Meinem Onkel wird ein Mord zur Last gelegt, den er nicht begangen hat, und wahrscheinlich klagt man ihn noch wegen der *Cliff-Walk*-Morde an.«
»Oh, nein, Miss! Das können sie nicht tun.«
»Das können sie und das werden sie auch, es sei denn, sie finden heraus, wo er wirklich war.«
Annie rang die Hände. »Oh, Miss, ich weiß nicht ...«
»Ich aber. Sag es mir.«
»Ich bin mir nicht sicher, daß er dort war, aber ...«
»Ja?«
»Ihr Name ist Nora Kelly«, brach es aus Annie heraus. »Sie arbeitet auf *Belcourt Castle*.«
»Gütiger Himmel. Für die Belmonts?«
»Ja, Miss. Oh, Miss, sie wird deswegen in schreckliche Schwierigkeiten kommen.«
»Das ist sie bereits«, sagte Brooke, ihre Stimme klang zornig, als sie sich erhob. »Sie kann jetzt genausogut an die Öffentlichkeit treten. Danke, Annie.«
»Ja, Miss. Ich hoffe, ich habe das Richtige getan.«
»Das hast du.« Brooke nickte. »Geh jetzt. Ich muß nachdenken.« Nachdem Annie hinausgegangen war und die Tür hinter sich geschlossen hatte, blieb sie noch einige Zeit sitzen; dann erhob sie sich, verließ das Zimmer und schlüpfte die Hinter-

treppe hinunter. In der hinteren Eingangshalle blieb sie einen Moment zögernd vor dem Wandtelefon, dem einzigen Telefon im Haus, stehen. Sie konnte mit der Angelegenheit nicht mehr allein fertig werden. Da ihr Onkel morgen vor Gericht erscheinen würde, mußte sie ihr Wissen den Anwälten mitteilen. Wer die Vernehmung tatsächlich durchführte, war einerlei, solange ihr Onkel freikäme. Sie straffte die Schultern und nahm den Telefonhörer ab.

»Erheben Sie sich«, rief der Protokollführer, als der Richter in schwarzer Amtsrobe in den Gerichtssaal schritt, und Brooke erhob sich gemeinsam mit allen anderen. Neben ihr stand Winifred, ihr Gesicht war blaß und steinern, und sie hielt ein zerknülltes Taschentuch in der Hand. Vor ihnen befand sich der Tisch, an dem Henry mit seinen Anwälten stand; hinter ihnen füllten Reporter und Sensationslustige den Raum. Vor dem Rathaus, wo die Gerichtsversammlung abgehalten wurde, hatte sich eine weitere Menge Schaulustiger und Reporter versammelt. Sich an diesem Morgen durch diese Massen zu drängen, um in den Gerichtssaal zu gelangen, war eine Tortur gewesen, der sie sich nicht noch einmal aussetzen wollte.

»Setzen Sie sich«, polterte Richter Baker. Er nahm ein Stück Papier von der Richterbank und spähte über seine Lesebrille in den Gerichtssaal. »Dies ist eine vorläufige Verhandlung im Todesfall Ellen Farrell. Herr Anwalt, bitte erheben Sie sich und legitimieren Sie sich.«

Brooke umfaßte ihre Handtasche so fest, daß ihre Handknöchel weiß hervortraten. Diese Verhandlung war wahrscheinlich der einzige Weg, ihren Onkel freizubekommen, aber sie hatte Angst. Sie sah, wie die Anwälte sich erhoben, Mr. Putnam, Henrys Verteidiger; Colonel Sheffield, der Staatsanwalt für den Staat von Rhode Island.

»Colonel Sheffield war schon einmal zu Gast auf *Belle Mer*«,

zischte Winifred Brooke ins Ohr. »So ein undankbarer Mensch!«
Brooke legte rasch eine Hand auf Winifreds Arm. »Ruhig, Tante. Es wird alles gut werden.«
»Zu diesem Zeitpunkt, Euer Ehren«, führte Jonathan Putnam aus, »würde ich gerne beantragen, daß alle Anklagepunkte gegen meinen Klienten fallengelassen werden.«
Ein Stimmengewirr brach im Gerichtssaal los, und der Richter schlug krachend mit dem Hammer auf den Tisch. »Ruhe! Mit welcher Begründung, Mr. Putnam?«
»Euer Ehren«, unterbrach Mr. Sheffield, »die Anklage gegen Mr. Olmstead ist ziemlich eindeutig. Wir haben Beweise, daß er vor zwei Nächten vorsätzlich eine gewisse Ellen Farrell erstochen hat.«
»Wir haben eine Zeugin, Euer Ehren, die eine eindeutige Aussage machen wird, daß sich Mr. Olmstead zu dem Zeitpunkt, an dem er vermeintlich diese Tat begangen haben soll, woanders befand«, warf Mr. Putnam ein und schoß Sheffield einen verärgerten Blick zu.
»Euer Ehren, ich erhebe Einspruch«, sagte Sheffield. »Wir haben von solch einer Zeugin keine Kenntnis.«
»Wir haben erst letzte Nacht von ihrer Identität erfahren. Es war bisher noch keine Zeit, meine geschätzten Kollegen zu informieren. Euer Ehren, wenn Sie ...«
»Ruhe!« Der Richter erhob die Hand. »Nun gut. Dies hier ist eine vorläufige Anhörung, Colonel, und wir werden alle Zeugen anhören, einschließlich derer, von denen Sie keine Kenntnis haben. Mr. Putnam, rufen Sie Ihre Zeugin auf.«
»Danke, Euer Ehren.« Ohne das geringste Zeichen von Triumph wandte er sich an den Justizwachtmeister. »Rufen Sie Nora Kelly in den Zeugenstand«, sagte er, und Henry richtete sich kerzengerade auf. Das war für Brooke der erste Hinweis, daß er tatsächlich mit dem Mädchen bekannt war. Sie beobachte ihn genau, als Nora, ein schlankes, dunkelhaariges

Mädchen in einem einfachen marineblauen Kleid, in den Zeugenstand trat. Sie wirkte bemerkenswert gefaßt, als sie vereidigt wurde, trotz der Wichtigkeit und Förmlichkeit der Verhandlung, trotz der Reporter, die sich eifrig Notizen machten, und des Zeitungszeichners, der rasch eine Skizze von ihr anfertigte, die in der nächsten Ausgabe jeder Zeitung dieses Bezirks erscheinen würde. Brooke bezweifelte, daß sie selbst unter solchen Umständen so gefaßt geblieben wäre.

»Nun, Miss Kelly«, sagte Mr. Putnam und näherte sich dem Zeugenstand. »Ich habe Ihnen nur einige Fragen zu stellen.«

»Wer ist sie?« flüsterte Winifred und umklammerte Brookes Arm. »Ist sie Henrys Geliebte?«

Brooke legte ihre Hand auf Winifreds. Gleich, was passierte, es würde eine Qual für sie sein. »Es tut mir leid«, gab sie flüsternd zurück.

»Wo waren Sie in der Nacht vom 29. Juli, Miss Kelly? Vor drei Nächten.«

»Ja, Sir, ich weiß, wann das war.« Nora saß sehr aufrecht und zeigte keinerlei Regung. »Ich hatte unerwartet frei, Sir. Normalerweise habe ich immer Freitag abend frei, aber diese Woche geben die Belmonts ein Abendessen, und da werde ich gebraucht. Dafür hatte ich Montag abend frei.«

»Und sind Sie zu Hause geblieben?«

»Nein, Sir. Ich war in einer Pension in der Spring Street.«

»Allein, Miss Kelly?«

»Nein, Sir.« Sie blickte ihn unverwandt an. »Ich war dort mit einem Freund.«

»Befindet sich besagter Freund in diesem Raum?«

»Ja, Sir. Er war es«, sagte sie und zeigte auf Henry.

Brooke kam es so vor, als ob im Gerichtssaal ein erstauntes Getuschel ausbrechen würde. »Ruhe!« rief der Richter in den Lärm hinein und klopfte mit dem Hammer. »Noch solch ein Ausbruch, und ich lasse den Saal räumen. Ist das klar? Gut. Fahren Sie fort, Mr. Putnam.«

»Danke, Euer Ehren«, sagte Putnam ruhig. »Halten Sie bitte fest, daß die Zeugin auf Henry Olmstead gezeigt hat. Nun, Miss Kelly, ich weiß, daß das nicht einfach für Sie ist, aber können Sie dem Gericht sagen, was Sie dort gemacht haben?«

»Ja, Sir.« Nora holte tief Luft, das erste Anzeichen von Aufregung, und begann zu erzählen. »Mr. Olmstead und ich treffen uns dort, Sir. Wir lieben uns. Letzten Sommer hat es angefangen.«

»Waren Sie die ganze Nacht zusammen?«

»Ja, fast, Sir. Ich war um zehn Uhr da, und er kam gegen elf.«

»Sehr gut. Darf ich das Gericht daran erinnern, daß Ellen Farrell die *Bell and Anchor Bar* nicht vor Mitternacht betreten hat?«

»Ja, ja.« Richter Baker winkte ab. »Machen Sie weiter.«

»Ja, Euer Ehren. Was passierte dann, Nora?«

»Na ja, wir – gingen zu Bett. Muß ich das sagen?« fragte sie und wandte sich plötzlich an den Richter.

»Sie sagten, daß sie sich lieben, Miss Kelly?« fragte der Richter.

»Ja, Sir.«

»Und das war der Grund, warum Sie in dieses Zimmer gegangen sind?«

»Ja, Sir.«

»Ich denke, wir können daraus ableiten, was als nächstes passiert ist. Fahren Sie fort, Herr Anwalt.«

»Danke, Euer Ehren. Nora, würden Sie dem Gericht bitte in Ihren eigenen Worten erzählen, was an diesem Abend geschehen ist?«

»Ja, Sir.« Nora hielt seinem Blick stand, die Hände im Schoß gefaltet. »Wir gingen schlafen. Einige Zeit später, ich weiß nicht mehr, wie spät es war, klopfte jemand an die Tür. Es war mein Bruder Patrick.« Sie schluckte schwer. »Er hatte mir gesagt, sollte er je erfahren, daß ich so etwas mit einem Mann tue, würde er etwas dagegen unternehmen.«

»Was hat Ihr Bruder getan, Miss Kelly?«

»Er fing an, auf Mr. Olmstead einzuschlagen. Ich schrie ihn an, er solle damit aufhören, aber er ließ nicht von ihm ab.«
»Wo hat Ihr Bruder Mr. Olmstead geschlagen?«
»Überallhin, Sir, aber vor allem ins Gesicht, auf die Augen und die Nase. Er hat Mr. Olmstead die Nase blutig geschlagen.«
»So erklärt sich also das Blut auf seinem Hemd.«
»Einspruch!« rief Sheffield.
»Ich ziehe die Bemerkung zurück. Was haben Sie getan, Miss Kelly?«
»Nun ja, ich konnte nicht zulassen, daß Patrick ihn schlug, daher versuchte ich ihn aufzuhalten. Ich nahm seinen Arm, und dann versuchte ich, ihn zu kratzen. Aber er bewegte sich zur Seite, und ich habe statt dessen Mr. Olmstead gekratzt. Dann kam die Wirtin nach oben, und sie forderte Patrick auf zu gehen. Sie wollte auch, daß wir die Pension verlassen, aber Mr. Olmstead war verletzt. So ließ sie uns bleiben.«
»Für wie lange?«
»Die ganze Nacht.«
»Die ganze Nacht«, sagte Mr. Putnam nachdenklich. »Was haben Sie am Morgen gemacht, Miss Kelly?«
»Ich habe Mr. Olmstead geholfen, sich in Ordnung zu bringen, Sir, und dann habe ich ihm eine Kutsche besorgt. Dann bin ich nach *Belcourt Castle* zurückgekehrt.«
»Gut. Eine letzte Frage, Miss Kelly. Sie sagen, Sie haben normalerweise freitags frei. Was machen Sie an diesen Abenden?«
Zum ersten Mal ließ Nora den Kopf nach vorne sinken. »Ich treffe mich mit Mr. Olmstead.«
»Jeden Freitag?«
»Ja, Sir.«
»Danke, Miss Kelly, das ist alles. Ihre Zeugin«, wandte er sich an Sheffield, als er neben Henry Platz nahm.
»Ich kann es einfach nicht glauben!« zischte Winifred. »Wie konnte er mich nur durch eine Affäre mit so einem gewöhnlichen Mädchen demütigen?«

»Pst!« sagte Brooke eindringlich. »Der Richter hat das Wort.«
»Colonel Sheffield. Haben Sie irgendwelche Augenzeugen, die Mr. Olmstead am Ort des Verbrechens gesehen haben?«
»Nein, Euer Ehren, aber im Haus des Opfers ...«
»Haben Sie irgendwelche Zeugen, die das Opfer und den Angeklagten zusammen gesehen haben?«
Colonel Sheffield schluckte. »Nein, Euer Ehren.«
»Wir sind bereit, Patrick Kelly in den Zeugenstand zu rufen, um Miss Kellys Geschichte zu bekräftigen, und die Wirtin«, warf Mr. Putnam ein.
»Das wird nicht erforderlich sein. Ich brauche mir keine weiteren Zeugen anzuhören. Ich bin bereit, Ihrem Antrag stattzugeben, Mr. Putnam.« Richter Baker zog erneut die Brille ab. »Die Anklage gegen Henry Olmstead entbehrt jeder Grundlage, deswegen wird sie hiermit abgewiesen. Mr. Olmstead, Sie können gehen.«
Im Saal brach ein Tumult los. Selbst das Klopfen des Richters konnte die Reporter nicht aufhalten, die aus dem Saal stürmten, um ihre Geschichten zu schreiben, oder die Leute, die nach vorne drängten, um Henry zu gratulieren. Die Tortur war vorbei. Die Anspannung der letzten Tage, die Brooke wie eine Ewigkeit vorkamen, fiel von ihr ab, und sie löste sich aus der Umarmung ihres Onkels. Sie wandte sich lächelnd ab und begegnete Matts Blick. Ihr Lächeln verschwand auf der Stelle. Er stand auf der anderen Seite des Gerichtssaales hinter dem Schreibtisch des Staatsanwalts. Er blickte verärgert. Es schien ihr, als ob der Lärm im Gerichtssaal nachließ, als sein Blick sie festhielt, und ein Schauer rann ihr über den Rücken. Es war noch nicht vorbei. Onkel Henry war frei, aber ansonsten waren sie noch keinen Schritt weiter. Der *Cliff-Walk*-Mörder war noch immer auf freiem Fuße.

10. KAPITEL

Das beste ist, wenn ich Sie einstweilen vom Dienst suspendiere«, sagte Polizeichef Read und blieb hinter seinem Schreibtisch sitzen. »Ich habe Sie davor gewarnt, Detective.«

Matt stand regungslos und ohne eine Miene zu verziehen vor dem Schreibtisch. »Ja, Sir. Das haben Sie.«

»Das war schlechte Polizeiarbeit. Es überrascht mich, daß ausgerechnet Ihnen solch ein Fehler unterlaufen ist.«

Matt starrte geradeaus. »Wir hatten Beweismaterial, Sir.«

»Aber es war ja offensichtlich nicht stichhaltig genug. Nun ...«

»Mich interessiert immer noch, wie Olmsteads Manschettenknopf in Nellies Schlafzimmer gekommen ist.«

»Sie können froh sein, daß Olmstead keine Klage wegen unerlaubter Festnahme gegen Sie anstrengt«, entgegnete der Polizeichef. »Ich schlage vor, Sie verlassen für eine Weile die Stadt. Wir lassen Gras über die Sache wachsen, und im Herbst, wenn die *Cottager* weg sind, können Sie zurückkommen. Vielleicht.« Der Polizeichef zog ein grimmiges Gesicht. »Falls ich dann noch Polizeichef bin.«

»Ich hoffe doch, Sir.« Matt starrte noch immer geradeaus. Die Verhaftung Henry Olmsteads hatte eine Welle von Protesten ausgelöst, die sich noch nicht gelegt hatte. Schlimm genug, daß ein unschuldiger Mann verhaftet worden war, tönte die Presse; schlimmer noch, daß es sich um jemanden wie Henry Olmstead handelte. Die *Cottager* mochten zu Ausschweifungen fähig sein, aber einen Mord zu begehen waren sie gewiß nicht imstande. Solche Verbrechen beging nur die untere Klasse. Der Bürgermeister hatte bereits mehr als eine Aufforderung von den staatlichen Gesetzgebern erhalten, einen neuen Polizeichef zu ernennen. Die Weigerung des Bürgermeisters, dies zu tun, sagte mehr über den Konflikt zwischen der demokratisch regierten Stadtverwaltung und der republikanischen Gesetzgebung aus als über sein Vertrauen in Polizeichef Read. Doch es mußte jemand geopfert werden, um die empörten Stimmen der Öffentlichkeit zu beschwichtigen. Dieser Jemand war offensichtlich Matt. »Wer wird den Fall übernehmen, Sir?«

»Sie übergeben die Akten über die *Cliff-Walk*-Morde und Nellie Farrell an Tripp, bevor Sie gehen.«

»Tripp!« Matts Augen funkelten vor Wut, und er schlug mit den Händen auf den Tisch, während er sich vorbeugte. »Der Mann ist verdammt noch mal unfähig. Das wissen Sie genausogut wie ich.«

»Wie auch immer, er wird den Fall übernehmen. Er ist der einzige Detective, den wir noch haben. Sie werden mit ihm zusammenarbeiten, Devlin, oder im Herbst wird vielleicht keine Stelle mehr für Sie frei sein. Haben Sie verstanden?«

»Tripp.« Matt ging im Zimmer auf und ab, während er sich mit den Fingern durch die Haare fuhr. »Dann werden Sie nie erleben, daß die Fälle aufgeklärt werden. Das wissen Sie, oder?«

»Ich nehme nicht an, daß er eine weitere Person zu Unrecht verhaften wird.«
»Jedenfalls keinen der *Cottager*«, gab Matt schlagfertig zurück. »Dafür irgendeinen armen Arbeiter, der keine politischen Freunde hat, auf die er sich berufen kann, ja, das wird er machen. Ich könnte schwören, daß Nellie Farrell von einem wohlhabenden Mann ausgehalten wurde.«
»Wenn das der Fall ist, wird Tripp dem schon gewachsen sein. Er kann nun einmal einfach besser mit den *Cottagern* umgehen als Sie.«
»Er leckt ihnen die Stiefel«, murmelte Matt.
»Sie haben keine andere Wahl, Detective«, sagte Polizeichef Read scharf. »Wenn Sie zurückkommen wollen, fügen Sie sich jetzt besser. Haben Sie verstanden?«
»Ja, Sir«, sagte Matt nach einer Weile.
»Gut. Diese Geschichte tut mir leid, Matt.« Der Polizeichef kam um den Tisch herum und klopfte Matt mit seiner fleischigen Hand auf die Schulter. »Sie sind ein guter Polizist. Aber so müssen wir im Moment vorgehen.«
»Ich weiß.«
»Gehen Sie jetzt und übergeben Sie Tripp die Unterlagen. Und halten Sie sich eine Zeitlang von hier fern. Sie werden benachrichtigt, wenn Sie zurückkommen sollen.«
»Ja, Sir«, sagte Matt, verließ das Büro und ging in sein eigenes. Die Polizisten, die ihm begegneten, setzten an, um mit ihm zu sprechen, aber der Anblick seines grimmigen Gesichts hielt sie davon ab. Es herrschte eine ungemütliche Stimmung auf der Wache. Die meisten Polizisten mochten Matt und hielten ihn für einen guten Polizisten. Aber die meisten verdankten auf die eine oder andere Art ihre Arbeit einem Gönner und wollten daher ihre Position nicht gefährden. Andererseits freute sich niemand darauf, Detective Tripp als Vorgesetzten zu bekommen. Matt bemerkte den Geruch von Pfeifentabak, noch bevor er die Tür seines Büros erreicht hatte, aber auf

das, was er dort vorfand, war er nicht vorbereitet. Tripp saß auf dem Rand seines Schreibtisches und studierte die Listen an der Wand, die Matt angefertigt hatte, um sich einen Überblick über die verschiedenen Verdächtigen zu verschaffen. Matt ging um Tripp herum und setzte sich. »Was tun Sie hier?«
»Wie mir scheint, haben Sie hier einige Verdächtige übersehen«, sagte Tripp ruhig und wies mit dem Pfeifenhals auf die Liste. »Die werde ich wohl als erstes ins Verhör nehmen.«
»Das ist nicht Ihr Büro, Tripp«, sagte Matt ungehalten.
»Nein, aber es ist mein Fall.« Tripp entblößte die Zähne, was Matt als ein Lächeln deutete. »Eigentlich hätte das schon längst so sein sollen. Ich will die Unterlagen.«
Matt starrte ihn an. Er hatte Tripp noch nie gemocht, aber jetzt verabscheute er ihn mehr denn je. Der Mann war eitel und arrogant, aber Matt hatte keine andere Wahl. Er öffnete die Schreibtischschublade, nahm einen dicken Stapel Blätter heraus und warf ihn auf den Tisch. »Hier. Ich würde Ihnen ja viel Erfolg wünschen, aber wir beide wissen, daß Sie dem nicht gewachsen sind.«
»Ach, und Sie waren es? Ich habe nicht den falschen Mann verhaftet.« Tripp erhob sich und griff nach den Papieren. »Ich werde wohl mit denen anfangen. Oh, und Devlin.« Er blieb im Türrahmen stehen. »Ich würde Ihnen ja viel Erfolg wünschen, aber wir beide wissen, daß Sie das hier verdient haben.«
Matt schnellte ruckartig von seinem Stuhl hoch, warf ihn um, aber Tripp war schon verschwunden, und nur der Geruch seines Tabaks hing noch in der Luft. Zur Hölle mit ihm! Matt hob den Stuhl auf und setzte sich. Eine Ader pochte unaufhörlich in seiner Schläfe. Das Schlimmste war, daß Tripp recht hatte. Er hatte es so eilig gehabt, eine Verhaftung vorzunehmen, daß er sich sein jetziges Los selbst zuzuschreiben hatte. Das führte doch alles zu nichts. Wenn er gehen mußte, dann mußte er eben gehen. Er stand auf, nahm seinen Hut vom

Garderobenständer und ging hinaus. Dabei schaute er weder nach rechts noch links und hielt die Kollegen ab, ihn anzusprechen. Es war besser, einen sauberen Schnitt zu machen, selbst wenn er einen Ort verließ, der, solange er denken konnte, sein zweites Zuhause gewesen war. Aber er würde zurückkommen. Er durfte nur den Glauben daran nicht verlieren. Dies war nur vorübergehend.

»Matt«, rief Charlie, als Matt sich auf sein Fahrrad schwang und im Begriff war, vom Polizeirevier wegzufahren. »Warten Sie.«

Matt blieb stehen, einen Fuß auf dem Pedal, den anderen auf dem Boden. »Haben Sie keine Angst, mit mir gesehen zu werden, Charlie? Der Himmel weiß, was Ihnen dafür blühen wird.«

»Das ist bereits passiert. Ich muß jetzt Gefangene bewachen. Jesus! Ist das zu glauben? Da würd' ich lieber jeden Tag eine Kontrollrunde machen.«

Zum ersten Mal an diesem Tag war Matt zum Lachen zumute. »So geht's mir auch, Charlie.«

»Was machen Sie jetzt, Captain?«

»Wer weiß.« Matt schaute die Straße hinunter auf den Hafen, ohne wirklich etwas wahrzunehmen. »Wahrscheinlich fahre ich zu meinen Eltern. Vielleicht fange ich mit dem Fischen an. Vielleicht ...«

»Sie geben doch nicht auf, oder?« wollte Charlie wissen, und Matt schaute ihn an.

»Nein. Sie denn?«

Charlie schaute ihn nicht an. »Ich bin raus aus dem Fall. Egal, ich könnte sowieso nicht mit Tripp zusammenarbeiten.«

Matt schnaubte. »Das könnte doch niemand. Hören Sie zu, Charlie.« Er schwang das Bein vom Rad und begann zu laufen. Charlie blieb an seiner Seite. Um sie herum tummelten sich viele Menschen, die in die Läden strömten oder auf dem Weg zur Anlegestelle der Fähre waren. Der Marktplatz war der geschäftigste Teil der Stadt. Er würde das rege Treiben vermissen, dachte Matt. »Sie haben recht. Ich werde nicht aufgeben. Aber egal, was ich tue, ich kann mit keiner Unterstützung von der Abteilung rechnen. Ich schaffe es nicht allein. Ich möchte, daß Sie mir helfen.«

Charlie schaute zur Seite. »Ich weiß nicht, ob ich das tun kann, Captain. Tripp würde mir nicht einmal sagen, wie spät es ist, geschweige denn, was es Neues gibt.«

»Sie werden doch trotzdem einiges mitbekommen, Charlie.«

»Ja, richtig. Aber ich weiß nicht, Captain ...«

»Schauen Sie. Wir beide wissen, daß Tripp diesen Fall nicht lösen wird. Daß heißt, er läuft immer noch da draußen herum, Charlie. Wer immer die Morde begangen hat, ist noch dort draußen.«

Charlie blickte in die Ferne. »Ich werde Sie auf dem laufenden halten, Captain«, sagte er schließlich, »aber das machen wir vorsichtig. Wenn herauskommt, daß ich Ihnen Informationen zukommen lasse, sind wir beide in Schwierigkeiten.«

Matt nickte. Es war eine Sache, seine eigene Karriere aufs Spiel zu setzen, eine andere, Charlie zu bitten, es mit seiner zu tun. Das seltsame Gefühl, daß ihm nicht mehr viel Zeit bleiben würde, ließ ihn jedoch nicht los. Sie hatten nicht zum letzten Mal vom *Cliff Walk Killer* gehört. »In Ordnung, Charlie. Wir werden es schon hinkriegen, ohne daß es jemand bemerkt.«

»Ja. Gut. Hören Sie, Captain. Ich muß zurück.«

»Ich weiß.« Matt streckte die Hand aus. »Es war mir ein Vergnügen, mit Ihnen zu arbeiten, Sergeant.«

»Es war mir eine Ehre, mit Ihnen zu arbeiten, Detective.« Die zwei Männer schüttelten sich die Hände, dann wandte Matt sich ab, stieg auf sein Rad und fuhr davon. Wohin, daß wußte er noch nicht. Er wußte nur, daß der Fall und sein Beitrag zur Aufklärung noch nicht erledigt waren.

Es war schwül draußen, die Luft war feucht und dunstig. Brooke blies sich eine Haarsträhne aus ihrem Gesicht und wünschte, ihr hoher Kleiderkragen wäre nicht ganz so eng. Sie zerrte daran, als sie durch die Tore schlüpfte, die von *Belle Mer* zum *Cliff Walk* führten. Hier wehte eine kühle Brise vom Wasser her, zerwühlte ihr Haar und wirbelte ihre Röcke durcheinander. Brooke stand unbeweglich da und atmete in tiefen Zügen die salzige Luft ein. Sie fühlte sich, als ob sie gerade aus dem Gefängnis entflohen wäre.

Onkel Henry war in Sicherheit. Sie hatte dabei geholfen, eindeutig nachzuweisen, daß er weder mit der Ermordung von Nellie Farrell zu tun hatte noch in die *Cliff-Walk*-Morde verwickelt war. Der Preis war dafür jedoch hoch . Die Gesellschaft ergötzte sich an Skandalen. Als man Onkel Henry noch für den Mörder hielt, hatten die Leute die Olmsteads gemieden. Jetzt, wo er sich nur als Schürzenjäger erwiesen hatte, kamen die Leute in Scharen, um ihnen einen Besuch abzustatten. Angeblich sprachen sie nur vor, um Anteil zu bekunden, aber Brooke ließ sich nicht täuschen. Sie hatte in der Vergangenheit schon zu häufig blanke Neugier in den Augen der Leute gesehen, als daß sie nun den Sympathiebezeugungen Glauben schenken könnte. Da Tante Winifred noch immer unter den Folgen des Schocks litt, hatte Brooke keine Bedenken, Hutton anzuweisen, keine Besucher vorzulassen.

Glücklicherweise hatte der Besucherstrom drastisch abgenommen. Es war Spätnachmittag, Zeit für den täglichen Spaziergang auf der *Bellevue Avenue* und dem *Ocean Drive*. Das hieß, der *Cliff Walk* und das felsige Ufer waren leer, bis auf ein paar Fischer in der Bucht, die ihre Hummerkörbe überprüften. Heute war es das erste Mal, daß sie hier entlangging, seit sie Rosalinds Leiche gesehen hatte. Es war erstaunlich, daß dies erst vor knapp einer Woche passiert war, soviel war bisher geschehen. Und dennoch erinnerte sie sich klar und deutlich an das, was sie gesehen hatte, als liege Rosalinds Leiche noch immer gekrümmt und regunglos in der Biegung des Weges ... Plötzlich sah sie einen Fuß vor sich. Brooke riß angstvoll den Kopf hoch. Dort stand ein Mann, seine Silhouette hob sich gegen den Himmel ab, vielleicht war es ja der Mörder, der hämisch über sein Opfer triumphierte – es war nur ihre Phantasie, die ihr einen Streich spielte. Es war Matt, der dort stand. Nur Matt.

Sie starrten sich einen Moment lang an, dann schaute er weg.

»Hallo, Brooke.«

»Matt«, sagte sie ebenso höflich, obwohl ihr tausend Fragen durch den Kopf schossen. Was machte er hier? »Ich – sieht nicht so aus, als ob hier jemals etwas geschehen wäre, nicht wahr? Es gibt keinerlei Spuren.«

Matt schaute zu Boden, und sie fragte sich, ob er das gleiche Bild vor Augen hatte wie sie. »Nein.« Er schaute wieder auf. »Geht es dir gut, Brooke?«

»Ja.« Sie richtete sich auf. »Warum nicht?«

»Und was ist mit deiner Tante und deinem Onkel?«

»Was hast du erwartet?« Bitterkeit schwang in ihrer Stimme. »Seitdem Onkel Henry wieder zu Hause ist, hat er das Treibhaus nicht mehr verlassen, und Tante Winifred hat sich, abgesehen vom ersten Tag unserer Rückkehr, als sie sich mit meinem Onkel gestritten hat, in ihrem Zimmer eingeschlossen.«

»Es tut mir leid.« Die Hände in den Hosentaschen, wandte er sich ab und schaute hinaus aufs Meer. »Ich wollte dein Leben nicht durcheinanderbringen, aber ...«

»Aber das hast du«, sagte sie scharf. »Was willst du hier, Matt? Hoffst du auf ein weiteres Opfer?«

»Nein, um Himmels willen, nein.« Er schüttelte den Kopf. »Man hat mir den Fall weggenommen, Brooke.« Auf ihr Schweigen hin schaute er auf. »Das überrascht dich nicht, oder?«

»Nein, nicht wirklich. Ich weiß genau, was passiert, wenn ein

Polizist die falschen Leute verärgert. Mein Vater hat das ein- oder zweimal getan.«
»Ich bin suspendiert worden, Brooke.« Er schaute wieder auf das Meer hinaus. »Man hat mir nicht nur den Fall weggenommen, sondern ich bin auch nicht mehr im Dienst.«
Brooke streckte ihre Hand aus, aber dann zog sie sie zurück. Er zählte nicht mehr zu ihren Freunden. »Aber bestimmt nicht für immer?«
»Wahrscheinlich.«
»Was wirst du tun?«
Matt zuckte die Achseln. »Ich weiß es nicht. Ich habe nicht damit gerechnet ...«
»Das hättest du aber!« rief sie aus, und Wut flammte in ihr hoch. »Es war ein Vergehen, den falschen Mann zu verhaften.«
»Natürlich weiß jeder, daß ein Mann, der den Rang deines Onkels einnimmt, solch ein gemeines Verbrechen nicht begehen kann.«
»Das habe ich nicht gemeint, und das weißt du auch! Wie konntest du solch einen Fehler machen, Matt? Mein Vater hat mir einmal erzählt, daß er nach einiger Zeit sagen konnte, ob jemand schuldig ist. Wie konntest du glauben, daß mein Onkel ...«
»Verdammt noch mal, es gab Beweise dafür!«
»Was denn, einen Manschettenknopf? Hast du nichts anderes gefunden, das ihn mit dem Farrell-Fall in Verbindung bringt?«
»Nein, verdammt noch mal, aber er muß aufgehalten werden. Wer auch immer die Morde begangen hat, muß aufgehalten werden.«
»Du hast dich dadurch also unter Druck setzen lassen, den falschen Mann zu verhaften? Matt, wie konntest du nur? Du hättest wissen müssen, daß mein Onkel nichts damit zu tun hatte.«
»Woher sollte ich das wissen? Die Beweise lagen vor, Brooke. Das hat mir genausowenig gefallen wie dir, aber es gab Beweise

gegen ihn. Die Tatsache, daß er eine Vorliebe für Dienstmädchen hat, er war unfähig, uns zu sagen, wo er war, er ist Linkshänder, die Rosen ...«
»Die Rosen?« sagte Brooke, als er nicht weitersprach.
»Nichts«, sagte er und tat seine Worte mit einer Handbewegung ab.
»Nein, es ist nicht *nichts*«, beharrte sie, als sie den Ausdruck auf seinem Gesicht sah. »Du hast etwas damit gemeint.«
Er wandte sich ab. »Ich kann es dir nicht sagen.«
»Ach, kannst du nicht, Matt Devlin!« Dieses Mal streckte sie die Hand aus und klammerte sich an seinem Ärmel fest. »Was haben Rosen damit zu tun?«
Matt blickte auf ihre Hand hinunter und schob sie behutsam weg.
»Verdammt. Vergiß bitte, daß ich das überhaupt erwähnt habe.«
»Nein.« Sie kreuzte die Arme vor der Brust. »Ich glaube, du schuldest mir eine Erklärung, Matt.«
»Brooke.« Er strich sich mit dem Finger über den Schnurrbart. »Schon gut. Neben jeder Leiche auf dem *Cliff Walk* ist eine Rose gefunden worden. Man hat auch auch eine in Nellie Farrells Haus entdeckt.«
Brooke runzelte die Stirn. »Das verstehe ich nicht. Rosen wachsen doch im Sommer überall.«
»Es war eine besondere Rose. Eine *American Beauty Rose*.« Er zögerte. »Wie die Sorte, die dein Onkel züchtet.«
Brooke hielt die Luft an und erinnerte sich an die Nacht, als Matt und Onkel Henry zusammen im Treibhaus waren. »Also deshalb hast du dich nach Rosen erkundigt?«
»Ja, Brooke. Bitte behalte das für dich.«
»Aber Matt, es züchten doch auch andere Leute *American-Beauty*-Rosen.«
»Gegen andere Leute lag aber kein anderes Beweismaterial vor.« Er schaute sie ernst an. »Ich habe einen Fehler gemacht,

Brooke. Ich war versessen darauf, den Fall so rasch wie möglich aufzuklären, und bin dabei zu voreilig vorgegangen. Aber die Beweise lagen vor.«

»Ich frage mich ...«

»Was?«

Brooke runzelte nachdenklich die Stirn. »Wenn es so eindeutige Beweise gibt, könnte sie dann vielleicht jemand konstruiert haben?«

»Das kam mir auch schon in den Sinn.«

»Und?«

»Was kann ich in der Sache jetzt noch unternehmen?« Seine Stimme klang bitter. »Man hat mir den Fall doch weggenommen.«

»Aber wer auch immer ihn übernommen hat ...«

»Detective Tripp? Daß ich nicht lache. Der blickt ja noch nicht mal über seine Nasenspitze hinaus.«

»Warum um alles in der Welt ist ihm dann der Fall übertragen worden?«

»Weil er keinen vor den Kopf stößt.« Matt bohrte die Hände in seine Hosentaschen. »Tu mir einen Gefallen. Erzähl niemandem von den Rosen. Wir wollen das geheimhalten.«

»Ich muß zugeben, es ist das erste Mal, daß ich davon höre. Oder davon, daß der Mörder linkshändig ist.«

»Verdammt.« Matt wandte sich um. »Habe ich das auch verraten?«

»Noch ein Geheimnis?«

»Ja.«

»Ich erzähle es niemandem.« Der Wind zerrte an ihren Röcken, und sie blickte zum Himmel hinauf, der sich mit schweren und bedrohlich aussehenden Wolken zugezogen hatte. »Wenn der neue Detective so schlecht ist, wie du sagst, werden die Morde nie aufgeklärt.«

»Nicht, wenn ich ein Wörtchen mitzureden habe.«

»Matt.« Sie machte eine Pause. »Wenn jemand die Beweise

gegen meinen Onkel konstruiert hat, dann ist es jemand, den ich kenne.«
»Wag es nicht!« Matt drehte sich rasch zu ihr um. »Wag es nicht, etwas auf eigene Faust zu unternehmen.«
»Aber ich kann dir doch helfen! Bedenk doch nur, was ich alles herausgefunden habe; über die fehlende Dienstmädchenuniform, was Annie auf dem *Cliff Walk* gehört hat, und wo mein Onkel tatsächlich war ...«
»Nein! Verdammt noch mal, Brooke, diese Person hat bereits fünf Frauen auf dem Gewissen. Willst du die sechste sein?«
»N-nein.« Sie starrte ihn an. »Glaubst du, das es dazu käme?«
»Ja.«
»Ich werde vorsichtig sein.«
»Nein, Brooke.« Er blieb hart. »Wenn du in diesem Fall weiter ermittelst, werde ich veranlassen, daß du in Schutzhaft genommen wirst.«
»Das wagst du nicht!«
»Laß es nicht darauf ankommen, Brooke.«
Sie wandte sich ab und biß sich auf die Lippe. Das würde er tun. Daran hatte sie keinen Zweifel, und das bedeutete, daß ihr die Hände gebunden waren. Es gab nichts, was sie tun konnte, um ihre heile Welt wiederherzustellen. Es war ein erschreckender Gedanke. »Es sieht nach Regen aus. Ich gehe jetzt besser hinein.«
»Brooke.« Seine Worte hielten sie zurück, als sie gerade gehen wollte, und ihr Blick traf seinen, der ernst und tiefgründig wie der finster drohende Himmel war. »Ich möchte nicht, daß dir irgend etwas zustößt. Das weißt du, nicht wahr?«
»Ja.« Sie mußte sich zwingen zu gehen. »Auf Wiedersehen, Matt«, sagte sie und eilte davon, zurück nach *Belle Mer*, zurück zu ihrem friedlichen, normalen Leben. Es hatte sich nichts geändert. Matt war nur ein Polizist, der seine Arbeit tat, und wenn sich die allgemeine Aufregung erst einmal gelegt hatte, dann würde das Leben so weitergehen wie zuvor.

Nur, daß der *Cliff-Walk*-Mörder – und bei diesem Gedanken überkam sie eine Furcht – erst immer noch gefaßt werden mußte. Gütiger Himmel. Würde dieser Alptraum denn niemals enden?

11. KAPITEL

Weit draußen hinter dem *Sachuest Beach* stand der alte Mann auf den glänzenden, nassen Felsen und warf gekonnt seine Angelschnur weit hinaus, noch hinter die Brecher nahe der Küste. Der bedrohlich näherkommende Regen hatte noch nicht eingesetzt, aber der Himmel verdunkelte sich schlagartig, und die Brandung donnerte unaufhörlich und wütend gegen die Felsen. Vorsichtig bahnte sich Matt seinen Weg über die nassen Felsen, während er leise vor sich hin fluchte. Er wollte den alten Mann schon von weitem grüßen, aber er hätte schreien müssen, um sich bemerkbar zu machen. Das hätte den alten Mann wahrscheinlich erschreckt, der offensichtlich so eifrig mit Fischen beschäfigt war. Wahrscheinlich würde er dann stürzen; es war sowieso ein Wunder, daß er mit seinem kranken Bein hinaus auf die glitschigen und tückischen Felsen gelangt war. Der alte Mann, Matts Vater.

»Na, Junge, schleich dich nicht so an einen alten Mann heran«, sagte Sean Devlin, noch bevor Matt ihn erreicht hatte, und

führte ihm wieder einmal jene erhöhte Wachsamkeit vor Augen, die ihn zu einem erfolgreichen Polizisten gemacht hatte.
»Hallo, Pa.« Die Hände in den Taschen, balancierte Matt auf den Felsen. »Beißen die Fische heute?«
»Nicht besonders. Die Barsche beißen nicht, und die gestreiften lassen sich nicht sehen.«
»Was machst du hier draußen, Pa? Du könntest auf die Felsen stürzen.«
»Ich und stürzen? Das ich nicht lache. Ich bin noch nie in meinem Leben gestürzt, Junge, so weit käme es noch. Das ist der einzige Ort, an den ich mich zurückziehen kann, um vor deiner Mutter etwas Ruhe zu haben. Sie ist eine Seele von Mensch, aber sie redet ja wirklich sehr gern.«
Matt lächelte. Seit dem ersten Todesfall auf dem *Cliff Walk* hatte er kaum Gelegenheit gehabt, seine Eltern zu besuchen, die jetzt in einem kleinen Häuschen in Middletown lebten, der nächsten Stadt bei Newport. Während seiner Kindheit im *Fifth Ward*, Newports irischem Stadtviertel, hatte er zwei Dinge gelernt: Sein Vater liebte seine Arbeit als Polizist, und seine Mutter, der die Hügel von Irland fehlten, sehnte sich nach einem Zuhause auf dem Lande. Es entbehrte nicht einer gewissen Ironie, daß das Ende der Karriere seines Vaters die Erfüllung von Mutters Traum bedeutet hatte. »Geht es Ma gut?«
»Ja, es geht ihr gut. Aber sie wird noch reden, wenn sie die Augen schon zugemacht hat.« Sean bewegte die Angel, vergeblich jedoch, denn es bissen keine Fische an. »Ich habe dich eine Weile nicht gesehen, Junge. Wie ich hörte, ist deine Verhaftung schlecht ausgegangen.« Matt zuckte mit den Schultern. Schon seit langem hatte er aufgehört, sich zu fragen, wie sein Vater an die Informationen kam. Die vorläufige Anhörung hatte erst am Morgen stattgefunden, aber sein Vater wußte bereits davon. »Schlimmer noch. Ich bin suspendiert worden, Pa.«
»Das passiert den besten von uns.« Sean holte die Leine ein.

»Ich mach' jetzt Schluß für heute. In der letzten Stunde hat nicht einer angebissen.«
»Sei vorsichtig, Pa.« Matt faßte Sean am Ellbogen, als sich der alte Mann auf dem Felsen umdrehte. »Behandle mich nicht wie ein kleines Kind, Junge.« Sean schüttelte die Hand ab. »Ich bin die ganze Zeit ohne deine Hilfe zurechtgekommen.«
»Pa«, protestierte Matt ohne Nachdruck.
»Wenn du helfen willst, dann nimm den Eimer.«
»Ja, Pa.« Matt nahm den zerbeulten Holzeimer auf, in dem sich drei kleine Fische befanden. Er rümpfte die Nase. Er haßte den Geruch von Fisch. Um genau zu sein, haßte er es, fischen zu gehen. Wenn das alles wäre, womit er seine Tage verbringen müßte, würde er verrückt. Er runzelte die Stirn. Was, wenn er nicht zur Polizei zurückkehren könnte? »Ich wollte ein paar Tage bei dir und Ma verbringen«, sagte er, als sie über die Felsen auf die Küste zuliefen. »Wenn euch das paßt.«
»Du gibst also auf, Junge?«
»Nein. Zumindest – verdammt, ich mußte aus Newport raus. Wenigstens für ein paar Tage.«
Sean warf ihm einen prüfenden Blick unter seinen buschigen Augenbrauen zu, die so weiß waren wie sein Haar. »Gut, komm erst einmal mit nach Hause. Deine Mutter wird sich freuen, dich zu sehen. Du fährst ja immer noch diesen albernen Apparat.«
Matt schob sein Rad, als er neben seinem Vater auf der sandigen Straße entlanglief, die von Sumpfland und Gestrüpp gesäumt war. »Es ist ein passables Fortbewegungsmittel.«
»Hör sich einer das Bürschchen an! Wenn du dein Geld so verschwenden willst, ist das deine Sache.« Er schaute Matt an. »Sie haben dich also suspendiert?«
»Sie mußten es tun.« Matt blickte nach vorn. »Ich habe einen Fehler gemacht. Und jemand mußte dafür bezahlen. So, wie es aussieht, wird der Polizeichef wahrscheinlich seine Stelle

verlieren.«
»Das passiert immer, wenn du mit den *Cottagern* zu tun hast. Die sitzen immer am längeren Hebel.«
»Ich habe einen Fehler gemacht«, wiederholte Matt.
»Das hast du. Wie ich gehört habe, mußte da erst Big Mikes Tochter kommen, um die Sache richtigzustellen.«
Matt blieb stehen. »Wer hat dir das erzählt?«
»Ich höre so einiges. Komm schon, Junge, der Fisch wird auch nicht frischer.«
»So ein sturer alter Mann«, murmelte Matt leise, aber er ging weiter und holte ihn ein. »Was hälst du von der ganzen Sache, Pa?«
»Es ist besser, du bist raus aus der Sache. Jedesmal, wenn du mit den Reichen zu tun hat, ziehst du ja doch den kürzeren.«
»Ich mußte meinen Job tun«, Matts Stimme klang sanft. Er mochte die *Cottager* nicht, aber sein Vater empfand fast schon Haß, und das aus gutem Grund. Eine Kutsche, die vom Sohn eines reichen Bankiers gelenkt wurde, hatte Sean überfahren und seine legendäre Karriere damit beendet. Sean hatte einen so komplizierten Beinbruch erlitten, daß er gezwungen war, in den Ruhestand zu treten. Seine Kollegen hatten für ihn gesammelt, um ihm eine Rente zu ermöglichen, und selbst Matt gab etwas zum Einkommen seiner Eltern dazu. Was alles nur noch schlimmer machte, war die Tatsache, daß der Fahrer, obwohl er wegen illegalen Trinkens verhaftet worden war, mit Bewährung davonkam, da Alkohol zu diesem Zeitpunkt im Staat verboten war. Er mußte weder eine Strafe zahlen, noch hatte er sich entschuldigt. Kein Wunder, daß Sean verbittert war. Und es war auch nicht verwunderlich, daß er seine Einstellung an seinen Sohn weitergegeben hatte. Matt fühlte sich seltsam dabei, daß er die *Cottager* und ihren Standpunkt verteidigte.
»Ja, das hast du«, sagte Sean und riß Matt aus seinen Gedanken.

»Du glaubst also, ein *Cottager* hat das getan?«
»Ja, und ich bin immer noch davon überzeugt. Wenn Olmstead unschuldig ist, hat sich jemand bemüht, ihm das Ganze anzuhängen. Es muß jemand sein, der ihn kennt.«
»Und keiner vom Dienstpersonal, wegen des Sinclair-Mädchens. Oder gehen Mädchen wie sie heute mit Bediensteten aus?«
»Offensichtlich nicht. Und zumindest dieses Mädchen nicht.«
Er zögerte und traf dann seine Entscheidung. Sein Vater war sein Mentor, sein Vorbild: Er war der Grund, warum Matt Polizist geworden war und so rasch bei der Newporter Polizei aufgenommen worden war. Wem konnte Matt trauen, wenn nicht ihm? Schnell und präzise, ohne eine Einzelheit auszulassen, erzählte er seinem Vater von den Ermittlungen im letzten Monat. Sean schwieg, als Matt geendet hatte, sein einziger Kommentar war ein fast unhörbares Pfeifen, als sie nebeneinander herliefen. Sie hatten den Strand hinter sich gelassen und gingen nun durch ein Tal, an schmucken Farmhäusern vorbei.
»Schlampige Polizeiarbeit am Schluß«, sagte er schließlich.
»Du hast die Dinge überstürzt, Matt.«
Matt blickte finster vor sich hin, es gefiel ihm nicht, an seine Fehler erinnert zu werden. »Ich weiß, Pa; ich stand unter starkem Druck, den Fall zu lösen.« Er schaute quer über das Feld, auf dem der Mais schon ziemlich hoch gewachsen war.
»Ich wollte die Sache hinter mich bringen. Es gefiel mir gar nicht, Olmstead zu verhaften.«
Sean warf ihm den gleichen prüfenden Blick zu wie zuvor. »Du hast Indizienbeweise, Junge, aber nichts Handfestes.«
»Ich weiß. Aber dennoch paßt es zusammen, Pa.«
»Das tut es. Du weißt, was das bedeutet, oder?«
»Was?«
»Du mußt dranbleiben.«
Matt blieb stehen. »Du scheinst zu vergessen, daß es nicht mehr mein Fall ist.«

»Nein, das vergesse ich nicht, Junge. Aber wie gedenkst du deinen Job zurückzubekommen? Das wird keiner für dich tun. Sie sind alle viel zu sehr damit beschäftigt, sich selber zu schützen.«

Matt öffnete den Mund, um etwas zu sagen, dann hielt er inne. Er hatte recht. Der Polizeichef war ein guter Mann, aber wenn er Matt opfern müßte, um seine Stellung zu behalten, würde er das tun. Es lag an Matt, seinen Namen reinzuwaschen. »Ich werde dranbleiben, Pa.«

»Gut für dich, Junge, und ich kann dir helfen.«

»Pa ...«

»Ich sagte dir doch, ich erfahre so manches, nicht wahr? Ich werde herausfinden, wie der Stand der Dinge ist.«

Das würde er, dachte Matt, und mit Charlies Hilfe würde Matt so ziemlich alles über die laufenden Nachforschungen erfahren. Es gab noch jemanden, der helfen konnte, jemand, der bereits seine Fähigkeiten als Detective unter Beweis gestellt hatte: Brooke. Aber nach den Ereignissen der letzten Tage würde sie wahrscheinlich nichts mehr mit ihm zu tun haben wollen. »Es könnte funktionieren.«

»Das stimmt. Aber du mußt noch etwas bedenken, Junge«, sagte Sean, als sie vor dem Häuschen der Devlins anhielten. »Big Mikes Tochter könnte in Gefahr sein.«

Matt blickte auf, als er sein Rad gegen die Wand lehnte. »Wie meinst du das?«

»Wenn deine Vermutungen stimmen, hat sie die Pläne von jemandem durchkreuzt. Du paßt besser auf sie auf.«

Matt schaute seinen Vater ernst an. Da war ein schelmisches Funkeln in Seans Augen, dem er sofort mißtraute. Er glaubte Brooke nicht wirklich in Gefahr. Nicht wirklich. »Ich werde tun, was ich kann, Pa. Je eher der Fall gelöst ist, desto besser.«

»Guter Junge.« Sean schlug Matt auf die Schulter. »Komm, wir gehen jetzt hinein. Während des Abendbrots reden wir darüber, was du tun solltest.«

»Wir müssen ein Fest geben«, verkündete Winifred und setzte ihre Teetasse auf dem weiß-goldenen Tisch im Damenzimmer ab. Brooke schaute sie überrascht an.

»Ein Fest? Aber Tante, wir hatten doch erst kürzlich eines...«

»Das war etwas anderes. Wir können uns nicht länger verstecken.«

Brooke nippte an ihrem Tee, um sich nichts anmerken zu lassen.

»Ich wußte gar nicht, daß wir das tun«, murmelte sie und schaute aus dem Fenster. Das Damenzimmer – mit antiken Sesseln in rosafarbener und karminroter Brokatpolsterung eingerichtet – war eines der bequemsten Zimmer im Haus und so gelegen, daß, wenn die Sonne über dem Meer aufging, die ersten Strahlen durch die Fenster fielen. Hier trafen sich Brooke und Winifred meistens am Nachmittag, um ihre Pläne für den Abend zu besprechen. Dies war jedoch eine der geschmacklosesten Ideen, die Winifred je gehabt hatte. Es waren erst einige Tage vergangen, seitdem sie Onkel Henry freigelassen hatten und das Leben wieder seinen geregelten Gang ging. Wie erwartet, hatten die Enthüllungen im Gerichtssaal einen Skandal verursacht, und die Gerüchte kursierten noch immer. Dennoch ging Henry jeden Tag in den Leseraum oder besuchte Versammlungen des *Clambake Club*; jeden Morgen traf man Brooke und Winifred im Casino oder am *Bailey Beach* an, und jeden Nachmittag schlossen sie sich der Kutschenpromenade auf der *Bellevue Avenue* an. Das war nicht gerade das, was sie unter verstecken verstand.

»Ein Fest«, fuhr Winifred fort, als ob Brooke gar nichts gesagt hätte. »Das ist die einzige Möglichkeit. Schau dir nur einmal Alva Vanderbilt an.«

»Sie ist geschieden«, sagte Brooke und erinnerte sich an den Skandal im letzten Frühling, als sich die William K. Vanderbilts hatten scheiden lassen.

»Genau. Aber war sie Sonntag nicht in der Kirche? Und empfängt sie nicht bereits wieder Besucher im *Marble House*? Und«, fügte sie in süffisantem Ton hinzu, »ich habe erfahren, daß sie Ende des Monats einen Ball für ihre Tochter plant. Sie versteckt sich nicht. Die einzige Art, einem Skandal zu begegnen, ist, sich mit Unverfrorenheit zu behaupten.«
Brooke gab sich geschlagen und holte ihr Notizbuch hervor, das sie immer bei sich trug, wenn sie mit ihrer Tante zusammenwar. Vielleicht war ein Fest keine so schlechte Idee. »Was soll ich tun?«
»Warte.« Winifred tippte sich mit dem Zeigefinger auf die Wange. »Zuerst müssen wir zusehen, daß wir das richtige Datum wählen. Es wäre peinlich, wenn am selben Abend noch eine Gesellschaft stattfinden würde.«
»Ich kümmere mich darum.«
»Natürlich. Dann müssen wir uns ein Motto einfallen lassen. Warte, was war denn zuletzt an der Reihe? Wir brauchen etwas Spektakuläres. Es schickt sich nicht, wenn die Leute glauben, wir würden Trübsal blasen.«
»Nein, natürlich nicht«, murmelte Brooke.
Winifred beachtete sie nicht. »Ja, natürlich, du könntest etwas tun, um den Erfolg des Festes zu garantieren.«
Brooke schaute von ihrem Notizbuch auf. »Was?«
»Du könntest deine Verlobung mit Eliot bekanntgeben.«
Das Notizbuch fiel hörbar zu Boden. »Meine Verlobung!«
»Ja, natürlich.« Winifred strahlte sie an. »Selbstverständlich wirst du ihn heiraten. Es ist nur eine Frage der Zeit. Ja.« Sie lehnte sich zurück. »Wenn wir deine Verlobung bekanntgeben könnten, wüßte jeder, daß wir über die Vorfälle erhaben sind.«
Brooke hob ihr Notizbuch auf. »Tante, ich bin mir nicht sicher, ob ich ihn heiraten möchte.«
»Sei nicht albern. Er paßt ausgezeichnet zu dir.«
»Aber ...«
»Du wirst auch nicht jünger, Brooke. Du bist dreiundzwanzig

Jahre alt, und jedes Jahr werden weitere Mädchen der Gesellschaft vorgestellt, die seine Aufmerksamkeit auf sich ziehen könnten. Du kannst es dir nicht leisten, diese Gelegenheit zu verschenken.«

»Bin ich so reizlos, daß ich nie wieder eine andere Gelegenheit bekomme?« gab Brooke zurück.

»Natürlich nicht. Du bist immerhin eine *Low*. Aber das bedeutet, daß du dir jemand Besonderes aussuchen mußt.«

»Ich bin mir nicht sicher, ob Eliot so besonders ist, Tante.«

»Na hör mal, aber natürlich ist er das. Ein überaus charmanter junger Mann ...«

»Aber was tut er eigentlich? Nichts«, fuhr sie fort, bevor ihre Tante antworten konnte. »Oh, ich weiß. Er spielt Tennis. Er ist ausgezeichnet im Polospielen. Er ist ein perfekter Gentleman, der immer zur Verfügung steht, und er ist dafür geschaffen, einen Smoking zu tragen.«

»Was ist daran verkehrt?«

»Nichts. Aber hat er je etwas anderes getan? Hat er je etwas Nützliches im Leben getan? Und außerdem trinkt er zuviel«, fügte sie noch hinzu. Winifred blickte sie über den Rand ihrer Lesebrille hinweg an.

»Ich habe es deiner Mutter gesagt. Es war ein Fehler, dich wie eine aus der Mittelschicht zu erziehen.«

»Du bist doch auch wie eine aus der Mittelschicht erzogen worden.«

»Ja, aber ich habe das längst überwunden. Sieh dich doch an, Brooke. Du hast all die Vorteile der Welt und einen Mann, der dich unterstützen kann. Was willst du noch mehr?«

»Ich liebe ihn nicht«, sagte Brooke und sprach zum ersten Mal ihren wirklichen Einwand gegen diese Partie aus. »Sag mir jetzt nicht, daß Liebe keine Rolle spielt, sie tut es doch. Ich habe es bei meinen Eltern gesehen.«

Winifreds Lippen wurden schmal. »Und am Ende hat es deine Mutter getötet. Wenn sie nicht an jenem Tag mit ihm zusam-

mengewesen wäre, als seine Kutsche abstürzte ...«
»Das ist vorbei. Aber ich wünsche mir das Glück, das sie hatten, Tante.«
Winifred nahm langsam ihre Brille ab und blickte Brooke durchdringend an. »Wir reden über diesen Devlin, nicht wahr? Versuchst du mir gerade ernsthaft mitzuteilen, daß du ihn jemandem wie Eliot Payson vorziehen würdest?«
»Entschuldigen Sie, Ma'am«, sagte Hutton von der Tür des Speisezimmers aus und bewahrte Brooke vor einer Antwort. »Hier ist ein – äh – Gentleman, der Sie sprechen möchte.«
Winifreds Blick ruhte noch einen Moment lang auf Brooke, dann wandte sie sich Hutton zu. »Wer ist es, Hutton?«
»Seine Karte, Ma'am.«
Winifred nahm die schmale, viereckige Visitenkarte auf und runzelte die Stirn. »William Tripp? Kennen wir ihn?«
»Das muß Detective Tripp sein«, sagte Brooke überrascht.
»Von der Polizei? Nein.« Sie drückte Hutton die Karte wieder in die Hand. »Wir sind nicht zu Hause.«
»Er bittet nur um einige Minuten, Ma'am. Er sagt, es sei wichtig.«
»Wir sollten mit ihm sprechen, Tante«, warf Brooke ein.
»Ich nicht! Wir sind es leid, mit der Polizei zu sprechen.«
»Ahem.« Hutton räusperte sich. »Er sagte mir, Ma'am, er wünsche Sie hinsichtlich der Ermittlungen zu beruhigen.«
»Mich beruhigen?«
»Ja, Ma'am. Daß Ihnen weitere Unannehmlichkeiten erspart blieben.«
Brooke schaute Hutton bei diesem Wort an. »Unannehmlichkeiten?« fragte sie zweifelnd. »Das ist eine merkwürdige Art, es auszudrücken.«
»Aber treffend. Sehr schön, Hutton«, sagte Winifred. »Wir lassen bitten. Aber, wohlgemerkt, nur für fünf Minuten.«
»Sehr wohl, Ma'am«, sagte Hutton und zog sich zurück.
»Noch ein Polizist.« Winifred runzelte die Stirn. »Ich habe an-

genommen, daß sie uns nicht mehr behelligen würden.«
»Ich bin froh, daß er gekommen ist«, sagte Brooke. »Hoffentlich kann er uns sagen, was bisher passiert ist.«
»Ach, bist du das?« Winifred schaute sie an. »Glaub ja nicht, daß das unsere Diskussion beendet, Brooke, im Gegenteil. Wenn du glaubst, ich erlaube meiner Nichte, einen gewöhnlichen Polizisten zu heiraten ....«
»Mr. Tripp, Ma'am«, sagte Hutton in diesem Moment zu Brookes großer Erleichterung. Sie schaute auf und sah einen Mann mittlerer Größe, der ins Zimmer stürzte. Nach ihrem ersten Eindruck war er viel zu adrett und fesch, um ein Polizist zu sein. Es war nicht nur seine Kleidung, die Tweedjacke, die feinen Wollhosen und der Bowler aus Filz; alles war sorgfältig geschneidert, aber nicht von erster Qualität. Es lag auch weder an seinem Gehstock aus Malakkaholz noch an den sorgfältig gewachsten Enden seines rötlichbraun gefärbten Schnurrbarts. Es lag an seiner Haltung und an seinen hellen, ausdruckslosen, blauen Augen. Im Gegensatz zu ihrem Vater oder auch Matt musterten seine Augen nicht gleich den Raum. Und er schien auch nicht über große Menschenkenntnis zu verfügen, da er so blickte, als ob er noch nicht viel vom Elend der Welt gesehen hätte. Kurz gesagt, er war nicht wie die meisten Polizisten, die sie kannte.
»Meine Damen.« Er machte eine vollendete Verbeugung. »Verzeihen Sie mir, daß ich so bei Ihnen eindringe. Ich bin Detective Tripp.« Er hielt Winifred seine Brieftasche hin. »Meine Ausweispapiere, Madam.«
Winifred würdigte die Dienstmarke keines Blickes. »Guten Tag, Detective. Können wir etwas für Sie tun?«
»Nein. Ich hoffe aber, etwas für Sie tun zu können. Darf ich mich setzen?«
»Bitte.« Winifred wies auf einen rosafarbenen Brokatsessel. Er nahm Platz und wirkte in keinster Weise fehl am Platze, wie Matt es in dieser weiblichen Umgebung getan hätte. »Hutton,

bringen Sie eine Tasse für Mr. Tripp und noch etwas Tee.«
»Hat sich etwas Neues bei den Nachforschungen ergeben?« fragte Brooke, als sich Hutton zurückzog.
»Nichts, worüber Sie sich Gedanken machen müßten, Miss Cassidy.« Er lächelte sie an und entblößte dabei sein Pferdegebiß, was mehr als unangenehm war. »Sie haben eine schreckliche Zeit durchgemacht. Devlin hat die Sache in keinster Weise zufriedenstellend abgewickelt.«
Brooke preßte die Lippen zusammen, um ihren Protest zurückzuhalten. »Detective Devlin hat seine Arbeit getan.«
»Oh, nein, nein, jemanden wie Sie in die Ermittlungen zu verwickeln. Das war gar nicht gut.«
»Wie ich dir bereits sagte, Brooke«, bemerkte Winifred. Sie betrachtete Tripp mit entschieden mehr Billigung, als sie einen Moment zuvor gezeigt hatte. »Mr. Tripp ist offensichtlich ein Gentleman.«
Tripp trank einen Schluck Tee und stellte die Tasse wieder ab. »Ah. *Lapsang souchong*?«
»Ja, aber woher wissen Sie das?« Winifred taute immer mehr auf. »Sie kennen sich mit Tee aus, Sir.«
»Es ist das einzig zivilisierte Getränk.« Er nahm einen weiteren Schluck und wandte sich ihnen dann mit ernstem Gesicht zu. »Ich bitte um Nachsicht, Madam; ich suche Sie auf, um mich für die Unannehmlichkeiten zu entschuldigen, in die Sie mein Kollege gebracht hat.«
»Vielen Dank.« Winifred nickte wohlwollend. »Es war eine schreckliche Sache, die wir ertragen mußten.«
»Das kann ich Ihnen nachempfinden. Verlassen Sie sich darauf, so etwas wird nicht wieder vorkommen, jetzt, wo ich den Fall übernommen habe.«
»Dem Himmel sei Dank. Allein der Gedanke, daß jemand von uns in solch gemeine Verbrechen verwickelt gewesen sein könnte, ist aber auch zu lächerlich.«
»Haben Sie irgendeine Ahnung, wer die Morde begangen ha-

ben könnte, Detective?« fragte Brooke und setzte schließlich ihre Tasse ab. Er lächelte sie an. »Viele, das versichere ich Ihnen.«
Brooke beugte sich vor. »Stehen Sie kurz davor, eine Verhaftung vorzunehmen?«
Sein Mund verzog sich zu einem Lächeln, das seine Augen jedoch nicht erreichte. »Wie es sich gerade trifft ... ich nehme an, Sie können schweigen, meine Damen?«
Winifred beugte sich ebenfalls vor. »Oh, ja. Wir werden kein Sterbenswörtchen verraten, nicht wahr, Brooke?«
»Gut.« Er setzte sich zurück und zwirbelte die Enden seines Schnurrbarts. »Das unterliegt strengster Geheimhaltung, aber gerade in diesem Moment wird ein Verdächtiger verhört.«
»Wer?« platzte Brooke heraus.
»Das, meine Damen, kann ich Ihnen nicht sagen. Es genügt wohl, wenn ich Ihnen sage, daß Sie mit den Ergebnissen zufrieden sein werden.«
»Es ist niemand von uns, Sir?« fragte Winifred.
»Nein, Madam. Es ist mit Sicherheit kein *Cottager*.«
»Aber ...« Brooke runzelte die Stirn. »Aber es gab doch eindeutige Beweise dafür.«
»Keine stichhaltigen.« Tripp tat die Beweise, die Matt so mühsam zusammengetragen hatte, mit einer Handbewegung ab. »Nur jemand aus der unteren Schicht konnte solche Verbrechen begehen.«
»Man hat seine Stimme erkannt, und sie gehörte eindeutig zu jemandem aus der Oberschicht.«
»Tatsächlich?« Tripp sah sie verblüfft an, dann nickte er. »Ach, ja richtig. Eines der Dienstmädchen, nicht wahr? Sie hat sich da wohl geirrt.«
»Aber ...«
»Brooke, ich bitte dich, jetzt quäl den Mann doch nicht so«, warf Winifred ein und runzelte die Stirn. »Ich bin sicher, er versteht sein Handwerk.«

»Das tue ich. Sie können sicher sein, meine Damen, ich werde alles tun, um den Schurken vor Gericht zu bringen. In der Zwischenzeit, Miss Cassidy, zerbrechen Sie sich nicht Ihren hübschen Kopf.«
Brooke starrte ihn an. »Wie bitte?«
»Überlassen Sie mir das.« Er streckte die Hand aus und tätschelte ihre Hand. In diesem Augenblick fühlte sie eine heftige Abneigung gegen adrette rothaarige Männer. »Ich sorge dafür, daß sich alles aufklärt und Sie Ihre Saison wie bisher genießen können.«
»Aber …«
»Ich habe genug von Ihrer Zeit in Anspruch genommen, meine Damen.« Er stand auf und verbeugte sich. »Ich hoffe, ich habe Sie beruhigen können.«
»Aber ich glaube immer noch …«
»Ja, das haben Sie«, sagte Winifred im selben Augenblick und schoß Brooke einen Blick zu. »Danke, daß Sie gekommen sind.«
»Das ist das mindeste, was ich tun konnte, Madam. Genau gesagt werde ich so bald wie möglich mit allen *Cottagern* sprechen.« Er machte eine weitere Verbeugung. »Guten Tag, Madam. Miss Cassidy«, sagte er, wandte sich ab und verließ den Raum. Brooke blieb stehen, die Hände ineinander verschlungen. »Ich wußte gar nicht, daß es noch Menschen gibt, die so gestelzt daherreden«, murmelte sie.
»Setz dich, Brooke«, sagte Winifred scharf. »Ich bin über dein Verhalten sehr verärgert. Tripp hat sich wie ein vollkommener Gentleman verhalten.«
»Gentlemen lösen keine Verbrechen«, gab Broooke schlagfertig zurück. »Er hat mich von oben herab behandelt, Tante.«
»Hat er das? Ich bin mir sicher, das war nicht seine Absicht. Brooke, Liebes, klingle bitte nach Hutton. Der Tee ist kalt geworden.«
Auf Brookes Gesicht erschien ein rebellischer Ausdruck, aber

sie drückte den Knopf, der an der Wand angebracht war, und läutete nach dem Butler. »Er wird diesen Fall niemals aufklären.«
»Das geht uns wohl kaum etwas an. Nun, zurück zu unserem Fest«, sagte sie, und Brooke starrte sie an. Es war hoffnungslos. Es gab niemandem in diesem Haus, der das, was geschehen war, so ernst nahm wie sie. Außer Matt. Sie vermißte ihn schmerzlich.

Annie beeilte sich mit der restlichen Hausarbeit, dann stürmte sie die Hintertreppe zu ihrer Dachkammer hinauf. Heute war der Abend, auf den sie sich schon seit Wochen freute, und sie wollte nicht eine Minute davon versäumen. Während sie Dienstmädchenhaube und Schürze auszog, wusch sie sich hastig das Gesicht und zog sich an. Vor Aufregung knöpfte sie das weiße Baumwollkleid mit ungeschickten Fingern zu. Darüber zog sie das blaue Sergekleid und eine dazu passende Jacke. Schick, dachte sie und betrachtete sich im Spiegel. Annies Ausgehkostüm war zwar mit Miss Cassidys Kleidung nicht vergleichbar – es war schließlich nur ein Modell aus Mr. Sears Katalog –, aber mehr konnte Annie sich nicht leisten. Sie steckte die Haare zu einem lockereren Knoten zusammen, als sie ihn für gewöhnlich trug. Dann setzte sie sich vorsichtig einen federbedeckten Hut auf den Kopf und befestigte ihn mit einer langen Hutnadel. Fertig. Sie hatte sich zurechtgemacht und war nun bereit, die heutige *Grand Illumination* zu genießen.
Vom Meer zog Nebel auf, als sie über die *Bellevue Avenue* hastete, die engen Seitenstraßen hinunter, die zum Hafen führten. Sie warf einen ängstlichen Blick gen Himmel. Es würde doch nicht etwa regnen? Nicht nach den ganzen Vorbereitungen und Spekulationen, die man aufgeregt über das Ereignis am heutigen Abend angestellt hatte. Die *Illumination* war als Willkommensgruß für die Rückkehr des New Yorker Yachtclubs gedacht, ein jährliches Ereignis, das immer für

viel Aufregung sorgte, diesmal sogar mehr denn je. Auf der *Thames Street* und am *Washington Square* wurde gerade geschmückt, man brachte chinesische und japanische Laternen an, oder sogar elektrische Beleuchtung. Laden- als auch Hausbesitzer versuchten, sich gegenseitig zu überbieten, während am Hafen die Zurschaustellung aller möglichen Schiffe geplant war, die erleuchtet werden sollten. Seit einer Woche sprach man über nichts anderes als über die *Illumination*, von den schrecklichen Ereignissen auf dem *Cliff Walk* abgesehen. Annie war überglücklich, daß sie an ihrem freien Abend stattfand. Hinter ihr fiel ein Stein zu Boden, als ob ihn jemand geworfen hätte. Erschreckt blickte Annie hinter sich. Sie sah nichts, außer einem Zweisitzer, der in die andere Richtung fuhr. Das Pferd hatte einen Stein losgetreten, dachte sie und machte sich wieder auf den Weg. Obwohl die Sonne noch nicht untergegangen war, trübte der Nebel die Sicht, und dieser Teil der *Coggeshall Avenue*, nahe den neuen Vanderbilt-Ställen, lag einsam und abgelegen. Sie war sich nicht sicher, ob sie jemanden hinter sich gesehen hatte oder nicht, aber selbst wenn, gab es keinen Grund zur Besorgnis. Wahrscheinlich lief jemand, wie sie, zum Hafen. Annie verspannte sich und zog die Schultern hoch. Wie albern, schimpfte sie sich, als eine Bahn an ihr vorbeifuhr. Schließlich war das hier nicht der *Cliff Walk*, der einsam und verlassen im Nebel lag. Dies war eine belebte Straße in der Stadt, mit sauberen, winzigen Häusern, die sich dicht aneinanderdrängten und von Leuten bewohnt waren. Sie war absolut in Sicherheit.

Der Nebel schien die Begeisterung der Menschen nicht zu beinträchtigen, stellte Annnie fest, als sie die *Thames Street* erreichte. Sie vergaß ihre Angst und tauchte in die Menge der gutgelaunten Schaulustigen, die sich dort drängten. Anläßlich der *Illumination* war Newport gut besucht; schon den ganzen Tag über hatten Sonderzüge Ausflügler vom *Fall River* in die

Stadt gebracht; und wie sie gehört hatte, gab es weit und breit kein freies Zimmer mehr. Das konnte sie verstehen. Mit offenem Mund bummelte sie die Straße hinunter, starrte auf die Dekorationen, die schon bald beleuchtet sein würden, und fühlte, wie sie immer aufgeregter wurde. Was für ein Glück, der Nebel lichtete sich. Es würde doch noch eine klare Nacht. Die Glocken der *Trinity Church* schlugen die Zeit. Plötzlich, so als ob der Startschuß gefallen wäre, erstrahlten die elektrischen Lichter, die Gasleuchten flammten auf, und die Ladenbesitzer beeilten sich, die Kerzen in den Laternen anzuzünden. Annie entfuhr ein Laut des Entzückens. Die *Grand Ilumination* hatte begonnen.

Er schlich sich an sie heran wie ein Panther durch einen Dschungel von Armen und Beinen und Lichterketten, die wie wilder Wein zwischen den Häusern rankten. Keine drei Meter entfernt von ihm hüpfte ihr fescher, mit Federn besetzter Hut auf und ab. Doch sie hatte ihn noch nicht wahrgenommen. Er hatte schon geglaubt, sie hätte ihn auf der *Coggeshall Avenue* erspäht, als er bei ihrer fieberhaften Verfolgung über einen Stein gestolpert war. Aber offensichtlich hatte sie das nicht. Auch jetzt würde sie ihn nicht entdecken. Er sah ganz unauffällig aus, in groben Hosen und Hemd, die ein Affront gegen seine Würde waren, und den schweren Arbeiterstiefeln, die so klobig, aber doch so nützlich waren. Niemand wußte, wer er war. Nur sie wußte es. Nicht zum letzten Mal verfluchte er das Pech, das sie in die Nähe des *Cliff Walks* gebracht hatte, als er dort gewesen war, und die Brise, die seine Stimme zu ihr herübergetragen hatte. Nicht zum letzten Mal wütete er innerlich gegen diesen Polizisten Devlin, der solch eine entscheidende Information für sich behalten hatte. Gott sei Dank war Tripp da ganz anders, bereit, Einzelheiten seiner Ermittlungen mit einem willigen Zuhörer zu teilen. Dumm, aber nützlich. Von Tripp wußte er, daß es

noch ein Hindernis zu überwinden gab, bevor er frei sein konnte.
Er tötete nicht gern. Wirklich nicht. Es war eine schmutzige und scheußliche Sache, und er bedauerte, daß es unumgänglich war. Nicht, daß es ihm leid täte. Oh nein. Rosalind hatte sterben müssen. Doch um Nellie tat es ihm leid. Er hatte sie gemocht. Aber es war dumm von ihr gewesen, ihm mit Erpressung zu drohen. Klug von ihm, die Verabredung mit ihr auf den nächsten Tag zu verschieben und sie nachts in der Bar statt in ihrem Haus zu treffen. Weder gab es ein Indiz, das ihn in Zusammenhang mit ihrem Tod brachte, noch würde er bei diesem Mord irgendwelche Spuren hinterlassen.
Elektrische Lichter gingen über ihm an, worauf er blinzeln mußte. Vorübergehend geblendet, kniff er die Augen zu, erbost bei dem Gedanken, sein Opfer zu verlieren. Hatte er – nein, da war sie, mit offenem Mund starrte sie staunend auf die Dekoration, die die ganze Vorderseite eines Hauses einnahm. Er wandte sich hastig ab, aus Furcht, sie könnte ihn sehen. Er mußte vorsichtig sein. Beim Beseitigen dieses Hindernisses wollte er keine neuen schaffen.
Ihre Schritte wurden langsamer, bis sie schließlich stehenblieb, um sich die Dekorationen einzeln anzuschauen. Das Blut pochte in seinen Schläfen, und es juckte ihn in den Fingern. Bring es hinter dich und sieh zu, daß du verschwindest, dachte er. Mach es. Vorsichtig, ohne sie aus den Augen zu lassen, immer im Hintergrund in der Menge, umkreiste er sie. Vor ihm lag eine enge und dunkle Gasse, die nicht einmal die Lichter der *Illumination* beleuchten konnten. Ideal. Dort würde er seinen Plan ausführen, dann wäre er frei.
Es war überwältigend. Annie schlenderte die Thames Street hinunter und schaute sich alles sprachlos an. Flaggen hingen an den Telegraphenmasten; sowohl vor den Läden als auch vor den Häusern waren japanische Laternen aufgespannt. Die

Dekorationen bestanden aus Gaslaternen, die teilweise sogar Buchstaben bildeten. Es gab sogar ein Modellsegelboot, das mit Laternen geschmückt und zwischen zwei Häusern aufgehängt war. Es war jedoch die elektrische Beleuchtung, die sie am meisten fesselten. Rote und weiße Lichterketten waren um den Flaggenmast der *Daily News* gewunden, so daß er wie ein Maibaum aussah. Der *Herald* hatte, um nicht übertroffen werden zu können, einen Schriftzug über die Straße gespannt, auf dem stand: WELCOME YACHTSMEN 1895. Sie wünschte, Sam wäre hier, der Mann, mit dem sie ausging, aber er arbeitete auf *Beaulieu* und hatte heute abend nicht freibekommen. Ihr einziger Kummer in dieser wunderbaren Nacht war, daß sie alles allein erleben mußte.

»Annie«, flüsterte eine Stimme, und ihr Kopf fuhr herum. Wer rief sie da? In dieser großen Menschenmenge konnte sie niemanden sehen, den sie kannte. Entweder war es Einbildung, oder jemand hatte eine andere Frau gerufen, die Annie hieß. Den Namen gab es schließlich häufig. Und doch ... Sie erschauerte, wie auf der *Coggeshall Avenue*, als sie sich verfolgt gefühlt hatte. Lächerlich. Sie war hier sicher.

»Annie«, erklang die Stimme wieder, jetzt näher und irgendwie vertraut. Abermals warf sie einen Blick zurück; sie fühlte sich unbehaglich und allein in einer Menge von Fremden. Der Ruf schien von der Straßenseite gegenüber gekommen zu sein, aber das war albern. Außerdem war sie klug genug, nicht in irgendeiner dunklen Gasse nachzuschauen. Es war besser, von hier wegzukommen. Sie trat zurück, dabei stieß sie mit einem Mann zusammen, der aufschrie und dann seinen Hut zog, als ob er sich entschuldige. Das lenkte sie für einen Moment ab, und ihre Ängste kamen ihr lächerlich vor. Bis sie jedoch auf den Boden schaute und die Spitze eines derben Arbeiterstiefels sah, der aus der Gasse hervorragte.

»Annie«, sagte die Stimme, noch immer im Flüsterton. Schlag-

artig erkannte sie die Stimme und wußte, wo sie sie zuvor gehört hatte. Sie wußte, wer es war, und sie mußte sich davonmachen, sie mußte fliehen ...
Aber bevor sie laufen konnte, bevor sie nur schreien konnte, hatte sie der *Cliff-Walk*-Mörder gepackt und in die Gasse gezerrt.

12. KAPITEL

Der Nebel hatte sich gelichtet. Brooke nippte an der Kristallflöte mit Champagner, während sie sich mit den Ellbogen auf die glänzende Reling der Burnhams-Yacht stützte. Dem Himmel sei Dank. Vielleicht würde der Abend doch noch ganz erträglich. Im selben Augenblick war sie sich der Ironie ihrer Worte bewußt. Mit ihrem Abendkleid von Worth, dem Pariser Couturier, Sekt und Gänselebertoast war sie eine von den Privilegierten, die die *Illumination* von einer Yacht aus im Hafen sehen konnten. Zusammen mit der Creme der Gesellschaft, mit Onkel und Tante, natürlich, und Eliot Payson, dem jungen Mann, der so ausgezeichnet zu ihr paßte und der sie heiraten wollte. Welches Mädchen würde nicht mir ihr tauschen wollen? Und doch, gerade jetzt dachte sie an Annie McKenna, die schon seit Tagen über dieses Ereignis gesprochen hatte, sich wahrscheinlich gerade blendend amüsierte und sich die Sehenswürdigkeiten frei und ungebunden ansehen konnte. Sie beneidete Annie darum.
Eliot trat hinter sie und legte ihr eine Hand auf die Schulter.

»Der Nebel lichtet sich«, bemerkte er, und obwohl Brooke denselben Gedanken einen Moment zuvor gehabt hatte, war sie angesichts seiner Banalität gereizt.
»Das wird eine schöne Nacht«, antwortete sie und lächelte ihn etwas herzlicher als geplant an, um sich ihre Verärgerung nicht anmerken zu lassen.
»Eine sehr schöne.« Seine Hand glitt von ihrer Schulter auf ihre Taille. Normalerweise wäre sie zur Seite getreten, aber sie stand zwischen ihm und der Reling der Yacht. Sie konnte ihm nicht ausweichen. »Es ist verflixt romantisch.« Sein nach oben gerichteter Blick fiel auf die pompösen Laternen, die in allen Farben von den Masten und das Deck entlang hingen. »Schlau von Burnham, sie mit Elektrizität zu versehen.«
»Es ist auch sicherer als Kerzen«, stimmte sie ihm zu. Es bot sich ihnen ein zauberhafter Ausblick. Jedes Schiff im Hafen war geschmückt, vom kleinsten Dingi bis zu den prächtigen Booten der *Fall River Line*, auf denen elektrische Lichterketten glitzerten. *Beatrice*, die Barkasse der Goelets, hatte sogar rotes Feuer in ihrem Rauchfang und spiegelte sich geradezu unheimlich gegen die tiefen, überhängenden Wolken. Um nicht ins Hintertreffen zu geraten, waren die Schiffe der Marine an den Masten und Nocken mit Laternen und Flaggen geschmückt; *Fort Adams* erstrahlte im Lichterglanz; und die *Torpedo Station* stach durch eine beeindruckende Dekoration hervor. Schwach drang die Musik von der Newporter Band über das Wasser, die auf einem Lichterschiff in der Nähe der *Torpedo Station* spielte. Es war eine wunderbare Nacht. Brooke wünschte nur, sie könnte diesen Moment mit jemandem teilen.
»Es ist hier draußen im Hafen noch schöner«, sagte Eliot, und sie schreckte zusammen. Sie war nicht allein, obwohl sie sich so fühlte.
»Ja.« Ihre Stimme klang heiser, sie räusperte sich. »Ich wünschte jedoch, die Häuser würden die Aussicht auf die

Dekorationen nicht versperren. Wir können nur das *Ocean House* sehen.«
»Macht doch nichts. Wir haben doch unsere eigene Beleuchtung hier.«
Seine Hand legte sich um ihre Hüfte, und Brooke blickte sich rasch um. Eliots Stimme war fest, sein Blick klar, und doch kannte sie ihn gut genug, um zu wissen, daß er bereits zuviel getrunken hatte. In diesem Zustand würde es schwierig sein, mit ihm fertigzuwerden. Glücklicherweise achtete niemand auf sie, obwohl an Bord der Yacht sehr viele Gäste waren. Kellner in weißen Fracks mit Tabletts voller Champagner oder Kanapees liefen zwischen den Gästen hin und her, die in Smokings oder elegante Abendrobe gekleidet waren. Man plauderte miteinander oder betrachtete die Dekorationen wie Eliot und sie. Dennoch schickte es sich nicht, ihm solche Freiheiten zu erlauben. Sie stieß sich von der Reling ab und entzog sich ihm.
»Brooke.« Er stand dicht hinter ihr, als sie nach vorne trat. Er klang verletzt. »Warum hast du das getan?«
»Du solltest dich etwas diskreter verhalten, Eliot, meinst du nicht?« sagte sie, ohne sich umzudrehen.
»Es achtet niemand auf uns. Außerdem«, sie spürte seinen warmen Atem an ihrem Nacken, »jeder weiß, daß wir verlobt sind.«
Daraufhin wandte sie sich so rasch um, daß sie fast gestürzt wäre, wenn er sie nicht am Arm festgehalten hätte. »Jeder weiß –Eliot, das sind wir nicht!«
»So gut wie«, sagte er sachlich. »Tu nicht so, Brooke. Du weißt das genauso gut wie ich.«
»Ich weiß es nicht.«
»Doch, das tust du.«
»Du hast zuviel getrunken.«
»Vielleicht«, sagte er mit schiefem Lächeln. »Aber ich habe recht damit. Warum sonst haben wir soviel Zeit in diesem

Sommer miteinander verbracht? Oder in diesem Frühjahr, wenn nicht deswegen? In New York hätte ich dir fast einen Heiratsantrag gemacht. Das weißt du doch, oder?«

Brooke antwortete nicht. O ja, sie wußte es. Sie erinnerte sich genau an diesen Augenblick, als sie auf einem Ball, um Luft zu schnappen, nach draußen verschwunden waren und ihre Tante ihnen zu ihrem Leidwesen als Anstandsdame gefolgt war. Denn hätte Eliot ihr tatsächlich zu diesem Zeitpunkt einen Heiratsantrag gemacht, hätte sie ihn angenommen. »Das war damals.«

»Es hat sich nichts verändert, Brooke.«

Es hatte sich alles verändert, konnte er das nicht sehen? Plötzlich hatte sie das Gefühl, danebenzustehen, sich bei ihrer Unterhaltung zu hören und sich selbst nüchtern zu betrachten. Sie war es, die sich verändert hatte! Sie, die so entsetzt über die *Cliff-Walk*-Morde war, daß sie etwas dagegen unternehmen mußte. Durch diese Beschäftigung hatte sie eine nützliche Aufgabe für sich gefunden. Nur ein Mann wußte das zu schätzen, aber es war nicht Eliot. »Ich habe mich verändert, Eliot«, sagte sie ruhig.

»Nein, das hast du nicht. Nicht wirklich. Ich weiß, was passiert ist«, fuhr er fort, als sie ihm widersprechen wollte. »Du bist an deine Kindheitstage erinnert worden. Aber diese Zeiten sind vorbei, Brooke.« In seiner Stimme schwang Mitgefühl, als er ihr die Hand auf die Schulter legte. »Diese Tage kommen nicht mehr zurück.«

»Ich bin mir nicht sicher, ob ich das möchte«, sagte sie und kämpfte mit einem Gedanken, der ihr neu und fremd war. Denn wenn sich ihr Leben in den letzten fünf Jahren verändert hatte, dann hatte auch sie sich verändert. Das Mädchen, das sie einst gewesen war, gab es schon lange nicht mehr. Und doch ... »Ich weiß es nicht ...«

»Das hier ist jetzt dein Leben, Brooke.« Er legte ihr die Hand auf die andere Schulter, und obwohl er sie nur sanft berührte,

fühlte sie sich eingeengt. »Wir gehören zusammen. Das weißt du doch, oder? Wir sind uns nicht gleichgültig.«
»Ja«, sagte sie, weil es stimmte. Sie mochte Eliot. Sie war sich einfach nur nicht sicher, ob das genug war.
»Eine Menge Ehen in unserem Kreis haben mit viel weniger angefangen. Wir werden glücklich sein, Brooke. Du wirst schon sehen. Und deine Tante und dein Onkel werden sich freuen.«
»Ja.«
»Ist das ein ›Ja‹, daß sie erfreut sein werden, oder ein ›Ja‹, daß du mich heiraten willst?«
»Du hast nicht gefragt«, sagte sie und im selben Moment hätte sie sich ohrfeigen können.
»Nun, ich frage dich jetzt. Willst du mich heiraten, Brooke?«
»O, Eliot. Ich weiß es einfach nicht ...«
»Was willst du denn sonst tun?« unterbrach er sie. »Den Mann heiraten, der deinen Onkel verhaftet hat?«
Sie war wie erstarrt. Eliot hatte recht. Er kannte sie, er kannte ihre Gefühle, Matt jedoch war soweit gegangen, ihren Onkel ins Gefängnis zu bringen. Hätte sie je die Chance einer Zukunft mit ihm gehabt, so war sie jetzt vertan. »Ja, Eliot«, sagte sie, sie drehte sich um, ihre Schultern hatte sie entschlossen gestrafft. »Ich werde dich heiraten.«

In der schmalen Gasse ließ der Lärm der Menge nach. Die Beleuchtung war schwach und schärfte daher die Sinne für andere Reize, der Geruch nach Abfall drang einem in die Nase, und man hörte Ratten hastig hin- und herlaufen. Annie spürte nur, wie sich ihr eine Hand auf den Mund preßte und die Angst in ihr hochstieg. O Gott, wenn sie bloß entfliehen könnte, aber er hatte sie so fest gepackt, und ihre Unterröcke erschwerten die verzweifelten Versuche, ihren Angreifer zu treten. Eine Hand griff an ihre Kehle, und der Daumen drückte immer stärker zu. Sie sah schon Sterne, und in einem Moment der Panik wurde

ihr bewußt, was das bedeutete. Mit gewaltiger Anstrengung warf sie ihren Arm hoch und riß dabei die Hand von ihrem Mund. Ihr Angreifer stöhnte vor Überraschung oder Schmerz. Der Druck auf ihrer Kehle ließ nach, gerade lang genug, um einmal tief Atem zu holen. »Hilfe!« schrie sie, ihre Stimme klang krächzend und schrill. »Hilfe! Mörder!«
Er verschwendete keine Zeit damit, ihr zu sagen, sie solle still sein, sondern schlug ihr sofort wieder die Hand vors Gesicht. Dieses Mal konnte sie nicht atmen, und obwohl sie weiterkämpfte, konnte sie spüren, wie sie immer schwächer wurde. O Gott, sie würde in der Gasse sterben wie all die anderen, armen Mädchen ...
»Was ist hier los?« sagte eine grimmige Stimme, und eine Lampe erleuchtete die Seitenstraße. So plötzlich, wie sie gepackt worden war, wurde sie losgelassen, weggestoßen, um an der Backsteinmauer eines Hauses zu landen. Ihre Beine waren zu schwach, um sie zu tragen, sie sackte auf dem Boden zusammen und nahm nur undeutlich die davonlaufenden Schritte wahr. Ihr Angreifer floh. Es war ihr gleich. Sie war, Gott sei Dank, am Leben.
»Also, was ist hier los?« Ein Licht schien ihr ins Gesicht, sie schaute hoch und blickte blinzelnd in eine Laterne. Instinktiv hob sie ihre Hand und hielt sie schützend vor ihre Augen. Sie erkannte eine stämmige Gestalt hinter der Lampe, die blau gekleidet war und einen glänzenden Helm trug. Ein Polizist. Gott sei Dank.
»Der *Cliff Walk Killer*.« Es kam heraus wie ein Krächzen. »Er hat versucht – er ist weggelaufen – folgen Sie ihm denn nicht?«
»Der *Cliff Walk Killer* also.« Der Polizist klang belustigt, als er sie mit kräftiger Hand am Arm packte und ihr wieder auf die Beine half. »Da haben wir ja eine neue. Wie kommst du dazu, in solch einer Nacht auf der Straße zu arbeiten?«
»Arbeiten ...!« Sie lehnte sich haltsuchend gegen das Haus und starrte ihn an. »Sie halten mich für eine ....«

»Prostituierte. Ich habe dich zwar auf meiner Patrouille im Bezirk noch nie gesehen, aber es gibt ja für alles ein erstes Mal, nicht wahr? Komm jetzt mit.« Er trat aus der Gasse, und sie stolperte hinter ihm her, unfähig, sich dem starken Druck seiner Hand zu widersetzen.

»Aber ich bin ein anständiges Mädchen«, wehrte sie sich, als er sie durch die Menge in eine Seitenstraße zog. »Das ist die Wahrheit!«

»Ja? Erzähl das dem Sergeant. Rein mit dir.«

Bevor sie weiter protestieren konnte, schob er sie eine schmale Stufe hinauf, in tiefe Dunkelheit. Sie stolperte, fiel auf etwas Weiches und stürzte dann zu Boden.

»Hey, paß doch auf, was du tust!« sagte eine Stimme über ihr, und der Polizist draußen lachte in sich hinein.

»Benimm dich«, wies er Annie zurecht, als sie wieder auf die Knie kam. »Und sei still.«

»Aber«, sie rappelte sich auf und hämmerte gegen die Tür, die zugeschlagen wurde. »Aber ich habe doch gar nichts getan.«

»Ach, halt die Klappe«, rief eine Stimme aus der Dunkelheit, worauf sie vor Schreck zusammenzuckte.

»Habt ihr das gesehen? Sie fällt genau auf mich drauf, und entschuldigt sie sich etwa dafür? Nein«, sagte eine andere Stimme.

»Du könntest auch mal vom Boden aufstehen, Süße.« Das sagte eine Frauenstimme, die verdrossen und rauh vom Trinken klang. »Die sind nicht gerade besonders nett zu uns Straßenmädchen heute abend.«

Verwirrt wandte sich Annie um und versuchte, die Leute um sich herum in dem kleinen, dunklen Raum zu erkennen. »Wo sind wir?«

»Oh, Süße, du bist noch grün hinter den Ohren, nicht wahr? Warst du noch nie zuvor in einer grünen Minna?«

Eine grüne Minna. Annie fühlte sich plötzlich ganz schwach in den Knien und sank auf die Bank neben sich. Sie merkte, wie die anderen rückten, um ihr Platz zu machen. Dem

Mörder mochte sie zwar entkommen sein, aber ihre Schwierigkeiten waren keineswegs vorbei. O Gott, sie war verhaftet worden. »Aber ich habe doch gar nichts getan«, sagte sie verzweifelt. Es war zuviel. Überwältigt von den Ereignissen der Nacht, senkte sie den Kopf und brach in Schluchzen aus.

»Wen haben wir denn dieses Mal?« fragte Charlie Sweeney und kam in dem Moment aus der Polizeiwache, als sich die Türen der grünen Minna öffneten und der menschliche Abschaum aus dem Inneren herausstolperte.

»Das Übliche«, sagte Officer Eccleston. »Überwiegend Betrunkene, aber wir haben dieses Mal auch einen Taschendieb geschnappt und ein paar Huren.«

»Paß auf, was du sagst«, sagte die Frau mit der rauhen Stimme, als sie aus dem Wagen stieg. Eccleston grinste sie an. »Okay, Straßenmädchen, wenn dir das besser gefällt.«

»Straßenmädchen, von wegen. Das kleine Mädchen da drin ist keine Prostituierte.«

»Das kleine Mädchen?« sagte Charlie.

»Geh rein, Jewel. Ja, das ist eine neue. Sie behauptet, ihr Kunde sei der *Cliff Walk Killer*.«

»Der *Cliff Walk* ...« Charlie wandte sich der grünen Minna zu und blickte in die ängstlichen Augen von Annie McKenna.

»Annie?«

»Oh, Sergeant Sweeney?« Sie stolperte die Stufe hinunter. »Ich schwöre, ich habe nichts getan.«

»Annie? Was zum Teufel ... ?« Im Licht der flackernden Gaslampe blickte er auf sie hinunter. Er sah ihre zerrissene Kleidung und die blauen Flecke an ihrer Kehle, und seine Gesichtszüge verhärteten sich. »Was ist mit Ihnen passiert?«

»Oh, Sergeant Sweeney!« Zur großen Erheiterung von Jewel und Eccleston warf sie sich in seine Arme. »Er war es! Der *Cliff Walk Killer*.«

»Jesus!« Verlegen hielt er sie von sich weg. »Sind Sie sich sicher?«
»Ja«, schniefte sie. »Ich habe ihn so deutlich gehört, wie ich Sie höre. Er war es.«
»Jesus.« Er schaute Eccleston an. »Ist Tripp in der Nähe?«
»Ich glaube, er schläft oben. Sie nehmen das doch nicht ernst, Sergeant?«
»Verdammt noch mal, ja. Das Mädchen ist keine Prostituierte.«
»Sergeant, ich habe sie dabei ertappt ...«
»Lassen Sie sie frei.«
»Aber ...«
»Wenn Ihnen jemand Ärger macht, schicken Sie ihn zu mir.«
»In Ordnung«, sagte Eccleston einen Moment später, sichtlich widerwillig. »Es ist Ihr Hals.«
»Das ist wohl meine Sache. Kommen Sie, Annie.« Er faßte sie wesentlich sanfter am Arm, als es Eccleston getan hatte. »Ich bringe Sie nach Hause.«
»Sie verhaften mich nicht?« schniefte sie.
»Nein. Sie haben doch nichts getan. Nun seien Sie ein liebes Mädchen und beruhigen Sie sich. Sie können mir alles auf dem Nachhauseweg erzählen.«

»Hutton sagte mir, es gäbe ein Problem – Annie!« Brooke stockte der Atem. In der Küchentür von *Belle Mer* blieb sie jäh stehen. Es war spät am Abend. »O nein, was ist mit dir passiert?«
»Es tut mir leid, daß ich solche Schwierigkeiten bereite«, sagte Annie mit krächzender Stimme.
»Oh, Annie, dein Hals – warst Du etwa auf dem *Cliff Walk*?« Brooke sank auf einen Stuhl neben Annie, deren Kehle mit kalten Handtüchern umwickelt war. Von ihrem feschen Hut und ihrer adretten Erscheinung war nichts mehr zu sehen; ihre Jacke war staubig und an der Schulter eingerissen, und die

blauen Flecken hoben sich stark gegen ihre Blässe ab. Brooke starrte sie entsetzt an und schaute dann auf, nicht unbedingt überrascht, Charlie Sweeney hier zu sehen. »Sergeant?«

»Es ist nicht auf dem *Cliff Walk* passiert«, sagte er mit ernster Stimme, während er eine Hand beruhigend auf Annies Schulter legte.

»Ich bin zur *Illumination* gegangen, Miss«, setzte Annie an, und im selben Augenblick klopfte es an der Küchentür. Brookes Kopf schnellte hoch. »Wer um alles in der Welt könnte das um diese Uhrzeit sein?«

»Ich mache auf.« Charlie schob die Haushälterin zur Seite und öffnete die Tür. Matt Devlin trat herein. Brooke stockte der Atem, obwohl sich ein Teil von ihr fragte, warum sie so überrascht war. Es schien unvermeidlich, daß er hier war. »Matt?« sagte sie.

»Ich habe nach ihm geschickt, Miss Cassidy«, sagte Charlie, fast entschuldigend.

»Oh.« Sie fragte nicht, warum nicht auch Detective Tripp benachrichtigt worden war; sie war einfach nur glücklich, daß er nicht hier war. »Ich verstehe nicht.«

»Ich habe ihn wieder gehört, Miss«, krächzte Annie.

»Wen?«

»Den *Cliff Walk Killer*.«

Brooke stockte der Atem und Matt zog sich einen Stuhl heran. »Erzählen Sie mir alles, Annie«, befahl er.

»O, Sir. Es war schrecklich«, sagte Annie und fuhr fort, die Ereignisse des Abends wiederzugeben. Und während Brooke zuhörte, dachte sie kurz daran, daß sie Annie für einen Augenblick an diesem Abend um ihre Freiheit beneidet hatte.

»Sind Sie sicher, daß er es war?« fragte Matt, als Annie geendet hatte.

»O, Sir, ich könnte seine Stimme niemals vergessen, solange ich lebe. Allein der Klang, als er meinen Namen gerufen hat.« Sie zitterte. »Ich hatte Glück, daß der Polizist vorbeikam, als

er mich angegriffen hat. Obwohl er mich für eine Straßendirne gehalten hat.«
»Haben Sie den Mann sehen können, der Sie angegriffen hat?«
»Nein, Sir. Es ist alles so schnell gegangen, und außerdem war es dunkel in der Gasse. Ich – au.« Sie faßte sich mit der Hand an die Kehle. »Es tut wirklich weh.«
»Hier, trink das.« Mrs. Smith drückte ihr ein Glas mit in Wasser aufgelöstem Honig und Zitrone in die Hand. »Das wird dir guttun.«
»Danke.« Annie verzog das Gesicht, als sie an der Mischung nippte.
»Zeigen Sie mir Ihre blauen Flecken, Annie«, sagte Matt. Mrs. Smith schaute ihn an. »Können Sie das arme Mädchen nicht in Ruhe lassen?«
»Mrs. Smith.« Brooke stand auf, ging zu der Haushälterin herüber und legte ihr die Hand an den Arm. »Warum gehen Sie nicht zu Bett? Ich kümmere mich um Annie.«
»Ich soll Sie mit diesen Männern allein lassen?« Ihr Naserümpfen zeigte deutlich, was sie von Matt und Charlie hielt. »Das werde ich nicht, Miss.«
»Mrs. Smith.« Brooke fixierte sie mit einem strengen Blick.– »Gehen Sie zu Bett.«
Zur Überraschung aller wandte sich Mrs. Smith um und ging ohne ein Widerwort aus der Küche. »Nun«, sagte Brooke amüsiert, »das ist das erste Mal, das sie auf mich gehört hat.«
»Sie haben sich wie Mrs. Olmstead angehört, Miss«, sagte Annie.
»Was? Gütiger Himmel. Nun, ist auch gleich.« Sie setzte sich. »Matt, was tun wir jetzt? Sollte ich Detective Tripp benachrichtigen?«
»Nein«, sagten Matt und Charlie gleichzeitig, worauf die Frauen sie erstaunt ansahen. »Nein«, fuhr Matt fort. »Was glaubst du, wie unser Täter auf Annie gekommen ist?«
Brooke machte große Augen. »Glaubst du, Mr. Tripp ...?«

»Hat er nicht seine Runde bei allen *Cottagern* gemacht?«
»Ja, aber woher weißt du das?«
»Ich weiß, daß wir gegenüber niemandem außerhalb der Abteilung erwähnt haben, daß Annie etwas gehört hat. Aber Tripp ...«, er schnaubte verächtlich. »Es würde mich nicht wundern, wenn er viel mehr erzählt hat, als er sollte.«
»Aber das ist ja schrecklich! Es hätte Annie töten können.«
»Hat es ja auch fast. Aber denk daran, er verdächtigt nun einmal keinen von den *Cottagern*. Nun.« Matt beugte sich vor. »Zeigen Sie mir Ihre blauen Flecken, Annie.« Annie legte die Handtücher ab, und er musterte ihren Hals. »Hm. Etwas dunkler auf dieser Seite.« Er wies auf die linke Seite ihres Halses, und sie zuckte zusammen. »Tut mir leid. Als er Sie gepackt hat, wo befand er sich? Vor oder hinter Ihnen?«
Annie schloß die Augen, als ob sie versuchte, sich zu erinnern.
»Zuerst war er vor mir, weil ich nach unten schaute und seine Füße sah. Aber als er mich gepackt hat, stand er hinter mir.«
»Er hatte also seine Hände so um Ihren Hals geschlungen.« Matt demonstrierte es an seiner eigenen Kehle, und Annie zitterte. »Und die linke Seite ist dunkler.«
»Hat das etwas zu bedeuten?« fragte Brooke.
»Ja. Ich wünschte, Dr. Chandler könnte das sehen, aber ... Was halten Sie davon, Charlie?«
»Sie sehen gleich aus«, sagte Charlie. Seine Stimme klang ruhig, aber sein Gesicht war rot vor Wut. »Verdammt, wenn ich ihn bloß zu fassen bekäme, dann würde ich ...«
»Nun, Charlie«, sagte Matt sanft. »Wir kriegen ihn schon. Sieht aus, als ob Sie recht haben, Annie. Es war der *Cliff Walk Killer*.«
»Lieber Gott«, sagte Brooke. »Wenn er sie kennt, dann weiß er, wo sie lebt. Sie kann nicht hierbleiben. Sie wird in Gefahr sein.«
»Aber Miss, wo sollte ich denn hingehen?« widersprach Annie.
»Meine Eltern würden Sie aufnehmen«, sagte Matt. »Außer ...«

»Außer was?« hakte Brooke nach.
»Sie sind die einzige Zeugin, die wir haben, Annie.« Er schaute sie direkt an. »Sie sind die einzige, die den *Cliff Walk Killer* identifizieren kann.«
»Also muß sie in Gewahrsam genommen werden.«
»Ja. Aber sie kennt nur seine Stimme. Wenn sie hierbliebe ...«
»Matt, du schlägst doch nicht etwa vor, dem Mörder eine weitere Chance zu geben?«
»Nein«, sagte Charlie im selben Moment. »Wir sind dazu da, Zivilisten zu schützen, und nicht, sie in Gefahr zu bringen.«
»Verdammt, Charlie, das ist alles, was wir haben. Wenn sie ihn identifizieren kann ...«
»Ich werde sie nicht in Gefahr bringen. Wenn Sie damit weitermachen, werde ich das dem Polizeichef melden müssen.«
Die zwei Männer starrten sich an. »Interessiert eigentlich irgend jemanden, was ich denke?« unterbrach Annies schwache Stimme das angespannte Schweigen. »Ich denke, daß Mr. Devlin recht hat.«
»Nein«, fuhr Charlie sie an. »Sie könnten getötet werden. Ich werde das nicht zulassen.«
Annie schüttelte den Kopf und zuckte zusammen. »Es ist aber mein Leben, Sergeant, oder?«
»Annie, es kann nicht dein Ernst sein, daß du hierbleiben möchtest«, sagte Brooke. »Nicht, wenn der Mörder weiß, wo du lebst.«
»Oh, Miss. Es jagt mir wirklich eine Todesangst ein. Aber« – sie streckte ihr Kinn hervor – »er muß aufgehalten werden. Wenn ich dabei helfen kann, möchte ich das tun.«
»Matt, das kannst du nicht tun. Du bist ja nicht einmal mehr bei der Polizei.«
»Ich bin immer noch ein Polizist.« Matt sah sie grimmig an. »Ich werde vor dieser Sache nicht davonlaufen. Schauen Sie, Charlie.« Er beugte sich vor. »Der Mann hat Angst, wenn er Annie schon folgt und sie in einer Menge angreift.«

»Es gefällt mir nicht.« Charlies Gesichtszüge waren wie versteinert. »Wenn er das schon tut, was hält ihn davon ab, nach *Belle Mer* zu kommen?«
»Wahrscheinlich war er schon hier«, sagte Brooke. »Wenn er ein *Cottager* ist, war er bereits hier.«
»Das ist ein wichtiger Aspekt. Wenn man ihn hier gut kennt, wird er keinen Versuch unternehmen können.«
»Es ist ein großer Besitz«, wandte Charlie ein. »Es gibt viele Stellen, wo er sich ungesehen bewegen könnte. Er wird ihr nachgehen.«
»Und dann kann sie uns sagen, wer er ist. Sie ist unsere einzige Chance ...«
»Nein. Sie kann nicht hierbleiben. Ich werde das nicht zulassen.«
»Es ist nicht Ihre Entscheidung, Sergeant«, sagte Annie, und ihre krächzende Stimme ließ sie zusammenschrecken. »Mr. Devlin hat recht. Wenn ich die einzige bin, die ihn identifizieren kann, dann muß ich es tun.«
Charlie beugte sich vor. »Ich möchte nicht, daß Ihnen weh getan wird, Annie.«
Annies Blick wurde weicher. »Es wird schon gutgehen, Sergeant. Ich bleibe im Haus, wo er mich nicht kriegen kann.«
»Das Haus wird bewacht«, warf Matt ein, »und Sie könnten für mehr Schutz sorgen, Charlie.«
»Verdammt.« Charlie schaute ihn an. »Ja, das könnte ich, aber es gefällt mir nicht.« Er blickte wieder zu Annie. »Sind Sie sich sicher?«
»Ja«, Annie stand auf. »Wenn es Ihnen nichts ausmacht, gehe ich jetzt zu Bett.«
»Nein, geh nur, Annie«, sagte Brooke und begleitete sie bis zur Tür. »Du mußt erschöpft sein. Ich werde mit Mrs. Smith reden, daß Sie dich ein paar Tage schont.«
»Nein, nein, Miss. Ich mache weiter wie bisher.« Sie warf noch

einen Blick in die Küche. »Gute Nacht, Miss, Mr. Devlin, Sergeant.«

»Gute Nacht, Annie.« Charlie blieb stehen und blickte Annie nach. »Sie ist eine mutige Frau.«

Matt zog die Augenbraue hoch, und Brooke, die sich wieder hinsetzte, runzelte die Stirn. »Ja. Ich hoffe, du weißt, was du tust, Matt.«

»Das hoffe ich auch.« Charlie schaute ihn ernst an. »Wenn ihr etwas zustößt, Detective, sind Sie dafür verantwortlich.«

»Das wird es nicht, Charlie«, sagte Matt, und seine Stimme klang überraschend sanft. »Danke, daß Sie mich darüber informiert haben. Vielleicht könnten wir diese Sache ja doch noch aufklären.«

»Ja. Nun gut.« Charlie hob seinen Helm auf. »Ich gehe jetzt besser zur Polizeiwache zurück, bevor sie sich fragen, wo ich bin.«

»Charlie«, rief Matt ihm nach. »Kein Wort über diese Sache zu Tripp.«

»Halten Sie mich für blöd?« sagte Charlie und ging hinaus.

Es wurde still in der Küche, nachdem er gegangen war. »Himmel, was für eine Nacht«, murmelte Brooke.

»Ja.« Matt erhob sich. »Ich gehe jetzt auch. Je weniger Leute wissen, daß ich hier war, desto besser.«

Brooke begleitete ihn bis zur Tür. »Was wird passieren, wenn du entdeckt wirst?«

»Das weiß der Himmel. Auf jeden Fall werde ich bei der Polizei entlassen. Aber ich kann diese Sache jetzt nicht aufgeben.«

»Ich weiß. Ich kann es auch nicht.«

»Brooke.« Seine Stimme klang rauh. »Es tut mir leid, was mit deinem Onkel passiert ist. Das weißt du doch, oder?«

»Ja. Ich weiß, du hast getan, was du für richtig hieltst.«

Matt nickte, er wandte seinen Blick nicht von ihr ab, sie kannte diesen Blick nur zu gut. Dieser melancholische Blick zog sie an und ließ sie gleichzeitig erzittern. Es war zuviel nach alldem, was heute abend passiert war. Es war zuviel für sie, um damit fertigzuwerden, und außerdem viel zu spät. Sie trat einen Schritt zurück. »Es war ein langer Abend«, sagte sie. Müde strich sie sich das Haar aus dem Gesicht und wich seinem Blick aus. »Wenn du mich bitte entschuldigst, Matt ...«

»Was ist das?« Matt ergriff ihre Hand und starrte darauf.

»Matt ...«

»Ein Diamantring.« Er schaute sie an. »Dann darf ich wohl gratulieren?«

»Ich – ja.« Sie entzog ihm ihre Hand. »Seit heute abend.«

»Payson?«

»Ja.«

»Verdammt, er steht unter Verdacht, Brooke.«

»Er war heute abend mit mir auf einer Yacht im Hafen«, gab sie zurück. »Oder glaubst du, ich würde lügen, um ihn zu beschützen?«

»Nein.« Er wandte sich ab. »Nein, natürlich nicht. Meine besten Wünsche, Brooke.«

»Danke sehr«, sagte sie mit tonloser Stimme.

»Ich bleibe in Verbindung mit dir wegen Annie.«

»Natürlich.«

»Gut.« Er zögerte, als ob er noch etwas sagen wolle, dann ging er jedoch zur Tür. »Gute Nacht dann.«

»Gute Nacht«, antwortete Brooke und schloß die Tür hinter ihm, unendlich müde und unendlich niedergeschlagen. Die lange Nacht war vorbei, dachte sie, als sie auf ihr Zimmer ging. Nur Gott wußte, was der nächste Tag bringen würde.

Detective Tripp stürzte in den Aufenthaltsraum des Dienstpersonals auf *Claremont*, dem *Cottage* der Sinclairs, und die Leute, die sich dort zum Vormittagstee oder Kaffee versammelt hatten, schauten überrascht und mißtrauisch auf. Sie verharrten mit den Tassen in der Hand, und die Gespräche abrupt ab. »Nun!« Tripp strahlte sie an, die Hände hinter dem Rücken verschränkt, als er sich auf die Zehenspitzen stellte und auf- und niederwippte. Hinter ihm stand ein großer, bulliger Polizist und der Wachposten von *Claremont*, der genauso betroffen schaute wie das Personal. »Hier sind Sie also alle.«

Graves, der Butler, erholte sich als erster. »Können wir etwas für Sie tun, Sir?« fragte er und erhob sich, sein Verhalten war glatt wie die Rückseite seines Cutaways.

»Setzen Sie sich.« Tripps Stimme klang scharf. »Ich stelle die Fragen. Und zwar jetzt.« Die Hände immer noch auf dem Rücken verschränkt, durchschritt er den Raum. »Ich habe Sie alle schon eine ganze Weile beobachten lassen. Sie da.« Er drehte sich herum und zeigte auf ein Dienstmädchen. »Wie ist Ihr Name?«

»I – ich, Sir?«

»Ja, Sie. Stehen Sie auf. Sind Sie taub? Stehen Sie auf.«

»Das ist Rachel, Mr. Tripp«, sagte Mrs. Dooley, die Haushälterin. »Es gibt keinen Grund, sie so anzufahren.«

»Wenn ich Ihre Meinung dazu hören möchte, werde ich darum bitten. Nun, Rachel. War es nicht Ihre Uniform, die Miss Sinclair getragen hat?«

Rachel hob den Kopf und blickte ihn abweisend an. Wenn sie sich an ein ähnliches Gespräch auf *Belle Mer* vor einigen Wochen erinnerte, so ließ sie es sich nicht anmerken. »Nein.«

»Nein?« Er blickte sie durchdringend an, aber sie hielt seinem Blick stand. »Ich glaube, daß Sie lügen, aber deswegen bin ich nicht hier. Nicht heute.« Er dehnte das Schweigen aus, bevor er sich umdrehte. »Wer von Ihnen ist Thomas Pierce?«

Ein unbehagliches Schweigen breitete sich aus, und von hinten drang ein schlurfendes Geräusch, als Tom sich erhob. »Das bin ich.«

»Aha? Sie fangen wohl an zu trödeln, wie?«

»Nein, Sir.« Tom schaute ihn unbeweglich an, obwohl er seine

Mütze in den Händen drehte. »Ich komme immer um diese Zeit zum Kaffeetrinken vorbei.«
»Das stimmt.« Tripp ging vor ihm auf und ab. »Das wußte ich bereits. Ich weiß alles über Sie.«
Tom schluckte. »Sir?«
»Sie sind ein Gärtner, nicht wahr?«
»Ja, Sir.«
»Sie kennen sich mit Rosen aus, stimmt's?«
»Rosen? Nun ja, ich denke schon.«
Tripp wirbelte herum und blieb direkt vor Tom stehen, und obwohl Tripp kleiner war als er, schien er in keinster Weise eingeschüchtert zu sein. »Natürlich kennen Sie sich mit Rosen aus. Was ist das?«
Thomas zog den Kopf zurück, um die vertrocknete Blume zu betrachten, die ihm Tripp hochhielt. »Sieht aus wie eine Rose, Sir.«
»Sieht aus wie eine Rose? Natürlich ist das eine Rose, Sie Idiot.«
Durch den Zorn und die Drohung in Tripps Stimme trat Thomas zurück. »Ja, Sir.«
»Nun, Mr. Tripp«, sagte Graves von der anderen Seite des Raums. »Was hat das alles zu bedeuten?«
»Halten Sie den Mund«, fuhr ihn Tripp barsch an. »Ich führe ein Verhör. Oder soll ich Sie wegen Behinderung der Justiz verhaften? Nein? Das dachte ich mir. Nun. Pierce, Sie sind mit Maureen Quick ausgegangen?«
Thomas' Blick wurde unbeweglicher. »Ja, Sir.«
»Sie haben kein Alibi für die Nacht, in der sie starb.«
»Ich war hier, Sir.«
»Waren Sie das?« grinste Tripp höhnisch. »Es hat sie aber niemand gesehen.«
»Ich war hier.«
»Was ist mit den anderen? Den anderen Dienstmädchen.« Er schwieg für eine endlos erscheinende Zeit. »Miss Sinclair?«

»Mr. Tripp, ich muß darauf bestehen«, setzte Graves an.
»Seien Sie still! Nun. Ich bin heute nicht zum Plaudern hier vorbeigekommen. Ich werde eine Verhaftung vornehmen.«
Ein erschrecktes Raunen ging durch den Raum, und es brach ein ängstliches Flüstern aus. »Eine Verhaftung, Sir?« sagte Graves.
»Ja«, sagte Tripp und drehte sich rasch herum. »Thomas Pierce, ich verhafte Sie wegen der Morde auf dem *Cliff Walk*.«

13. KAPITEL

Annie platzte in Brookes Zimmer, als diese sich gerade für das Essen mit Mrs. Astor auf *Beechwood* angekleidet hatte. »Oh, Miss, haben Sie schon gehört? Es ist jemand verhaftet worden!«

Brooke stand vor dem Spiegel, sie drehte sich zu Annie um und warf dabei Kämme und Haarnadeln auf den Boden. »Was? Wer?«

»Tom Pierce, Miss, der Gärtner auf *Claremont*.«

»Ein Gärtner. Aber warum?«

»Wegen der *Cliff-Walk*-Morde, Miss.« Annie griff sich mit einer Hand an die Kehle. Die blauen Flecken wurden vom steifen Kragen ihrer Uniform nahezu verdeckt, aber was von ihnen sichtbar war, schillerte in allen Regenbogenfarben. »Er ist mit einem der Mädchen ausgegangen, die getötet wurden. Aus diesem Grund, nehme ich an, und weil er auf *Claremont* arbeitet ...«

»Aber er hat es nicht getan.«

»Ich weiß. O Miss, was sollen wir tun?«

»Ich weiß es nicht.« Brooke sank auf den Stuhl vor dem Toilettentisch. »Oh, das ist ja furchtbar. Der arme Mann.« Sie schaute auf. »Wo hast du das gehört?«
»Es weiß jeder, Miss. Ich ...«
»Hast du schon die guten Neuigkeiten gehört, Brooke?« Winifred schwebte in den Raum, ihre Chihuahuas rannten aufgeregt bellend hinter ihr her. »Sie haben endlich den *Cliff Walk Killer* verhaftet.«
»Ja, Annie hat es mir gerade erzählt.«
»Stell dir nur vor, ein gewöhnlicher Gärtner! Und dieser Devlin besaß die Frechheit, deinen Onkel zu verhaften.«
»Tante, angenommen, Thomas Pierce hat es nicht getan?«
»Es nicht getan? Natürlich hat er das. Ich bitte dich, red doch keinen Unsinn, Brooke. Nun, bist du bald fertig?«
»Ja. Ich muß nur noch mein Haar richten.«
»Wenn du das ein Mädchen tun ließest, würde es schneller gehen. Und sähe ordentlicher aus.« Brooke konnte mit dem Mund voller Haarnadeln nicht antworten, und so fuhr Winifred fort. »Nun gut! Jetzt können wir sicher sein, daß unser Ball ein Erfolg wird.«
Brooke erschrak. Der Ball. Vor Aufregung hatte sie den bevorstehenden Ball vergessen und den Anlaß zu dieser Feier. Der Ring an ihrem Finger erinnerte sie nur zu deutlich daran. Sie hatte den plötzlichen Wunsch, ihn vom Finger zu streifen und ihn quer durch den Raum zu werfen. »Ja. Tante, ich denke nicht ...«
»Gut. Du solltest auch nicht denken. Sonst verspätest du dich noch. Ich warte unten auf dich«, sagte Winifred und schritt majestätisch aus dem Zimmer.
Brooke starrte hinter ihr her, hin- und hergerissen zwischen Belustigung, Wut und Verärgerung, dies alles mit einem unterschwelligen Unbehagen. Ein gewöhnlicher Gärtner konnte die Morde auf dem *Cliff Walk* gar nicht begangen haben. Das konnte er einfach nicht. Er war mit Sicherheit nicht der Mann,

den Rosalind in ihrer Verkleidung getroffen hatte. Brooke erhaschte Annies Blick im Spiegel, und ihr Unbehagen wuchs. Es war noch nicht vorbei.

Der *Cliff Walk Killer* war gefaßt worden. Das verkündeten die Schlagzeilen der Zeitungen, aber schon vorher hatte sich die Nachricht in Windeseile in der Stadt verbreitet. Er war gefaßt und ins Gefängnis gebracht worden, und jeder in der Stadt atmete erleichtert auf. Kein anständiger Bürger mußte jetzt länger um seine Sicherheit fürchten. Und natürlich, so versicherten sich die *Cottager* gegenseitig, hatten sie von Anfang an gewußt, daß als Täter nur ein Bediensteter in Frage kam, da solch ein Verbrechen schließlich nur jemand aus den unteren Schichten begehen könnte. Dem Himmel sei Dank, daß dies endlich vorüber war. Jetzt konnte das Leben weitergehen wie zuvor. Die Polizeistation wurde von Reportern belagert, die die Einzelheiten der Verhaftung erfahren wollten. Detective Tripp, die Enden seines Schnurrbarts zwirbelnd, tat ihnen nur zu gern diesen Gefallen. Er war gleichfalls hocherfreut, am nächsten Tag im Gericht zu stehen, als Thomas Pierce von der Anklage vernommen wurde; vor einer Menge, die noch größer war als die bei der Verhaftung von Henry Olmstead. Polizeichef Read, erleichtert über die Tatsache, daß eine Festnahme erfolgt und seine Stellung gesichert war, nahm die Glückwünsche des Bürgermeisters und der Lokalpolitiker entgegen. Still und heimlich kehrte Matt Devlin wieder an seinen Platz in der Polizeistation zurück. Sein Büro roch muffig, obwohl er bloß eine Woche weggewesen war. Die Listen, die er so sorgfältig erstellt hatte, um die Übersicht über die Verdächtigen der *Cliff-Walk*-Morde zu behalten, hingen immer noch an der Wand, aber auf seinem Schreibtisch lag nichts von den üblichen Papierbergen. Das würde sich schnell genug ändern, wenn er erst mal zur Routinearbeit zurückgekehrt wäre. Es tat gut, wieder hier zu sein,

dachte er und schaute sich in dem kleinen, viereckigen Raum um. Er wünschte sich nur, die Umstände wären besser.
Der Geruch nach Pfeifentabak kündigte Matt schon die Ankunft seines Besuchers an. Tripp stand in der Türöffnung, die Hände auf den Hüften, die Pfeife im Mund. »Ich habe gehört, Sie sind wieder da.«
Matt lehnte sich in seinen Stuhl zurück. Er war entschlossen, sich von Tripp nicht reizen zu lassen, gleichgültig, was er sagte. »Wie Sie sehen.«
Tripp ging auf die Listen an der Wand zu und studierte sie, wobei er die Hände hinter dem Rücken verschränkte. »Die werden Sie wohl nicht länger brauchen.«
Matt nahm einen Stift auf und ließ ihn dann ein-, zweimal fallen. »Vielleicht.«
»Vielleicht?« Er warf Matt einen Blick über die Schulter zu. »Haben Sie nicht gehört, alter Knabe? Ich habe den Fall gelöst.«
»Vielleicht«, wiederholte Matt und spielte weiter mit dem Stift.
»Da gibt es kein vielleicht. Solide Polizeiarbeit. Mehr war nicht nötig. Ich habe alle möglichen Nachforschungen über Pierce angestellt. Wußten Sie, daß bei der Polizei eine Akte über ihn vorliegt, wegen tätlicher Bedrohung? – Und es paßte alles haargenau ins Bild, wonach ich gesucht habe. Ihre Raterei ist nichts für mich. Nein, vielen Dank. Solide Polizeiarbeit, wie ich bereits erwähnte.«
»Außer daß Sie den falschen Mann verhaftet haben.«
Tripps strahlendes Grinsen erlosch, aber er warf den Kopf zurück und lachte. »Den falschen Mann! Das ist ja köstlic, und das kommt ausgerechnet von Ihnen. Ha, ha, den falschen Mann. Nun, weder der Polizeichef scheint dieser Meinung zu sein, noch der Justizminister. Wir haben unseren Mann, Devlin, den richtigen Mann.«
»Was ist mit Nellie Farrell?«
»Was soll mit ihr sein? Sie hatte nichts damit zu tun. Nein, merken Sie sich meine Worte. Ich werde auch diesen Fall lösen,

und wenn ich mich nicht irre, steckt da eine Beförderung für mich drin.«
Matt ließ den Stift wieder fallen. »Vielleicht.«
»Hören Sie auf, mit dem verdammten Stift zu spielen!« Tripp stützte die Hände auf Matts Schreibtisch und beugte sich vor, und all seine Höflichkeit war wie weggeblasen. »Sie hören mir besser einmal zu, Devlin. Eines Tages werde ich hier das Sagen haben,und dann werde ich Sie beobachten. Einen Fehler, Devlin, nur einen einzigen, und Sie sind weg vom Fenster. Verstanden?« Matt erwiderte ungerührt seinen Blick und spielte immer noch mit dem Stift. »Ich sagte, haben Sie mich verstanden?«
»Detective?« sagte jemand an der Tür.
»Was?« sagte Tripp barsch.
»Kommen Sie herein, Charlie«, sagte Matt im selben Moment. »Ich glaube, er meint mich, Tripp.«
Tripp schnaubte verächtlich und richtete sich auf, während er Charlie anschaute. »Was wollen Sie?«
»Der Leutnant sagte mir, ich solle mich bei Detective Devlin melden, Sir«, sagte Charlie und klang unschuldig. »Haben Sie etwas zu tun für mich, Sir?«
»Ja.« Zum ersten Mal, seitdem Tripp hereingekommen war, lächelte Matt. »Wir arbeiten wieder an dem Fall Nellie Farrell.«
»Was!« schrie Tripp auf. »Aber das ist mein Fall ...«
»Klären Sie das mit Polizeichef Read«, sagte Matt und verschränkte die Arme hinter dem Kopf. »Und ich sage Ihnen jetzt zum letzten Mal: Verschwinden Sie aus meinem Büro.«
»Ich werde mit Polizeichef Read reden. Das können Sie mir glauben, Devlin«, brauste er auf und stürzte aus dem Büro.
Charlie grinste. »Schön, Sie wiederzuhaben, Captain.«
Matt erwiderte sein Grinsen. »Schön, wieder da zu sein, Charlie. Nun.« Er richtete sich auf. »Wie ist der Stand der Dinge im Fall Nellie Farrell?«

»Da hat sich nichts mehr getan.« Charlie setzte sich rittlings auf einen Stuhl und verschränkte die Arme auf dem Rücken. »Sie glauben doch nicht, daß Pierce es getan hat, oder?«
Matt warf ihm einen Blick zu. »Nein, das tue ich nicht. Meiner Meinung nach ist Pierce unschuldig.« Er ließ den Stift noch einmal fallen, dann schob er ihn zur Seite. »Wie geht es Annie McKenna?«
Ein Strahlen ging über Charlies Gesicht. »Gut. Ich habe sie gestern abend gesehen.«
»Aha?«
»Ich wollte nur sicherstellen, daß es ihr gutgeht.«
»Natürlich.« Matts Stimme klang gelassen. »Sie hat keine weiteren Drohungen erhalten?«
»Nein. Aber sie hat Angst, Captain. Todesangst.«
»Wir werden ihn finden, Charlie. Sagen Sie ihr das. Und hören Sie auf, mich Captain zu nennen.« Er verzog das Gesicht. »Nach diesem letzten Mißerfolg werde ich es wahrscheinlich nie bis zum Captain schaffen.«
»Vielleicht nicht. Hören Sie, Annie hat mir gestern abend etwas erzählt. Nächste Woche findet ein Ball auf *Belle Mer* statt.«
»Aha?«
»Ja. Miss Cassidys Verlobung soll angekündigt werden.« Er zögerte. »Sie wußten davon, oder?«
»Ja. Der Mörder wird also wahrscheinlich dort sein.«
»Wahrscheinlich«, stimmte Charlie zu. »Annie ist sicher, daß sie seine Stimme erkennt, wenn sie sie noch einmal hört.«
»Gut.« Matt zog sich ein paar Unterlagen heran. »In Ordnung. Wir organisieren etwas für diesen Abend. Aber unauffällig. Und in der Zwischenzeit kümmern wir uns um den Farrell-Fall.«
»Wie denn, Captain? Wir haben schon alles denkbar Mögliche überprüft.«
»Dann überprüfen wir es eben noch einmal, und diesmal noch gründlicher. Hören Sie sich um. Es muß eine Möglichkeit ge-

ben, ihren Liebhaber ausfindig zu machen. Haben wir erst ihn, dann haben wir auch den Mörder.«
»In Ordnung.« Charlie stand auf. »Ich mache mich gleich an die Arbeit. Noch etwas?«
»Nein. Ja«, sagte Matt, als Charlie zur Tür ging. »Ich möchte alle Berichte zu den Ermittlungen in der *Cliff-Walk*-Sache sehen.«
»Dachte ich mir schon. Ich habe sie bereits für Sie zusammengestellt.«
»Prima. Gute Arbeit, Sergeant.«
»Danke, Detective.« Charlie grinste. »Bin froh, daß Sie wieder da sind«, sagte er und ging hinaus.
»Ich auch.« Matt lehnte sich zurück und verschränkte die Arme hinter dem Kopf. Es tat gut, wieder da zu sein. Es war, wie zu Hause zu sein. Oder jedenfalls bald wieder. Entschlossen holte sich Matt die Unterlagen heran und begann, sich Notizen zu machen. Er würde nicht eher ruhen, bis er den richtigen *Cliff Walk Killer* gefaßt hatte.

Belle Mer schien bis zum Himmel emporzuragen, die frühe Abendsonne umgab es wie mit einem Heiligenschein. Matt betrachtete das Haus noch eine Weile, dann machte er sich wieder daran, die kahle Stelle auf dem Boden des *Cliff Walks* zu betrachten. Hier hatte alles angefangen. Nicht die Morde an sich, aber die Erkenntnis, daß sich etwas an dem Fall verändert hatte. Hier war Rosalind Sinclairs Leiche gefunden worden. Matt schloß die Augen, und sogleich hatte er die Szene wieder lebendig vor Augen, als ob sie sich eben ereignet hätte: die ausgestreckte Leiche auf dem Boden, jeder Würde beraubt, während die Seemöwen kreischend darüber kreisten; die neugierigen Zuschauer und das aschfahle Gesicht des Mädchens, das die Leiche entdeckt hatte; und die rote Rose, deren Bedeutung ihm im Gegensatz zu Tripp immer noch nicht klar war. Matt öffnete die Augen und blinzelte überrascht angesichts der

Stille des Tages. Er mußte Tripp etwas hoch anrechnen. Die Rose mit einem Gärtner in Verbindung zu bringen war ziemlich klug, zumindest, wenn die Rosen ein wichtiger Hinweis wären. Matt bezweifelte das jedoch.
Manchmal brachte ihn die erneute Untersuchung des Ortes, an dem ungelöste Verbrechen begangen worden waren, auf neue Ideen, auf neue Vorgehensweisen. Aber heute nicht. Der *Cliff Walk* lag unverändert da, dieser Teil war unbewachsen, anonym, eine gute Stelle, um ein Opfer ins Jenseits zu befördern. Es wäre besser, sich in sein Büro zu setzen, und die Berge von Berichten durchzusehen, die Charlie für ihn zusammengestellt hatte. Er drehte sich um und wollte gerade gehen, als ihn ein Geräusch hinter ihm veranlaßte, sich noch einmal umzudrehen.
Der Mann, der auf ihn zukam, war lässig gekleidet, aber Matt hatte bei diesem Fall unter anderem gelernt, auf teure Kleidung zu achten. Außerdem kannte er diesen Mann; plötzlich fiel es ihm ein, und er sah ihn vor sich, wie er ruhig und höchst selbstbewußt im Casino vor ihm gestanden hatte, einen Tennisschläger in der Hand. »Mr. Vandenberg«, sagte er, als er ihn begrüßte.
»Detective Devlin.« Miles schlenderte gemächlich auf ihn zu, die Hände in den Taschen und mit lässiger Haltung. »Sie sind immer noch Detective, oder?«
Matt lächelte weiterhin freundlich, entschlossen, sich nicht provozieren zu lassen. »So ist es. Sie wohnen hier in der Nähe, Mr. Vandenberg?«
»Ziemlich nah.« Er wies in Richtung Süden, wo der Atlantische Ozean mit dem Horizont zusammentraf. Dort hob sich die Silhouette eines riesigen, giebelförmigen Hauses gegen den strahlend blauen Himmel ab, das dunkel und irgendwie unheimlich wirkte. »Der Landsitz *At the Point*. Verraten Sie es nicht meinen Freunden, aber ich gehe gern auf dem *Cliff Walk* spazieren.«

»Warum sollten sie das nicht erfahren?«
Er zuckte die Achseln. »Es ist so plebejisch, nicht wahr? Aber ich schätze Newport.« Aus der Innentasche seiner Jacke zog er ein silbernes Zigarettenetui und hielt es Matt hin. »Rauchen Sie?«
»Danke.« Matt nahm eine Zigarette heraus und sah dabei auf die sorgfältig gravierte Verzierung aus Rebstöcken und Wein auf der Innenseite des Etuis. Irgendwo, irgendwann hatte er so etwas schon einmal gesehen. »Das ist ein ungewöhnliches Etui«, bemerkte er, als Miles es zuklappte und zurück in seine Tasche steckte.
»Sie haben einen scharfen Blick, Detective. Ja, es ist ungewöhnlich. Einer meiner Vorfahren war ein Weinhändler. Dies ist mein eigener Entwurf. Tiffany hat es für mich angefertigt. Die Zigaretten sind jedoch gewöhnliche *Cameos*.« Er nahm einen langen Zug. »Ja, Newport gefällt mir. Mehr vielleicht als meinen Freunden.«
Matt warf ihm einen prüfenden Blick zu. »Ist das der Grund, warum Sie Newport nie verlassen?«
»Haben Sie mich überprüft, Detective?« Matt zuckte zur Antwort die Achseln. »Dann müßten Sie wissen, daß meine Frau krank ist und die Ärzte empfohlen haben, daß sie sich stets am selben Ort aufhält.«
»Die Feuchtigkeit hier stört Sie nicht?«
»Nein.«
»Und vermissen Sie nicht New York?«
Miles warf seine Zigarette zu Boden und trat sie mit der Hacke aus, obwohl sie erst halb aufgeraucht war. »Ist das ein Verhör, Detective?«
»Nein. Bloß Neugier. Ich stamme selbst aus Newport. Ich hätte nichts dagegen, einmal etwas anderes zu sehen. Und doch, sie, die *Cottager*, scheinen das hier alles« – er wandte sich um und zeigte auf *Belle Mer* – »als selbstverständlich zu betrachten.«
»Einige tun das, Detective. Ich schätze jedoch, was ich habe.

Ich fahre selten woanders hin. Nach New York beispielsweise fast nie.« Geistesabwesend nahm er sich eine neue Zigarette, klopfte sie auf das Etui und zündete sie sich an. »Hier ist Rosalind Sinclairs Leiche gefunden worden, nicht wahr?«

»Ja.«

»Hm. Wenn ich Ihnen eine Frage stellen darf, Detective? Der Mörder ist festgenommen worden, oder?«

Matt mußte lächeln. »Ich trage nur ein paar lose Fakten zusammen, Mr. Vandenberg.«

»Ah. Dann sind Sie also auch nicht glücklich über die Verhaftung.«

Matt warf ihm rasch einen Blick zu. »Halten sie Thomas Pierce nicht für den Täter?«

»Einen gewöhnlichen Gärtner? Wohl kaum.« Miles entledigte sich der zweiten Zigarette und warf sie diesmal über die Klippen.

»Diese Verbrechen erfordern etwas mehr Elan, als er hat, finden Sie nicht auch? Außerdem kann ich mir nicht vorstellen, daß Rosalind mit ihm Umgang pflegte.«

»Das mußte sie auch nicht«, sagte Matt und wunderte sich über Miles Bemerkung. Niemand sonst betrachtete die Verbrechen als stilvoll.

»Aha. Sie halten sich an die Theorie des Wahnsinnigen, Detective? Aber warum war sie dann als Dienstmädchen verkleidet?«

»Ich weiß es nicht.« Matt lächelte ausdruckslos. »Warum denn?«

»Natürlich, um sich mit jemandem zu treffen. Ich schlage vor, Sie schauen sich die Leute ein bißchen genauer an, die sie kannte, Detective.«

»Ja? Aber wie Sie schon feststellten, der Fall ist bereits abgeschlossen.«

»Hm. Aber ich frage mich wirklich, warum Paul Radley gesagt hat, daß er in jener Nacht auf dem Dampfer aus New York war.«

»Ach wirklich?« sagte Matt und durchforstete seine Erinnerung. Sie hatten nachgewiesen, daß Radley auf dem Dampfer gewesen war, wie er selbst gesagt hatte, oder etwa nicht? »Warum?«

Miles zuckte die Achseln. »Neugier. Außerdem bin ich nicht herzlos, Detective. Und ich möchte, daß der Gerechtigkeit Genüge getan wird, wie jeder andere auch.« Seine Gesichtszüge verhärteten sich. »Das ist meine Stadt. Mir gefällt nicht, was hier zur Zeit passiert.«

»Mir auch nicht.«

»Das habe ich auch nicht angenommen. Wenn Sie mich nun entschuldigen wollen, ich setze meinen Spaziergang fort. Guten Tag, Detective.«

Matt nickte ihm zu und beobachtete für einen Moment, wie Vandenberg mit großen Schritten auf sein Haus zuging, ganz im Gegensatz zu dem gemächlichen Schlendern, mit dem er auf Matt zugekommen war. Ein Mann voller Widersprüche, dieser Miles Vandenberg, dachte Matt, während er sich umdrehte und seinen Weg fortsetzte. Ein Mann voller Geheimnisse, mit mehr Tiefgang, als er wahrscheinlich vorgab. Lebte er tatsächlich zufrieden in ständiger Isolation auf *At the Point*, so prunkvoll es auch war? Matt bezweifelte das. Daß Vandenberg diesbezüglich wahrscheinlich gelogen hatte, störte Matt nicht. Zu diesem Schluß kam Matt, als er die *Forty Steps* erreicht hatte und vom *Cliff Walk* auf die Straße bog. Vandenberg hatte ihm gerade Anlaß dazu gegeben, jemand anderen für den Mord an Rosalind zu verdächtigen. Und er fragte sich, warum.

Die Sommersaison in Newport war in vollem Gang. Da die Angst, die durch die Morde auf dem *Cliff Walk* entstanden war, nun der Vergangenheit angehörte, stürzten sich die *Cottager* eifrig ins Vergnügen. Man bestellte neue Garderobe in Paris oder New York, die von den Modekennern mit größtem Ernst diskutiert wurde. Im Casino fand der alljährliche Mitgliedsball statt, während die *Tennis Week*, in der die nationale Meisterschaft entschieden werden sollte, in vollem Gang war. Der Klatsch blühte. Und an einem milden Abend in August öffnete *Belle Mer* der »High Society« seine Tore, um die Verlobung von Brooke Cassidy mit Eliot Payson zu feiern.

Am Abend des Balls stürzte Brooke in ihr Zimmer, völlig erschöpft und mit den Nerven am Ende. Der erste Gast sollte in fünfundvierzig Minuten eintreffen, und sie war noch nicht einmal angezogen. Ehrengast zu sein und gleichzeitig die Vorbereitungen zum Ball zu beaufsichtigen war ein bißchen zuviel. »Annie, hilf mir, diese Knöpfe aufzumachen. Und beeil dich! Wir haben keine Zeit zu verlieren.«

Annie, die Brookes Zofe an diesem Abend war, kam zu ihr hinüber und öffnete geschickt die Knöpfe an Brookes Kleid. »Ich finde, wenn ich Ihnen das so sagen darf, daß Mrs. Olmstead Ihnen zuviel Arbeit aufbürdet, Miss.«

»Normalerweise macht mir das nichts aus.« Sie stöhnte und nahm eine Haarsträhne hoch. »Aber ich muß mich um so vieles kümmern, von dem Ball ganz abgesehen.« Sie begegnete Annies Blick im Spiegel. »Du weißt, was du tun mußt?«

»Ja, Miss. Ich habe Ihnen übrigens ein Bad eingelassen, also wenn Sie sich beeilen, sind Sie rechtzeitig fertig.«

»Ja, ja.« Jetzt nur noch in Hemd und Spitzenunterwäsche gekleidet, wandte sich Brooke Annie zu. »Wirst du auch vorsichtig sein? Denk daran, hinter der Topfpalme in der Nähe der Tür zu bleiben ...«

»Ja, Miss, und ich achte auf die Stimmen der Leute, die hereinkommen. Ich passe auf, daß mich niemand entdeckt. Das verspreche ich Ihnen. Und wenn ich seine Stimme erkenne, sage ich Ihnen sofort Bescheid. Oder Charl ... Sergeant Sweeney. Da ist nichts dabei, Miss.«

»Ich hoffe nicht. Ich wünschte, der Sergeant könnte sich auch in dem Italienischen Saal aufhalten, aber zu viele Leute kennen sein Gesicht.«
»Ich weiß. Ich frage mich, Miss, wie er wohl als Diener aussieht, in Kniebundhosen und Strümpfen? Ich wette, er hat schöne Beine.«
Brooke starrte sie an. »Annie.«
»Es war nur ein Gedanke, Miss. Jetzt nehmen Sie aber schnell Ihr Bad, oder Sie kommen zu spät.«
»Ja, Annie«, sagte Brooke und während sie ihr noch einen Blick zuwarf, eilte sie in das an ihr Zimmer grenzende Bad.

Kurze Zeit später saß Annie versteckt hinter einer riesigen Topfpalme, genau im Eingangsbereich zum Italienischen Saal. Dort war man rechtzeitig mit den Vorbereitungen fertig geworden, und der Abend schien ein Erfolg zu werden. Miss Brooke sah wirklich wundervoll aus in ihrem Abendkleid aus perlmuttfarbenem Satin, mit riesigen aufgebauschten Ärmeln aus Alençonspitze und den goldenen Satinrosen, die das Dekolleté verzierten. Es war ein bezauberndes Abendkleid. Annie wünschte, sie könnte auch so etwas tragen. Na ja, natürlich nicht so etwas Elegantes – das könnte sie sich nicht leisten –, aber irgend etwas in der Art. Für ihren Hochzeitstag, wenn sie je heiraten sollte? Daran hatte sie in letzter Zeit häufiger gedacht.
Zwei Männer, in perfekt sitzende, schwarze Fracks gekleidet, gingen an ihrem Versteck vorbei und sprachen über die *Wall-Street*-Ereignisse dieser Woche. Ihr Erscheinen erinnerte Annie an ihre Aufgabe. Sie saß hier, um ihre Arbeit zu erledigen, nicht um zu träumen. Miss Brooke und Charlie – Sergeant Sweeney - waren auf sie angewiesen. Eine Menge Gäste waren jedoch schon eingetroffen, und sie hatte die besagte Stimme noch nicht gehört. Sie schauderte. Sie würde die Stimme erkennen, wenn sie sie wiederhörte, da war sie sich sicher. Wahr-

scheinlich würde sie diese Stimme nie wieder vergessen. Sie verfolgte sie bereits in ihren Träumen, und sie fürchtete, daß das nie aufhören würde.
Draußen im Saal spielte das Orchester, aufgestellt auf der oberen Galerie, Ragtime, und die Leute tanzten den Two-Step, den neuesten Modetanz. Es war ein schöner Anblick, die Herren in weißen Krawatten und schwarzen Fracks, die Marineoffiziere, eingeladen, damit genügend Männer anwesend waren, in strahlend weißen Uniformen. Die Abendkleidung der Ladys dagegen schillerte in prächtigen Farben. Rechnete man den Wert der getragenen Juwelen zusammen, dann reichte er aus, um ein kleines Land zu regieren. Mrs. Astor persönlich, die wie immer in weißen Satin gekleidet war, trug mit Sicherheit ein Vermögen an Diamanten, von der dreireihigen Halskette, die – so wurde gemunkelt – aus mehr als 200 Steinen bestand, bis zur herrlichen Brosche an ihrer Brust und dem Diadem in ihrem Haar, das verdächtig dunkel für eine Dame ihres Alters war. Gott, was würde sie für einen von diesen Diamanten geben, dachte Annie sehnsüchtig. Verglichen mit der Eleganz der Gäste war der Saal geradezu schlicht dekoriert. Blumenranken schmückten die Galerien, und überall standen Rosenkübel und Topfpalmen, denn Mrs. Olmstead hatte sich zum ersten Mal eine einfach gehaltene Dekoration gewünscht. Es war Miss Brookes Abend. Die Aufmerksamkeit aller sollte sich auf sie richten. Annies Blick suchte und fand Brooke. Sie tanzte mit Mr. Payson. Sie mußte lächeln. Sie waren ein reizendes Paar. Er war nicht unbedingt der Mann, den sie für Miss Brooke ausgesucht hätte, aber alles in allem paßten sie gut zueinander. Sie beobachtete die beiden noch immer, als jemand vor die Palme trat und ihr die Sicht versperrte. Annie fluchte leise und biß sich auf die Zähne. Wenn der Mann sich nicht von der Stelle bewegte, wie sollte sie ihre Aufgabe erfüllen? Man verließ sich darauf, daß sie die Menschen auf dem Ball beobachtete. Doch sie konnte nichts sagen, da sie sich

sonst verraten hätte. Sie setzte sich verärgert zurück und fand sich vorerst damit ab zu warten, bis der Mann, wer immer es auch war, sich entschließen würde zu gehen.
»Annie.« Es war ein Flüstern und jagte ihr heftige Schauer über den Rücken. Sie hatte diese Stimme schon einmal gehört, o ja, sie erinnerte sich an die Gefahr und Bedrohung, die von ihr ausgegangen war, aber sie hätte es nie für möglich gehalten, ihr inmitten eines vollen Ballsaals wiederzubegegnen. »Hallo, Annie, erinnerst du dich an mich?«
Annie schluckte und verhielt sich völlig ruhig. Vielleicht sollte sie sich besser nicht bewegen ... »Ich erinnere mich an dich. Und ich sehe dich auch, weißt du«, sagte er. Bei dieser Bemerkung rührte sie sich, ihre Hand schlug unfreiwillig gegen die Palme, worauf die Blätter raschelten. »O ja.« Ein heiseres Lachen. »Ich weiß, daß du da bist. Ein interessantes Versteck, aber irgendwann mußt du da einmal herauskommen. Und dabei werde ich dich beobachten.« Er lachte in sich hinein. »Denk daran, Annie. Und denk an den Abend der *Illumination.*«
Mit diesen Worten ging der Mann davon. Gelähmt vor Angst, umfaßte sie die Armlehne ihres Stuhls, ein Teil ihres Gehirns jedoch erinnerte sich noch an ihre Aufgabe. Sie beugte sich vor und spähte durch die Palmwedel. Sie versuchte zu sehen, wer es war. Ein Gentleman, soviel war sicher, von mittlerer Größe und mit dunklem Haar. Mehr konnte sie jedoch nicht sehen. Er drehte ihr den Rücken zu, als er wegging, und eine Sekunde später war er in der Menge verschwunden, einer von vielen, die in Schwarz gekleidet waren. Sie hatte ihn aus den Augen verloren. Sie konnte ihn nicht mehr sehen, aber er war immer noch da. Daran hatte sie keinen Zweifel. Jedenfalls würde sie nicht wie eine Zielscheibe hier sitzenbleiben und sich von ihm schnappen lassen! Nein, das würde ihr, Annie McKenna, nicht passieren. Sie war klüger. Schließlich hatten sie einen Plan, oder nicht? Es war gleich, ob sie jetzt hervor-

käme, er hatte sie sowieso schon gesehen, und sie bezweifelte nicht, daß er die Wahrheit sagte. Er würde sie beobachten. Dieser Gedanke ließ sie fast wieder in den Schutz der Palme zurücksinken, aber ihr Stolz trieb sie voran. Hier war sie nicht sicher. Sicher war sie auf der anderen Seite des überfüllten Saals. Sie griff sich ein Tablett und bahnte sich ihren Weg durch den Raum. Niemand schenkte ihr Beachtung, sie war schließlich nur ein Dienstmädchen. Sie würde sich nicht umschauen, ob jemand sie beobachtete. Und sie würde sich auch nicht vorstellen, daß sich jeden Augenblick eine Hand auf ihre Schulter legte, sie wegzerrte und ihre Kehle umschloß und ... Das auf keinen Fall!

»Miss Brooke.« Ihre Stimme war atemlos vor Angst, als sie Brooke erreichte, die mitten in einer kleinen Gruppe stand, zu der auch Mr. Payson und die Olmsteads zählten. »Mrs. Smith braucht Sie einen Moment in der Küche.«

»Oh, wie lästig. Gerade jetzt?« sagte Brooke, aber sie ging mit ihr. Das was das Zeichen, das sie vorher mit Annie vereinbart hatte, falls sie etwas hörte.

»Ja, Miss. Es tut mir leid, Miss.«

»Oh, Brooke, jetzt?« jammerte Winifred. »Aber dein Onkel will jeden Moment eure Verlobung bekanntgeben.«

»Ich bin gleich wieder da. Entschuldige mich«, sagte Brooke lächelnd und ging mit Annie an ihrer Seite davon. »Nun?«

»Er ist hier, Miss.«

Brooke packte vor Aufregung ihren Arm. »Wirklich? Hast du seine Stimme gehört? Wo ist er?«

»Ich weiß es nicht, Miss. Aber«, Annie schluckte schwer, »er hat gedroht, mich umzubringen.«

14. KAPITEL

Brooke blieb abrupt stehen. »Wer ist es?« fragte sie.
»Ich weiß es nicht, Miss, und das ist die Wahrheit. Er hat mir die ganze Zeit den Rücken zugedreht. Aber ich werde niemals seine Stimme vergessen.« Sie zitterte. »Er sagte: ›Denk an die *Illumination*-Nacht.‹«
Brooke nahm Annie beim Arm und begann, sich einen Weg durch die Menge zu bahnen. Gütiger Himmel, das war eine Drohung. Solange Annie jedoch in Begleitung war, konnte ihr nichts zustoßen. Brooke wagte nicht daran zu denken, was passiert wäre, wenn sie keine Vorsorge getroffen hätten.
Charlie saß an dem langen Tisch und plauderte mit Mrs. Smith, als Brooke und Annie in die Küche kamen. Ein Blick genügte, und das Lächeln verschwand aus seinem Gesicht. »Ist er hier?« fragte er und stand auf.
»Ja. Aber sie hat ihn nicht gesehen«, sagte Brooke.
»Er hat mir den Rücken zugedreht«, erklärte Annie.
»Und er hat sie bedroht. Erzähl es ihm, Annie.«
Charlies Gesicht verfinsterte sich, als Annie stockend von

ihrer Begegnung berichtete. »Aber ich denke, wenn ich noch einmal in den Saal gehe, könnte ich herausfinden, wer er ist ...«

»Nein.« Er fiel ihr ins Wort. »Sie haben genug getan, Annie. Zumindest wissen wir, daß er hier ist.«

»Glauben Sie, daß sie hier sicher ist, Sergeant?« fragte Brooke.

»Nein, nicht hier. Wir machen mit dem Rest des Plans weiter.«

»Nun, ich freue mich, das zu hören!« rief Mrs. Smith aus und erschien mit Annies Hut und Mantel. »Ich habe mir Sorgen gemacht, das kann ich Ihnen sagen. Hier sind deine Sachen, Annie. Ich hatte sie schon bereitgelegt, für den Fall.«

»Gut mitgedacht, Mrs. Smith.« Charlie zwinkerte ihr zu, und zu Brookes großer Erheiterung errötete die Haushälterin.

»Ach, hören Sie auf. Flirten Sie mit jemandem Ihres Alters, Sergeant.«

Charlies Grinsen zeigte nicht eine Spur von Reue. »Vielleicht werde ich das auch noch tun. Nun, Annie? Sind Sie fertig?«

»Ja, Sergeant. Oh, Miss. Wird Ihnen auch nichts passieren?«

»Mir wird nichts geschehen, Annie.« Brooke begleitete sie zur Hintertür. »Es weiß niemand, daß ich in den Plan eingeweiht bin.«

»Aber Sie haben mit mir den Saal verlassen, Miss ...«

»Falls jemand fragt, sage ich allen, daß du krank geworden bist. Jetzt gehst du besser. Dürfen Sie mir sagen, wo Sie sie hinbringen?«

Charlie schüttelte den Kopf. »Es ist wahrscheinlich besser, wenn Sie das nicht wissen. Aber sie wird gut aufgehoben sein. Das kann ich Ihnen versichern.«

»Gut. Passen Sie auf sie auf.«

»Das habe ich vor«, sagte Charlie und begleitete Annie zur Tür hinaus.

Nachdem sie gegangen waren, wurde es still in der Küche. Es war ein merkwürdiges Schweigen, das auch durch die hastige Geschäftigkeit der Mädchen und Lakaien, die heraus- und

hineinliefen, nicht durchbrochen wurde. »Nun. Da werden wohl bald die Hochzeitsglocken läuten«, sagte Mrs. Smith.
»Was?« Brooke blickte auf die Tür. »Bei Annie und Sergeant Sweeney?«
»Genau. Und ich finde, die beiden passen gut zusammen.«
»Ja.« Bei diesen Worten fiel ihr ein, daß sie zurück in den Saal mußte. »Danke, Mrs. Smith. Und denken Sie daran, zu niemandem ein Wort.«
»Glauben Sie, ich würde irgend etwas tun, das Annie Schaden zufügen könnte? Das ist unwahrscheinlich. Gehen Sie nur zu Ihrem Ball zurück, Miss – ja, was gibt es denn?«
Durch den scharfen Ton in Mrs. Smiths Stimme drehte Brooke sich um und sah Miles Vandenberg im Türrahmen stehen. Er wirkte völlig fehl am Platz. »Miles?« sagte sie und ging zu ihm hinüber. »Stimmt etwas nicht?«
Er lächelte auf sie hinunter, als sie vor ihm stand. »Komisch, das gleiche wollte ich Sie fragen. Sie haben den Saal so rasch verlassen, daß ich glaubte, Sie seien möglicherweise krank.«
»Nein. Wir hatten einen kleineren Notfall hier. Das ist alles.«
Er nickte. »Ich verstehe. Gut. Man wartet auf Sie, Brooke.«
»Ja, ich weiß. Ich war gerade auf dem Weg zurück in den Saal.«
»Dann begleite ich Sie zurück«, sagte er und streckte ihr den Arm hin. Nach kurzem Zögern legte ihm Brooke die Hand auf den Arm. Es war nicht Miles' Schuld, daß sie dem, was nun vor ihr lag, nur widerstrebend entgegensah.
»Gut. Dann lassen Sie uns gehen«, sagte sie und kehrte in den Saal zurück, um die offizielle Verlobung mit Eliot Payson verkünden zu lassen.

Matt warf noch einen letzten Blick auf den Bericht, dann legte er ihn zur Seite. Paul Radley war in der Nacht, als Rosalind getötet wurde, auf dem Dampfschiff *Priscilla* aus New York gewesen. Als Beweis dafür hatte er den Kontrollabschnitt der

Fahrkarte geliefert. Der Polizeibeamte, der Radleys Alibi als erster überprüft hatte, hatte dies in seinem Bericht bestätigt. Doch eins ging Matt nicht aus dem Kopf: Warum hatte Vandenberg diese Aussage gemacht? Was steckte hinter der Äußerung: »Wenn Radley auf dem Dampfer gewesen war?« Impulsiv ging er zur Tür seines Büros und steckte den Kopf nach draußen. »Charlie.«

Charlie erschien auf dem Flur. »Ja, Detective?«

»Kommen Sie doch bitte für einen Moment herein«, sagte er und ging zurück an seinen Schreibtisch.

»Was gibt es?« fragte Charlie, als er hereinkam.

»Dieser Bericht über Paul Radley. Ich möchte, daß er noch einmal überprüft wird.«

»Das haben wir bereits getan, Captain.«

»Ich weiß. Macht es noch einmal. Er war letzte Nacht auf *Belle Mer*, oder?«

»Ja.«

»Gut. Wir müssen herausfinden, wo er am Abend der *Illumination* war. Und dann finden Sie heraus, wie oft er aus New York gekommen ist und welches Schiff er genommen hat.«

Charlie zuckte die Achseln. »In Ordnung. Was Nellie Farrell betrifft ...«

Matt schaute auf. »Was?«

»Nichts.« Er zuckte wieder mit den Schultern. »Meine Leute waren noch einmal in ihrer Straße und haben mit den Nachbarn gesprochen. Ich war sogar im Leseraum des Clubs und habe mit einigen Mitgliedern gesprochen, aber sie behaupten alle, sie nicht zu kennen. Wundert mich nicht, wenn man überlegt, was das bedeuten würde.« Er blickte auf seine Notizen. »Die Nachbarn mochten sie nicht besonders, aber sie fühlten sich durch ihre Anwesenheit nicht gestört. Offensichtlich hat sie zurückgezogen gelebt. Das Schlimmste, was man über sie sagen kann, ist, daß man sie manchmal spätabends gesehen hat, wie sie einen Gentleman an ihrer Tür begrüßt hat. Von mittlerer Größe und mit dunklem Haar; ein Gentleman der Kleidung nach. Aber das wußten wir ja bereits.«

»Es könnte jeder sein«, sagte Matt, aber das glaubte er eigentlich nicht. Es hörte sich nach Paul Radley an. Nach allem kam er am ehesten als die Person in Frage, die Rosalind getroffen hatte, insbesondere, wenn er an einem anderen Abend aus New York gekommen war, als er ausgesagt hatte. Er schien auch am ehesten als Vater ihres Kindes in Betracht zu kommen, und er war gestern abend auf *Belle Mer* gewesen. Die knappe Beschreibung seiner Person kam der Beschreibung Annies erschreckend nah. Er war nicht zum ersten Mal froh darüber, daß sie für ihre Sicherheit gesorgt hatten; zur Zeit wohnte sie bei seinen Eltern in Middletown. Sonst hätte letzte Nacht der *Cliff Walk Killer* wahrscheinlich ein weiteres Opfer gefordert.

»Es war dumm von ihm.«

»Von wem?«

»Unserem Mörder. Er muß doch wissen, daß wir jemanden verhaftet haben. Warum läßt er Annie dann nicht in Ruhe?«

»Wir wissen nicht, was er mit ihr vorhatte. Wenn es derselbe Mann ist, der Nellie getötet hat, so benutzt er verschiedene Methoden.«

Charlie blickte finster. »Ich würde ihn zu gerne zwischen die Finger kriegen.«

»Ich auch.« Matt lehnte sich zurück. »Ich glaube nicht, daß wir ihn los sind.«

»Glauben Sie, er versucht wieder zu töten?«

»Ich weiß es nicht. Töten scheint ihm nicht viel auszumachen, oder?«

Charlie preßte den Mund fester zusammen. »Ich bin froh, daß Annie in Sicherheit ist.«

»Das bin ich auch.«

»Matt.« Charlies Stimme klang zögernd. »Wer es auch immer

war, muß gesehen haben, daß Miss Cassidy gestern abend mit Annie weggegangen ist. Glauben Sie, daß sie in Sicherheit ist?«
Matts Kopf zuckte hoch. »Brooke? Verdammt, das will ich hoffen. Was noch hätten wir gestern abend tun sollen?«
Er stand auf und begann, auf und ab zu gehen. »Wenn Annie den Saal allein verlassen hätte, hätte er sie verfolgt.«
»Ja. Das könnte jetzt vielleicht Miss Cassidy passieren. Möglicherweise glaubt er, sie weiß, wo sich Annie aufhält.«
Matt blickte Charlie einen Augenblick lang an, ohne ihn wirklich wahrzunehmen, dann griff er nach seiner Jacke. »Ich warne sie besser.«
»Ja.« Charlie erhob sich. »Und ich beschäftige mich mit Radley.«
»Gut«, sagte Matt, als er hinausging, mit den Gedanken bereits woanders. Wenn Charlie ihn nicht darauf hingewiesen hätte, wäre ihm nicht in den Sinn gekommen, daß Brooke auch in Gefahr schweben könnte. Sie mußte es erfahren, damit sie vorsichtig sein konnte. Denn wenn ihr irgend etwas zustoßen sollte, müßte er etwas dagegen unternehmen. Selbst wenn sie jemand anderen heiraten würde.

»Entschuldigen Sie, Miss«, sagte Hutton, und Brooke, die mit einem Buch in der Hand in einem weißen Korbstuhl auf der Veranda saß, schaute auf. »Detective Devlin ist hier. Möchten Sie ihn sehen?«
»Hallo, Brooke«, sagte Matt und trat hinter Hutton hervor. »Störe ich dich gerade?«
»Nein, Matt.« Brooke stand auf und lächelte. Normalerweise würde Hutton nie Besucher hereinlassen, ohne erst nachzufragen, ob sie willkommen sind; aber das gesamte Personal betrachtete die Polizei nun etwas freundlicher. Im Gegensatz zu den Olmsteads wußten sie, was Matt und Charlie für Annie getan hatten.

»Bringen Sie uns etwas Eistee, Hutton.«
»Ja, Miss. Wenn ich mir erlauben dürfte, einen Vorschlag zu machen. Vielleicht möchte der Gentleman etwas Stärkeres trinken?«
»Ja, gerne. Danke«, sagte Matt, bevor Brooke antworten konnte. »Whiskey, bitte.«
»Sehr wohl, Sir«, sagte Hutton und ging zurück ins Haus.
»Er mag dich«, bemerkte Brooke, und Matt wandte sich ihr zu.
»Was? Warum?«
»Er hat dich einen Gentleman genannt. Setz dich, Matt.« Sie zeigte auf einen Stuhl neben sich, und so saßen sie einen Moment schweigend zusammen.
»Schön hier«, sagte er und schaute erst zu der Mosaikdecke und dann über den Rasen auf die *Sakonnet Passage* und den blauen Atlantik, der sich dahinter erstreckte. »Ich könnte mich daran gewöhnen.«
»Ja, im Nebel ist die Sicht nicht so schön, aber ich muß zugeben, daß das mein Lieblingsplatz hier im Haus ist.«
Matt drehte den Kopf, um das Haus zu betrachten. »Du hast einen langen Weg zurückgelegt, Brooke.«
»Vom *Fifth Ward*? In mancher Hinsicht, ja. Danke, Hutton«, sagte sie, als er das Tablett mit ihren Getränken auf dem Tisch abstellte. »Ich nehme an, du bist nicht dienstlich hier?«
»Doch, das bin ich. Warum?«
Brooke blickte auf den Whiskey. »Deswegen.«
»Oh. Das.« Er schwenkte das Kristallglas in seiner Hand und schaute stirnrunzelnd auf den Ausblick. »Uns ist ein Gedanke gekommen.«
»Ist es etwas Ernstes?«
»Ja. Gestern abend, als du in die Küche gegangen bist ...«
»Ist etwas mit Annie?«
»Nein. Ihr geht es gut. Wir machen uns Sorgen um dich.«
»Um mich?« fragte sie überrascht. »Aber mir geht es gut.«

»Wir wissen, daß der Mörder gestern abend hier war, Brooke.« Er betrachtete sie mit ernstem Gesicht. »Er hat gesehen, daß du mit Annie den Raum verlassen hast. Dessen kannst du sicher sein. Und er muß sich jetzt fragen, wieviel du weißt und inwieweit du eine Gefahr für ihn bist.«
Brooke lief eine Gänsehaut über den Rücken. »Du meinst, er ist jetzt vielleicht hinter mir her?«
»Ich weiß es nicht. Es ist möglich.«
»Lieber Himmel. Aber Matt, ich weiß doch nichts.«
»Du weißt, daß der wirkliche Täter noch nicht gefaßt worden ist. Du weißt, daß es jemand ist, den du kennst.«
»Lieber Himmel«, wiederholte sie. » Was soll ich tun?«
»Ich weiß es nicht, verdammt noch mal. Tut mir leid«, sagte er und entschuldigte sich für seine Ausdrucksweise. »Ich werde mit dem Wachposten hier sprechen, aber ich weiß ja noch nicht einmal, vor wem ich dich warnen soll. Aber auf folgendes solltest du achten.« Er beugte sich vor. »Bleib in der Nähe des Hauses. Verlaß den Besitz nicht ohne Begleitung. Geh niemals alleine aus. Und vermeide es, mit Männern allein zu sein, bis der Fall geklärt ist.«
»Selbst mit Eliot?« fragte sie zaghaft.
»Ja. Selbst mit ihm.«
»Aber er hat Annie nicht angegriffen. Das weißt du. An jenem Abend war er mit mir auf der Yacht der Burnhams, und gestern Abend war gerade unser Tanz zu Ende, als Annie auf mich zukam.«
»In Ordnung«, sagte Matt widerwillig. »Payson ist möglicherweise harmlos. Aber niemand sonst, Brooke.«
»Nein. Ich verspreche es dir.« Sie schaute auf den Rasen, ohne etwas von dem Ausblick wahrzunehmen. Als Rosalinds Leiche gefunden worden war, hatte sie gefühlt, daß die Bedrohung näherkam, aber sie hatte nie damit gerechnet, daß sie so nah an sie herankommen würde.
»Eigentlich glaube ich nicht, daß er hinter dir her ist.« Matts

Stimme klang fast tröstlich. »Er müßte wissen, daß er damit nicht durchkommt. Ich möchte nur, daß du Bescheid weißt.«

»Danke, Matt«. Sie warf ihm ein freudiges, gequältes Lächeln zu. »Ich werde vorsichtig sein. Versprochen.«

»Gut.« Er stellte das Glas auf den Tisch und stand auf. »Ich möchte nicht, daß dir irgend etwas zustößt«, murmelte er.

»Bitte?« fragte Brooke, die sich nicht sicher war, ob sie sich verhört hatte.

»Ich sagte, ich möchte nicht, daß dir irgend etwas zustößt.« Er drehte sich um und schaute sie an. »Auch wenn du mich verlassen hast.«

»Ich habe dich nicht verlassen, Matt!« Sie sprang hastig auf die Füße und sah ihn an. »Meine Eltern sind gestorben. Was hätte ich tun sollen?«

»Du hättest mich heiraten können, verdammt noch mal.«

»Du hast mich nicht gefragt.«

»Ich hab' das nicht für nötig gehalten.«

»Nicht für nötig ...!« Sie starrte ihn an. »Das ist ja wohl der Gipfel!«

»Was hätte ich tun sollen?« forderte er. »Du warst so durcheinander nach dem Tod deiner Eltern. Hätte ich plötzlich anfangen sollen, um dich zu werben?«

»Du hättest mir irgendein Zeichen geben können.«

»Ich glaubte, das hätte ich. Ich dachte, es gäbe ein Einverständnis zwischen uns. Und sag jetzt nicht, du wußtest das nicht. Du hast es gewußt. Gott, als du gegangen bist ...«

»Vielleicht wäre ich geblieben«, sagte sie ruhig. »Vielleicht, wenn ich nachgedacht hätte ... ich brauchte eine Familie, Matt. Ich habe dir das schon einmal gesagt. Als ich ging, habe ich nie beabsichtigt, mich von meinem alten Leben abzuwenden. Nie! Glaubst du nicht, daß es hart für mich war, meine Freunde und meine vertraute Umgebung zu verlassen? Und dann wurde ich mit der Gesellschaft konfrontiert – niemand kannte mich, ich bin lange Zeit nicht akzeptiert worden. Sie tun es noch immer nicht.« Sie zögerte. »Du hast nie etwas gesagt, Matt.«

»Und jetzt kann ich ja wohl auch schlecht etwas sagen«, sagte er bitter.

»Warum? Deswegen?« fragte sie herausfordernd und zeigte mit der Hand auf *Belle Mer* und all das, was es repräsentierte. »Du kennst mich nicht, wenn du glaubst, daß es mir etwas ausmacht.«

»Aber mir macht es etwas aus, verdammt noch mal.«

Sie starrte ihn an. »Du Snob.«

»Brooke.«

»Du bist wirklich ein Snob. Schon immer hast du jeden, der Geld hat, verabscheut, und jetzt verurteilst du mich, weil ich reiche Verwandte habe und nicht mehr im *Fifth Ward* lebe.«

»Verdammt, Brooke, du bist verlobt.«

Sie verstummte. »Ja, das bin ich«, stimmte sie ihm einen Moment später zu, blickte auf ihren Ring und drehte ihn am Finger.

Er folgte ihrem Blick. »Liebst du ihn?«

»Ich – wir mögen uns. Wir passen gut zueinander.«

»Das habe ich dich nicht gefragt. Liebst du ihn?«

»Oh, Matt.« Erschöpft strich sie sich ihr Haar aus dem Gesicht.

»Liebe ist nicht das Wichtigste.«

»Unsinn. Das weißt du besser. Deine Eltern haben sich geliebt. Meine lieben sich. Was sonst hat sie wohl so lange zusammengehalten?«

»Matt, es ist so kompliziert ...«

»Nein, das ist es nicht. Entweder liebst du ihn oder nicht.« Er starrte sie durchdringend an. »Liebst du ihn?«

Brooke schaute wie gebannt auf ihren Ring. »Nein«, sagte sie mit kaum hörbarer Stimme.

»Aber trotzdem wirst du ihn heiraten.«

»Ja.«

»Verdammt. Ich verstehe.« Matt griff nach seinem Hut und stampfte auf die Glastür zu, die ins Haus führte. Dort blieb er jedoch noch einmal stehen. »Du sagst mir, daß du dich nicht verändert hast, Brooke.« Er drehte sich zu ihr um. »Aber das hast du, weißt du das? Das hast du«, sagte er und ging hinein.

»Matt«, sagte Brooke, aber es war kaum hörbar. Ihn zurückzurufen wäre sinnlos. Er war weg. Und noch nie, so dachte Brooke, als sie sich in ihren Stuhl fallen ließ und ihr Gesicht in den Händen vergrub, hatte sie sich so einsam gefühlt.

Matt schwang sich auf sein Rad und radelte mit rasender Geschwindigkeit zur Polizeistation zurück. Er hatte genug von der *Bellevue Avenue* und ihren Bewohnern. Lieber setzte er sich täglich mit gewöhnlichen Leuten, Kleinstädtern und Arbeitern, auseinander. Konflikte mit ihnen waren meist einfach, geradezu leicht. Er war kein Snob, wie Brooke ihm vorgeworfen hatte. Es gab für ihn jedoch keinen Zweifel, daß die Reichen ein anderer Menschenschlag waren. Er tat gut daran, das nicht zu vergessen. Zumindest hatte er seine Pflicht getan und Brooke vor einer möglichen Gefahr gewarnt; und er hatte sichergestellt, daß sie beschützt wurde. Für jeden anderen in solch einer Situation hätte er das gleiche getan. Mehr gab es zu dem Thema nicht zu sagen. Davon abgesehen, brauchte er nicht weiter an Brooke zu denken. Als er vor der Polizeistation vom Rad stieg, schaute er auf die Uhr oben an der Wand. Im selben Moment hörte er das entfernte Geräusch eines Schiffshorns, und die zwei Ereignisse brachten ihn schlagartig auf einen Gedanken. Viertel vor acht, Ankunftszeit des New Yorker Dampfers aus *Fall River*. Matt schwang sich wieder auf sein Rad und radelte in Richtung *Thames Street*. Da die *Fall River Line* keine Passagierliste führte, hatte er sich auf die Aussage eines Stewards verlassen müssen bei der Frage, ob Paul Radley in jener Nacht, so wie er behauptet hatte, an Bord gewesen war. Vielleicht verschwendete er seine Zeit, aber

er spürte den dringenden Wunsch, diese Tatsache bestätigt zu wissen. Miles Vandenbergs Worte beschäftigten ihn. Was, wenn Radley tatsächlich zum Zeitpunkt von Rosalinds Tod in Newport gewesen war?
Wenn ein Ort die beiden unterschiedlichen Newports, die Arbeiterwelt und den Hauptsitz der Gesellschaft, verkörperte, dann war das *Long Wharf*. Hier legten die Fischerboote an und luden ihren Fang aus, wobei sie einen anhaltenden Geruch verbreiteten, der alles überdeckte. Es gab hier Wohnhäuser, Bars und Bootsbauergeschäfte, als ob dies eine Geschäftsstraße wäre. Am Ende des Kais jedoch sah die Welt ganz anders aus. Eine Menge gutgekleideter Leute wartete darauf, an Bord des Dampfers zu gehen: Matt erkannte mehr als einen *Cottager* in der Reihe. Er zeigte dem Schaffner seinen Ausweis und stellte sich an die Spitze der Reihe. Er beobachtete, wie der Dampfer *Priscilla Goat Island* umschiffte und Vorbereitungen zum Anlegen traf. Das große, weiße Schiff, fast so lang wie ein Transatlantik-Kreuzschiff, sah prachtvoll aus, als es anlegte, alle Lichter funkelten, und das Schaufelrad schäumte das Wasser auf. Matt war noch nie an Bord eines Schiffes der *Fall River Line* gewesen. Wie schon einmal kam ihm der Gedanke in den Sinn, daß er durch diesen Fall sicherlich wieder eine andere Seite des Lebens kennenlernen würde.
Sobald die *Priscilla* angelegt hatte, lief Matt zielstrebig über die Landungsbrücke. Er wußte, daß ihm nur wenig Zeit blieb, da das Schiff laut Plan in einer halben Stunde wieder abfahren würde. Er würde seine Fragen stellen und dann wieder gehen, dachte er. Dann blieb er abrupt stehen, als er den Raum sah, der sich vor ihm auftat. Während die Passagiere an ihm vorbeidrängten, stand er sprachlos da und starrte in den *Grand Saloon*. Er war riesig; mehrere Tennisplätze hätten darin Platz gefunden. Die Decke wölbte sich hoch über ihm, an ihr hing ein ausladender Kristalleuchter, dessen Hunderte von Lichtern hinter schimmerndem Glas glitzerten. Benom-

men wanderte Matt durch den Raum, und seine Füße versanken in plüschroten und goldenen Teppichen. Er betrachtete alles ganz genau, von den vergoldeten Säulen bis zu den eleganten, samtüberzogenen Möbeln. Du meine Güte, das war kein Schiff, das war ein schwimmender Palast. Er fragte sich, wie sich Nellie Farrell gefühlt haben mußte, in solch einem Luxus zu reisen, und kehrte schlagartig wieder auf den Boden der Tatsachen zurück. Er hatte seine Arbeit zu erledigen.
Der Fahrkartenkontrolleur hatte ihm gesagt, wie er zur Brücke käme, wo Matt vorhatte, mit dem Kapitän zu sprechen. Aber trotz der Anweisungen verirrte er sich. Es gab zu viele Treppen zu begehen, zu viele Flure, um sich zu verlaufen. Verwirrt blieb er am Eingang des Speisesaales stehen und war erstaunt über seine Größe. Es hatte den Anschein, als ob er alle fünfzehnhundert Passagiere des Schiffs aufnehmen könnte. Weißbefrackte Ober liefen geschäftig im Raum hin und her und ordneten Porzellangeschirr und Besteck auf den weißen Leinentischdecken an. Er wollte gerade nach dem Weg fragen, als ihn jemand von hinten ansprach. »Der Speisesaal ist noch nicht eröffnet, Sir. Wenn Sie wiederkommen würden, nachdem wir den Hafen verlassen haben, werden wir Sie gerne bedienen.«
Matt drehte sich um und erblickte einen Mann in einem schwarzen Dinnerjacket. »Ich bin nicht hier, um zu essen. Eigentlich habe ich mich nur verlaufen.« Er zeigte dem Mann seinen Dienstausweis. »Detective Devlin von der Polizei in Newport.«
»Devlin.« Ein erstaunter Blick glitt rasch über das Gesicht des Mannes. »Untersuchen Sie die Ermordung von Mrs. Farrell?«
»Ja«, sagte Matt erstaunt. »Haben Sie sie gekannt?«
»Nur als Passagier. Sie war eine reizende Frau.«
»Reiste sie oft?« fragte er, neugierig darauf geworden, wieviel der Ober wohl wüßte.

»Vielleicht einmal im Monat, aber sie war jemand, den man nicht leicht vergißt. Voller Leben und so glücklich, an Bord zu sein.«
Matt überkam wieder einmal quälendes Mitleid für Nellie. »Ich glaube, ich habe Ihren Namen nicht verstanden? Sie sind …?«
»John Harris. Der Oberkellner, Sir.«
»Mr. Harris.« Matt nickte und kalkulierte rasch, wieviel Zeit ihm noch blieb. Er mußte mit Kapitän Simmons sprechen, um die Erlaubnis zu erlangen, das Personal zu befragen, und doch war Harris' Wissen viel zu wertvoll, um es zu ignorieren. »Kennen Sie auch die anderen Passagiere?«
»Oh ja, Sir. Das muß ich, das ist meine Arbeit. Und die Gäste, die wir haben, erwarten gute Bedienung.« Er richtete sich auf und streckte die Brust heraus. »Ich will Ihnen nicht vorenthalten, Sir, daß die Crème der Gesellschaft zu unseren Passagieren zählt. Die Astors, Vandenbergs, Belmonts, sogar Präsidenten. Präsident Cleveland reist auch regelmäßig mit uns. Im Laufe der Zeit, glaube ich, hatten wir sogar schon jeden Präsidenten seit Lincoln an Bord.«
»Wirklich?« sagte Matt unfreiwillig beeindruckt. »Kennen Sie Paul Radley?«
»Den Senior oder Junior, Sir? Ich frage, weil Mr. Radley senior nicht so oft mit uns reist.«
»Ich interessiere mich für seinen Sohn.«
»Paul Radley junior.« Er schaute nachdenklich. »Ja. Er fuhr wie gewöhnlich letzten Donnerstag mit uns.«
»Donnerstag«, sagte Matt scharf. »Ich habe gedacht, er käme Freitag abends aus New York.«
»Oh, nein, nein. Gewöhnlich fährt er immer donnerstags mit uns. Außer, natürlich, jede zweite Woche, wenn er, wie ich vermute, die *Puritan* nimmt. Die *Priscilla* und die *Puritan* wechseln sich in den Nächten ab, wegen des Frühstücks. Passagiere können ihr Frühstück auf den Zimmern einnehmen, sofern sie es am Abend zuvor bestellt haben. Aber sie müssen es selbst

abholen. Letzte Woche war Mr. Radley nicht zufrieden mit dem Essen. Er hat sich sehr darüber aufgeregt. Das Steak war nicht nach seinem Geschmack.« Er beugte sich vor, und seine Stimme wurde leiser.
»Ich glaube jedoch, er hat es nicht richtig bestellt. Wir machen selten solche Fehler.«
Matts Gedanken überstürzten sich. Wenn das, was ihm Harris gerade erzählt hatte, stimmte, warf es alles über den Haufen, was er bisher über den Fall gedacht hatte. »Mr. Radley hat uns erzählt, daß er vor einigen Wochen an einem Freitag aus New York gekommen sei, in einer Einzelkabine mit der Nr. 22.«
»Nummer 22?« Harris schürzte die Lippen. »Das ist merkwürdig.«
»Warum?«
»Diese Einzelkabine ist in der Nähe des Dampfkessels. Sehr ungemütlich, mit dem Lärm und der Hitze, insbesondere im Sommer. Mr. Radley nimmt normalerweise eine Außenkabine.« Er nickte entschieden. »Ja. Ich erinnere mich genau, daß er letzte Woche die Nr. 45 belegt hatte.«
»Haben Sie das irgendwo schriftlich festgehalten, Mr. Harris?«
»Ja, ich müßte seine Frühstücksbestellung vorliegen haben.«
»Gut. Die würde ich gerne sehen.« Er runzelte die Stirn. »Aber warum –«, setzte er an, als das Schiffshorn ertönte. Verdammt. Es gab soviel, was er noch erfahren mußte, und sowenig Zeit, die ihm blieb. »Gibt es Stewards für die Kabinen, die ich erwähnt habe?«
»Ja, aber sie sind momentan beschäftigt. Und ich muß nun auch zurück zu meinen Pflichten, Sir ...«
»Ich verstehe«, beeilte sich Matt zu versichern. »Ich muß jedoch mit ihnen sprechen. Auch mit den Stewards von der *Puritan*. Mit wem könnte ich sprechen, damit sie zur Polizeistation kommen können?«
Harris schürzte die Lippen, aber dann nickte er. »Ich kann das für Sie erledigen, Sir. Kapitän Simmons wird es wahr-

scheinlich nicht gefallen, aber ich bin mir sicher, daß er Ihnen helfen will. Wie ich auch.« Er schaute zur Seite. »Miss Farrell war eine bezaubernde Frau«, wiederholte er.

»Ich danke Ihnen. Wir werden sie nicht lange aufhalten.«

Harris nickte erneut. »Ich schau' mal, was ich für Sie tun kann, Sir.«

»Danke«, sagte Matt und reichte ihm die Hand. Dann drehte er sich um, als das Schiffshorn zum zweiten Mal ertönte. Wenn er nicht bald von Bord ging, würde er selbst bis New York fahren, und das ginge ja nicht. Nicht mit dieser neuen Information. Grinsend verließ er die *Priscilla* und schwang sich auf sein Rad. Er fuhr zur Polizeiwache durch die eintretende Abenddämmerung. Es sah ganz so aus, als ob sie endlich einen Durchbruch in diesem Fall erzielt hätten. Wenn er erst von den Stewards der *Priscilla* erfahren hätte, was er wissen mußte, könnte er Radley ein paar gezielte Fragen stellen. Und mit ein bißchen Glück würde er den wirklichen *Cliff Walk Killer* finden.

15. KAPITEL

Du bist heute nachmittag so still, Brooke«, bemerkte Eliot, als er die Zügel anzog und sein Gespann zum Stillstand brachte. Es war früher Nachmittag, und sie hatten wie üblich mit all den anderen eleganten Kutschen an der Kutschenpromenade auf der *Bellevue Avenue* teilgenommen. Gleichgültig, wie oft Brooke das miterlebte, sie war immer wieder beeindruckt: die Kutschen, die Landauer und Viktorias, alle blitzsauber, die Pferde gestriegelt und geputzt, so daß sie fast künstlich aussahen. Noch beeindruckender war die feierliche Zeremonie der Parade, die Kutscher saßen steif wie Statuen, und die Insassen, für gewöhnlich Ladys, grüßten sich gegenseitig hoheitsvoll, wenn sie aneinander vorbeifuhren. Sie und Eliot hatten die Parade für einen Moment verlassen und fuhren hinaus über die *Ocean Avenue* zum *Brenton Point*. An diesem felsigen Kap schlugen die Wellen unaufhörlich und donnernd gegen die Felsen. Als verlobtes Paar saßen sie allein in Eliots Zweispänner, und niemand dachte sich etwas dabei. Brooke überlegte, daß auch sie sich langsam daran ge-

wöhnen sollte.
»Es tut mir leid«, murmelte sie, da sie während der Fahrt wenig gesagt hatte. Sie war mit anderen Dingen beschäftigt. Das Gespräch, das sie gestern mit Matt geführt hatte, ging ihr nicht aus dem Kopf. Die Tragweite überwältigte sie.
»Das muß es nicht.« Eliot klang fröhlich. »Ich mag Frauen, die auch mal schweigen können.«
Brooke blickte ihn erstaunt an. »Eliot! Wie kannst du nur so etwas Schreckliches sagen.«
»Stimmmt doch.« Er schenkte ihr ein leichtes und charmantes Lächeln. »Du bist eine sehr ruhige Person und plapperst nicht unentwegt wie so viele andere Frauen. Wir passen zusammen, denke ich.«
Brookes Hände verschränkten sich in ihrem Schoß. »Ja.«
»Ein schöner Ausblick, nicht wahr?« Er holte tief Atem. »Und eine so gute und wohltuende Luft.«
»Ja.« Über den Kanal hinweg konnte man die Insel von Conanicut sehen und weiter hinten das Festland von Rhode Island. Weit draußen auf dem Meer waren die Silhouetten von Schiffen sichtbar. Es war ein strahlender Tag, die Sonne schimmerte auf dem kobaltblauen Meer, und der frische Wind türmte die Wellen auf, die gegen die Klippen der Felsen schlugen. Es war ein schöner Ausblick. Hier waren auch vor fünf Jahren ihre Eltern ums Leben gekommen. »Könnten wir weiterfahren?«
»Warum? Wir sind doch gerade erst angekommen, Brooke.« Er legte seine Hand auf die ihre und lächelte voller Wärme. »Außerdem haben wir so selten die Gelegenheit, allein zu sein.«
»Ich weiß.« Brooke versuchte sich zu entkrampfen. Eliot hatte ihre Anspannung nicht gespürt. Sie wußte nicht, warum sie das überraschte. Es gab so vieles, was er nicht wahrnahm. »Ich mag diese Stelle nicht, Eliot. Hier sind meine Eltern umgekommen.«
»Oh? Oh. Dann kehren wir natürlich um.« Er trieb die Pferde

an, drehte und fuhr in Richtung Stadt. Zu ihrer Linken, auf der Landseite, erhob sich ein Großteil der *Cottages*, eins war aus Granit, als ob es aus den Felsen gehauen wäre, ein anderes war im Tudorstil erbaut und sah wie ein englisches Herrenhaus aus. Die *Ocean Avenue* würde schon bald so elegant sein wie die *Bellevue Avenue*. »Ich habe es vergessen. Es war ein Unfall mit der Kutsche, oder?«

»Ja.« Sie starrte nach vorne. »Ihre Pferde gingen aus unerklärlichen Gründen durch, und sie haben sich an den Felsen überschlagen.«

Eliot zuckte zusammen. »Es tut mir leid, Liebes. Ich hätte daran denken müssen.«

Ja, das hätte er. Matt hätte das, dachte sie und verbannte diesen gefährlichen Gedanken ganz rasch. »Außerdem sollte ich bald wieder zu Hause sein. Wir essen heute abend bei den Lindhursts.«

»Ich auch.«

»O ja, natürlich. Tante Winifred möchte mit mir ein paar Dinge besprechen.«

Eliot nickte verständnisvoll. »Über unsere Heirat, nehme ich an.«

»Nun, ja.«

»Eine kluge Frau. Es gibt viel vorzubereiten.«

»Ja«, wiederholte Brooke und wunderte sich, daß er den Widerwillen in ihrer Stimme nicht hörte. Aber dann erinnerte sie sich, daß er nicht der aufmerksamste aller Männer war.

»Wir werden in der *Grace Church* getraut«, sagte er. »Das Hochzeitsfrühstück findet bei dir zu Hause statt. Hast du dir schon Brautjungfern ausgesucht?«

»Nein.«

»Das solltest du aber. Das ist sehr wichtig bei einer Hochzeit. Such dir eine aus, die hübsch ist, die dich aber nicht in den Schatten stellt.«

»Vielen Dank!«

Er warf ihr ein rasches Lächeln zu. »Das gelingt naürlich keiner. Wir müssen auch über die Gästeliste nachdenken. Ich habe leider eine sehr hohe Anzahl von Verwandten.«

»Eliot, müssen wir gerade jetzt darüber sprechen? Wir haben ja noch nicht einmal das Datum festgelegt.«

»Ja, warum eigentlich nicht?« Er schaute sie mit einem ernsten Blick an. »Die Leute fragen schon.«

»Ich weiß«, murmelte sie. »Tante Winifred spricht vom Mai nächsten Jahres.«

»Mai.« Er nickte, und seine Lippen schürzten sich. »Ein guter Monat. Warm, aber nicht zu heiß. Das wäre mir recht.«

»Du möchtest nicht eher heiraten?«

»Natürlich möchte ich das, Liebes.« Er warf ihr ein strahlendes Lächeln zu. »Aber wir müssen doch planen, nicht wahr? Dadurch haben wir Zeit. Zusammen werden wir ein wunderbares Leben haben. Stell dir nur vor, Brooke.« Sein Blick schweifte in die Ferne. »Wir reisen, wohin wir wollen. Den Sommer werden wir natürlich hier verbringen, den Herbst in New York, und im Winter habe ich vielleicht an Florida gedacht. Oh, und wir können über den großen Teich reisen, sooft du willst.«

»Stellst du dir unsere Zukunft wirklich so vor?«

»Ja, warum nicht? Oh.« Sein Lächeln war selbstgefällig »Du möchtest ein Zuhause. Und Kinder, nehme ich an. Nun, ich habe nichts dagegen, solange sie dich nicht zu lange ablenken.«

»Wovon?«

»Von dem eigentlichen Sinn deines Lebens. Wir sind die *Crème de la Crème*«, fuhr er fort, und seine Stimme wurde leidenschaftlicher. »Wir sind die Elite, die Crème der Gesellschaft, und wir können so leben, wie wir wollen. Wir werden nicht nur reisen, sondern auch unser eigenes Zuhause haben, Brooke. Wir gehen selbstverständlich zu Gesellschaften, aber wir geben auch unsere eigenen. Wir werden den Ton angeben und die Trends setzen. Wir werden ...«

»Ich kann nicht«, platzte Brooke heraus.

»Den Ton in der Mode angeben? Natürlich kannst du das, Liebes.« Er warf einen kritischen Blick auf ihr Äußeres. »Ich gebe zu, du könnntest etwas ausgefallenere Kleidung tragen, aber das lernst du noch. Ich bringe es dir bei. Du wirst die eleganteste Frau von New York.«

»Das will ich gar nicht.«

»Natürlich willst du das, Liebes. Jeder in unserem Kreis legt Wert auf Eleganz.«

»Ich nicht!« Sie befreite ihre Hände aus seinem festen Griff und starrte hinauf in den Himmel. »Ich möchte nicht elegant sein. Ich möchte weder in Florida überwintern noch nach Europa reisen oder meine Kinder einer Kinderfrau übergeben, wie es zur Zeit alle tun. Das will ich einfach nicht, Eliot! Und vor allen Dingen möchte ich nicht mein ganzes Leben mit gesellschaftlichen Verpflichtungen verbringen. Ich will mehr.«

Eliot blickte verständnislos. »Was gibt es denn noch?«

»Was es noch gibt? O Eliot.«

»Nein, sag es mir. Ich möchte es wirklich wissen. Warum bist du nicht glücklich über unsere Pläne?«

»Deine Pläne, Eliot. Deine, nicht meine.« Verzweifelt zog sie ihre Handschuhe aus. »Ich habe geglaubt, daß ich es tun könnte. Ich habe geglaubt, daß sie recht hätten, als mir alle erzählten, wie gut wir zusammenpassen. Nun, das hatten sie nicht, Eliot. Sie hatten unrecht. Unrecht. Hier.« Sie streckte ihm den Diamantring entgegen, den er ihr vor nicht allzu langer Zeit geschenkt hatte. »Ich möchte, daß du ihn zurücknimmst.«

Er starrte sie ungläubig an. »Du löst die Verlobung?«

»Ja. Es tut mir leid, Eliot, aber ich kann dich nicht heiraten.«

»Du kannst nicht – oh, ich verstehe.« Zu Brookes Überraschung lachte er in sich hinein. »Du hast es dir anders überlegt. Aber das ist normal, Liebes. Wenn du das erst einmal überwunden hast, sieht alles ganz anders aus ...«

»Nein.« Brooke sah ihn entschlossen an, und ihre Stimme

klang fest. »Ich meine es ernst, Eliot. Ich kann dich nicht heiraten.«
Langsam streckte Eliot die Hand aus und nahm den Ring, ohne den Blick von Brooke abzuwenden. »Du meinst es ernst.«
»Ja, Eliot.«
»Schau, liegt es am Alkohol? Also, wenn es das ist, höre ich damit auf, ich verspreche es ...«
»Es ist zum Teil der Alkohol. Du trinkst wirklich zuviel, Eliot.« Sie schaute zu ihm hinauf und versuchte es ihm durch ihren Blick verständlich zu machen. »Aber es liegt mehr an mir. Ich kann es einfach nicht. Es tut mir leid, aber ...«
»Verflucht noch mal.« Eliot warf den Ring auf den Boden der Kutsche und trieb die Pferde mit den Zügeln an, so daß sie die enge Straße hinuntergaloppierten.
»Eliot!« schrie Brooke und hielt sich an der Seite der Kutsche fest, als sie hin- und herrutschte. »Fahr langsam! Bei dieser Geschwindigkeit werden wir verunglücken!«
»Das ist mir vollkommen egal. Verdammt, Brooke!« Er zog an den Zügeln, und die Kutsche kam schlitternd zum Stehen. »Warum?« fragte er verwirrt. Sie schluckte. Sie schuldete ihm zumindest eine ehrliche Antwort.
»Ich liebe dich nicht, Eliot.«
»Liebe? Was hat das denn damit zu tun?«
»Mehr, als du begreifst. Hier.« Sie griff nach unten, nahm den Diamantring vom Boden auf und drückte ihn Eliot in die Hand. »Gib ihn einer Frau, die dich lieben kann, Eliot. Du verdienst es.«
Eliot schob den Ring in seine Hosentasche. »Gibt es jemand anderen? Ist es das?«
Sie zögerte. »Ja, da ist jemand.« Was auch immer sie sich damit eingebrockt hatte.
»Verdammt«, wiederholte er und nahm die Zügel wieder auf, während er langsamer weiterfuhr. »Warum hast du damit bis nach der Bekanntgabe unserer Verlobung gewartet? Jetzt müs-

sen wir mit all dem Klatsch fertigwerden.«
»Eliot, es tut mir leid ...«
»Laß es, Brooke. Sag es nicht.« Er starrte nach vorne. Ein Muskel zuckte in seinen Mundwinkeln. »Sag jetzt nichts.«
»In Ordnung.« Brooke zog sich in die Ecke des Zweispänners zurück, so weit wie nur möglich von Eliot entfernt. Sie hatte ihn, den immer lächelnden und sympathischen Eliot, noch nie so wütend, zornig und bedrohlich erlebt. Es taten sich Abgründe auf, die sie bei ihm nie vermutet hatte. Der Gedanke ließ sie erschauern und erinnerte sie an die Warnung, die ihr Matt gestern mit auf den Weg gegeben hatte. Aber von Eliot drohte ihr keine Gefahr, sagte sie sich. Er war mit ihr zusammen gewesen, als Annie angegriffen worden war, und auch, als man sie auf dem Ball bedroht hatte. Er würde ihr bestimmt nichts tun, doch sie waren im Grunde allein, ihr einziger Begleiter war eine Kutsche weit vor ihnen. Er würde ihr nichts tun, oder?
Sie war erleichtert, als sie endlich eine belebtere Gegend in der Nähe des *Bailey Beach* erreicht hatten, wo andere Kutschen an ihnen vorbeikamen, ihre Insassen winkten und grüßten. Sie war erleichert, als sie auf die *Bellevue Avenue* einbogen, und sie war erleichtert, als Eliot die Kutsche in der Auffahrt von *Belle Mer* zum Stehen brachte. Brooke, die sich durch das spannungsgeladene Schweigen während der Fahrt krampfhaft aufrecht gehalten hatte, ließ die Schultern sinken, als Eliot, ganz Gentleman, herumkam, um ihr beim Aussteigen zu helfen. Er warf ihr einen fragenden Blick zu, als sie die Stufen hinabstieg. Er ergriff ihre Hände. »Bist du dir ganz sicher, Brooke?«
»Ja, Eliot, ich bin mir sicher.« Sie entzog ihm ihre Hände, erleichtert, als er nicht versuchte, sie festzuhalten. Jetzt war sie in Sicherheit. »Ich werde mit meiner Tante und meinem Onkel sprechen.«
»Ja.« Er stand da wie ein kleiner Junge, der verlegen von ei-

nem Fuß auf den anderen trat. »Nun gut. Paß auf dich auf, Brooke«, sagte er und kletterte in die Kutsche.

»Ja, du auch«, flüsterte Brooke, doch er fuhr in diesem Augenblick davon, und die Räder seiner Kutsche knirschten auf dem Kies, so daß er sie nicht hörte. Durch einen Tränenschleier sah Brooke ihn davonfahren, dann wandte sie sich um und ging hinein. Armer Eliot, dachte sie. Er war ein anständiger Mann, und es tat ihr leid, ihn verletzt zu haben. Doch auch jetzt noch war der Gedanke an ein Leben mit ihm etwas, das sie sich nicht vorstellen konnte. Sie war froh, daß sie endlich den Mut aufgebracht hatte, die Verlobung zu lösen und ihr Leben selbst in die Hand zu nehmen.

»Miss Cassidy«, sagte Hutton, als sie eintrat. »Es liegt eine Sache an, die Sie klären müssen.«

»O nein, nicht schon wieder!« rief sie aus. »Haben Sie eigentlich schon gemerkt, Hutton, daß Sie mir das seit neuestem jedesmal sagen, wenn ich zur Tür hereinkomme?«

»Ja, Miss.« Hutton verzog keine Miene. »Es tut mir leid, Miss.«

»Oh, es tut mir auch leid, Hutton. Es ist nicht Ihre Schuld. Es ist einfach in letzter Zeit zuviel passiert.«

»Ja, Miss.« Hutton blickte mitfühlend. »Aber diese Angelegenheit dürfte Ihnen keine großen Schwierigkeiten bereiten.«

Brooke zog die lange Hutnadel heraus und nahm den Hut ab. »Oh, na gut. Worum geht es?«

»Ein gewisser Monsieur Pepin, der möchte Sie sprechen. Er ist im Morgenzimmer.« Hutton rümpfte die Nase. »Er hat darauf bestanden.«

»Der Name kommt mir bekannt vor«, sagte sie und wunderte sich über seine Reaktion. »Kenne ich ihn?«

»Er war Koch auf *The Point*, Miss, zumindest bis heute. Er ist für seine Launen, aber auch für seine Kochkunst bekannt. Ich habe gehört« – Hutton schlich sich zu ihr hinüber – »daß ihn heute irgend etwas verärgert hat, worauf er sofort gekün-

digt hat.«
Zum ersten Mal, seitdem sie Eliot den Ring zurückgegeben hatte, war Brooke nach einem Lächeln zumute. »Ist es anzunehmen, daß er jetzt hier arbeiten möchte?«
»Ja, Miss.«
»Gott helfe uns. Nun gut. Ich bin im Morgenzimmer. Oh, und Hutton.« Sie wandte sich zu ihm und lächelte ein wenig. »Danke.«
»Bitte sehr, Miss«, sagte Hutton, und sein erstaunter Blick trug noch stärker zu ihrem Vergnügen bei. Er hatte sie, ohne es zu wollen, daran erinnert, daß das Leben weiterging, gleichgültig, was passiert war. In ihrer Welt würde es immer einen Haushalt geben, den sie zu führen hatte, mit all den Problemen, die das mit sich brachte. Sie freute sich schon fast auf die Begegnung mit dem temperamentvollen Monsieur Pepin.
»Mademoiselle«, sagte er und stand auf, als sie den Salon betrat. »*Merci beaucoup*, daß Sie mich empfangen. Sie sind überaus freundlich, überaus großzügig.«
Brookes Mundwinkel zuckten. »äh, ja. Ich bin Miss Cassidy. Sie sind Monsieur Pepin?«
»Aber natürlich. Aber, *pardon*, ich habe mich ja noch nicht vorgestellt, *non*? Ich bin Richard Pepin, *le chef extraordinaire*.«
Es zuckte um ihren Mund, als er sich verbeugte. Er war klein und gepflegt, hatte einen stark gewichsten, schwarzen Schnurrbart und funkelnde, schwarze Augen. Sie konnte sich gut vorstellen, daß er viel Temperament hatte. »Setzen Sie sich, Monsieur. Nun«, sagte sie und nahm selber Platz. »Warum wollten Sie mich sprechen?«
»Ah, ihr *Americains*, immer so gerade heraus, *non*? Um ehrlich zu sein, Mademoiselle, ich bin hier, um Ihnen einen großen Gefallen zu erweisen.«
»Aha?«
»*Oui*. Ich biete Ihnen meine Dienste als Chefkoch an.«

»Ich dachte, Sie sind bei den Vandenbergs angestellt.«
Pepins Augen schossen Blitze. »Bah! Die. *Impossible*! Und das Personal – *incroyable*! Immer an meinen Messern und an meinen Pfannen, sie legen die Dinge hier, die Dinge dort, nie dorthin zurück, wo sie hingehören, nein.« Gesten, wie Messer in Schubladen gelegt werden, untermalten seine Worte. »Jetzt fehlt auch noch mein Schälmesser. Und meine Pfannen, meine kostbaren Kupferpfannen – eine *cochon* von Dienstmädchen hat meine Omelett-Pfanne dazu benutzt, um Zwiebeln anzubraten. Zwiebeln! *Incroyable*!«
»Äh, ja. Aber haben die Vandenbergs keine gute Meinung von Ihnen?«
»Die? Bah«, wiederholte er. »Madame ißt nicht, was ich vorbereite, was immer es auch sei. *Non*. Immer schickt sie es zurück. Und Monsieur Vandenberg, er ist nie zu Hause.« Er lächelte wissend. »Er hat eine Freundin.«
»Wirklich?« sagte Brooke belustigt.
»*Mais oui*.« Er zuckte mit den Achseln, ganz der Franzose. »Mit solch einer Frau, wer kann ihm das schon übelnehmen?«
Brooke tat so, als ob sie lächelte. Er war irgendwie französischer als alle Franzosen, die sie je getroffen hatte, und sie fragte sich, wieviel von seiner Manieriertheit echt und wieviel aus Effekthascherei einstudiert war. »Gut.« Sie erhob sich. »Ich kann Ihnen nichts versprechen. Wir haben bereits eine Köchin, und ich bezweifle, daß Sie uns verlassen möchte. Aber ich werde mit meiner Tante über Sie sprechen.«
»Eine Köchin. Bah. Mit mir hätten sie einen Chefkoch *premier*, Mademoiselle.« Auch er erhob sich jetzt. »Aber ich werde mich in mein Schicksal ergeben.«
»Gut.« Brooke klingelte nach Hutton. »Hutton wird Sie zur Tür begleiten«, sagte sie und verließ das Zimmer. Sie war schon in wesentlich fröhlicherer Stimmung. Das Leben ging tatsächlich weiter. Sie würde den Vorfall mit Eliot hinter sich lassen, so wie er es eines Tages auch tun würde. Er

würde sich von dem Schlag erholen, den sie ihm zugefügt hatte; der, so vermutete sie, mehr seinen Stolz als sonst etwas verletzt hatte. Sie selbst konnte nun aufhören, sich schuldig zu fühlen, und konnte ihr Leben nach ihren Vorstellungen planen. Sie war frei. Zum ersten Mal seit fünf Jahren war sie frei.

Die Stewards der *Priscilla* waren, wie gewünscht, zur Polizeiwache gekommen, um die eigenartigen Umstände von Paul Radleys Reisearrangements zu erklären. Beide bestätigten die Aussage von Mr. Harris, daß er Donnerstag abends reiste. Auf die Frage, warum er auch freitags eine Kabine gebucht hatte, schauten sich beide nur ausdruckslos an. Diese spezielle Kabine wurde von einem Mr. Taylor besetzt, sagte schließlich einer von ihnen. Er hatte keine Ahnung, wer das war, Matt aber wußte es. Taylor war Radleys Kammerdiener. Warum sie getrennt reisten, war eine andere Sache.

»Wir sind nah dran«, sagte Matt zufrieden, nachdem die Stewards gegangen waren. »Radley könnte die Morde begangen haben.«

»Ja.« Charlie überflog die Seiten in seinem Notizbuch. »Er war in Newport, als die Morde begangen wurden, aber er hat es vor allen geheimgehalten. Aber das Personal vom *Muenchinger-King Cottage* erinnert sich an ihn. Ich habe das heute morgen überprüft.«

»Ich frage mich, ob er es auch vor Rosalind geheimgehalten hat.« Matt strich sich mit einem Finger über seinen Schnurrbart. »Er könnte der Mann sein, mit dem sie sich getroffen hat.«

»Sieht ganz so aus, nicht wahr?«

»Hm. Wenn Rosalind etwas tun wollte, das ihr nicht erlaubt war, mußte sie es heimlich tun. Radley könnte mit ihr unter einer Decke gesteckt haben.«

»Ich könnte um Geld wetten, daß er es war.«

»Hm.« Matt strich sich erneut mit einem Finger über den

Schnurrbart. Zumindest brauchten sie eine Erklärung für seine merkwürdigen Reisearrangements. »Wir reden mit ihm«, sagte er und griff zum Telefonhörer. Er fragte nach dem *Hotel Soleil*, Radleys Zuhause. Dabei erfuhren sie die interessante Neuigkeit, daß Paul jeden Moment aus New York ankommen würde. Matt legte auf und ließ sich sofort mit dem *Muenchinger-King Cottage* verbinden, der vornehmen Pension, in der viele der »High Society« wohnten, die keine feste Adresse in Newport hatten. Ja, Mr. Radley wohnte bei ihnen, wurde ihm gesagt. Ja, er könnte zum Telefon kommen. Matt lächelte grimmig, als er mit Paul sprach und dann wieder auflegte. »Ich denke, wir haben ihn«, sagte er, stand auf und griff nach seiner Jacke. »Er ist damit einverstanden, daß wir ihn bei sich zu Hause treffen. Besorgen Sie uns einen Zweisitzer, Charlie. Ich möchte das hier geklärt haben.«
»Geht klar, Captain.«
Kurze Zeit später stiegen sie in der Auffahrt des *Hotel Soleil* aus dem Zweisitzer und gingen hinein, in dasselbe getäfelte Empfangszimmer, wo sie Radley schon einmal befragt hatten.
»Was soll das eigentlich alles?« verlangte er zu wissen, ohne sie erst zu begrüßen.
»Setzen Sie sich, Mr. Radley«, sagte Matt und ließ sich nicht aus der Ruhe bringen.
Paul blieb stehen. »Sie werden nicht lange bleiben, meine Herren. Stellen Sie ihre Fragen, und dann gehen Sie wieder.«
Matt schaute ihn eine Zeitlang an. »Sehr schön. Warum haben Sie uns angelogen, Mr. Radley?«
»Ich habe Sie nicht angelogen.«
»Nein? Ihr Personal dachte, Sie seien in New York. Warum wohnen Sie im *Muenchinger-King Cottage*?«
Paul schaute ihn verächtlich an. »Ich wußte noch nicht, ob ich gestern abend nach Newport fahren würde, und deshalb habe ich das Personal nicht benachrichtigt. Statt jemanden aus dem Bett zu holen, entschloß ich mich, im *Muenchinger*

abzusteigen.«
»Das ist eine Lüge, Mr. Radley. Sie waren auch in der Nacht hier, als Rosalind starb.«
»Ich war auf dem Dampfer aus New York. Das habe ich Ihnen bereits mitgeteilt.« Er lächelte kühl. »Überprüfen Sie das bei der *Fall River Line*, wenn Sie mir nicht glauben.«
»Oh, das habe ich, Mr. Radley«, sagte Matt und sah mit Genugtuung ein unsicheres Flackern in den Augen des anderen Mannes. »Sie haben versäumt, uns mitzuteilen, daß ihr Kammerdiener in der Kabine war, die Sie angeblich benutzt haben. Machen Sie sich nicht die Mühe, das zu leugnen«, fügte er hinzu, als Paul den Mund öffnete, um zu sprechen. »Wir haben Zeugen, die diese Aussage bestätigen.«
Paul antwortete nicht gleich, aber er stand da und betrachtete sie, dabei hielt er seine Hände in den Hosentaschen vergraben. »Ich verstehe«, sagte er schließlich.
»Ist das alles, was Sie dazu zu sagen haben?«
»Was wollen Sie von mir hören?«
Matt stützte sich mit den Händen auf den Tisch, der sie voneinander trennte, und beugte sich zu ihm vor. »Sie waren hier, als Rosalind gestorben ist. Sie sind Donnerstag angekommen und nicht Freitag, und Sie sind so unauffällig gereist, daß niemand davon gewußt hat. Mir scheint das sehr verdächtig.«
»Das ist mir ziemlich gleichgültig, Detective.«
»Wo waren Sie in jener Nacht?«
»Ich erinnere mich nicht.«
»Reizen Sie mich nicht.« Matt lehnte sich noch weiter zu ihm vor, und wieder war ein unsicheres Flackern in Pauls Augen zu sehen. »Ich werde auch das herausfinden. Es wäre besser für Sie, wenn Sie es mir sagten.«
»Was ich in jener Nacht getan habe, geht Sie nichts an.«
»Waren Sie mit Rosalind zusammen?«
»Nein. Aber ich erwarte nicht, daß Sie mir das glauben.«
»Wo waren Sie dann? Nun kommen Sie schon«, sagte er, als

Paul nicht antwortete. »Wenn Sie nicht mit mir zusammenarbeiten, müssen wir Sie mit auf die Wache nehmen.«
»Ist das eine Drohung, Detective?«
»Nein. Ein Versprechen.« Matt blickte ihn unverwandt an. Als Paul immer noch nicht antwortete, richtete er sich abrupt auf.
»Na, das wär's dann wohl. Sergeant, nehmen Sie ihn mit.«
»Nein«, sagte Paul und zog den Arm weg, nach dem Charlie griff. »Nein, nicht.«
»Werden Sie mit uns reden, Mr. Radley?«
»Ja. Verdammt noch mal.« Paul wandte sich ab und zog sein silbernes Zigarettenetui aus der Innentasche seiner Jacke. »Ich habe wohl keine andere Wahl. Sie haben recht. Ich war in Newport. Aber ich war nicht mit Rosalind zusammen.«
»Wo waren Sie dann?«
Paul schwieg einen Moment, zündete sich die Zigarre an und löschte das brennende Streichholz mit einer raschen Handbewegung. »Bei einer Dame.«
»Ach?«
»Ja. Wir haben seit langer Zeit eine Liaison. Sie ist natürlich verheiratet.«
»Und Sie waren verlobt.«
Paul zuckte mit den Schultern. »Was hat das denn damit zu tun?«
Nicht zum ersten Mal tat Rosalind Matt leid. »Wußte Rosalind davon?«
»Natürlich nicht! Über solche Sachen redet man bekanntlich nicht.«
»Ach, ist das so.« Matt musterte ihn. »Wer ist sie?«
»Das kann ich Ihnen nicht sagen.«
»Oh, kommen Sie schon, Mr. Radley«, sagte Matt und legte sein Notizbuch nieder. »Sie sind nicht dumm. Sie wissen, warum ich Ihnen diese Fragen stelle.«
»Natürlich weiß ich das. Aber wenn ich es Ihnen sage, wird es

ihr Ehemann herausfinden. Und ich kann Ihnen versichern, das wird nicht gerade angenehm. Was meinen Sie, warum ich auf die Art reise, wie ich es tue? Damit er nicht dahinterkommt. Er kommt freitags aus New York, ich donnerstags, um ihm nicht zu begegnen. Sollte er jedoch fragen, habe ich Kontrollabschnitte für Freitag.«

»Die Sie uns bereits gezeigt haben. Sie waren also in der Nacht hier, als Rosalind starb. Das ist eine Gelegenheit. Sie glaubten, sie träfe sich mit jemand anderem. Das ist ein Motiv. Und Sie haben die Kraft, eine Frau zu erwürgen. Trotzdem erzählen Sie uns, Sie wären bei einer Dame gewesen, deren Namen Sie uns nicht preisgeben wollen.« Matts Blick war hart. »Das sieht schlecht für Sie aus, Mr. Radley.«

»Für Sie vielleicht. Sie glauben, ich habe Rosalind getötet.«

»Haben Sie das nicht?«

»Nein.«

»Ich glaube, Sie haben es doch.«

»Dann beweisen Sie es. Diesmal sollten Sie aber bessere Beweise vorweisen als die gegen Olmstead«, fuhr er Matt an und stolzierte aus dem Raum.

»Er hat recht, Captain«, sagte Charlie in das beklommene Schweigen. »Wir haben keine wirklichen Beweise gegen ihn.«

»Verdammt, ich weiß, daß er recht hat. Wir müssen den Beweis finden. Wir gehen zurück zur Wache und sehen die Berichte noch einmal durch.« Sein Gesicht verfinsterte sich. »Ich habe wohl etwas überlesen, aber ich werde es um jeden Preis herausfinden. So oder so kriegen wir ihn.«

»Ja, Captain.«

»Und nennen Sie mich nicht Captain.«

»Ganz wie Sie meinen, Captain.«

Zurück im Büro zog Matt die Jacke aus und setzte sich an seinen Schreibtisch. Er blickte unglücklich auf seinen Stapel Berichte. Verdammt. Sie waren so nah daran, den Fall zu lö-

sen, so nah, aber etwas fehlte noch. Radley hatte recht. Sie hatten noch nicht den Beweis, den sie gegen ihn brauchten. Das letzte, was er jetzt tun wollte, war, Berichte durchzusehen, aber es mußte getan werden. Er würde keinen weiteren Mann verhaften, ohne erst eine solide Grundlage gegen ihn aufgebaut zu haben. Er zog den ersten Bericht zu sich heran, las ihn sorgfältig, dann schob er ihn zur Seite und las den nächsten. Und einen dritten. In den ersten Tagen der Untersuchung war die Arbeit der Polizei äußerst gründlich gewesen. Jeder, der irgendwie mit den getöteten Mädchen in Verbindung stand, war immer wieder befragt worden. Durch Rosalinds Tod waren die Sommergäste in die Verhöre mit einbezogen worden. Es gab Berichte über die Olmsteads, die Belmonts, die Vanderbilts; Berichte über Miles Vandenberg und Eliot Payson, über Mamie Fish und Tessie Oelrichs. Doch da war ein Name unter ihnen, der ihm plötzlich ins Auge sprang, ein Name, der zu Beginn der Untersuchung keinerlei Bedeutung gehabt hatte, aber um den sich jetzt alles drehte. Matt legte den Bericht nieder und starrte in die Ferne. Alle Fakten fügte er wie ein Puzzle zusammen. Fakten, zwischen denen vorher kein Zusammenhang bestanden hatte, bekamen jetzt einen Sinn: ein Tennisspiel, Ausflüge nach New York, eine rote Rose in einer gravierten, silbernen Vase. Fakten, die so gut zueinander paßten, daß er sich fragte, warum ihm das nicht eher aufgefallen war.
»Heilige Mutter Gottes«, murmelte Matt und stand so rasch auf, daß die Papiere auf dem Schreibtisch durcheinanderflogen. Er wußte es. Er wußte, bar jeglichen Zweifels, wer der *Cliff Walk Killer* war.

Die Neuigkeit, daß Brooke ihre Verlobung mit Eliot gelöst hatte, verbreitete sich rasch. Bereits am letzten Abend bei den Lindhursts war offenkundig gewesen, daß ihr Verhältnis gespannt war. Da sie sich immerzu aus dem Weg gegangen waren, hatte es nicht lange gedauert, bis der Grund dafür bekannt wurde. Nun, am Morgen, nachdem Brooke Eliot den Ring zurückgegeben hatte, saß Brooke mit ihrer Tante und mehreren Gästen im Damenzimmer von *Belle Mer* und versuchte, während sie an ihrem Tee nippte, so zu tun, als ob sich nichts verändert hätte.

Das Ritual der Morgenbesuche vollzog sich für gewöhnlich nicht auf diese Weise. Normalerweise sah der Ritus vor, sich das schönste Kostüm anzuziehen, eine Kutsche zu besteigen und vor dem Haus verschiedener Freunde zu halten. Dort würde ein Diener aussteigen und die Visitenkarte abgeben. Damit war dann die gesellschaftliche Verpflichtung gegenüber diesem speziellen Bekannten erfüllt, und man machte sich auf den Weg zum nächsten Haus. Selten verließen die Leute wirklich ihre Kutschen, um hineinzugehen, da die Leute, die sie besuchten, selbst unterwegs waren. Auf diese Art und Weise konnten Freundschaften bewahrt werden, ohne daß man je wirklich miteinander sprach.

An diesem Morgen sahen die Dinge anders aus, denn die Neuigkeit hatte die Neugierigen nach *Belle Mer* gebracht. Tante Winifred war empört über diese letzte Wende der Ereignisse; hatte es in diesem Sommer nicht schon genug Skandale gegeben? Den Fragen ihrer Freunde gegenüber wahrte sie jedoch, wie Brooke, das Gesicht. Ja, die Auflösung der Verlobung tue ihr leid, aber das Glück ihrer Nichte liege ihr mehr am Herzen. Sie habe Pläne, verkündete sie und begann sofort, Ideen für eine große Abendgesellschaft zu besprechen, die auf *Belle Mer* gegeben werden sollte. Wenn sie ihre Gäste auch nicht überzeugen konnte, so waren diese zu höflich, um es zu zeigen. Über den Rand ihrer Teetasse hinweg traf Brookes Blick auf Miles Vandenberg, der ihr schräg gegenübersaß und sie belustigt anschaute. Sie rollte ein wenig mit den Augen, als Winifred ihre Pläne darlegte, und Miles, der das als Aufforderung verstand, erhob sich und setzte sich neben Brooke

auf das rosafarbene Brokatsofa. »Das Leben geht also weiter«, bemerkte er in einer Stimme, die nur für ihre Ohren allein bestimmt war.
»Offensichtlich«, murmelte Brooke, neugierig, warum Miles hier war, der einzige Mann in einer Runde von Frauen. Aber gleichzeitig freute sie sich darüber. Von allen *Cottagern* war er der einzige, der ihre Ansichten über die Gesellschaft zu teilen schien. »Wenn alles schiefläuft, gibt es ein Fest.«
»Eigentlich keine schlechte Philosophie. Danke.« Diese Worte richtete er an das Dienstmädchen, das ihm eine Tasse frischen Tee reichte. »Ist das ein neues Mädchen?«
Brooke blickte überrascht auf. »Lucy? Ja. Warum fragen Sie?«
»Nur so. Sie hatten ein anderes Mädchen. Ein hübsches Ding, mit roten Haaren.«
»Annie?« sagte Brooke, bevor sie sich bremsen konnte, und ein entsetzlicher Verdacht kam ihr in den Sinn. Aber das konnte nicht sein, dachte sie und verdrängte diesen Gedanken.
»So heißt sie?«
»Ja. Annie McKenna.«
»Ja, die habe ich wohl gemeint.«
»Wir mußten sie entlassen.«
»Von wem sprecht ihr, Brooke?« fragte Winifred.
»Von Annie, Tante Winifred.«
»Annie?«
»Annie McKenna.«
»Von wem? Oh, von ihr.« Winifred verzog das Gesicht und wandte sich wieder an Mrs. Stanford, die neben ihr saß. »Schockierend. Eines unserer Mädchen. Wir mußten sie entlassen. Na ja, sie ist doch tatsächlich am Abend der *Illumination* verhaftet worden, und ausgerechnet wegen Prostitution.«
»Na ja, wenn ich das gewußt hätte ...«, sagte Miles gedehnt und mit leiser Stimme.
»Miles!« Brooke starrte ihn an. »Ist es das, was Sie zur Zeit

interessiert? Mädchen, die sich nicht gegen Sie wehren können, bloß weil Sie Ihr Arbeitgeber sind?«

»Das klingt ja, als sei ich ein Monster, Brooke.« Er nahm einen Schluck Tee. »Ich hielt sie für hübsch. Daran gibt es doch nichts auszusetzen, oder?«

Nach den Worten von Vandenbergs ehemaligem Chefkoch war sich Brooke da nicht so sicher. »Eigentlich nicht.«

»Als nächstes werden Sie mir noch vorwerfen, ich sei der *Cliff Walk Killer*.«

Der Verdacht, der sie eben befallen hatte, stieg wieder in ihr auf.

»Sind Sie es?«

Er starrte sie einen Augenblick lang an, bevor er den Kopf nach hinten warf und lachte. »Guter Gott, nein! Warum sollte ich so etwas tun? Außerdem ist er doch schon verhaftet worden.«

»Was ist so komisch, Miles?« rief Winifred.

»Nichts, Ma'am«, sagte er, obwohl seine Mundwinkel zuckten.

»Gut, kommen Sie trotzdem und plaudern Sie mit mir. Ich könnte etwas Zerstreuung gebrauchen.«

»Natürlich. Entschuldigen Sie mich, Brooke?«

»Sicherlich«, murmelte sie und mied seinen Blick. Wie abwegig von ihr, so etwas zu sagen! Natürlich war Miles kein Mörder. Mit Sicherheit hatte er wenig mit Rosalind zu tun gehabt, als sie noch lebte, warum sollte er ihren Tod wünschen?

»Nun«, sagte Winifred mit gebieterischer Stimme. »Worüber habt ihr gesprochen?«

»Über nichts Besonderes«, sagte Miles und lehnte sich gegen das Sofa. Eigentlich hätte er fehl am Platze wirken müssen, ein Mann, der entspannt auf einem karminroten Brokatsofa saß, aber irgendwie tat er das nicht. »Eigentlich haben wir gerade über den *Cliff Walk Killer* gesprochen.«

Winifred schürzte vor Abscheu die Lippen. »Oh, darüber.«

»Ja, darüber. Ich sagte Ihnen doch, es sei nicht interessant.«

»Gott sei Dank ist er gefaßt worden«, sagte Mrs. Warren, eine untersetzte Frau in mittleren Jahren. »Stellen Sie sich vor, ich hatte Schwierigkeiten, mein Personal auf Botengänge zu schicken. Sie haben sich geweigert, den *Cliff Walk* zu benutzen. Können Sie sich das vorstellen? Sie meinten, er sei nicht sicher, selbst bei hellem Tageslicht nicht. So eine Frechheit. Ich mußte einige von ihnen entlassen.«

»Ja, ich bin froh, daß es vorbei ist«, sagte Winifred mechanisch. »Wen laden Sie nächste Woche zu Ihrer Abendgesellschaft ein?«

»Oh, meine Liebe, ich überlasse meiner Sekretärin diese Aufgaben. Natürlich wäre das eine willkommene Ablenkung für Sie nach dem, was Sie durchgemacht haben.«

Winifreds Lächeln war wie erstarrt. »Ja.«

»Ich fasse immer noch nicht, was sie Ihnen und Henry angetan haben. Und dann stellt sich heraus, daß der wirkliche Mörder ein gewöhnlicher Arbeiter ist.«

»Nun, es hätte mit Sicherheit niemand von uns tun können«, stimmte Mrs. Stanford mit ein. »Ein typisches Verbrechen der Unterschicht. Und dann ausgerechnet ein Gärtner.«

»Das paßt doch, denkt man an die Rosen«, bemerkte Miles.

»Welche Rosen?«

»Die man neben den Leichen gefunden hat.«

»Davon habe ich noch nie gehört. Aber ich muß sagen, ich stimme Amelia zu. Ich bin froh, daß man ihn gefaßt hat. Sie nicht auch, Miss Cassidy?«

Auf der anderen Seite des Zimmers saß Brooke, wie zu Stein erstarrt. »Ja«, sagte sie tonlos, sich kaum bewußt, was sie sagte. Sie hielt ihre Teetasse verkrampft in der Hand. Die Rosen. Niemand wußte davon. Sie erinnerte sich nur zu gut an Matts Worte. Niemand wußte von den Rosen, die man neben den Leichen gefunden hatte, außer ihr, der Polizei und – dem Mörder. Gütiger Himmel. Ihre Vermutungen stimmten. Miles Vandenberg war der *Cliff Walk Killer*.

16. KAPITEL

Matt hatte fast den ganzen Tag damit verbracht, Beweise zu sammeln. John Harris war zusammen mit den Stewards von der *Priscilla* auf die Polizeiwache gekommen, und Matts Vermutungen wurden bestätigt. Sein Verdächtiger war oft zwischen New York und Newport hin- und hergereist, obwohl er das Gegenteil behauptet hatte. Interessanter war jedoch der Aspekt, daß einige Fahrten mit denen von Nellies Ausflügen nach New York zusammenfielen. Die Tatsache, daß er für die Nacht, in der Rosalind ermordet wurde, Nellie als Alibi angegeben hatte, veranlaßte Matt, Polizisten mit Bildern des Verdächtigen zu Nellies Nachbarn zu schicken. Obwohl keiner von ihnen ihn eindeutig identifizieren konnte, sagte mehr als einer aus, daß er dem Mann ähnele, der sie besucht hatte. Ein älterer Herr im Lesezimmer des Clubs lieferte dafür den entscheidenden Beweis. Er hatte gereizt zugegeben, Nellies Protegé zu kennen, ihn aber bis jetzt nicht in den Fall verwickeln zu wollen. Jetzt hatten sie ihren Mann. Aber Matt wollte mehr. Und an diesem Morgen hatte er es bekom-

men. Gestern hatte er ein Ferngespräch mit Sergeant O'Neill aus New York geführt, und O'Neill hatte ihn heute zurückgerufen und eine ganze Weile mit ihm gesprochen. Nach ausführlichen Befragungen in den besten Hotels der Stadt hatte er schließlich einen Angestellten gefunden, der zugab, daß der betreffende Mann eine Zeit bei ihnen verbracht hätte und daß er manchmal mit einem besonderen Mädchen dort gewesen wäre. Ja, es wäre das Mädchen, dessen Bild ihm der Sergeant zeigte, behauptete er steif und fest. Matt lachte grimmig, nachdem er das gehört hatte. Das Mädchen auf dem Bild, aus den Gesellschaftsseiten des *Herald*, war niemand anderes als Rosalind Sinclair. Ihr Verdächtiger war in Rosalinds Tod verwickelt und dadurch auch in die anderen. Ausgerüstet mit diesem Beweis, stand Matt nun als nächstes ein langes Gespräch mit dem Polizeichef bevor, der erfreut und verstimmt zugleich war. Allein der Gedanke, wieder einen *Cottager* wegen Mordes zu verhaften, schlüge ihm auf den Magen, sagte er, aber am Ende mußte er doch zugeben, daß die Fakten überwältigend waren. Innerhalb einer Stunde, mit einem Haft- und einem Durchsuchungsbefehl zur Hand, fuhren Matt und Charlie in einem Zweisitzer auf die *Bellevue Avenue*, mit der Grünen Minna im Gefolge. Endlich würden sie die Morde auf dem *Cliff Walk* zum Abschluß bringen.
Als sie jedoch ihren Zielort erreicht hatten, wurde ihnen mitgeteilt, daß ihr Mann nicht zu Hause wäre. Das brachte sie etwas aus der Fassung, aber eigentlich nur leicht enttäuscht überreichte Matt einem aufgeregten Butler den Durchsuchungsbefehl. Er gab seinen Polizeibeamten genaue Anweisungen, wonach sie suchen sollten, vor allem nach Messern, die eventuell im Mordfall Nellie Farrell benutzt worden waren, und nach den schweren Arbeiterschuhen, die der Mörder getragen hatte. Sie zogen es vor, auf die Rückkehr ihres Mannes zu warten, als zu versuchen, ihn in der Öffentlichkeit aufzugreifen, zumal er zum Mittagessen

zurückerwartet wurde. Matt fragte beiläufig, wo er sich denn an diesem Morgen aufhalte? Der Butler, völlig fassungslos über den Einbruch in seine Domäne und die Unterbrechung seiner geregelten Routine, antwortete zerstreut. Er glaubte, sein Arbeitgeber sei nach *Belle Mer* gegangen. Alarmiert sprang Matt auf, und auch Charlie griff nach seinem Hut, offensichtlich genauso besorgt wie er. Jetzt durften sie keine Zeit verlieren. »Er hat keinen Grund, ihr weh zu tun, Captain«, sagte Charlie, als sie nach draußen auf die Auffahrt eilten und in den Zweispänner kletterten. »Sie weiß doch nichts. Sie ist in Sicherheit.«

»Ich weiß.« Matts Stimme klang zornig, als er nach den Zügeln griff und die Kutsche in schnellem Tempo die Auffahrt hinunterjagte. Er konnte das merkwürdige Gefühl der Unruhe nicht erklären, er wußte nur, daß es immer stärker wurde. Die Anwesenheit des Verdächtigen auf *Belle Mer* bedeutete nur eines. Brooke war in Gefahr. »Dann nehmen wir ihn eben dort fest«, sagte er und trieb die Kutsche in rasanter Geschwindigkeit nach *Belle Mer*, um Miles Vandenberg zu verhaften.

Brooke schaute auf und bemerkte, daß Miles sie erneut betrachtete. Diesmal lag jedoch keine Belustigung in seinem Blick. Im Gegenteil, er musterte sie so kühl, daß ihr ganz kalt wurde. Er wußte es. Er wußte, daß er einen Fehler gemacht und sie dies erkannt hatte.

Es packte sie das gleiche Entsetzen, nur noch viel, viel stärker, das sie am frühen Nachmittag empfunden hatte, als ihr bewußt wurde, daß Eliot wütend genug war, um zu töten. Miles hatte schon mehrere Male unter Beweis gestellt, daß er ein Mörder war, und er hatte Annie angegriffen, weil sie ihn identifizieren konnte. Er war – lieber Himmel, er war ihnen am Abend des Balls bis zur Küche gefolgt. Er war unerbittlich, rücksichtslos, und wenn er Brooke für eine Gefahr hielt, würde er nicht zögern, sie zu töten.

Um sie herum ging das Geplauder weiter, als ob nichts geschehen wäre. Niemand schien Miles' Schweigen zu bemerken oder daß er nicht aufhörte, Brooke anzustarren. Sie war in Sicherheit, machte sie sich selber Mut. Solange sie in ihrem eigenen Haus bliebe, wäre sie sicher vor ihm. Matt hatte recht gehabt, sie davor zu warnen, mit niemandem allein zu sein.
Matt. Lieber Himmel, er mußte es erfahren. Wer weiß, er könnte gerade unterwegs sein und an einem anderen Fall arbeiten, aber sie mußte ihn trotzdem wissen lassen, was sie entdeckt hatte. Mit zittrigen Fingern griff sie nach der silbernen Teekanne, als Winifred mit Miles sprach und ihn für einen Augenblick lang ablenkte. Die Kanne fühlte sich in ihrer kalten Hand siedend heiß an, aber sie bot ihr die notwendige Entschuldigung, die sie brauchte. »Der Tee ist kalt geworden«, murmelte sie. »Ich werde dafür sorgen, daß wir neuen bekommen.«
So beiläufig wie möglich erhob sie sich und betätigte den Knopf in der Wand, der dem Personal signalisierte, daß im Damenzimmer Bedienung benötigt wurde. Dann, so als ob es zur Regel gehörte, seine Gäste allein zu lassen, schlüpfte sie aus dem Raum, dabei stets darauf bedacht, aufrecht zu gehen und sich langsam und gelassen zu bewegen. Kaum in der Halle, fiel die vorgetäuschte Gleichgültigkeit von ihr ab. Sie raffte mit beiden Händen ihre Röcke und fing an zu laufen.
»Miss?« sagte Hutton erstaunt, als sie an ihm vorbeikam.
Brooke achtete nicht auf ihn. Das einzige Telefon im Haus war an der Wand in der hinteren Halle eingebaut worden, wo sein Klingeln die Familie nicht stören würde. Jetzt war es ihre Rettung. Atemlos griff sie nach dem Hörer und rüttelte an der Kurbel, um die Vermittlung auf sich aufmerksam zu machen. »Komm schon, komm schon«, murmelte sie in den Hörer und sprang vor Ungeduld und Angst von einem Fuß auf den anderen. »Stell die Verbindung her – Oh! Vermittlung. Geben Sie mir die Polizei.«

»Das würde ich nicht tun«, sagte eine samtige Stimme hinter ihr, und etwas Kaltes und Scharfes preßte sich gegen ihre Kehle. Sie fröstelte.
»Wen wollen Sie bitte sprechen?« sagte die mechanisch klingende Stimme der Vermittlung durch den Hörer.
»Hängen Sie ein, Brooke«, sagte dieselbe samtige Stimme. Miles' Stimme. »Auf der Stelle.«
Brooke schluckte, und der Hörer fiel ihr kraftlos aus der Hand und schlug gegen die Wand. Die Vermittlung beschwerte sich entrüstet, aber Brooke nahm das schon gar nicht mehr wahr.
»Ich schreie.«
»Wenn Sie schreien wollten, hätten Sie das schon längst getan.« Das Messer wurde ihr tiefer in die Haut gedrückt, und sie fühlte, wie ihr ein Tropfen den Hals hinunterlief. »Sie wissen, daß ich davon Gebrauch mache, wenn ich muß.«
»J-ja.«
»Gut. Lassen Sie es nicht dazu kommen.«
Irgendwie fand Brooke den Mut, ihren Blick zu seinen kalten Augen zu erheben, die sie mitleid- und gewissenlos anblickten.
»Das werden Sie sowieso«, sagte sie herausfordernd. »Sie können mich nicht am Leben lassen, mit dem, was ich weiß.«
»Was wissen Sie?« Er entblößte die Zähne zu einem Lächeln.
»Sie sind der *Cliff Walk Killer*.«
»So, haben Sie es also herausgefunden.« Er seufzte. »Ja, dann befürchte ich, bleibt mir nichts anderes übrig«, sagte er, packte ihren Arm und ging mit ihr auf die Hintertür zu.
»Wo bringen Sie mich hin?«
»Das werden Sie schon sehen.«
»Sie werden nicht davonkommen«, sagte sie, als sie hinaus auf den Rasen traten, der in der Sommersonne smaragdgrün leuchtete. Die Friedlichkeit dieses Anblicks verstärkte nur noch das momentane Gefühl der Unwirklichkeit. Das alles konnte nicht wahr sein.

»Es werden uns zu viele Leute sehen.«
»Werden Sie das? Alles, was sie sehen, ist, daß wir einen Spaziergang machen.«
»Mit einem Messer an meiner Kehle.«
Überraschenderweise lachte er. »Ich mag Sie, Brooke. Sie haben Witz. Schade, daß ich das tun muß.«
»Das müssen Sie nicht. Wenn ich das herausbekommen habe, wird es Matt auch tun.«
»Matt? Ach ja, unser geschätzter Detective Devlin. Nein, das wird er nicht, meine Liebe. Er denkt, daß Paul Radley der Mörder ist.«
»Paul? Warum um alles in der Welt sollte er das denken?«
»Weil ich ihn auf diese Spur gebracht habe. Aber das einzige, das sich Radley zuschulden kommen lassen hat, ist seine Indiskretion. Er ist in Newport gesehen worden und hat außerdem ein Verhältnis mit einer verheirateten Frau. Das war eine nützliche Information für mich. Entspannen Sie sich, meine Liebe«, sagte er, als sie plötzlich versuchte, ihren Arm gewaltsam aus seinem Griff zu lösen. Sie hatten den Rasen jetzt bis zur Hälfte überquert. Bis zum *Cliff Walk* war es nicht mehr weit.
»Sehr unklug von Ihnen zu kämpfen. Tun Sie so, als ob Sie einen angenehmen Spaziergang an einem wunderschönen Morgen genießen würden. Sehen Sie nur den Ausblick auf das Meer. Sollen wir auf den *Cliff Walk* gehen, damit wir eine bessere Aussicht haben?«
»Sie sind wahnsinnig.«
Er lachte in sich hinein. »Wahnsinnig? Wohl kaum. Ich bin völlig bei Verstand, meine Liebe. Ich versuche lediglich, mich zu schützen.«
»Ist das der Grund, warum Sie es getan haben?« fragte sie, als er sie durch die Tore des Olmstead-Besitzes auf den *Cliff Walk* zog. Sie mußte es erfahren, und wenn sie ihn ablenken könnte, so würde sie dann vielleicht auch entfliehen können. »Haben

Sie sich durch die Mädchen, die sie getötet haben, bedroht gefühlt?«
»Nicht von allen. Nur von Rosalind.«
»Warum haben Sie dann die anderen getötet?«
»Um den Anschein zu erwecken, daß ein Verrückter frei herumläuft.«
Sie starrte ihn an. »Sie sind wahnsinnig.«
Er lachte wieder in sich hinein, ein leises, teuflisches Lachen, als er sie den engen, sandigen Weg entlangdrängte.
»Rosalind mußte beseitigt werden. Ich habe es so erledigt, daß kein Verdacht auf mich fiel, und ich habe dafür gesorgt, daß die Polizei eine andere Spur verfolgt hat. Daher die Rosen. Übrigens, Sie haben das ja sehr schnell gemerkt.«
»Sie haben dadurch den Anschein erweckt, daß mein Onkel Henry der Mörder sei.«
»Ich gestehe.« Sein bescheidenes Lächeln spiegelte sich nicht in seinen Augen wider. »Ich wußte natürlich von seinem Hobby. Jeder weiß es. Geschickt von mir, nicht wahr, die Rose zu nehmen, für deren Züchtung er gut bekannt ist. Ich mag den *Cliff Walk*, Sie nicht auch? So praktisch. Stimmen Sie mir da nicht zu?« fügte er hinzu, als sie unfreiwillig zitterte. »Ja, natürlich habe ich versucht, die Polizei glauben zu machen, daß Henry es getan hat, und als er seinen Manschettenknopf im Leseraum des Clubs verlor, fand ich das auch sehr nützlich. Welchen Vorteil hätte ich aus der Beseitigung von Rosalind gezogen, wenn ich dafür festgenommen worden wäre?«
»Aber warum? Was hat sie Ihnen denn bloß getan?«
Miles blieb unerwartet stehen und brachte sie dadurch ins Stolpern. »Sie hat mich erpreßt. Sie war schwanger, das kleine Biest – wußten Sie das nicht? –, und sie hatte vor, es allen zu erzählen, wenn ich mich nicht damit einverstanden erklärte, mich von meiner Frau scheiden zu lassen und sie zu heiraten.«
Sie waren jetzt den Klippen nahe, gefährlich nahe. Tief un-

ten brachen die Wellen an zerklüfteten, bedrohlich wirkenden Felsen. Trotz seines Griffes, der sie zurückhielt, setzte Brooke einen Schritt zurück, und das Messer wurde gegen ihre Kehle gedrückt. »Sie waren der Mann, mit dem sie sich heimlich getroffen hat. Ihretwegen hat sie sich aus dem Haus geschlichen.«

»Ja. Unserer Rosalind gefiel es, gefährlich zu leben. Irgendwann im letzten Frühling haben wir angefangen, uns zu treffen. Klug von ihr, nicht wahr, eine Dienstmädchenuniform zu benutzen? Das hat mich natürlich auf die Idee gebracht. Die anderen Mädchen waren die perfekte Tarnung. Ich habe sie hier getötet«, sagte er beiläufig mit eiskalter Stimme und schleuderte sie herum. Sie bemerkte, daß sie sich genau an der Stelle befanden, wo Rosalinds Leiche gefunden worden war. »Es war ziemlich leicht, es zu tun. Meine rechte Hand mag zwar schwach sein, aber ich habe genug Kraft in meiner linken, um das auszugleichen. Nein, es war wirklich nicht schwer. Ich habe sie glauben lassen, ich würde ihren Forderungen nachgeben, so daß sie nichts vermutete, und dann bin ich ihr gefolgt. Nun, ich konnte sie wohl kaum tun lassen, was sie geplant hatte, oder?«

»A-aber ...«

»Schließlich wäre ich nach einer Scheidung mittellos geworden. Meine Frau besitzt das gesamte Geld. Ich war vorher arm, und das ist keine Erfahrung, die ich noch einmal machen möchte. Daran hat sich bis jetzt nichts geändert.« Seine Lippen wurden zu einem Strich, wodurch sein Gesicht grausam und hart wirkte: das Gesicht eines Mörders, nicht desjenigen Mannes, den sie zu kennen glaubte. »Ich tue das sehr ungern, Brooke, aber Sie lassen mir keine andere Wahl. Ich werde nicht zulassen, daß irgend etwas meinen Lebensstil bedroht.«

»Sie werden nicht davonkommen«, wiederholte Brooke. »Diesmal wird man Sie erwischen. Zuviele haben uns zusammen gesehen.«

»Aber ich bin nicht dumm, Brooke«, sagte er und fing an weiterzugehen, so schnell, daß sie fast laufen mußte, um mit ihm Schritt zu halten. An ihrer Seite fiel der *Cliff Walk* jäh ab, und tief, tief unten warteten die hungrigen Wellen, die gegen die Felsen schlugen. »Die Klippen sind hier sehr steil. Das wird ausreichen.«

»Das würden Sie nicht ...«

»Oh, aber natürlich. Es ist so traurig, Brooke. Ich werde zurück zum Haus laufen und meine Missetaten zugeben. Ich werde ihnen erzählen, daß ich mich schon immer zu Ihnen hingezogen gefühlt habe. Das stimmt sogar. Deshalb werden sie mir glauben. Und ich werde ihnen sagen, daß, als ich es Ihnen gesagt habe, Sie so außer sich waren – schließlich bin ich ein verheirateter Mann –, daß Sie davonliefen. Unglücklicherweise haben Sie nicht auf den Weg geachtet und sind über die Klippen gestürzt.«

»Nein.«

»Doch. Ich kann wohl kaum das Messer benutzen, oder? So unschön, und ich würde mich verdächtig machen. Aber so.« Er grinste, aber seine Augen blickten kalt und leer. »Es wird zu einem Skandal kommen, nehme ich an, aber ich werde ihn überstehen. Niemand wird mich verdächtigen.«

»Matt wird es!« schrie sie und drückte ihre Absätze in den Boden, als er sie zum Rand der Klippen zerrte. »Matt wird Sie verdächtigen und Sie verfolgen.«

»Aber es wird dann zu spät für Sie sein, nicht wahr?«

Er zwang sie nieder, und Brooke landete mit ihren Knien hart auf dem Boden, während sie, mit den Armen fuchtelnd, um Gleichgewicht rang. »Es ist aus für Sie, Brooke. Es tut mir leid, aber ...«

»Lassen Sie sie gehen.« Die Stimme ertönte in der warmen Sommerluft und übertönte sogar das Donnern der Brecher. Miles hielt inne. »Lassen Sie sie gehen, Vandenberg.«

Miles schaute auf, und Brooke, die versuchte, ihr Gleichgewicht zu halten, gelang es, sich so weit aufzurichten, daß sie sehen konnte, was vor sich ging. Charlie kauerte einige Meter entfernt, mit gezogenem Revolver, aber es war Matt, auf den sie ihren Blick gerichtet hatte. Matt, der auch einen Revolver in der Hand hielt. »Matt, paß auf! Er hat ein Messer!« schrie sie.

»Ah, Detective Devlin«, sagte Miles gleichzeitig und zog Brooke auf die Füße. »Was für ein gutes Timing. Wissen Sie, daß wir fast einen scheußlichen Unfall hatten? Die arme Miss Cassidy wäre fast über die Klippe gestürzt. Ich habe sie noch rechtzeitig aufgefangen.«

»Glaub ihm nicht! Er hat es getan, Matt. Er ist der *Cliff Walk Killer*.«

Miles lachte in sich hinein. »Warum sagen Sie das?«

»Lassen Sie sie gehen«, wiederholte Matt. »Ich weiß alles über Sie, Vandenberg. Es wird Ihnen auch nichts mehr nützen, sie weiter festzuhalten. Lassen Sie sie gehen.«

Miles Augen wanderten von ihm zu Charlie. »Wissen Sie, ich bin nicht davon überzeugt.« Er packte Brooke noch fester, als er sie zu sich heranzog, und schlang einen Arm um ihren Hals. Er drückte ihr das Messer wieder an die Kehle, worauf sie kurz ihre Augen schloß. »Sie mögen einen Revolver haben, Devlin, aber ich habe sie. Ich glaube nicht, daß Sie schießen werden.«

»Nein?« sagte Matt und drückte ab.

Der Knall war ohrenbetäubend, hallte von den Klippen wider und schreckte kreischende Seemöwen auf. Brooke fühlte einen scharfen Schmerz an ihrer Kehle, dann fiel sie ganz langsam zu Boden. Hatte er sie getroffen? Sie wußte es nicht. Sie wußte nur, daß der schreckliche Druck an ihrer Kehle aufgehört, daß Miles sie aus irgendeinem Grund losgelassen hatte. Oder hatte er sie über die Klippen geworfen? Der Gedanke versetzte ihr einen Schock, und sie schrie genau in dem Moment, als ihr Gesicht die Erde berührte.

Sie war auf dem *Cliff Walk*, und sie war nicht verletzt. Zumindest glaubte sie das. Sie hatte wenig Zeit, Erleichterung zu spüren; Hände packten sie an ihren Oberarmen und zogen sie hoch. Sie kämpfte blind dagegen an, schlug um sich, und jemand schrie protestierend auf. »Brooke! Ich bin es, Brooke. Ich bin es, Matt.«

»Matt?« Sie schaute zu ihm auf, er kniete vor ihr, und ihre Muskeln entspannten sich. »O Matt!« rief sie aus und warf sich in seine starken Arme, die sie umfingen. Ihr furchtbares Zittern ließ nach, und sie fühlte sich sicher und beschützt.

»Matt.«

»Ruhig. Es ist vorbei, Brooke. Du bist in Sicherheit.« Mit einem Ruck drückte er sie von sich weg und starrte ihr ins Gesicht. »Hat er dich verletzt? Wenn, dann ...«

»Mir – mir geht es gut. Aber Miles ...«

»Matt hat ihn genau ins Knie getroffen«, sagte Charlie fast fröhlich. Brooke wandte ihren Kopf und sah ihn hinter sich stehen, den Revolver auf Miles gerichtet, der auf dem Weg hin- und herrollte; die Hände umklammerten sein Bein, und sein Gesicht war schmerzverzerrt. »Guter Schuß, Captain.«

»Danke.« Matt schaute ihr ins Gesicht, und sein Finger berührte ihren Hals. »Du blutest.«

»Tue ich das?« fragte sie überflüssigweise.

»Ja. Bist du sicher, daß es dir gutgeht?«

»Ja. Oh, Matt, er hat es getan! Er ist der Mörder.«

»Ich weiß.«

»Er hat mir alles darüber erzählt, warum er Rosalind und die anderen Mädchen ...«

»Ich weiß«, wiederholte Matt. »Wir haben die Beweise gegen ihn gestern gefunden. Wir sind heute morgen zu ihm nach Hause gefahren, um ihn zu verhaften, und stellten fest, daß er hier war. Dann haben wir erfahren, daß ihr beide nach draußen gegangen seid. Gott.« Er nahm sie noch fester in seine Arme.

»Als ich dich mit ihm gesehen habe und erkannte, was er im Sinn hatte ...«

»Ich habe es herausgefunden«, plapperte sie. »Er sagte etwas über Rosen, und ich erkannte, daß er das gar nicht wissen konnte, und er merkte, daß ich es wußte. Ich habe versucht, dich anzurufen, Matt, wirklich.«
»Ich weiß, Brooke. Ich ...«
»Matt«, sagte Charlie. »Wir haben Besuch bekommen.«
»Was?« sagte Matt und schaute über seine Schulter. Er lockerte die Umarmung. Sie wollte ihn nicht loslassen, hörte aber die näherkommenden Stimmen. Sie schaute hoch und sah, wie Hutton auf sie zugelaufen kam, er sah aus wie eine langbeinige Amsel. Hinter ihm kamen mehrere Polizeibeamte.
»Detective Devlin?« sagte einer von ihnen.
»Bringen Sie diesen Mann auf die Wache«, Matt wies auf Miles, »und verhaften Sie ihn.«
»Mit welcher Begründung?«
»Vorerst wegen Körperverletzung. Sehen Sie zu, daß er Ihnen nicht entkommt.«
»Ja, Sir«, sagte der Polizist und zog Miles unsanft auf die Füße. Brooke wandte ihren Kopf ab, als sie langsam an ihr vorbeigingen. Miles jedoch, auf jeder Seite von zwei Polizisten gestützt und mit ziemlich starken Schmerzen, starrte geradeaus und wirkte selbst unter Arrest würdevoll. Sie hatte Miles gemocht. Das hatte sie wirklich. Wenn er sie und alle anderen so lange an der Nase herumgeführt hatte, was mochten andere Leute noch für Geheimnisse verbergen? Bei diesem Gedanken schauderte sie.
»Brooke?« sagte Matt.
»Ja?«
»Ich werde dich nach Hause bringen.«
»Gut«, sagte sie, obwohl sie sich in diesem Moment nicht sicher war, wo ihr Zuhause war. Nach Newport konnte sie nicht mehr zurück, und in die Welt der »High Society« gehörte sie ebenfalls nicht. Das würde sie wahrscheinlich auch nie.

»Komm schon.« Seine Stimme war sanft. »Du hast einen Schock erlitten.« Er griff nach ihrer Hand und stockte. »Dein Ring ist weg.«

Brooke blickte auf ihre Hand. »Ich habe ihn zurückgegeben.«

Matt hielt den Atem an. »Wirklich?«

»Ja«, sagte sie und schaute ihn an. Sein Blick hielt sie für eine Zeitlang gefangen, und Frieden umfing sie. Sie hatte sich geirrt. Sie gehörte zu ihm. Bei ihm war ihr Zuhause.

»Gut«, sagte Matt und hakte sie unter, um ihr auf die Füße zu helfen. Zusammen gingen sie zurück zum Tor.

»Ich habe dir doch gesagt, daß ich dir bei diesem Fall helfen kann.«

»Das hast du. Gott steh mir bei, Brooke, von solcher Hilfe habe ich nie gesprochen.«

»Nun, das wäre nicht passiert, wenn ich mit dem Anruf gewartet hätte, bis Miles gegangen wäre.«

»Das hat mich zehn Jahre meines Lebens gekostet.«

»Es tut mir leid«, sagte sie, und obwohl sie nie wieder solch eine entsetzliche Erfahrung machen wollte wie gerade eben, verblaßte diese bereits. Mit ihr verblaßten auch die Bilder, die sie verfolgt hatten, seitdem Rosalinds Leiche gefunden worden war. »Sind wir nicht ein gutes Team?«

»Unbedingt.« Matt grinste zu ihr hinunter. »Komm schon, Partner. Laß uns diese Sache zu Ende bringen.«

EPILOG

In den folgenden Monaten erschienen in verschiedenen Zeitungen einige Artikel über den Fall der *Cliff-Walk*-Morde und über die Leute, die darin verwickelt gewesen waren.

Aus der *Newport Daily News*, 2. September 1895:
Detective Matthew Devlin nahm heute seinen Abschied bei der Polizei von Newport. Miles VandenbergsVerhaftung in Verbindung mit den *Cliff-Walk*-Morden führte zu Aufruhr bei der Polizei, obwohl Mr. Vandenberg die Morde gestanden hat. Detective Devlins Abschiedsgesuch wurde erwartet und von Polizeichef Read bewilligt. Mr. Devlin wird nach New York versetzt, wo ihm eine Stelle bei der dortigen Polizei angeboten worden ist.

Aus der *New York Times*, 11. Dezember 1895:
Miles Vandenberg aus Newport, Rhode Island, wurde gestern in Newport des vorsätzlichen Mordes für schuldig befunden. Man hatte Mr. Vandenberg letzten Sommer in Newport der

Morde an fünf Frauen, Maureen Quick, Kathleen Shannon, Marry Manning, Ellen Farrell und Rosalind Sinclair, überführt. Der Tod von Miss Sinclair, der verstorbenen Tochter von Mr. und Mrs. George Sinclair aus New York, hatte alle schockiert und den Gerichtssaal mit zahlreichen Zuschauern, die der Verhandlung beiwohnen wollten, gefüllt. Als das Urteil verlesen wurde, zeigte Mr. Vandenberg keine Regung, Mrs. Vandenberg jedoch, eine Invalidin, wurde hysterisch und mußte aus dem Gerichtssaal getragen werden. Richter Baker dankte den Geschworenen für ihre Zeit und belehrte Mr. Vandenberg anschließend über die Schwere seiner Verbrechen und verkündigte dann, daß das Strafmaß für das Verbrechen am 4. Januar festgesetzt werden würde. Mr. Vandenberg wurde in das Gefängnis in der *Marlborough Street* zurückgebracht, um dort dem Strafmaß entgegenzusehen. Es ist damit zu rechnen, daß er eine lebenslängliche Gefängnisstrafe erhalten wird ...

Aus der *Newport Daily News*, 22. Dezember 1895:
Miss Brooke Cassidy aus New York und Mr. Matthew Devlin, ehemals aus Newport, wurden gestern im Hause des Onkels der Braut, Mr. Henry Olmstead, in New York City getraut. Die Braut wurde von ihrem Onkel zum Altar geführt. Sie trug ein französisches Modell aus elfenbeinfarbenem Satin mit einer Schleppe, die mit Staubperlen und Spitze bestickt war. Ihr Schleier aus Alençonspitze ist ein Familienerbstück, das bereits von ihrer Tante, Mrs. Henry Olmstead, und ihrer Mutter, der verstorbenen Katherine Cassidy aus Newport, getragen worden war. Die Braut trug außerdem einen elfenbeinfarbenen Fächer und ein Bouquet aus weißen Rosen und Schleierkraut, die aus Mr. Olmsteads Treibhaus stammten, und eine Perlenkette, ein Geschenk ihrer Tante. Die Brautjungfer, Miss Iris Gardner, trug ein Kleid aus blauer Seide und ebenfalls ein Bouquet aus weißen Rosen. Der Salon, in dem die Trauung

abgehalten wurde, war mit weißen Rosen und Narzissen geschmückt.
Mr. Devlin, ein Detective bei der New Yorker Polizei, wurde von Charles Sweeney begleitet. Nach der Zeremonie fand ein Hochzeitsfrühstück statt, und zu den Gästen zählten Mr. und Mrs. Cornelius Vanderbilt II, Mr. und Mrs. Herman Oelrichs und Mr. und Mrs. Octavius Low. Die Eltern des Bräutigams, Sean und Mary Devlin aus Middletown, waren zugegen, sowie seine Schwester Mrs. Patrick Reilly aus Boston. Die Braut ist die Tochter der verstorbenen Michael und Katherine Cassidy aus Newport.
Mr. und Mrs. Devlin planen eine Hochzeitsreise nach Europa an Bord der zur Amerikanischen Schiffahrtslinie gehörenden *New York*. Nach ihrer Rückkehr werden sie in New York wohnen.

In keinem der Artikel wurde erwähnt, daß die frischgebackene Mrs. Devlin begonnen hatte, sich als Amateurdetektivin zu betätigen. Aber das würde die New Yorker Gesellschaft noch früh genug erfahren.

ANMERKUNG DER AUTORIN

Einen Roman zu schreiben, der auf historischen Tatsachen basiert, ist schwierig; enthält er wohlbekannte gesellschaftliche Ereignisse aus der Zeit, gestaltet es sich noch schwieriger. Kennern des *Gilded Age* und der Newporter Geschichte wird auffallen, daß ich mit den Fakten sehr frei umgegangen bin. So hatte beispielsweise die erste Detective-Abteilung in Newport, die 1893 ins Leben gerufen wurde, nur einen Detective. Gemäß den Erfordernissen der Handlung habe ich die Abteilung vergrößert. Des weiteren ist Mrs. William K. (Alva) Vanderbilt nach ihrer Scheidung nach Newport zurückgekehrt, was als »*the Newport declaration of war*« bezeichnet worden ist; doch das war zu einem anderen Zeitpunkt, als ich ihn geschildert habe. Zu den realen Personen, deren Namen im Buch auftauchen, zählen Polizeichef Harwood Read, Richter Baker, Colonel Sheffield, Senator Burdick, Kapitän A.G. Simmons von der *Fall River Line* und einige Mitglieder der »High Society«. Alle anderen Personen sind fiktiv.

Belle Mer ist einem existierenden Haus nachempfunden, *The Breakers*, das auf dem Umschlag abgebildet ist. Aufgrund der Handlung habe ich einige Änderungen am Aufbau des Hauses vorgenommen. *The Breakers* sowie mehrere andere Newporter Herrenhäuser werden von der *Newport Preservation Society* wunderbar instandgehalten und sind der Öffentlichkeit zugänglich. Jeder, der diese Gegend besucht, sollte sich mindestens eines der Herrenhäuser anschauen, um einen Einblick in eine längst vergangene Ära zu bekommen. Und vergessen Sie nicht, den *Cliff Walk* entlangzuschlendern! Der Zutritt ist frei, und es ist herrlich, an einem sonnnigen Tag dort spazierenzugehen.
Wer von Ihnen mehr über Newport erfahren möchte, dem empfehle ich die Lektüre von *The Last Resorts* von Cleveland Amory und *The Golden Summers* von Richard O'Connor.
Hinsichtlich der Vergnügungen habe ich nur die Hälfte erwähnt. Da gab es den *White Ball*, dessen Gastgeberin die Marine dazu bringen wollte, aus Dekorationsgründen vor der Küste zu ankern (was sie aber nicht tat!); das *Dog's Dinner*, eine Geburtstagsparty für Hunde; den *Mother Goose Ball*, an dem alle Gäste Kostüme aus Kinderreimen trugen; das berühmt-berüchtigte Ereignis, bei dem *Prince Del Drago*, ein Affe, Ehrengast war ...
Beim Schreiben dieses Buches standen mir sehr viele Freunde hilfreich zur Seite. Vor allem Meredith Bernstein und Jennifer Sawyer, die beide fest genug an mich geglaubt haben, um mich dazu zu bringen, etwas Eigenes zu schreiben. Meine Mutter, Madelyn Sweeney Kruger, und meine Kollegin, Rona Zable, haben sich großartig als Leseausschuß gemacht. Bei der Recherche waren mir Robert Eccleston, ein pensionierter Detective des *New Bedford Police Department*; Michael McKenna, Public Affairs Officer des *Newport Police Department*; Officer Joseph Subin des *Newport Police Departments*; John Gosson, Kurator des Marinemuseums der *Fall River Linie* (Mass.) und das Personal der *Newport Public*

Library und der *New Bedford Free Public Library* behilflich. Fehler in diesem Buch gehen auf mein Konto, nicht auf ihres. Ich möchte auch all meinen Verwandten und Freunden danken, die mir freundlicherweise erlaubt haben, ihre Namen zu verwenden, und, in manchen Fällen, sie umkommen zu lassen. Ich liebe euch alle.

ECON HISTORISCHER KRIMI

Elizabeth Peters
Im Schatten des Todes
Ein Kriminalroman aus dem 19. Jahrhundert
192 Seiten,TB 25145-7
Lizenzausgabe

Schlimm genug, daß Amelia Peabody allein nach Ägypten reist, aber ihre neue Freundschaft zu der mittellosen und verrufenen Evelyn Barton-Forbes sprengt nun wirklich alle Konventionen der viktorianischen Etikette. Als die lebenslustige Evelyn, die eigentlich nur vor ihrer mißglückten Verlobung fliehen wollte, bald nicht nur von unzähligen Verehrern, sondern auch von einer erstaunlich lebendigen Mumie verfolgt wird, ist ihre unerschrockene Beschützerin und Hobbydetektivin Amelia gefordert ...

»Peters versteht es meisterhaft, eine Liebes- und Abenteuergeschichte mit einer Kriminalgeschichte zu verflechten.«

The Philadelphia Inquirer

»Einfach köstlich!«

Library Journal

HK 2

ECON TASCHENBÜCHER

ECON